Ernst Wiechert

Die kleine Passion

Geschichte eines Kindes

Ernst Wiechert: Die kleine Passion. Geschichte eines Kindes

Erstdruck: Berlin, G. Grote, 1929.

Neuausgabe
Herausgegeben von Karl-Maria Guth
Berlin 2021

Der Text dieser Ausgabe wurde behutsam an die neue deutsche
Rechtschreibung angepasst.

Umschlaggestaltung von Thomas Schultz-Overhage unter Verwendung
des Bildes: Nikolay Bogdanov-Belsky, Ruhender Junge

Gesetzt aus der Minion Pro, 11 pt

Die Sammlung Hofenberg erscheint im Verlag
Henricus - Edition Deutsche Klassik GmbH, Berlin
Herstellung: Books on Demand, Norderstedt

ISBN 978-3-7437-4104-1

Bibliografische Information der Deutschen Nationalbibliothek:
Die Deutsche Nationalbibliothek verzeichnet diese Publikation in der
Deutschen Nationalbibliografie; detaillierte bibliografische Daten sind
im Internet über www.dnb.de abrufbar.

1.

Der Pfarrer sagte, dass Gott sie zusammengefügt habe. Pfarrer pflegen das allerorten zu sagen, und Gottes Meinung oder Wille pflegen sich viel später zu offenbaren, etwa bei den Kindern oder gar bei den Kindeskindern, im dritten und vierten Glied. Mitunter bricht die Offenbarung aus wie eine Flamme aus einem nächtlichen Dach, weithin leuchtend und erschreckend. Mitunter ist sie nur ein rätselhaftes Lächeln am Tage der silbernen Hochzeit, eine Träne bei einem Lied aus der Jugendzeit, eine nicht gelöschte Falte in einem Antlitz auf dem Kissen des Sarges.

Aber hier meinten schon die Menschen jener Landschaft, dass der Pfarrer das nicht hätte zu sagen brauchen. Denn der Bräutigam habe einfach eine feine Nase gehabt, und ob sie von Gott sei, könne auch der Pfarrer nicht wissen. Und Ottomar Karsten, der Bruder des Brautvaters, Großbauer aus der Niederung, saß streng und aufrecht im Kirchenstuhl und sah mit jener schweren Unbestechlichkeit auf das junge Paar, mit der er auf ein Paar Wagenpferde zu blicken pflegte, ob es Passer seien oder nicht. Er sagte nichts und verzog keine Miene, aber seine Augen hoben sich über das freundliche Gesicht des Geistlichen hinaus wie über einen weiten Acker, und es war nicht alles gut, was er auf diesem Acker sah.

Der weite Blick war ein Erbgut der Karstens. Nicht etwa, dass er nach dem Zeitpunkt voraussah, wo man den Weizen am besten verkaufte oder wo man am besten zufasste, um einen Acker, einen Wald, ein Grundstück zu erwerben. Sondern es war ein Blick, der sich nicht an der Erscheinung genügen ließ, an der Form des Seienden. Er ging rückwärts bis ins Graue und vorwärts bis ins Dunkle. Die Kinder pflegten ihr Spielzeug auseinanderzunehmen und grübelnd davorzusitzen. Die Greise pflegten das Leben der Menschen und vor allem ihr eigenes auseinanderzunehmen. Und beide versuchten es anders wieder zusammenzusetzen, als es gewesen war. Denn ihre Ideen von den Menschen und Dingen waren anders als die Ideen Gottes oder der Fabriken.

Sie waren von der Nordsee gekommen und saßen nun in dieser Landschaft auf Einzelhöfen. Sie waren alle noch ein wenig fremd, mit der Gemessenheit ihrer Sprache und ihres Ganges, mit der Strenge ihres

Christentums und der Unbestechlichkeit ihres Denkens. Ihre Söhne gerieten gut, und die Bewegtheit und Aufgeschlossenheit der Landschaft und des neuen Blutes, in das sie durch ihre Heiraten wuchsen, schien die Starre ein wenig zu mildern, in die ihre Wurzeln noch immer tauchten. Aber was sie hingaben, schienen die Töchter wie in einer dunklen Schale zu sammeln und zu bewahren, als ob eine streng messende Hand über dem Erbgut wachte und wohl eine Verteilung zuließ, aber keine Vergeudung. In diese Schale tropfte als schweres Blut, was bei den Söhnen als ernste Frucht im Lebensbaume wuchs. Gefasstheit wurde zu Entsagung, die Weite des Blickes wendete sich nach innen und wandelte sich zum Tiefsinn, Schwerfälligkeit wurde zum Unbeholfenen, Rechtlichkeit zum Empfindlichen einer überzarten Waage, und die leise Linie der Trauer um die festen Lippen jener bebte bei ihnen um die Demut ihres Mundes und gab ihren Gesichtern das Rührende hilfloser Kinder und die wehe Abgeschiedenheit enttäuschter Frauen. Sie waren nicht wehende Birken, um deren Stamm man im Übermut Hände des Tanzes legen konnte, sondern gleich den dunklen Bäumen, unter denen man niedersaß, um einem hohen und leisen Rauschen zu horchen, aus denen eine sanfte Trauer floss und an deren kühle Rinde man die Wange legte.

Die Menschen sagten von den Karstentöchtern, dass sie kein Glück hätten. Vielleicht hätten sie Geistliche heiraten sollen, in Gemeinden, in denen die wunden Seelen in der Mehrzahl waren. Oder einen jener Dorfschullehrer, die wie einsame Kerzen leuchteten und verbrannten, an nicht erfüllter Menschenliebe, an einem ewig stümperhaften Geigenspiel, an nie gedruckten Gedichten. Aber es war, als ob eine dunkle Hand sie unwiderstehlich hinwegschiebe von Scholle und Stille, in die kleinen Städte jener armen Landschaft, in die kümmerliche Enge kleiner Beamtenheime, auf verlassene Kleinbahngeleise sozusagen, über denen eine müde Lampe schwelte und der Rost unendlicher Nebeltage. Sie gebaren Kinder, in denen das edle Gut ihres Geschlechtes versank und über deren Gesichter sie sich beugten wie ein Künstler über den Gipsabguss eines edlen Marmors. Sie waren demütige Frauen, aber die Schmach ihrer Demut war, dass sie ihre Stirnen neigen mussten vor dem, was geringer war, und die Männer aller Karstentöchter waren geringer als sie selbst. Sie neigten sich vor dem Geiz wie vor der Vergeudung, vor der Beschränktheit muffiger Sittlichkeit wie vor der

Frechheit der Schamlosen, vor dem Bohrer der hämischen Nörgler wie vor der Peitsche der Tyrannen.

Und einmal vor ihrem Tode suchten sie den Hof der Kindheit noch einmal auf. Sie überwanden mit ihrer letzten Lebenskraft ein dumpfes Gefühl der Scham und sprachen von ihrem Leben wie von einem ruhigen Strom mit festen Brücken. Aber ihre Augen glitten mit einer schweren Zärtlichkeit über den dunklen Hausrat ihrer Jugendtage, über die Wiesen und Felder, die Herden und Gespanne. Und um den Feierabend saßen sie auf der Ofenbank, ein Tuch um die frierenden Schultern, und baten, dass man erzähle, alles erzähle, »alles was gewesen sei, von jenem Tage ab ...«

Sie kamen immer allein, ohne Mann, ohne Kind, und wenn sie wieder fortfuhren, sahen sie sich um, solange die Ahornwipfel zu sehen waren, und dann setzten sie sich zurecht und falteten ihre Hände wie nach einem Abendmahl.

Alle Karstentöchter hinterließen ein Testament. In ihm wurde nicht nur über jedes Stück verfügt, das ihnen erb- und eigentümlich zugehörte, sondern es enthielt immer einen Abschnitt, in dem sie eine innere Rechenschaft ablegten, mitunter nichts als ein paar Sätze – »Ich habe ein schweres Leben gehabt. Gott verzeihe mir und meinen Bedrückern!« –, mitunter eine ganze Beichte. Es war, als hätten sie im Tode erkannt, dass sie nun genug geschwiegen hätten und dass sie dem Geschlecht der Karstens, das in ihnen misshandelt worden sei, schuldig seien, noch in der Tür sich ein wenig umzuwenden und zu zeigen, dass auch sie einen tapferen Kampf gekämpft hätten.

Und alle Karstentöchter bestimmten den Friedhof ihres Hofes als ihre letzte Ruhestätte. Zu ihren Begräbnissen pflegte sich eine Reihe seltsamer Menschen zu versammeln, die abseits der Familie standen, mit ernsten, mitunter verzweifelten Gesichtern: irgendwie Geschlagene und Entehrte, Verirrte und Verurteilte. Da war keine Grenze des Lebensalters, des Geschlechtes oder Standes, nur eine dumpfe Gemeinsamkeit eines unerhörten Verlustes. Niemand kannte sie oder wusste um ihre Verbundenheit mit der Toten, aber jedes Mal gingen der Bauer und die Bäuerin nach der Feier zuerst zu diesen Gesandten unbekannter Reiche, gaben ihnen die Hand und dankten ihnen voller Achtung für die Ehre, die sie der Toten erwiesen hatten.

Und dann wurde in die Familienbibel Kreuz und Todestag gesetzt und über das erloschene Leben der Vorhang gezogen. Von Mann und

Kindern war nichts verzeichnet. Sie traten hinter ihre Grenzen zurück. Ihr Name war ein Schall und ihr Sein ein Schatten des Gewesenen.

Gina Karsten, von der der Pfarrer soeben gesagt hatte, dass Gott sie mit ihrem Verlobten zusammengefügt habe, unterschied sich in nichts von den schmerzenreichen Vorfahren ihres Blutes. Nur war es, als habe die Natur, am Ende einer langen und gleichmäßigen Reihe des ernsten Bewahrens müde, der Lust zum Spiel ein wenig nachgegeben und an Kleid und Gebärde geändert, was dem Unabänderlichen keinen Abbruch tun konnte. Sie gab dem Kinde schöne, schmale Hände, die der Bauer ratlos in den seinen hielt und mit denen Gina zu spielen liebte als mit einem seltsamen Geschmeide, das ein fremder Gast im Hause zurückgelassen hatte. Sie versagte ihr das Geschenk der Tränen, sodass von Kind an nichts als ein trockenes Schluchzen ihren schmalen Körper erschütterte, wenn der Schmerz an seine Tore klopfte, und sie gab ihr als einen lächelnden Ausgleich eine seltsame Verschiedenheit in der Färbung ihrer ernsten Augen. Das rechte war von einem hellen Blau, geheimnisvoll schimmernd wie ein Opal, wenn es sich zum blauen Himmel aufschlug, das linke von einem sanften Braun, immer ein wenig umschattet und in sich selbst ruhend, als bedürfe es der Bilder der Welt nicht. Dies Spiel der Natur, weit davon entfernt, lächerlich oder als eine krankhafte Entartung zu wirken, gab ihrem strengen Gesicht eine rätselhafte Unergründlichkeit, schied sie von den Menschen aus auf eine besondere Straße, quälte sie durch Fragen und Verwunderung, die sich daran knüpften, und gab ihrem Blick jenes Scheue und zur Erde Gerichtete, mit dem sie durch das Leben ging.

Sie wuchs so still in sich auf wie eine Blume. Man sah, dass sie blühte, sich öffnete und verschloss. Aber sie bot nichts dar als ihr Dasein, Farbe und Duft und eine sanfte Wendung zur Sonne. Wenn das welke Laub auf ihrem dunklen Scheitel lag, wusste man, dass sie im Walde gewesen war. Wenn Erde an ihren Schuhen war, wusste man, dass sie hinter dem Pfluge hergegangen war. Wenn sie hinter dem Ofen kauerte, mit zitternden Schultern, die Hände vor den trockenen Augen, wusste man, dass sie litt. Aber mehr wusste man nicht, und es war der Segen ihrer Kindheit, dass man nicht zu wissen verlangte. Sie brauchte keine Gedichte aufzusagen und keine Märchen zu erzählen, seit sie ihre Hände in Qualen gefaltet hatte. In ihrem Bett war immer ein Tier: ein Hund, eine Katze oder ein junges Reh. In ihren Büchern lag immer ein Zeichen, und die Mutter ging mitunter mit sehr stillen

Augen fort, wenn sie hineingesehen hatte. Sie liebte nicht, Gemeinsames zu tun in einem großen Kreise, selbst nicht in dem der Familie. Aber sie liebte es, ein paar Schritte hinter dem Vater herzugehen, wenn er über die Felder ging, stumm, einen Grashalm in den Händen. Er wusste, dass sie da war, und von Zeit zu Zeit wandte er sich um und nickte ihr schweigend zu. Beide waren es so zufrieden.

In ihrem zwanzigsten Jahr sah man sie zuweilen mit dem jungen Lehrer des Nachbardorfes über die Felder gehen. Er war ein froher, fast knabenhafter Mensch, mit vielerlei einfachen Begabungen, der seine Augen etwas zu viel um sein eigenes Leuchten spielen ließ. Er wusste wahrscheinlich gar nicht, dass er sein Wesen und seine Worte nicht in ein freundliches und teilnehmendes Schweigen, sondern in ein heiliges Schweigen warf. Er bedurfte nur eines vielfachen Echos, ohne sich sonderlich um den Wald zu bekümmern, der es zurückwarf. Und als die Leute gerade ein wenig zu reden begannen, verlobte er sich mit der Tochter vom Nachbarhof. Gina kauerte nicht mehr im Ofenwinkel. Sie zeigte keine Veränderung, nur lehnte sie es ab, an der Hochzeitsfeier teilzunehmen. Als sie hinter ihrem Vater an dem Weizenschlag entlang ging, der vom Hagel etwas gelitten hatte, beugte sie sich über die hellen Flecken an den getroffenen Halmen und sagte über das Feld hinweg: »Er wird es überwinden, Vater ...« Er strich mit der Hand behutsam über ihr dunkles Haar. »Ja, Gina«, erwiderte er. Und dann war es gut.

Fünf Jahre später tauchte Albert Zerrgiebel in ihrem stillen Leben auf. Man musste von ihm sagen, dass er auftauchte wie ein Maulwurf in einem dämmernden Garten. Leise und unheimlich hob sich die Erde über ihm, ein kurzes, bedrückendes Schweigen, und dann war er da. Sie nahm sofort Anstoß an seinem Namen. Die Karstens hatten etwas Herbes und Stolzes im Klang ihres Namens, etwas, das an einen Spaten und ein steiniges Feld erinnerte, in das er blitzend stieß. Aber das war etwas Zerreißendes, Krankes und Verzerrtes, das noch verstärkt wurde durch die weichliche Formlosigkeit des Vornamens. Er hatte durch den Gendarm sagen lassen, dass er sich einmal »die Ehre geben« wolle, da er an seinem Witwertum schwer leide. Dietrich Karsten, der Vater, hatte den Überbringer schweigend angesehen und dann gesagt: »Merkwürdig, was jetzt alles Ihres Amtes ist.« Weiter wurde nichts gesprochen.

Aber schon am nächsten Tage nach dieser seltsamen Ankündigung erschien er. Plötzlich, wie ein Maulwurf, stand ein Mann mittleren Alters auf der Hofstätte, in einem grünen Lodenmantel und weichen Filzhut, mit hohen Stiefeln und Knotenstock, als habe er es für zweckmäßig gehalten, sich in seiner Kleidung ein wenig dem Lande anzupassen, dessen Grenzen er überschreiten wollte. Aber es war irgendwie ein leiser Widerspruch zwischen seinem Kostüm und seinem Gesicht, ein sozusagen theatralischer Widerspruch, der Spott oder Unbehagen herauszufordern angetan war. Denn es war, was man ein Bürogesicht nennen konnte, nicht nur in seiner Blässe und leichten Dumpfheit, die einen Widerschein von Tinte und Aktenstaub zu enthalten schien, sondern auch in der schiefen Ergebenheit des Blickes, der sich ständig nach einer unsichtbaren Türe richtete und bereit war, einen abweisenden, fast tauben Hochmut zu zeigen, sobald es nur »Publikum« war, das durch die Türe eintrat. Und der hochgebürstete blonde Schnurrbart stand wie ein Etikett in diesem Gesicht, war sozusagen hineingeklebt von einer gleichgültigen, überlegenen Hand, die keine andere Aufgabe hatte, als Registraturvermerke aufzunehmen und den Träger dieses in einem ewigen Schubfach unterzubringen.

Eine stille Resignation schien von der Krempe seines nicht mehr ganz neuen Filzhutes über seine Schultern herabzufließen und ihn wie ein Mantel einzuhüllen. Aber durch die Ritzen dieses Mantels flogen sehr schwache Blicke zu den Dingen der Welt, zu den offenen Türen der Ställe, den Strohschobern, den Ackergeräten, sodass ein Hauch der Verschwörung ihn zu umwittern schien, als trage er Waffen unter seinem harmlosen Kleid und man wisse nicht, wohin sie zielten.

Es stellte sich heraus, dass er zunächst eine Kuh kaufen wollte. Die Karsten'sche Herde, das sei im ganzen Kreise bekannt, und so weiter. Wozu er sie denn brauche? Zum Milchgeben natürlich. Milch sei von Jugend an seine Begeisterung gewesen – er sagte: sein Ideal –, und da er ein Siedlungshaus besitze, dicht am Bahnhof und am Staatsforst, Herrn Karsten sei das ja bekannt, er habe ihn oft genug vorübergehen sehen, einen echten Sohn dieser Landschaft, und auch ein Stall dazugehöre, so sei er dem Gedanken nähergetreten. Er habe bereits eine Kuh besessen, aber als seine Frau gestorben sei, habe er sie verkauft. Er habe es einfach nicht ertragen, den klagenden, sozusagen menschlichen Blick dieses Tieres jeden Morgen auf sich gerichtet zu fühlen, den Blick, der zu fragen schien, wo denn die Herrin des Hauses bleibe.

Der Handel wurde abgeschlossen und Herr Zerrgiebel höflich zum Kaffee gebeten. In dem Gespräch, das er sorgfältig, behutsam und mit leicht ergriffener Aufgeschlossenheit führte, stellte sich Weiteres heraus. Er war Gerichtssekretär in der Kreisstadt, wie er leicht beleidigt versicherte, eine geachtete Stellung, durchaus geachtet. Die Verantwortung sei groß, denn der Amtsrichter, nun, man kenne ja diese studierten Herren, die Praxis fehle eben doch und die Kenntnis des Gesetzbuches allein mache es auch nicht. Er könne wohl sagen, dass die Urteile der letzten zehn Jahre gewissermaßen von ihm gesprochen worden seien. Das Siedlungshäuschen, ja, das habe er erworben, weil die Stadt ihn töte, Menschen, dumpfe Luft und so weiter. Und wenn man Tag für Tag im Elend und der Zuchtlosigkeit der Menschheit herumwühle, sei es gut, zu Gottes schöner Natur zurückzukehren, wo die Bäume in die Fenster rauschten und der Kuckuck von der Jugend riefe.

Bei diesen verständigen und wohlgesetzten Ausführungen richtete er seine trüben, nahe zusammenstehenden Augen unverwandt auf Gina, und es konnte niemandem entgehen, dass ein froher, fast verklärter Schimmer auf seinem matten Gesicht stand, gleich dem Widerschein einer fernen Sonne auf einem blinden Fensterglas.

Gina hörte zu und schwieg. Nur einmal hob sie ihre seltsamen Augen zu seinem Gesicht und sagte leise: »Bitte, müssen Sie das tun?« Es hatte Herr Zerrgiebel nämlich die peinliche Gewohnheit, ab und zu seine langen und sehr knochigen Finger auf eine unangenehme Weise ineinander zu verflechten und eine Reihe knackender Geräusche hervorzubringen, als breche er Glied für Glied einzeln auseinander. Dann legte er alle zehn Fingerspitzen sorgfältig zusammen und betrachtete sie liebevoll, als wolle er sich ihres unversehrten Zustandes versichern.

Er errötete ein wenig bei Ginas Worten, und eine kleine Querfalte, schnell gelöscht, war zwischen seinen spröden Augenbrauen erschienen. »Verzeihen Sie«, sagte er demütig, »eine Unsitte meiner Einsamkeit, eine stumme Bitte zu Gott gewissermaßen, wenn in den Akten die Abgründe der Menschen sich vor meinen erschütterten Augen enthüllen ...«

Und dann empfahl er sich zu passender Zeit, dankte für die außerordentliche, ihn mit einer gewissen Hoffnung erfüllende »Loyalität« beim Abschluss ihres Geschäftes, für die so freundliche Aufnahme und die schöne Stunde in einem so harmonischen Familienkreise, die, ja, man müsse sagen, wie eine Art Balsam in die Wunden seines Lebens geträufelt sei. Dass Herr Karsten ihm die Kuh zuführen lassen wolle, finde er besonders taktvoll. Er brauchte genau dieses Wort.

Als er in der Tür stand, drehte er sich noch einmal um, nahm das Bild des dunkelnden Raumes noch einmal andächtig in sich auf, nickte Gina fast vertraulich zu und verabschiedete sich mit der etwas rätselhaften Wendung: »Nun ... vielleicht ... man kann nie wissen ...«

Gina stand am Fenster und sah ihm nach. Der Lodenmantel wehte im Winde, der Knotenstock schwang unternehmend in der Luft, und der Atem eines neuen Glückes schien seine Füße zu beflügeln.

Von diesem Tage ab erschien Zerrgiebel in bescheidenen Abständen auf dem Hof der Karstens. Es lagen immer zwingende Gründe vor, und die gekaufte Kuh entwickelte eine solche Fülle problematischer Eigenschaften, dass er nie fertig werden konnte, um einen Rat zu bitten. Man glaube, pflegte er sinnend zu sagen, solch eine Kreatur sei nichts als ein dummes Tier, aber sie sei wie ein Mensch, geradezu wie ein Mensch, und er hätte schon drei Aktenbündel von ihr schreiben können.

Wenn er mit Gina allein blieb, was sich ab und zu ergab, sprach er von seiner Seele, dem Heiligsten, was Gott dem Menschen gegeben habe, und wie sie Leid trage um das Leere der Zukunft. Gina sah ihn dann von der Seite mit ihren Augen an, über deren Seltsamkeit er aufgehört hatte, begeisterte Bemerkungen zu machen, sobald er ihr Unbehagen erkannt hatte. »Ist das alles wahr?«, fragte sie einmal, und die Mühe, hinter die Riegel seiner Seele zu kommen, erfüllte ihr Gesicht mit dem Ausdruck eines körperlichen Schmerzes. Zerrgiebel war verletzt, beteuerte, beschwor, und schließlich führte er mit tragischer Gebärde sein Taschentuch vor die Augen. Schreck, fast Entsetzen malte sich in ihren Zügen, und ohne ein Wort der Erwiderung oder des Trostes wandte sie sich und ging nach dem Hofe zurück.

Es war nicht gut, dass Ginas Mutter tot war, und für das Kauern im Ofenwinkel war sie nun zu groß. Mitunter saß sie am Küchenherd, wenn die Großmagd die Abendsuppe kochte. Der große Raum war dunkel, und nur der rote Schein des Feuers spielte lautlos mit dem Leben der Wände. Es war, als begrabe sich hier friedenvoll der laute Tag und um das Haus wüchsen nun die Wächter der stillen Stunden schweigend aus den Schatten der Bäume. Um diese Zeit löste sich unmerklich die kalte Angst in Ginas Herzen. Sie faltete die schönen Hände in der roten Glut, schob die Füße unter den warmen Körper des Hundes und blickte müde, aber ohne schwere Trauer in das Spiel der Flammen. Es würde nun nichts mehr kommen, Zerrgiebel nicht und der lange, leere Lauf der Tagesstunden, nicht der sorgenvolle Blick des Vaters und nicht die beglänzte Weite der Landschaft, aus der sich nichts erhob als die Gestalt des Briefträgers, ein ackerndes Gespann oder ein dunkler Krähenschwarm. Aus der Wohnstube klang der Schritt des Vaters herüber, das Vieh brüllte in den Ställen, und nach hundert Jahren um dieselbe Stunde würde es ebenso sein. Nur die Menschen würden andere sei, aber das Ewige und ganz Ruhige war ja außerhalb der Menschen.

»Jetzt gehen die Sterne auf, Margret«, sagte sie leise.

»Ja, Gina.«

»Es müsste immer Abend sein, Margret. Die Menschen sind dann alle besser, stiller, und man sieht ihre Gesichter nicht mehr so deutlich. Und die Tiere gehen schlafen und die Sterne sind so freundlich. Gott ist viel näher als am Tage.«

»Ja, Gina. Wer müde ist, der ist immer gut.«

»Glaubst du ... glaubst du, dass er auch müde wird am Abend?«

Schweigen.

»Sag es, Margret.«

»Er spricht ja wohl ein bisschen viel, Gina ...«

»Ja, schrecklich viel ... er ist wie das Schilf am Graben, weißt du.«

»Die aus der Stadt, Gina, die sind eben anders. Das machen die vielen Fenster und die Steine. Aber auch da gibt es ja Gute.«

»Glaubst du ... glaubst du, dass er weinen kann, Margret?«

»Ja, das ist so eine Sache, Gina. Der Bauer, wo ich früher war, der war aus Stein, und die Leute nannten ihn den Würger! Der hatte einen Prozess mit dem Großknecht, weil er ihm Lohn einbehalten wollte. Er wurde verurteilt, und wir waren alle als Zeugen auf dem Gericht. Und als er die fünf Taler bezahlen musste, da weinte er. Vor allen Leuten. Das ist so eine Sache, Gina. Und du weinst ja auch nicht?«

»Ich weine viel, Margret, aber ohne Tränen.«

»Das ist ein schweres Leid, Gina.«

»Ja.«

»Manchmal will Gott etwas von uns, Gina, und wir verstehen es bloß nicht. Dann kommt er bis an unser Bett und bis in unsere Träume.«

»Ich möchte hier immer sitzen bleiben, Margret, bis mein Haar grau ist.«

»Das kommt alles von deinen Augen, Kind. Das eine will lachen und das andere will weinen. Und dann ist es wie mit einem Kind, das nicht leben und nicht sterben kann ... aber jetzt geh man, denn nun kommen sie gleich zum Essen.«

Dann stand Gina auf und ging mit gebeugten Schultern durch das Spiel des Lichtes und der Schatten. Der Hund ging mit ihr, und wenn sie sich an der Tür zu ihres Vaters Stube noch einmal umwandte, sah es immer so aus, als werde sie niemals mehr wiederkehren.

Vier Wochen später empfing Zerrgiebel Ginas Jawort. Am Abend saß sie wie sonst vor dem Herdfeuer und sah mit ernsten, fast drohenden Augen zu, wie die Kanzleiblätter in den Flammen verglühten, auf denen er sie gebeten hatte, seine Frau zu werden. Es war ein langer Brief, von einer für Gina betäubenden Länge, und ebenso betäubend war die dramatische Eindringlichkeit seiner Beschwörungen. Sie gipfelte in zwei düsteren Drohungen. Die Grundlage der einen war das bisher verborgene Bekenntnis, dass er ein Kind habe, von seiner verstorbenen Frau, einen unendlich zarten und reizenden Knaben, der in der Stadtpension verkümmere gleich einer Blüte im Keller, der seine Augen klagend auf ihn richte, ob er seinem verwaisten Herzen nicht bald eine Mutter geben wolle, und der schweigend gleich einem kranken Tier sterben werde, wenn Gina dem Rufe Gottes nicht folgen werde. Die zweite Drohung besagte klipp und klar, dass er selbst, Albert Zerrgiebel, von dieser Welt zu scheiden entschlossen sei, bevor der Wurm des Grames sein Herz zernage. Sein alter Vater, ein Ehrenmann von altem Schrot und Korn, eine deutsche Eiche sozusagen, werde an der Schwelle des Grabes eben auch lernen müssen, sein Kind von einem Balken herabzunehmen und ihm die gebrochenen Augen mit seiner Greisenhand zuzudrücken.

Das Erste, was Gina beim Lesen dieser schön geschwungenen Handschrift empfand, war ein klares und nicht misszuverstehendes Gefühl des Ekels. Aber dass sie dies empfand, war auch ihr Verhängnis. Denn das Schwerste konnte nur Gott verlangen. Ja, er würde bis an ihr Bett und bis in ihre Träume kommen und würde sprechen: »Wahrlich, ich sage dir, was du dem Geringsten unter diesen tun wirst, das wirst du mir getan haben. Und was du dem Geringsten unter diesen versagen wirst, das wirst du mir versagt haben.« Und während sie die eiternde Wunde eines Hundes wusch und verband, den sie herrenlos gefunden und zu sich genommen hatte, erschien ihr alles dies als eine Fügung, und als sie den Kopf des wimmernden Tieres an ihre Brust drückte, wusste sie, dass sie entschieden hatte.

»Die Karstentöchter haben kein Glück«, sagte sie unten zu ihrem Vater, »aber wenn sie nicht wären, würden andere vielleicht noch weniger Glück haben. Gott braucht sie wohl für die Glücklosen.«

»Auch den Weizen braucht der Mensch zu seinem Glück«, sagte Dietrich Karsten mit seiner ruhigen Stimme. »Aber er schneidet ihn und drischt ihn und dann isst er ihn auf. Aber es soll nun so sein, wie du es willst.«

Am letzten Sonntag im Oktober zeigte Zerrgiebel seiner künftigen Frau sein Heim. Sie war zu Fuß gekommen und stand nun vor der Tür des kleinen Vorgartens, die Hände auf dem Rücken zusammengelegt und ihre beiden Hunde neben sich. Sie sah aus wie eine Frau aus den großen Wäldern, die zu schwerer Botschaft oder Buße zu den Menschen gekommen war und nicht wusste, ob sie jemals zurückkehren werde. Ihre Augen gingen um die fast bedrohliche Sauberkeit des Gartens, in dem außer ein paar Gilken keine Blume stand, um das kleine, abweisend blickende Haus und über sein Dach zu den Fichten des Waldrandes, der gleich einer unüberwindlichen Mauer hinter diesem letzten Leben stand. Sie versuchte mit blassen Lippen zu lächeln, als Zerrgiebel aus der Haustür stürzte. Aber es gelang ihr nicht. Er warf einen sorgenvollen, von Unmut nicht freien Blick auf die beiden Hunde und führte Gina ins Haus.

»Dies sind meine Hufen«, sagte er stolz, auf die zur Hälfte schon abgeernteten Beete weisend. »Bitte, tritt nicht auf die Kohlblätter«, unterwies er sie mit leiser Strenge. »Sie sind Gottes Geschöpfe, und jedes Blatt ist immerhin ein Löffel Suppe. Vergeudet wird hier nicht … Du brauchst nicht gleich bekümmert auszusehen, es war natürlich nur ein Scherz.«

Gina war weit davon entfernt, bekümmert auszusehen, sie hatte nur ihre Augen mit einer großen Frage auf ihn gerichtet.

Dann traten sie in das Haus. ›Es riecht nach Tinte‹, dachte Gina müde, ›aber es schadet ja nichts, es könnte ja nach Schlimmerem riechen.‹

Unten lag die Küche, das Wohnzimmer und eine Art von Salon, oben das Schlafzimmer und eine kleine Kammer. Alles war von peinlicher Sauberkeit, mit Decken vor der Sonne geschützt und mit Gaze vor den Fliegen behütet. Alles war auch von erschreckender Wesenlosigkeit. Kein menschlicher Atem hing in den Räumen, und sie hätten auch seit zehn Jahren leer gestanden haben können. Es war nicht vorstellbar, auf keine Weise, dass hier jemals ein Mensch gelacht oder geweint hatte. Die Wände waren tot, der Fußboden, die Ecken, die Türen, und dicht unter den Dielen musste ein abgrundtiefer Keller liegen, wahrscheinlich mit Fässern voller Tinte, unter Spinngeweben vergraben, und der angehaltene Atem seiner Geheimnisse stieg durch die Fugen der Dielen empor, und wenn Gina lauschte – und sie lauschte die ganze Zeit mit einer schrecklichen Angespanntheit –, glaubte sie Tropfen fallen zu hören, irgendwo im Dunklen, in einen tiefen Schacht, um dessen grauenvolles Geheimnis Zerrgiebel allein lächelnd wusste.

Gina musste Kaffee trinken, und Zerrgiebel erzählte. Er sprach unaufhörlich, und seine amtlich korrekten Perioden liefen kreisend wie ein Treibriemen durch die Dumpfheit des umgebenden Schweigens. ›Er schüttet Erde auf mich‹, dachte Gina, ›immerzu, immer mehr, um mich lebendig zu begraben ...‹

»Wo ist das Kind?«, fragte sie mitten in seine Worte hinein.

»In der Stadt«, erwiderte er mit leisem Vorwurf. »Der Knabe soll nicht wiederkehren, bevor die Mutterliebe ihn empfängt.« Er sagte nie anders als »der Knabe«.

Dann stand Gina auf und sagte, dass sie nun gehen müsse. Nein, sie wolle nicht, dass er sie begleite. Der Vater werde ihr entgegenkommen.

»Also Weihnachten?«, fragte er an der Gartentür.

»Wie du es willst.«

»Es ist ein Ros entsprungen ...«, sagte er feierlich.

Dann ging sie.

Sie kreuzte die Schienen, blieb einen Augenblick stehen und sah die glänzenden Bänder entlang, deren Verbundenheit und Unendlichkeit sie schmerzlich berührten. Dann war sie zwischen den Feldern, und das lautlose Land, von der müden Sonne beglänzt, trug seinen Frieden bis an ihre Füße. Die Vogelbeeren leuchteten, Wildgänse zogen, und der Ruf des Hähers erfüllte den leeren Wald. Sie sah die Bäume des Hofes in der Ferne und blieb so stehen, die Hände auf den Köpfen der Hunde, die Augen nach jener Küste des Glückes gerichtet. Aber die ganze Zeit über fühlte sie die Augen Gottes zwischen ihren Schultern, und sie wusste, dass er in ihrem Rücken irgendwo in den Wäldern stehen müsse, die Füße vielleicht in jener Gartentür und die leuchtende Stirn über die sich entlaubenden Wipfel gehoben. Und sie wusste, dass man Gott gehorchen müsse.

Auf der letzten Anhöhe stand der Bauer, auf seinen Stock gestützt, schwerer als sonst, wie es Gina schien, und sah ihr entgegen. Sie stieg langsam den sandigen Weg hinauf, und es war ihr, als schleppe sie ein ungeheures Kreuz zur Stätte der Marter empor, aber immer noch leuchte die strenge Stirn über den Wipfeln und prüfe den Schritt ihrer Füße.

Dann standen sie beide oben und sahen nach dem Hof hinüber. »Es ist ganz hübsch«, sagte Gina endlich. Und dann legte sie die Arme um ihres Vaters Hals und weinte ohne eine Träne.

Um dieselbe Stunde saß Zerrgiebel an seinem Schreibtisch und schrieb an seinen Vater, die »deutsche Eiche«, dass die Hochzeit auf Weihnachten festgesetzt sei, und dass er also nicht ganz so dumm sei, wie man immer angenommen habe. Auch verbreitete er sich in wohlgesetzten allgemeinen Ausführungen über das Verhältnis zwischen Vätern und Söhnen.

Nicht überall kam er in den entscheidenden Punkten der Erkenntnis nahe. Die Zerrgiebels hatten den Schatz der Sprache in reichlichem Maße in die Wiege gelegt bekommen, aber sie waren Händler und Artisten dieses Gutes, und sie spannten die Seile und Brücken ihrer Perioden über alle Abgründe, deren Tiefe ihnen irgendwie unbehaglich war. Sie hatten nicht Felder, Wolken und Sterne in ihrem Blut. Sie waren ein Kleinbürgergeschlecht mit ungelüfteten Seelen aus ungelüfteten Stuben. Sie hatten alle einen dumpfen Trieb nach irgendeinem warmen Ofen des Lebens, wo man wusste, dass der Holzvorrat reiche und niemand die Fenster ins Kalte aufmachen dürfe. Und deshalb waren sie alle Beamte, mit Pensionsberechtigung natürlich, und zu Beginn jedes Jahres berechneten sie, wie viel Sechzigstel ihnen nun schon zuständen. Da waren Pförtner und Briefträger, Weichensteller und Aktuare, und die Großen des Geschlechts saßen hinter Schaltern oder Amtspulten, aber mit demselben schiefen Blick einer tückischen Ergebenheit, grob gegen das Publikum, gebändigt gegen die Vorgesetzten, pünktlich, korrekt, mit schöner Handschrift, nie krank, nie Urlaub verlangend, zuverlässig, schweigsam und bestaubt wie Aktenschränke.

Es waren keine Seefahrer unter ihnen, keine Lehrer, keine Künstler, keine Landstreicher. Sie rollten aus dem Brutofen des Geschlechts wie Eier, gleich groß, gleich geformt, gleich gefärbt, und man hätte ihren Stammbaum als eine Reihe von Schränken darstellen können, an einer unendlichen Wand aufgereiht, perspektivisch sich verkleinernd, Serienarbeit einer unheimlichen Fabrik, die sich nicht genug an ihnen tun konnte.

Immer waren ihre Türen geschlossen. Es sprach aus ihnen, mit der gespenstischen Stimme einer Sprechplatte, aber niemand sah ihre Mechanik. Sie hatten bei ihrer bürgerlichen Solidität etwas Rattenhaftes an sich, die Unzugänglichkeit ihrer Wohnung, das Lauern trüber Blicke, das Tasten fahler, böser Hände, das Huschen um Unrat und Tod. Sie warteten immer auf die Nacht. Da war ein Geldbriefträger, der Geldbriefe geöffnet hatte, ein Kreisausschusssekretär, der Bestechungsgelder angenommen hatte, ein Aktuar, der Winkelgeschäfte betrieb. Aber keinem Zerrgiebel war etwas zu beweisen gewesen, niemals. Man pensionierte sie, und sie verschwanden lautlos in ihren Höhlen. Sie arbeiteten im Dunklen weiter, aber Geheimnis lag um ihr verborgenes Leben. Sie waren Verschwörer der Seele, aber sie lüfteten ihre Maske nicht. Keines ihrer Häuser war ohne Fensterladen, keine ihrer Türen ohne Schlüssel, keiner ihrer Wege ohne Umwege, keine Abmachung ohne schriftlichen Vertrag. Und alle hatten sie im Sarge eine kleine, böse Querfalte zwischen ihren spröden Augenbrauen, über die die Hand des Todes keine Gewalt hatte.

So war das Blut der beiden beschaffen, die Gott am Weihnachtstag zusammenfügte. Es war keine frohe Hochzeit, und der Schatten der Glücklosen lag schwer über dem weißen Tafeltuch. Es gab nur ein belebendes Ereignis: als der Geiger vom Musikantenpult an den Tisch trat und das Zehnmarkstück vor Zerrgiebels Teller legte, das dieser in edelmütiger Aufwallung der Kapelle geschickt hatte, damit sie »etwas Lustiges« spiele. »Dat's woll'n falschen, Herr«, sagte der Alte und ließ es auf den Tisch fallen. Es klang nach Blech, und ein peinliches Stillschweigen folgte.

Zerrgiebel prüfte den Tatbestand, musste ihn anerkennen und geriet sofort in den Zustand aufgeregter Entrüstung. Seine Finger knackten hörbar, und sein Schnurrbart hatte etwas böse Gesträubtes und Gereiztes.

»Das ist das Menschengeschlecht«, sagte er drohend, »das ist es in seinem wahren Glanze. Otterngezücht, böse von Jugend auf. Was sind die Zuchthäuser dagegen? Skorpionenhäuser müsste man für sie bauen. Und bei den Ausgaben, die ich in diesen Tagen gehabt habe, erschreckend hohen Ausgaben, leider Gottes, weiß ich nicht einmal, bei wem ich es eingewechselt habe. Aber ich kriege es heraus, bei Gott, ich kriege es heraus! Zuchthaus nicht unter zwei Jahren, mein Lieber, jawohl! Und Zerrgiebel bekommt eine Belohnung!«

Schweigen lag um den Tisch, und sie fühlten alle ein dumpfes Unbehagen bei dem Anblick dieses Gerechten und bei dem Klang seiner drohenden Worte. »Hei kiekt as'n Hamster«, sagte der Großknecht leise.

Gina winkte ihrem Vater bittend mit den Augen, und er gab dem Musikanten, der noch immer unbeholfen wartend dastand, mit einem gezwungenen Scherzwort ein anderes Goldstück. Zerrgiebel tat nicht ohne Erfolg, als sähe er es nicht.

Als Gina sich zur Fahrt umzog, war nur die Großmagd bei ihr. Sie sprachen nicht. Das Zimmer war schon ausgeräumt und unfreundlich, und von unten drang die Unruhe des Festes herauf. Dann drückte Gina die Pelzmütze über ihren dunklen Scheitel und sah sich um, wie man sich vor einer langen Reise umsieht. »Gott wird nun still sein, Margret«, sagte sie dann. Sie musste gestützt werden, als sie die Treppe hinunterstieg. Unten stand der Vater, und sie legte für eine Weile den Kopf an seine Brust. Von den Brüdern hatte sie schon Abschied genommen.

Dann stiegen sie in den Schlitten. Der Großknecht fuhr sie. Die Luft war still, und das Land schimmerte unter den hohen Sternen. Auf allen Höfen brannten die Weihnachtslichte, und das Gebell eines fernen Hundes sprang von Hügel zu Hügel. Gina wandte den Kopf nach ihm, als müsste sie die Hirten auf den Feldern sehen und den Stern von Bethlehem, aber es war nur eine weißliche Dämmerung, und die Sterne waren einer wie der andere. Noch nie waren sie ihr so hoch und so kalt erschienen.

Und dann hielt der Schlitten vor der Gartentür und fuhr wieder davon. Da war der Weg zwischen den beschneiten Beeten und die drei Treppenstufen. Gina setzte einen Fuß vor den andern, und bei jedem Schritt erwartete sie den Abgrund, der sich öffnen und in den sie ohne Schrei stürzen würde. Aber die Haustür tat sich auf, und unter der Lampe des schmalen Flurs stand ein vielleicht zehnjähriges Kind, eine böse Querfalte zwischen seinen spröden Augenbrauen, die Hände auf dem Rücken und sah tückisch von unten her an Gina herauf und dann über die Schulter zurück ins Dunkle, und es war Gina, als suche es unter der Dielenleiste das Loch, aus dem es lautlos aufgestiegen sei und in dem es wieder verschwinden werde, in die abgrundtiefen Keller, wo die Spinngewebe schaukelten und die Tropfen in den Schacht des Bodenlosen fielen.

»Dies ist der Knabe«, sagte Zerrgiebel lächelnd und stieß den Riegel vor die Tür. Das Haus schien zu dröhnen bis tief in die Keller hinein bei diesem Ton, und Gina hob die Hände mit geöffneten Fingern, als wollte sie die stürzende Decke auffangen. Aber dann beugte sie sich und küsste das Kind auf die Stirn, und es war ihr, als lächle es heimtückisch unter diesem Kuss und schiebe verstohlen die Hand in die Tasche, um etwas vor ihre Füße zu schleudern, ein kaltes, feuchtes, vielgliedriges Ungeziefer vielleicht, das auch Zerrgiebel heißen würde.

Und dann beugte sie sich unter Gottes Hand.

2.

Vom ersten Tag dieser Ehe aber geschah das Erschreckende, dass Gott nicht still war. Und es schien nicht nur ein harter, eifriger Gott zu sein, sondern auch ein listiger Gott, der sein Opfer bis an das Tor der Schmerzen lockte, aber nun erst in Wahrheit mit ihm zu spielen begann, weil er erkannt hatte, dass er ohne Mühe mit ihm spielen könne.

Gina hatte gedacht, dass es genug sei, Frau Zerrgiebel zu werden und dem Kinde eine Mutter zu sein. Auch hatte sie gewusst, dass sie eines neuen Lebens Mutter würde werden müssen. Aber alles andere hatte sie nicht gewusst, und in diesen ersten Monaten konnten ihre Augen mit einer harten Drohung in Gottes Augen blicken. Sie beugte sich, aber Gott musste sie schlagen, damit sie sich beuge. Niemals in ihrem Leben war sie geschlagen worden, und das Furchtbare des Erlebnisses traf wie ein Hammer auf ihr nacktes Herz. Sie war ungezwungen und unentstellt durch ein ruhiges, wenn auch ein wenig trauriges Leben gegangen. Sie hatte lachen und weinen, schweigen und reden dürfen, wenn ihre Seele es ihr befahl. Niemand verschloss den Wald vor ihr, den Ofenwinkel, den Regen, die Sterne. Sie war ein Vogel gewesen.

Der Habicht stand wohl ab und zu über ihr, aber sie hatte ihr Nest, die Hecken, die Zweige, das Unsichtbare, die unbetretenen Heiligtümer.

Nun aber richtete man sie ab. Das Zugeteilte war ihr Los: der Raum, die Nahrung, der Atem, die Freude. Und vor allem anderen das Alleinsein. Ihre Stimme wurde ihr verhasst, ihr Lächeln, der Blick ihrer Augen, das Gefühl ihres Körpers. Sie war wie ein Kind, dem man eine widerwärtige Speise in den Mund presst. Die Lippen schließen sich gehorsam, aber der Blick der verzweifelten Augen geht über die Härte der zuschauenden Augen in eine ganz weite Ferne, bis in die Hände eines unbekannten Gottes.

Es begann im Dunkel der Frühe, wenn der schneidende Ton des Weckers die Wände des Schlafes zusammenstürzte und das Bewusstsein des Lebens wie ein Gewölbe auf ihre Stirne niederbrach. Dann setzte ihr Herzschlag aus, und ihr Körper lag fremd und gelähmt um das schreckliche Schweigen. Und jedes Mal vernahm sie auf dem knirschenden Schnee der Straße einen zögernden Schritt, und jedes Mal dachte sie, dass es Gott sei, der nun von ihrem Bett in die großen Wälder gehe, wo er bis zum Abend die hungernden Tiere füttere.

»Etwas lebhafter, wenn ich bitten dürfte«, sagte Zerrgiebel und drehte sich behaglich auf die andere Seite. Sie kleidete sich im Dunkeln an, weil das Licht ihn störte, machte Feuer in der Küche und kam dann wieder herauf, um Theodor anzuziehen. Er lag wie ein kleines, böses Tier in seiner Kammer, und das Erste, was sie von ihm sah, sobald die Lampe brannte, war die Querfalte zwischen seinen Augenbrauen. Er sprach kein Wort am Morgen, aber seine eng zusammenstehenden Augen funkelten wie die einer Ratte, und sein Körper war ein einziger, geballter Widerstand. »Sei liebreich zu dem Knaben«, rief Zerrgiebel mit milder Mahnung durch die Tür. Der Knabe lächelte höhnisch und ließ die Zahnbürste in seine Waschschüssel fallen. Er steckte den rechten Fuß in den linken Schuh, den sie ihm entgegenhielt, und den rechten Arm in den linken Ärmel seiner Jacke. Es war sein Morgenvergnügen, ihm wie ein Erbrecht zustehend, und das Lächeln um seine Mundwinkel ließ unmissverständlich erkennen, dass er sich die ganze Zeit darauf freue.

Gina hatte nicht die Kraft, ihn zu schlagen. Ein dumpfes Grauen erfüllte sie vor diesem runden, blassen Gesicht, und jeden Morgen erwartete sie mit krankhafter Spannung, dass über Nacht auch ihm der blonde steile Schnurrbart Zerrgiebels gewachsen wäre. Sie hatte die jungen Tiere auf dem Karstenhofe geliebt, mit ihren klagenden Augen, die nichts als Spiegel waren, ihren feuchten, hungrigen Lippen und ihren hilflosen Gliedern, die ihnen immer irgendwie zu viel waren. Und sie hatte gedacht, dass Kinder etwas seien, auf deren Stirne noch der Atem Gottes hafte. Aber nun dachte sie, dass dieses Kind sicherlich in dem furchtbaren Keller geboren worden sei, dessen Atem bis an ihr Bett stieg, und die Mutter wohl dort gelebt habe, immerdar, und vielleicht noch dort lebe und gar nicht gestorben sei, wie Zerrgiebel gesagt habe.

Sie sah scheu von der Seite auf seine lautlosen Bewegungen, mit denen er sich über seine Büchertasche beugte, und dass er wie immer die rechte Hand in seiner Tasche hielt, gleichsam um etwas Verborgenes geklammert, das er aufheben könne zum Wurf oder zum Stoß, wenn man ihn reizen sollte.

Und dann kam der Kaffeetisch. Alle Zerrgiebels aßen hastig und leise, mit den Blicken eines Vogels, der eine Beute gerettet hat, und immer stand in ihren Zügen ein Missvergnügen, dass auch andere aßen. Ihre Hände glitten nicht wie in einem schönen Spiel um die Speise, sondern griffen sie an wie in einem Kampf, und in ihrem Sieg lag etwas Rohes, fast Blutiges.

Zwischendurch fragte Zerrgiebel seinen Sohn nach seinen Tagesaufgaben. Er erhielt mürrische, sehr unvollkommene Antworten. Dann schüttelte er bekümmert den Kopf.

»Der sittliche Kern des Geschlechtes welkt dahin«, sagte er leise, den trüben Blick auf Gina gerichtet. »Die Pfeiler wanken, Pflichtgefühl, Fleiß, Strebsamkeit. Ich werde mit Gram in die Grube fahren. Sag du es, Gina: zwölf mal dreizehn, wie viel?«

»Einhundertsechsundfünfzig«, erwiderte sie mit starrem Gesicht.

»Brav, meine Liebe, sehr brav. Und da sagt man, dass die Bauern keinen Verstand haben. Wiederhole, Theodor, mein Liebling. Wie viel?«

Aber Theodor schwieg bisweilen auf solche Fragen. Dann führte Zerrgiebel lächelnd mit der Rechten die Kaffeetasse zum Munde, und mit der Linken drückte er Theodors Oberarm langsam zusammen. Es sah aus, als spiele er, aber die Falte zuckte zwischen seinen Brauen, und das Kind biss die Zähne in die blasse Unterlippe. Und dann sagte es tonlos, mit geschlossenen Augen die Antwort. »Siehst du wohl«, meinte Zerrgiebel, die Augen lächelnd auf Gina gerichtet.

Mitunter las er aus der letzten Abendzeitung eine Skandalnotiz, die er rot angestrichen hatte, und tauchte sie Zoll für Zoll in die Säure seiner Betrachtung. »Tja, die Gebildeten ...«, sagte er freundlich, und er zerlegte das Leben seiner Vorgesetzten und aller Honoratioren des Städtchens sauber und kunstgerecht wie ein Präparat. »Ich kenne sie«, sagte er bescheiden, »ihre Frauen, ihre Söhne, ihre Töchter, ihre Dienstboten. Alles gebucht, belegt und beglaubigt. Ich bin ein einfacher Mann, aber wenn sie wüssten, würden sie zittern ... Auch du zitterst, meine Liebe, aber du brauchst es nicht ... Tue recht und scheue niemand! Das ist die Devise. Wiederhole, Theodor, mein Liebling ... ja, so war es richtig.«

Gina zitterte wirklich. War er nicht zur Nacht in den Kellern gewesen und lagen dort nicht aufgehäuft die Bücher aller dieser Menschen, die er nun aus dem Gedächtnis ablas? Hatte er sie nicht in Ketten geschlossen, in kleinen Nischen, an verrostete Ringe in der feuchten Mauer? Und ging er nicht von einem zum andern, die Hand um ihren Arm legend wie um den seines Sohnes, bis sie bekannten, alles und mehr als alles? Und dann saß er wohl irgendwo an einem steinernen Tisch und schrieb es auf, Geständnis um Geständnis, mit seinen klaren, geschwungenen Buchstaben, und kein Wort fiel aus der ehernen Kammer seines Gedächtnisses.

»Lasst uns beten«, sagte Zerrgiebel feierlich zum Abschluss.

Theodor musste einen Psalm lesen, und Zerrgiebel faltete die knochigen Hände, den lächelnden Blick auf seine Frau gerichtet.

Das erste Mal hatte Gina fassungslos in dieser Szene gesessen, deren Verruchtheit sie unbewusst fühlte. Die Stimme des Kindes hatte die leise Drohung einer lose gespannten Stahlsaite, und es spielte mit diesem Instrument in einer Bosheit, die in einem schrecklichen Gegensatz zu den einfachen Worten des Buches stand. Die Wehrlosigkeit des Frommen und Schönen war in seine Hände gegeben, und es war, als spiele ein Unhold mit dem entstellten Leichnam eines schuldlosen Tieres.

Sie war aufgestanden, hatte das Buch aus seinen Händen gerissen und war zur Türe gegangen. Aber sie war so lautlos und unwiderstehlich ergriffen und zu ihrem Platz zurückgeführt worden wie von dem Treibriemen einer verborgenen Maschine. »Derartiges ist hier nicht üblich«, klang es aus der Tiefe stählerner Abgründe. »Lies zu Ende,

mein Liebling.« Und sie verleugnete Gott und weinte nicht einmal
darum.

Dann gingen sie den kurzen Weg zum Bahnhof. Zerrgiebel legte
Wert darauf, dass Gina sie begleite und ihnen zum Abschied winke.
»Die Leute sollen sich auch ein wenig an unsrem Glück freuen.« Sie
sah Vater und Sohn einsteigen, wusste nach der Zahl ihrer Herzschläge,
wie lange der Zug hielt und sah dann die beiden Gesichter noch einmal
im Fenster. Dieses Nebeneinander war die letzte Hypnose, der man sie
unterwarf, eine Lähmung, die nicht aus einer Addition zweier Erscheinungen floss, sondern aus einer unendlichen Potenz, zu der ihre Ähnlichkeit stieg. ›Wenn auch er einen Schnurrbart hätte‹, dachte sie beim
letzten Blick auf das Kind, ›das wäre der Tod, ganz gewiss …‹

Im Hause, ohne den Mantel abzulegen, sank sie auf den ersten Stuhl
und saß so, die Hände gefaltet, mit geschlossenen Augen, wohl eine
Stunde lang. Und dann begann sie an ihre Arbeit zu gehen. Es war
ihr, als höbe sie die einzelnen Stunden auf eine kaum merklich geneigte
Ebene, ließe sie ablaufen und blickte ihnen nun nach, wie sie als drohende Kugeln zu Tale rollten, ein leeres Echo aus leeren Wänden rufend
und in einer unmessbaren Ferne verhallend. Sie konnte dabei lächeln
gleich einer Maske und plötzlich still erschrocken vor einen Spiegel
gehen und sich, immer noch lächelnd, betrachten, und die vier geheimnisvollen Augen versanken ineinander, starr und verständnislos wie
die Augen eines Tieres in seinem Spiegelbild.

Um die Mittagszeit kam Theodor, der sein Erscheinen durch einen
Schneeball anzukündigen liebte, den er gegen das Fenster warf. Mitunter
auch erschien sein bleiches Gesicht lautlos vor der Fensterscheibe, wie
aus dem Keller emporwachsend, und starrte regungslos in den dämmernden Raum, unter wimperlosen Lidern, die böse wie die eines
Greises erschienen.

Er saß und kauerte dann in einer Ecke, mit seinen Schulaufgaben
beschäftigt, die rechte Hand in der Tasche, aber seine Augen waren
gleich Messern hinter einem Vorhang, und es war, als halte er die
Hand in unaufhörlicher Wachsamkeit an seiner Schnur. Er antwortete,
wenn sie fragte, und tat bisweilen, was sie wünschte, aber er lächelte
dabei, ein erschreckend unkindliches, ein gleichsam zeitloses Lächeln,
und keinen Augenblick lang konnte jemand im Zweifel sein, dass er
die Freiheit besaß, nicht zu antworten und nichts zu tun.

In der Dämmerung kam Zerrgiebel. Sie mussten im Flur sein, wenn die Haustür sich bewegte, ihm Hut und Mantel abnehmen, die Hausjacke, die Hausschuhe anziehen, des Winkes seiner Augen, des Zuckens seiner Querfalte stets gewärtig sein. Nach dem Essen verschwand er für eine Stunde, die Aktentasche in der Hand, man wusste nicht wohin. Gina lauschte zwischen ihren schmerzenden Herzschlägen, und das Kind saß in seiner Ecke und starrte sie an. Es erriet aus ihrer Haltung die Wege ihrer Angst, und einmal sagte es lächelnd:

»Sicher ist er im Keller.«

Nach seiner Rückkehr war Zerrgiebel heiter, fast aufgeräumt, und schlug ein Spiel im Familienkreise vor. Lesen und Spazierengehen fand er dumm. Niemand kam, niemand schrieb, niemand verlangte nach ihnen. Der Wind rauschte drohend im Fichtenwald, ein Schritt kam die Straße entlang, wurde leiser, erstarb, ein Hund bellte, das Läutesignal am Bahnhof schlug mit seinem Hammer in das erschreckte Schweigen, und die Flamme der Petroleumlampe sang ihre sterbende Klage vor sich hin.

Dann aßen sie, und dann kam das Grauen des Schlafzimmers und der Nacht.

Gina kannte niemanden in der Siedlung. Man grüßte sie, achtungsvoll, mit einer fast schmerzlichen Ergebenheit, der Bahnhofsvorsteher, der Lehrer, der Kaufmann, vom Sehen Gekannte und ganz Fremde. Sie dankte wie in einen Wald hinein, aus dem die Vögel riefen. Aber sie kannte niemanden. Sie ging nicht auf den Karstenhof, und sie wollte nicht, dass jemand zu ihr komme. Aber am Vormittag, zuerst nur hin und wieder, dann regelmäßig, ging sie den Weg jenes Oktobersonntags bis zu der Höhe, von der man die entlaubten Wipfel über den Giebeln zu sehen vermeinen konnte. Hier saß sie auf einem der großen Feldsteine am Wegrande, die Hände im Schoß gefaltet, und sah mit tränenlosen Augen über die beschneiten oder im Nebel versinkenden Felder nach jener Stelle des Horizontes, aus der Gottes Hand sich hob. Und dann ging sie, ohne sich umzublicken, den Weg zurück.

Schon nach dem ersten Monat ihrer Ehe war Gina sehr still geworden. Sie erkannte ihr Leben, sie erkannte es sogar mit unheimlicher Schärfe, aber sie vermochte es nicht auszusprechen. Auch ihre Gedichte und Märchen hatte sie gekonnt, Wort für Wort, mit schönen und ergreifenden Worten, aber sie hatte sie nicht zu sprechen vermocht. Sie wusste, dass sie betrogen worden war, von Gott und Menschen auf eine schreckliche Weise betrogen, aber sie konnte es nicht sagen. Dass sie geschändet und erwürgt wurde von einem Mann und einem Kinde, dass sie sich scheiden lassen müsste, dass sie eher sterben müsste, als so zu leben. Aber sie konnte es nicht sagen. Es war ihr, als ginge sie den Weg dieser Tage und Nächte mit geschlossenen Füßen, die nebeneinander herglitten, durch eine kurze Kette verbunden und in einen grauenvollen Nebel geschoben, in dem ein fernes Wasser brauste. Sie nahm, wie die Kinder und Greise des Karstengeschlechts zu tun pflegten, ihr Leben auseinander, aber ohne es wieder zusammenzusetzen. Sie hielt die einzelnen Teile in der Hand, rieb sie an ihrem Herzen blank und legte sie wie in einen Sarg. Da waren Puppen und Tiere, Blumen und Weizenfelder, Bibelstellen und das Herdfeuer in der Küche. Törichtes und Sinnvolles war, Verbundenes und Auseinanderfallendes. Aber über allem war ein Duft wie über einer gemähten Wiese nach einem Abendregen, und über allem standen die Sterne des Unauslöschlichen.

Es war das Blut, das sie hielt. Keine Hoffnung, keine Pflicht, kein Gesetz. Nur das Blut. Und als sie die erste Regung des neuen Lebens unter ihrem Herzen fühlte und die Hände mit den geöffneten Fingern weit von sich streckte im namenlosen Entsetzen vor dem, was in ihr geschah wie in einem fremden Keller, hielt das Blut sie davon ab, sich zu zerstören, bevor es wüchse und sich von ihr nährte, dieses Fremde mit den eng zusammenstehenden Augen, das ein Dämon in sie hineinverborgen hatte, damit er sich freue an seiner Macht und seinem Spiegelbild.

Doch wurde nach der ersten Erschütterung dies Wissen um ein Lebendiges wie eine Kammer des Friedens für sie. In der toten Welt war es ein leiser Atem, nur ihr vernehmlich; in dem schrecklichen Schweigen ein leises Sprechen, nur ihr hörbar; unter der ständigen Lauer der vier Augen ein ganz Verborgenes, nur ihr sichtbar. Und so wob sich das Gewebe des neuen Lebens unter den Händen des Hasses und der Liebe, geknüpft und zerrissen, beleuchtet in stumpfem Grau, und die beiden seltsamen Augen standen wie ein Symbol verbundener Fremdheit über der Tiefe, in der Gott in eine neue Offenbarung wuchs.

Im Juni, als der Roggen blühte und sie schon ein wenig schwerfälligen Ganges war, geschah es, dass ein Fremder ihr antat, was weder Vater noch Mutter ihr angetan hatten, sodass die Schmach sie brannte wie ein Feuermal. Zerrgiebel war aufgeräumter als sonst zurückgekehrt –

es war ein Sonnabend – und länger als sonst in seiner geheimen Stunde gewesen. Sie war schon in der Küche, um das Abendessen zu bereiten, als er, anscheinend mit einer Geste der Großmut, sie ersuchte, in den Keller zu gehen und eine Flasche Wein heraufzuholen. Es seien noch ein paar Flaschen leichten Mosels da und ihn verlange nach einer beglänzten Stunde. So war sein Ausdruck, den er mit einem leisen Spott gleichsam vor ihr ausbreitete. Gina fühlte ihre Knie zittern und sagte, dass sie das nicht könne. Er verlangte Gründe, zureichende und überzeugende, aus einer lächelnden Entfernung wie vor dem Widerspruch eines Kindes oder eines jungen Tieres. Sie schwieg, er begann zu drohen, mit einer gefährlichen Sanftheit, ergriff ihren Arm, als ob sie Theodor wäre, und zog sie nach der Tür.

Ihr Gesicht war nun weiß vor Angst, doch schrie sie nicht, sondern ließ sich nur zu Boden fallen, schwer wie eine entgleitende und stürzende Last. Er beugte sich über sie, zunächst nur in einer Fassungslosigkeit des Erstaunens. Und dann, unter dem unverhüllten Hass ihrer dunklen Augen, schlug er sie hart ins Gesicht. Sie lächelte, und er wiederholte den Schlag. Aber unverändert spielte das grauenhafte Lächeln einer Toten um ihren Mund.

Wortlos, langsam rückwärtsgehend, verließ Zerrgiebel den Raum.

Und nun, unter der Schmach des Unerhörten, tat Gina, was noch nie eine Karstentochter getan hatte. Sie hob sich langsam auf, wie aus der Schande von tausend Augen, zuerst auf die Knie, dann auf die Füße, und ohne das Licht zu löschen und nach Mantel oder Tuch zu greifen, ging sie aus dem Hause, die noch helle Straße entlang, über die Schienen hinweg, auf den täglichen Weg nach dem Karstenhof. Ihre Füße glitten bewusstlos vor ihr hin, dicht nebeneinander, in bestaubten Schuhen, wie ein taubes Räderwerk, das sich zu Tode lief, und um ihre Lippen stand das eingegrabene Lächeln, vor dem die ihr Begegnenden die Blicke senkten wie vor der gewaltsamen Entblößung einer Heiligen.

So ging sie durch den Abendfrieden als die erste ihres Geschlechtes, die ihr Haus noch nicht bestellt hatte, vor ihrer Zeit und vor ihrem letzten Abendmahl. Aber sie fühlte keine Scham, weder der Feigen noch der Gesetzlosen. Sie ging wie ein verkauftes Tier, das aus der Fremde in die Heimat kehrt, durch das graue Unbekannte, über Felder, Bruch und Zaun, mit geschlossenen Augen, weil nur sie den Weg finden. Friede ist nicht und nicht Gefahr, Sonne nicht und nicht Sterne, nur der Schattenarm des Weisers, der am Wege der Seele steht. Der Duft der gemähten Wiesen teilte sich gleich einer Wand bei jedem Schritt und schloss sich hinter ihr, sodass das Kommende sich öffnete und das Gewesene hinter Mauern versank. Das Abendrot überwachte noch die Ferne dunkelnder Hügel, mit sanftem Zutrauen die weiße Dämmerung erfüllend, und aus seinem rötlichen Saum stieg der Ruf der Wiesenschnarre wie ein Spiel des müden Gottes über den Abendtau.

Mit dem Augenblick, in dem Gina den Fuß über die Grenze der väterlichen Erde setzte, erlosch das Lächeln um ihre Lippen, und eine tiefe Versunkenheit umspann ihr blasses Gesicht, mit jedem Schritt wachsend, als gehe sie in einer träumenden Starrheit leise rufend und leise gerufen wie ein Kind in einen Wald der Zauber. Sie verließ den Weg und ging die Grenze entlang, auf den schmalen Rainen, wo das Korn an ihre Brust reichte. Ihre Hände streiften durch die Ähren, das Gras nässte ihre Füße, und der Tau fiel auf ihren bloßen Scheitel. Sie wusste nicht, weshalb sie dort gehe, sie wusste kaum, ob sie selbst es sei. Sie ging nur aus der Schande, deren Schlag noch in ihrem Gesicht brannte. Andere konnten wohl zu ihrer Mutter gehen oder in die erlösende Reinheit des Wassers, aber sie musste hier gehen, wo der Roggen unter dem steigenden Monde blühte. Alle Karstens gingen mit ihr und hielten den Schild über sie. Sie standen schweigend aus den Feldern auf, in denen ihr Schweiß ruhte und ihr Staub, ihre Blicke und stillen Gedanken, und schlossen sich ihr lautlos an, Männer und Frauen und die als Kinder gestorben waren. Und Gina, das Kind, ging mit und alles Getier, das sie getröstet und geheilt hatte. Ein ganzes Heer war um ihren Weg, diese stillen, ernsten und guten Gesichter, die aus jedem Schlaf sich erhoben, wenn man sie rief, die alles beiseitelegten, wenn man sie brauchte, und die mitkamen, auch in den Tod.

So umwandelte Gina das Reich ihres Blutes, segnend und gesegnet, gleich einer schweigenden Rutengängerin, und bei jedem Schritt neigte die Rute sich zur Erde, und überall klopften die Adern aus der Tiefe. Sie hatte nicht geweint in diesen sechs Monaten und kein Wort des Trostes empfangen, bis die misshandelte Natur sie zum Tisch des Herrn gehen ließ, den das Geschlecht für die Kommenden bereitet hatte, wenn sie seiner bedürfen sollten.

Und als sie den Hof erreicht hatte, ging sie durch die offenen Ställe, von Tür zu Tür, von Laut zu Laut, mit ihren schönen Händen den

Schlaf berührend und die Erschöpfung, und aus jeder Berührung floss der Friede des Unverlierbaren in die zerstörten Kammern ihres Seins.

Die Tür des Hauses war geöffnet, und sie saß eine kurze Zeit auf der Schwelle und gedachte in müder, noch ein wenig verwirrter Erinnerung ihrer Mutter. Der Riegel dröhnte in Zerrgiebels Hause, allabendlich, und sie wusste nun, hier auf dieser Schwelle, zum ersten Mal, weshalb es so schrecklich gewesen war, schon an jenem ersten Abend. Sechs Monate hatte sie es nicht gewusst, und nun, in der hellen Nacht der Erschütterungen, glitt der Vorhang von versunkenen Erinnerungen, und das Unbewusste wurde bewusst. Ein Tisch mit einer Lampe war und viele Gesichter, und der Sturm ging um das Haus. Und Gina saß auf Margrets Schoß und war müde und ein wenig furchtsam. Und sie sah die Hand der Mutter, wie sie sich auf des Vaters Arm legte, und hörte ihre ruhige Stimme, von der Gina in einer seltsamen Eingebung immer sagte, sie sei wie eine Linde. »Du musst die Türe auflassen, Dietrich«, sagte sie, »immer und jede Nacht. Denn Gott kann zu uns kommen wollen oder ein Sterbender, und sie dürfen nicht auf der Schwelle bleiben.« Und der Vater hatte still gelächelt, und dann war das Bild zu Ende. Vor ihm war die Nacht des nicht mehr Gewussten, und hinter ihm war sie. Aber dieses Bild war wie ein Stern zwischen zwei Wolken, klar und ganz scharf, und selbst der Tonfall der Worte schien noch nachzuhallen durch den Raum der langen Jahre. Und Gina wusste, dass das Wort »ein Sterbender« ihr als eine schwarze Kugel erschienen war, die langsam und schwer über den Tisch rollte, bis in der Mutter Schoß.

›Wie seltsam, dass mir dies einfällt‹, dachte sie, ›hier und zu dieser Stunde … das ist der Segen der Füße, die über diese Schwelle gegangen sind, ganz gewisslich ist er das …‹

Dann saß sie vor dem Küchenherd und tastete nach den Streichhölzern, und ihre Seele stand noch immer zwischen Wachsein und Traum. Und dann brannte das Feuer, und sie sah hinein wie sonst, die Hände in dem roten Schein spielerisch bewegend. Ihr Rücken schmerzte wie zerbrochen, und das neue Leben regte seine Glieder in der dunklen Kammer, von der sie nicht wusste, ob sie ihr zugehörte oder einem Dämon. Sie stützte den Kopf in beide Hände und trieb nun wie ein dunkler Ball in einem grauen Wasser. Und wenn es sie schwindelte, konnte sie heraustreten aus diesem Dunklen und Getriebenen, an ein stilles Ufer, und von dort zusehen wie einem toten Ding, und sie war außer sich und in sich zu gleicher Zeit, wie es in Träumen geschieht oder in schwerem Fieber.

Sie verwunderte sich auch nicht, als der Vater leise aus seiner Stube kam und bei ihr stand. »Das ist ja schön, Gina«, sagte er, »dass du da bist.«

Sie sah zu ihm auf, in sein stilles, erschüttertes Gesicht. »Du musst mir verzeihen, Vater«, sagte sie. »Ich wollte das alles nur einmal streicheln. Es sollte mich niemand sehen, und die Haustür war ja auf … für Gott und die Sterbenden, weißt du.«

Er saß auf dem Schemel neben ihr, den Feuerhaken gedankenlos in den Händen, und sie sah, dass er das Eisen zu einem rechten Winkel zusammenbog. Aber seine Augen waren gut und traurig wie immer.

»Gott biegt noch stärker, Vater«, sagte sie leise.

Der Tau tropfte von ihrem Kleide, und sie strich mit ihren Händen das Wasser von ihren Knien.

»Du hast dich verletzt, Gina?«, fragte er, sich zu ihrem Gesicht beugend, auf dem die Spur des Schlages noch brannte. Aber schon während seiner Worte wandte er sich wieder ab und suchte in dem Holz nach einem Scheit zum Nachlegen. Und sie sah, wie seine alten, verarbeiteten Hände zitterten.

»Ja, es war wohl ein Ast«, erwiderte sie, zur Seite blickend, »und er wusste wohl nicht im Dunkeln, was er tat …«

»Es ist schwer, im Dunkeln alles zu wissen, Tochter.«

»Weißt du, Vater, es ist so merkwürdig, wenn ich jetzt zurückdenke … es war nie dunkel hier auf dem Hof. Es muss wohl jeden Tag die Sonne geschienen haben, und abends war das Feuer, und dann war die Lampe, und dann war Gottes Licht über dem Schlaf … ich möchte in deiner Stube schlafen, Vater.«

Er stützte sie und ging wieder in die Küche, bis sie die nassen Kleider abgestreift hatte. Dann saß er neben dem Bett und hielt ihre Hand.

»Es ist … nie eine von ihnen zurückgekommen, Vater?«, fragte sie, schon mit geschlossenen Augen. »Vor ihrer Zeit?«

»Nein, Gina.«

»Ob sie sich gefürchtet haben?«

»Sie waren wohl zu stolz, Gina. Aber ich glaube, es war eine falsche Furche in ihrem Stolz.«

»Ja, es ist wohl so, dass auch Gott nicht immer gut pflügt. Aber man muss auch die falsche Furche gehen. Man darf nichts auslassen auf seinem Feld, Vater, nicht wahr?«

»Wenn du willst, werden wir kein Korn säen in diesem Jahr, Gina.« Sie legte seine Hand auf ihre geschlagene Wange, und ihr Atem senkte sich zum Schlafe. »Man darf nichts auslassen, Vater«, sagte sie ganz leise, »nichts auslassen ...«

Und dann schlief sie ein.

Am nächsten Tage, zur angemessenen Zeit, erschien Zerrgiebel mit Theodor. Das Gesinde war in der Kirche, und der Hof lag still in der Sonne. »Wie es wächst, Schwiegervater!«, sagte er begeistert. »Der Segen Gottes liegt auf deinen Feldern, sichtbarlich, in der Tat. Und ich sah die Taler hierherrollen, auf allen Wegen. Ein berauschender Anblick!«

Dietrich Karsten sah auf die knochige Hand, die zärtlich über den steilen Schnurrbart glitt, und musste dann zur Seite sehen. »Lass den Jungen hier und komm mit«, sagte er.

Er ging voran, auf die Felder hinaus, ohne sich umzublicken. Er ging bis zu einem Hügel, an dessen Fuß Feldsteine zu einem großen Haufen zusammengetragen waren. Eine verkrüppelte Kiefer wuchs über ihnen, und Unkraut wucherte an ihrem Rand. Inmitten der blühenden Felder war es ein trauriger Ort, und eine Elster flog lärmend aus den dunklen Zweigen nach einem nahen Gehölz.

Der Bauer stand still, die Hände über seinem Stock gefaltet, und sah über seine fruchtbare Erde hin. »Die Karstentöchter«, sagte er – und er sprach, als lese er es aus einem Buche ab –, »haben niemals Glück gehabt. Schon damals nicht, als sie am Meere saßen. Aber sie hielten still, denn es war ja ihre Sache, und weder Mensch noch Tier wurden auf unsren Höfen gezwungen. Aber einmal, es ist schon viele Geschlechter her, kam eine von ihnen zurück, und sie hatte hässliche Striemen auf ihrer Haut. Da kamen die Karstens zusammen und luden ihn vor ihr Gericht. Und er sollte sagen, weshalb es so gewesen sei. Aber er verhöhnte sie und meinte, es sei noch gar nicht so lange her, dass jeder Bauer die Peitsche auf seinem Rücken gefühlt habe, und es sei dem Bauern sehr gut, dass man ihn von Zeit zu Zeit daran erinnere. Und da führten sie ihn auf das Feld und sagten ihm, er solle ein Vaterunser sprechen. Aber er spie ihnen ins Gesicht und meinte, das sei gut so für sie. Und da erschlugen sie ihn mit Steinen, alle zusammen, und ließen den Leichnam unter dem Hügel. Sie mussten alle büßen, im

Kerker, und man sagt, sie seien seither stille Leute geworden. Und auf jedem Karstenhof liegt heute noch solch ein Steinhügel, und man sagt, dass sie ihn zum Gedächtnis errichten. Gott schlägt die Karstentöchter wohl hart, aber weder Vater noch Mutter haben sie anders als in Liebe berührt.«

Er stand noch eine kurze Weile, den Fuß auf die Steine setzend, und ging dann langsam zum Hofe zurück. Zerrgiebel, etwas mühsam lächelnd, folgte ihm schweigend.

Dann bat Gina, dass der Vater anspanne, um sie zurückzufahren. Sie mussten eine Weile nach Theodor suchen und fanden ihn im Kälberstall, wo er den jungen Tieren die Schwänze mit Peitschenschnüren zusammenband.

»Welch ein Humor!«, sagte Zerrgiebel bewundernd. »Sieh nur, Gina, diese herrlichen Knoten, die er gemacht hat ... ein zuverlässiges Geschlecht, die Zerrgiebels. Was sie anfassen, hat Hand und Fuß!«

Der Bauer und Gina mühten sich wortlos um die unruhigen Tiere, und Theodor stand daneben, die rechte Hand in der Tasche, schweigend und nachdenklich an einer Mohrrübe nagend, die er aus dem Garten gezogen hatte.

Dann fuhren sie ab.

Die Tage liefen wie Schienen in das Jahr hinein, vom Schrei des Weckers in der Frühe bis zum Dröhnen des Riegels am Abend. Die Unterhaltungen blieben, die Mahlzeiten, die Spiele. Nur die Gebete erfuhren eine stärkere Betonung. »Der Sünder bedarf der Hilfe, mein Liebling«, sagte Zerrgiebel zu seinem Sohn, die Augen lächelnd auf Gina gerichtet. »Bis ins dritte und vierte Glied ... ja, so ist es. Wer wirft den ersten Stein? Ja, lasset uns beten.«

Gina ging nicht mehr den täglichen Weg zu dem Hügel, von dem man die Baumwipfel des Hofes sehen konnte. Sie hatte ihre Gnade vorweggenommen und hatte nun zu warten bis zum letzten Abendmahl. Aber als die Erdbeeren reiften, ging sie oft in den Wald hinter dem Hause, tief hinein, und saß dort lange, auf dem Tannenhang über den Schonungen, und hörte den Kuckuck rufen und das Klopfen des Spechtes in den hohen Wipfeln. Es schien ihr, als sei die Last des neuen Lebens hier sanfter zu tragen, wo Dach und Wände des großen Hauses lebendig waren, nicht tot wie dort, und wo keine grauenvolle Tiefe dunkler Keller sich dumpf tönend unter ihr breitete, sondern die warme Erde, in der die Wurzeln leise atmeten, die Quellen sprachen und die Steine schliefen. Und sie grub die Hände tief in das Moos, als würde der Segen des Waldes durch sie hinaufsteigen bis an den durstigen Mund dessen, an dessen Seele noch gebaut wurde und die schon nach jedem Bilde sich formte, das man vor die blinden Augen stellte.

Dinge und Zeiten verloren ihr Gewicht wie bei einem Kinde. Sie saß im Walde wie an ihrer Mutter Kleid, und ihre Gedanken spielten mit den Tieren und Stunden ihrer Kindheit wie mit bunten Bällen, die man ins Moos rollen ließ und wieder aufhob. Einmal kam der Förster vorbei, aber er grüßte nur still, als wisse er, dass es Genoveva im Walde sei, die dort sitze und die seltsamen Augen zu ihm hebe, und sein Hund kam noch einmal zurück und ließ sich von ihren Händen streicheln. Kehrte sie dann wieder heim in das Haus, so empfand sie wohl alle harte Wirklichkeit, aber sie war doch von ihrem Geheimnis still und beglückend erfüllt und schlug einen Mantel um sich, von dem niemand wusste als sie allein.

Doch lag sie in den Nächten lange wach und lauschte auf den zweiten Herzschlag in ihr und fühlte, dass ihre Wege immer enger wurden und die Kreise immer kleiner, die um die verschlossene Kammer liefen. Und ob sie auch weit fort ging, in den Wald und in die Jahre ihrer Kindheit und noch weiter bis in den Nebel der vergangenen Geschlechter, so kehrte sie doch immer wieder und legte das Ohr an die dunkle Tür und sprach viele schnelle Worte, um die eine Frage zu übertönen, die sich doch nicht übertönen ließ, ob sie auch die Hände faltete: »Hasse ich es oder liebe ich es?«

Sie wusste nicht, dass diese Frage schon Antwort war, und sie dachte mit immer wachsender Angst, dass in den Bibeln der Karstensöhne kein Name eines Kindes stand, das eine Karstentochter geboren hatte. Immer hatte das fremde Blut das Karstenblut erwürgt, und die Mütter hatten das Schwerste getragen, das sie tragen konnten: sie hatten unedel geboren.

»Erinnerst du dich an deine Mutter, Theodor?«, fragte sie einmal den Knaben.

Er hob die Augen von seinem Buch und sah sie lange an, mit all der frühen Bosheit der Zerrgiebels, die durch Lächeln, Blick und Schweigen töteten.

»Ich besinne mich auf sie«, sagte er langsam, »als sie im Keller am Haken hing. Sie zeigte ihre Zunge, und der Vater schnitt sie ab.«

Ginas Kopf fiel gegen die Lehne ihres Sessels. Ein Brausen stieg durch die Dielen empor, zerbrach die Bretter und riss die feuchten Abgründe auf, in denen das Entsetzen kauerte. Und die Hände der Toten hoben sich auf zu ihr, damit sie nicht so allein sei in ihrem dunklen Reich.

Vielleicht war es die Enthüllung des bisher Unenthüllten, die Verwandlung von Grauen in Wissen, des Gespenstes in eine Tote. Aber als Gina erwachte, war sie aus dem Nebel getreten. Die Linien der Landschaft waren hart und klar, aber die Berge waren zu sehen und die Abgründe, die Nähe und die Ferne. Die Richter hatten gesprochen, und sie hatte ihr Urteil empfangen. Es gab keine Folter mehr und keine lautlose Drohung. Sie hatte zu büßen, und das Gesetz stand strafend wie schützend über ihr. Sie hob ihre Hand ruhig gegen das Kind und sagte: »Geh hinaus. Ich will nicht, dass du in diesem Zimmer bist.« Als er zögerte, stand sie auf und ging langsam auf ihn zu, wobei in ihren Augen eine kalte Entschlossenheit erschien. Da verließ er wortlos den Raum.

Am Abend, als das Kind in seine Kammer gegangen war, sah sie von der Bibel auf, in der sie gelesen hatte – ihrer eigenen, nicht der des Hauses –, und betrachtete Zerrgiebel, bis er über den Rand der Zeitung zu ihr hinüberblickte. »Weshalb hat sie das getan?«, fragte sie.

Es schien, als verstehe er zunächst nicht, bis sie mit der Hand auf die Dielen zeigte.

»Ah!«, meinte er. »Man hat spioniert?«

Sie wiederholte die Frage.

Er legte die Zeitung aus der Hand, drückte seine Finger ineinander und betrachtete dann aufmerksam die zusammengelegten Spitzen. »Tja ...«, sagte er dann, »sie war eben zu schwach, verstehst du. Einfach zu schwach für das Leben. Ich war ein guter Mann. Alle Zerrgiebels sind gut. Aber sie haben eine bestimmte Form des Lebens, und da wollte sie nicht hinein. Sie glaubte Anspruch auf eine eigene Form zu haben, und das war natürlich töricht. Und da ... wie soll man sagen ... da entäußerte sie sich eben ihrer Form. Eine Dummheit, aber Frauen sind nun einmal so.« Er lächelte schon wieder und zog an seiner halb erloschenen Zigarre.

Sie machte das Buch zu und stand auf. »Es ist gut, dass es nun klar ist«, sagte sie.

»Wie meinst du?«

Aber sie verließ schon das Zimmer.

Sie schlief in dieser Nacht auf dem Ruhesofa im unbenutzten Empfangszimmer, bei verschlossenen Türen, taub gegen Fragen und Drohungen. Am nächsten Vormittag schob sie das Bett des Knaben in das Schlafzimmer und das ihrige in die Kammer des Kindes, räumte ihr Hab und Gut um, steckte die Schlüssel der Türen zu sich und saß dann im Walde, der erfüllt war vom leisen Tropfen des Herbstes und dessen Stille traurig und schön war wie die eines großen Hauses, aus dem die Gäste gegangen waren.

»Ich werde es nun lieben«, dachte sie, »ich werde es ganz von Herzen lieben, und Gott wird sein Vater sein ...«

Der Förster kam wieder vorüber, mit seinem dunklen Waldbart, der so viel Zutrauen in Gina erweckte, und sie fragte, ob sie ein wenig mit ihm mitgehen dürfe.

Er freue sich sehr, erwiderte er, dass sie den Wald so gern habe. Er gehe nun nach Hause und ob sie nicht mitkommen wolle. Das Haus liege so schön und er werde sie gern zurückfahren.

Gina ging mit, von einem stillen Glück erfüllt an der Seite dieses zuverlässigen Mannes, der für seine Bäume sorgte und für sein Wild, und der so gut von ihrem Vater sprach, den er kannte.

Dann saß sie in der Sonne unter den Linden des Forsthauses, und die Frau des Försters brachte ihr ein Glas Milch heraus. Der Hafer stand schon in Garben auf dem kleinen Feld, und die Wildtauben riefen aus den hohen Eichen. »Wenn es geboren ist«, sagte Gina, »dann möchte ich gerne ab und zu mit ihm hierherkommen. Darf ich das? Ich werde ihm sagen, dass die Jungfrau Maria hier im Walde wohnt, und er soll aus ihrem Frieden trinken. Denn ich werde ihn lieb haben, seit heute weiß ich es.«

Die Frau des Försters weinte, und der Schwarzbart sagte, dass er ihm ein Eichhörnchen fangen werde, und sie solle jeden Tag kommen.

»Wie schön das ist«, sagte Gina. »Welch ein schöner Tag für mich!«

Nein, sie wollte nicht, dass man anspanne. Es sei so hübsch, durch den leeren Wald zu gehen. Wagen dürften eigentlich niemals in einem Walde fahren. Es sei, als ob man auf die Gesichter von Schlafenden trete.

»Was bedeutet das?«, fragte Zerrgiebel am Abend, als er aus dem Schlafzimmer herunterkam.

»Es bedeutet meine eigene Form«, erwiderte Gina.

Er trat dicht an sie heran. »Es sind noch mehr Haken im Keller, meine Liebe!«

Aber die Roheit der Antwort traf nicht so, wie er erwartet hatte. Denn ihre Augen waren auf die Falte zwischen seinen Augenbrauen gerichtet. »Ich werde es lieben, wenn es das Kainsmal nicht trägt«, sagte sie, in Gedanken verloren.

Er hob den Arm, aber sie griff mit ihrer rechten Hand schnell in das Kleid über ihrer Brust, und in ihren Augen erschien wie hinter dunklen Fenstern ganz plötzlich ein kaltes und gefährliches Licht.

Zerrgiebel wich hinter den Tisch zurück. »So also steht es ...«, meinte er, als habe er soeben einen Brief gelesen. »Gut ... wir wollen sehen, wer länger aushält ... komm, mein Liebling, wir wollen schlafen gehen.«

Und er stieg langsam mit seinem Sohn die Treppe hinauf.

Und dann wurde das Kind geboren, mit Schmerzen, aber ohne einen Laut der Klage. Margret war da, sonst niemand, und die Türen der Kammer blieben verschlossen. Es war ein Knabe mit dunklem Haar und den Augen seiner Mutter.

Gina hielt ihn lange an ihrer Brust und sah mit bösen Augen in das kleine Angesicht. Dann legte sie sich lächelnd zurück. »Ich will warten, Margret, bis zum ersten Advent«, sagte sie, zur Decke emporblickend, »und wenn Gott ihn lieb hat, so soll er Johannes heißen. Und nun wasche ihn, dass er rein werde.«

»Ginakind«, sagte Margret nach einer Weile, »er hat ein Mal über dem Herzen. Willst du es sehen?«

Aber Gina schüttelte müde den Kopf. »Ein Mal dort ist besser als eins auf der Stirne, Margret. Alle Karstentöchter tragen dies Mal, und wen Gott lieb hat, den zeichnet er über dem Herzen ...« Und dann schlief sie ein.

3.

Das Früheste, was der kleine Johannes von seiner Mutter sah, wenn er später an seine Kindheit zurückdachte, war so: Die Welt war ganz dunkel, ohne Wände und ohne Boden. Und mitten in ihr hing eine Lampe, die sicherlich vom Himmel herabhing. Und außer der Lampe war nur das Gesicht seiner Mutter in der dunklen Welt und ihre weißen

Hände, ohne Ringe, die langsam und gütig über seine Stirne glitten, dicht über den Augen, als tue es dort weh. Und es schadete nichts, dass die Welt keine Wände hatte und keinen Boden, denn die Mutter hing wohl in einer Schaukel vom Himmel herab, und ihre Schnüre lagen in Gottes Hand. Schweigen war und Friede und eine sanfte Müdigkeit, dicht an der Küste des Schlafes.

Und wenn er seinen Vater sah, so war es dieses: Es war ein Raum mit Wänden und einem hässlich gelben Fußboden, in dem schwere und hohe Dinge standen. Und in einem von ihnen saß ein Mann mit engen Augen und einem spitzen Schnurrbart, der große Hände hatte. Und diese Hände waren nicht gut. Sie waren bleich und kalt wie tote Fische, wenn sie in der Küche lagen, und er schlang sie ineinander, dass es klang, als ob die Gräten zerbrächen. Er sagte nichts, aber wo man sich auch versteckte im Raum, von überall sah man seine Augen. Man kroch hinter die schweren Dinge, lag regungslos und hob dann unmerklich leise den Rand einer Decke. Aber die Augen hatten nur darauf gewartet und waren schon da. Sie lächelten meistens, aber Johannes meinte, dass man sie »zuschütten« müsse. Er wusste nicht, wer ihm das Wort geschenkt hatte. Mitunter sollte er etwas sagen, eine Antwort geben, aber das konnte er nicht. Seine Stimme war fort, verloren, und er fand sie nicht. Dann streckten sich die Finger aus und legten sich um seinen Arm und zerbrachen ihn dort, ganz lautlos, und Johannes schloss die Augen, um das abgebrochene Stück nicht auf die Erde fallen zu sehen. Aber er schrie nicht, denn er glaubte, dass dann etwas Furchtbares geschehen würde. Dass die Finger sich in Gräten verwandeln und seinen Hals durchbohren würden, oder noch etwas Grauenhafteres. Und über allem lag ein weißliches Licht, und es war schwer, daran zu denken.

Und wenn er seinen Bruder sah, so war es dieses: ein Feld mit Unkraut und Steinen, dicht hinter einer dunklen Hecke. Eine Kiesgrube mit Abhängen und Schluchten und drohende Bäume darüber. Und mitten auf dem Feld ein Brunnen, ein verfallener Schacht, Reste einer Kette, Moos und Gewürm. Und er hing über dem Brunnen, zwischen den Schultern gehalten, und aus einer furchtbaren Tiefe sah sein Antlitz ihm entgegen. Und neben ihm schimmerte das seines Bruders, bleich, tot, wie ein verwester Fisch. Ab und zu ließ er einen Stein hinunterfallen, und Johannes sah, wie er in sein Angesicht stürzte, es zerschlug, zerschmetterte und die Teile auseinanderbrachen. Er stöhnte nur, aber er schrie nicht. Auch nicht, wenn die Hand ihn plötzlich loszulassen schien und das weiße Bild ihm entgegenwuchs. Und alles geschah schweigend, ganz lautlos, wie ein Tier an seiner Beute zerrt.

Und wenn er die Welt sah, den Raum, das Leben, so war es dieses: Zunächst war eine Kammer mit dunklen, ernsten Dingen, in der es warm und still war, und wenn die Mutter zwei Schlüssel umdrehte, konnte man ganz tief aufatmen, denn die kalten Hände konnten nicht hinein und auch nicht das Gesicht, das im Brunnen neben dem seinigen schimmerte und das er den »Stein« nannte.

Dann war eine Straße mit Hunden, Wagen und Menschen. Manchmal wehte der Staub über sie hin, und manchmal fiel der Regen auf sie, und an den wassergefüllten Löchern musste man schnell vorüber, denn es waren Brunnen, auf deren Grund immer ein Gesicht schlief. Dann war der Wald. Da standen die grünen Riesen, die immer leise sprachen und zuweilen zornig zueinander schrien. Aber der Schwarzbart war ihr Herr, und wenn er rief, so mussten sie Antwort geben.

Dies alles war der Anfang, die erste Seite, die man in seinem Buch aufschlagen konnte. Es musste noch andere Bücher geben, aber sie waren verloren. Manches war hell auf dieser Seite, und manches war dunkel. Tränen waren keine, und Einsamkeit war keine. Aber viel Angst war, vor Kellern und Brunnen, vor allem Tiefen und Abgründigen. Nicht vor den Wipfeln der Bäume oder den Dächern der Häuser. Aber schon in den Weggeleisen lag Gewürm, das tückisch fortkroch, Wasser, das spiegelte, Steine, die dort hingelegt schienen. Es war Gefahr in ihnen, dunkel und kaum zu greifen.

Auch Worte waren nicht viele. Das Sprechen tat weh. Man hatte Augen und den Herzschlag und die Gebärde der Hände. Sie waren besser als das Wort. Und die Mutter war so schön, wenn sie schwieg. Ihre Augen »blühten« dann, wie er zu sagen liebte.

Wenn Vater und Bruder nach Hause kamen, die »Beiden«, wie sie oben in der Kammer hießen, wurde es dunkel. Er wusste nicht, von wo sie kamen, aber er glaubte, dass sie »aus der Tiefe« kämen, aus Brunnen, in die sie Kinder gestürzt hatten, aus Kellern, wo sie das Gewürm für den nächsten Tag gemacht hatten. Er erinnerte sich, dass ihm gewesen sei, als zögen sie von Dorf zu Dorf und sammelten die Kinder, die schon zitternd warteten. Und dann gingen sie auf ein wüstes Feld, hinter schweigende Hecken, und warfen die Kinder hinein. Und dort lagen sie nun wie weiße Steine. Er sprach darüber nicht, auch nicht mit der Mutter, aber er ging ganz leise und vermied die Dielen, die knarrten, weil es dann von unten zu ihm heraufsprach. Er lebte wie auf einem Turm. Abgrund war um ihn, Krähenschrei und ein Lächeln, das ihn stürzen wollte. Erst in der Ofenecke in der Kammer wurde es gut, wenn die Schlüssel umgedreht waren und der Stern der Lampe über der Schwelle des Schlafes stand.

Das war die erste Seite des Buches, und auch auf ihr wie zu allem Anfang schuf Gott Himmel und Erde. Gina sah die Zeichen und mühte sich um ihre Deutung, aber was an ihrer Hand durch den Wald lief, was an ihrer Brust atmete, auf ihrem Schoße schwieg, in ihre Augen sich hineinbarg, war Geheimnis, lebend, atmend, sprechend, aber Geheimnis. Da war das Geheimnis der Natur, das dem Kind die gleichen Augen gegeben hatte wie ihr, und die feine Schmerzenslinie, die Gottes Hand in den Nächten um ihre Lippen gezeichnet hatte. Aber das andere war tiefer und verborgener: dass man seine Gedanken nicht wusste, seine Traurigkeit, sein Lächeln. Dass seine Glieder wuchsen, sein Haar sich lockte, seine Augen in die Tiefe des Waldes blickten und sich langsam abwendeten, in andere Wälder, die sie nicht sah. »Bist du traurig, Johannes?«, fragte sie. Sein Blick hob sich zu ihren Augen und ging dann fort, weit, aus ihrem Leben hinaus. »Johannes hat Angst«, erwiderte er. »Wovor, mein Kind? Wovor denn?« – »Weil so viele Dinge da sind … Bäume, Menschen, Steine.« – »Aber was schadet es dir denn, Johannes?« – »Du bist doch allein da, Mutter, und ich bin allein, und die andern sind so viele, schrecklich viele …«

›Er wird zerbrechen‹, dachte Gina. ›Wir Frauen sind wie Weiden, und wenn wir blühen, sind wir wie Flöten, und wenn man will, kann man uns flechten und biegen, bis wir wie Körbe sind, in die sie Lust und Leid und Mühe packen, ganz wie es ihnen beliebt. Aber er ist keine Frau, und man wird ihn nicht biegen können. Meine Seele war zu weich, als sie ihn im Dunkeln nährte. Nun wird Gott von mir ablassen und seine Hand gegen ihn erheben.‹

Indessen wuchs Johannes aus seinem Geheimnis in die Jahre. Er war krank und wieder gesund, traurig und wieder froh, unruhig und wieder still. Über den dunklen Strom seines Geschehens hoben sich langsam die Brücken, von denen man auf ihn niederblicken konnte: Er hob jede Blume auf, die abgerissen im Staub der Straße lag, und trug sie sorgsam zur Seite ins Gras. Er umarmte jedes Tier, sah ihm schweigend in die Augen und wandte sich dann mit einer leisen Gebärde der Hoffnungslosigkeit wie von etwas sich Versagendem. Er hatte das tränenlose Weinen seiner Mutter, ihre schönen, ein wenig schutzlosen Hände und ihr träumerisches Spiel. Wenn er sprach, sah er in eine spurlose Weite hinaus, als sei es unheilig, einem Menschen in das geöffnete Heiligtum seiner Augen zu blicken. Er wahrte einen leisen Abstand von allem Menschlichen, als fürchte er, dass man nach seinem Arm greifen könnte, um ihn zu zerbrechen, und sein erster Blick ging nach den Händen dessen, der neu in sein Leben trat.

Er hatte keinen Jähzorn, keinen Starrsinn. Er verbarg sich, aber ohne zu lauern. Er neigte sich, aber ohne sich hinzugeben. Er konnte quälen, durch Blicke, durch Schweigen, Trauer, nicht unähnlich seinem Vater, wenn man dessen Lächeln statt seiner Trauer nahm, aber er war ein Quäler in der Liebe, nicht im Hass. Er glich keinem jungen Baum, der seine Äste wehen ließ und sich der Vögel freute, die bei ihm einkehrten, sondern einer stillen Blume, die unter hohen Tannen stand. Er suchte nicht, sondern ließ sich suchen. Er ging leise über die Erde, und seine Worte bewegten sich wie im dunklen Raum einer Glocke, an deren Rand man nicht schlagen durfte, weil sonst der große Klang, allen vernehmbar, in das befohlene Schweigen dröhnte. Es war ihm, als binde man ihn jeden Morgen an das Rad des Tages und das Rad rolle mit ihm davon, und am Abend binde man ihn wieder los und sage tröstend: »So, kleiner Johannes, nun ist es wieder überstanden.« Und dann kam die Stille, das schöne, schmerzlose Schweigen. Die Bäume standen ganz ruhig vor dem Fenster, schrien nicht mehr, rissen nicht mehr an ihren Wurzeln. Die Menschen hatten ihre Worte ausgeschüttet in die Brunnen des Tages, und wenn die Mutter noch sprach, war es nur ein tönender Atem. Die Dinge in der Kammer waren ernst und nichts als Zuhörer, der Mond war nicht lärmend gleich der Sonne, sondern befahl Schweigen, ein blaues und unbedingtes Schweigen, das die Augen der Menschen schloss und die Träume an die Fenster schickte, die mit vorsichtigen Händen Bilder aufrollten und leise wieder zusammenlegten.

Zerrgiebel bemühte sich nicht um sein Kind. Er fühlte dumpf und widerwillig, dass sein Blut unterlegen war. Hier war eine Entscheidung gefallen, klar und unzweideutig, aus der Hand der Natur, und sie hatte gegen ihn entschieden. Vorläufig wenigstens. Und so bewachte er das Kind wie ein Wesen hinter einem Schilde. Der Schild konnte sich heben, sich senken, sich verschieben. Und dann konnte man zustoßen. Man konnte vorläufig nichts anderes tun als es unruhig machen, es ansehen, lange Zeit, am besten lächelnd. Es zitterte dann, und es war immerhin ein Gefühl der Macht. Man brauchte einen kleinen Trost in der Niederlage. Man hatte sich an einer Sache beteiligt, und die Zinsen fielen den andern zu. Es war Diebstahl, nackter und gemeiner Diebstahl. Theodor trug Zinsen. Er war ein Spiegel, der nur dazuhängen hatte. Man konnte davortreten, und der Spiegel warf das Bild zurück, gehorsam, schweigend, weil er nicht anders konnte. Dieser aber verhüllte sich, ebenso wie die Frau. Sie hingen da und verweigerten den Dienst. Man war ein kleiner Beamter, gebeugt von studiertem Pack. Aber man wollte seine Ewigkeit haben so gut wie jeder andre, sein Reich, in dem man beugen konnte, wenn man beugen wollte. Die Kanzleibogen hatten keine eigne Form, die Aktenschränke, die Federn. Die Angeklagten versuchten es ab und zu, aber dann ließ man die Walze laufen, die Paragrafen, die Gesetze, und die Form hörte auf. Die Fläche war da, in der die Form ertrank, und nur die Umrisse blieben, und er streute Sand darüber und sah, wie sie trockneten.

Theodor, ohne um die Gedankengänge seines Vaters zu wissen, tat dasselbe und einiges mehr. Er konnte Johannes nicht mehr über den Brunnenrand halten, seit Gina aus den wirren Traumgesprächen der gequälten Seele etwas erraten hatte. Er konnte überhaupt nicht mehr mit ihm allein sein. Aber seine Blicke folgten ihm wie einem entflogenen Vogel in die Äste des unerreichbaren Baumes. Aus der Ecke des Zimmers konnte er ihn stundenlang betrachten, unbeweglich, und nur ab und zu das linke Auge auf eine gefahrdrohende Weise schließend. Auch konnte er, vor ihm stehend, ganz langsam die rechte Hand in die Tasche schieben, heimlich, aber so, dass die Absicht der Heimlichkeit sichtbar war, sie dann hervorziehen, verstohlen in sie hinabblicken und sie dann wieder zurückschieben.

Er besaß nicht die Zurückhaltung seines Vaters. Er war ungeduldiger, machthungriger, ungebändigter. Er konnte im Vorübergehen einen Stein fallen lassen, ein offnes Messer, das in der Diele böse zitternd stecken blieb. Er konnte leise und seltsam klopfen, ohne dass man es sah, und er konnte lauschen, vorgebeugt, unruhig, gequält, in den Keller hinunter oder auf die Straße, nach etwas, was man nicht hörte und wahrscheinlich nicht da war, aber das Spannung erweckte, Qual und ein dumpfes Grauen.

Er wusste nicht, weshalb er das alles tat. Man stellte nichts auf den Tisch seines Lebens, und so zerschnitt er mit dem Messer seine glatte und erschreckend tote Fläche. Er schnitt um des Glatten willen. Er brach junge Chausseebäume und schoss mit der Schleuder nach Fensterscheiben. Er band Katzen mit den Schwänzen zusammen und hetzte junge Hunde auf sie. Er zerschnitt Mäntel in der Eisenbahn, goss Tinte in die Schulbücher, schlug heimlich Nägel in die Stühle der Lehrer. Wenn der Unterricht zu Ende war und er bis zur Abfahrt des Zuges in der Schule bleiben durfte, schlich er wie ein kleiner Teufel von Raum zu Raum, und seine eng zusammenstehenden Augen, so eng aneinandergedrückt wie zwei Verschworene, spähten nach dem Unzerstörten, um es zu zeichnen. Er war gleich einem Kinde mit einem Stempel, das nach dem Objekt sucht, das dem Abdruck Ewigkeit verspricht, aber der Stempel war böse geworden, und die lebenden Objekte waren besser als die toten.

Getreu der Familientradition war ihm niemals etwas »zu beweisen«. Er war gehasst, aber gefürchtet, und in dem leeren Raum, der ihn umgab, wucherten seine Instinkte wie Unkraut. Er hatte das verächtliche Lächeln der Verfemten, das ihnen ein Stab in der Einsamkeit ist, aber die Verachtung stand so erschreckend in dem jungen Gesicht wie die Unzucht in dem eines Mädchens. Sein Vater war etwas »Subalternes« für ihn und seit der Umlegung der Schlafzimmer selbst in dem zu Fürchtenden subaltern. Ihre Gesichter ähnelten einander zu sehr, und es lag etwas Entwürdigendes in dieser Ähnlichkeit, die gleich der Ähnlichkeit von Gemüse oder von zwei Steinen war. Die Mutter war nicht subaltern, aber er reichte nicht an ihre Augen. Es war töricht, Verachtung zu versuchen, wenn sie ihre Hand hob und ihn aus dem Zimmer wies, und es war schrecklich zu sehen, wenn sie »den anderen« liebkoste. Und manchmal konnte er in irgendeiner Grube hinter einer einsamen Hecke auf der Erde liegen, die Fäuste vor den Augen und weinen wie ein Aussätziger.

So war es wohl zu verstehen, dass Johannes leise auftrat und sein Gesicht sich oft rückwärts wandte, als stehe dort jemand oder trete lautlos durch die Wand. Aber kurze Zeit, bevor er fünf Jahre alt wurde, baute sich eine neue Brücke über seinen Strom, und seine Mutter stand erschüttert vor ihrem unerhörten Bogen. Eines Abends verlangte Zerrgiebel, mit Hut und Mantel ins Zimmer tretend, Geld von Gina. Eine kleine Summe, aber er habe noch ein Geschäft abzuschließen, und sie habe ja von den Bauerntalern wohl noch eine ganz hübsche Menge. Gina lehnte ab, befremdet und nicht ohne Hochmut. Er wurde dringender, sprach erregt von moralischen und gesetzlichen Pflichten und sah die undurchdringliche Wand des Schweigens sich vor ihr aufrichten. Er stieß einen Stuhl zur Seite, trat auf sie zu und hob die Hand.

Aber plötzlich, wie aus der Erde gewachsen, stand das Kind vor ihm, eine Fußbank in den Händen, und sah zu ihm auf. Die seltsamen Augen waren weit geöffnet, und die feine Schmerzenslinie zuckte um den geschlossenen Mund.

Zerrgiebel stieß es mit dem Fuß zur Seite, dass es über die Fußbank stürzte, aber im nächsten Augenblick stand es wieder da und hob das weiße Gesicht wie der Zerstörung entgegen. Theodor, die Hand in der Tasche, stieß einen leisen Pfiff durch die Zähne, und mit ihm, ganz gegen seinen Willen, zerfiel das Bild gleichsam in seine Teile, wie ein böser Traum zerfällt und im Aufatmen zerbricht. Zerrgiebel wandte sich, gab seinem Liebling eine Ohrfeige und verließ das Zimmer.

»Kleiner Johannes«, sagte Gina leise, als sie das Kind die Treppe hinauftrug, »kleiner Johannes ...«

Er blieb in ihrem Bett, und sie hielt die Hand auf seinem schlagenden Herzen, das den zarten Körper erschütterte. Aber er sprach kein Wort, und sie legte nur leise den andern Arm um ihn, bis sie die Hände über ihm falten konnte.

Und an seinem Geburtstage tat Gina zum zweiten Male etwas Unerhörtes. Sie nahm Johannes bei der Hand und ging mit ihm den Weg nach dem Karstenhof. In der Seele des Kindes brannten noch die fünf Kerzen seiner Geburtstagskrone. Die Mutter hatte vor seinem Bett gekniet, die Arme um ihn geschlungen, hatte in ihn hineingesehen wie in einen Becher und nichts gesagt als: »Mein Leben ... du mein Leben!« Es war ein seltsames Wort für ihn, ein schweres Wort, fast ein betäubendes, und er ging den ganzen Tag unter ihm wie unter einer Krone, gebeugt und stolz, furchtsam und tapfer. Er trug den Purpur eines Auserwählten, auch wenn er darunter seine Rüstung tragen musste. In den lautlosen Kammern seiner Seele ging dieses Wort wie ein König umher. Er öffnete die Türen, er saß am Tisch. Glanz ging von ihm aus und ein tiefes Erschrecken.

So ging der kleine Johannes in einer leisen Erschütterung durch den stillen Herbsttag. Gina sprach von den Feldern und wie ihre Tiere nun langsam ihr Winterhaus bestellten, tief im warmen Dunkel, und Körner sammelten für den Tisch und Gräser für ihr Bett. »Ich möchte dort wohnen«, sagte Johannes und beugte sich über die Stoppeln, in denen eine Feldmaus soeben verschwand. Seine Augen waren fast schwermütig in die Tiefe gerichtet, und dann hob er das Gesicht und sah mit seinem Blick der Ferne über die Felder hinaus.

»Willst du denn allein dort wohnen?«, fragte Gina.

»Ja, ganz allein ... du müsstest ein Stück ab wohnen, hinter einem kleinen Wald, dass ich dich besuchen kann. Aber ein Mensch muss allein wohnen, damit es ganz stille ist.«

Sie sah ihn an, als ob er am Kreuz stände. Aber sie sagte nichts mehr, bis sie auf den Hof kamen. Als seine kleinen Füße die Schwelle hinaufstiegen, auf der Gina in der Sommernacht gesessen hatte, faltete sie, hinter ihm gehend, die Hände, und es war ihr, als könne sie sich vielleicht noch einmal mit Gott versöhnen.

»Johannes kommt«, sagte der Bauer. »Das ist ein schöner Tag.« Aber seine Augen gingen fragend um seine Tochter, als suchten sie nach dem Zeichen eines Schlages.

Gina, noch im Mantel, öffnete den schweren Schrank des Vaters, nahm die Bibel heraus und trug sie zum Tisch. »Sieh ihn an«, sagte sie leise, »ob er ein Unsriger ist.« Und dann stützte sie den Kopf in die linke Hand, und ihre Augen gingen die Reihe der Karstentöchter entlang: geboren, getauft, konfirmiert und an den Tisch des Herrn getreten, geheiratet ... gestorben. Zu jedem Wort Tag und Jahr, aber kein fremder Name. Als ob sie sich den Unterirdischen vermählt hätten, die keine Namen tragen und nie geboren hätten als etwa Kobolde, die nun unter den Wurzeln hausten, namenlos und gottlos. Und sie sah die Seiten entlang wie eine Straße der Kreuze. Eines war wie das andre, nur immer kleiner werdend in der Ferne, aber es war eine Kleinheit der Perspektive, und es schien ihr grauenvoll, dass von allem Leben in Blut und Tränen nichts übrig geblieben war als dies stumme Zeichen in der schweren Bauernhandschrift: ein Strich und ein Querstrich, der den ersten wieder löschte als einen Irrtum, der zu vergessen war. Und dass die Unsichtbaren auf diesen Seiten umgingen und nach einer Art von Recht suchten, aber dass sie weder Nenner noch Zähler waren, dass sie Erde waren, die man an den Schuhen heimtrug und die vor der Schwelle abfiel und abgewischt wurde, und der Wind nahm sie wieder auf das Feld.

Sie sah zu ihrem Vater hinüber. Der kleine Johannes saß auf seinen Knien, den Kopf an seine Schulter gelehnt, und bewegte spielerisch seine schönen Hände. Und Dietrich Karsten sah auf die kleinen Hände herab, aufmerksam, aber mit dem Frieden und gläubigen Zutrauen, mit dem er am Koppelzaun zu lehnen und auf die junge Saat zu blicken pflegte.

Da tauchte Gina die Feder ein und schrieb unter ihren Hochzeitstag: »Johannes Karsten, Kind Gottes.« Und daneben Tag, Monat und Jahr seiner Geburt.

Es schien ihr seltsam, fast ungeheuerlich dazustehen, in einem Register der Ewigkeit, und wie die Tinte trocknete und der feuchte Glanz erstarb, lehnte sie sich erschöpft zurück, und es war ihr, als habe sie ihn nun erst geboren, nicht für die Unterirdischen wie das erste Mal, sondern für die Wege der Erde, für das Geschlecht, und für alle die, deren Namen hier standen, gelöscht gleich einem Irrtum, und die ihr Antlitz verhüllt hatten über der Schande ihres Blutes.

»Kleiner Johannes«, sagte sie laut, »nun wollen wir deinen Geburtstag feiern.«

Am Abend, als Dietrich Karsten sie heimfuhr, stand Johannes zwischen Ginas Knien und sah auf die Felder zurück, die im warmen Abend versanken. Wildgänse zogen, und unter dem schnell verwehenden Schrei blieb das Land als etwas Festes und unendlich Gewisses, von einer leisen Trauer des Gebundenseins überschattet, aber so, dass man an die Saaten denken musste, die in der Stille wuchsen, und an die Lichter, die das Dunkel der Gehöfte um sich sammelten. Es waren mütterliche Lichter, und der Wagen fuhr langsam und leise zwischen ihnen wie zwischen Betten des Schlafes hindurch.

»War es schön, Johannes?«, fragte Gina.

»Es ist das Land Ohneangst«, sagte er ernst.

Zu Hause trug er seine Schätze in die Kammer hinauf: einen Korb mit Äpfeln, ein paar Haferähren, einen niederdeutschen Bauernstall, mit braunem Gras gedeckt und mit Pferden, Kühen und Schafen gefüllt, von Dietrich Karstens Hand gebaut und geschnitzt, ein Büschel Vogelbeeren, zwei Baumschwämme, ein Bündel Kienholz von Margrets Küchenherd, eine Peitschenschnur, eine kleine Flöte und schließlich Ledo, die Schäferhündin, die sich umarmen ließ wie ein Mensch und mit der man unter der Erde wohnen können würde, wenn der Winter kam und die Tiere von der Welt gingen.

Theodor, die Hand in der Tasche, stand im Flur und sah schweigend zu, wie die Karawane aus fremdem Land die Treppe hinaufzog. Er lächelte mit einem Schein der Nachsicht und stellte nur den Fuß ein wenig vor, als Ledo vorüberkam. Der Hund knurrte warnend, und Johannes fasste in sein Halsband. »Mit dem Brunnen ist es nun nichts mehr«, sagte er still. Theodor zog den Fuß zurück und sah aufmerksam in die verborgene Höhlung seiner Hand. »Es gibt noch andere Dinge für Hunde und Kinder«, sagte er ahnungsvoll.

Zerrgiebel, aufgeräumt, lud zu einer »kleinen Feier« ein. Etwas Mosel sei noch im Keller, wie Gina wisse. Aber Karsten dankte und fuhr ab. Gina bereitete das Abendessen. Johannes blieb oben in der Kammer.

Als sie hinaufkam, brannte die Lampe, und er saß vor der Ofenecke, die Arme um Ledos Hals gelegt. Der Stall stand auf den Dielen, von Moos und kleinen Bäumen umgeben. Das Holz war zu Spänen gespalten und an seiner Seitenwand aufgeschichtet. Die Vogelbeeren hingen über dem Dachfirst, und in der Diele brannte eines der Geburtstagslichte und durchleuchtete den Frieden des kleinen Hauses, in dem das hölzerne Leben still verzaubert schien nach einem Tag der Mühsal und der Schmerzen. Und wie ein kleiner Zauberer hatte Johannes den Kopf des Tieres an sich gedrückt und die Hände um die Flöte gelegt. Ihre leisen Töne schienen erhaltend und bewahrend um dies kleine Reich der Seele zu gehen, damit das Licht so unbeweglich brenne, damit die hölzernen Tiere schliefen und Ledo die Augen schließe und er selbst sich langsam verwandle und hinübergleite aus dem Land des Lauten und Vielen in das Land Ohneangst, wo niemand sprechen könne als der Mund der Flöte.

Gina hatte lange draußen vor der Türe gestanden, überrascht zunächst und lauschend. Aber dann legte sie die Stirn an das kühle Holz und schloss die Augen. ›Weshalb spielt er so?‹, dachte sie, während die Wände ihrer Seele vor den kleinen Tönen zerbrachen. ›Die Hirten können vielleicht so spielen, weil Gott allein über ihre Tage geht vom Aufgang bis zum Untergang. Oder die Zauberer vor den Schlangen des Paradieses. Aber weshalb spielt mein Kind so? Und wer spielt aus ihm?‹

»Das ist das Lied von der Erde«, sagte die kleine Flöte. »Viel Angst und wenig Frieden. Viel Fragen und wenig Antwort. Das Spiel ist traurig, aber das Spielen ist schön. Der Mond kommt und das Schweigen … die Tiere schlafen und die unruhigen Bäume … es gibt ein Land, das heißt Ohneangst ... da wird der Hafer geschnitten ... da gibt es ein Erntetor für alle Stillen ... da brennt ein Licht, damit der Mensch wisse, dass er nicht verloren sei ...«

»Ich weiß nun, was ich werde, Mutter«, sagte Johannes, als sie zu ihm trat. »Im Sommer will ich zu den Tieren gehen, wo sie allein sind, im Wald und auf den Feldern, und ihnen vorspielen, weil keiner mit ihnen spricht. Und im Winter will ich mit Ledo unter die Erde gehen und still sein. Unter ein Saatfeld, wo die Wurzeln durch unsere Decke kommen. Da werden wir denken, viel denken ...«

»Und ich werde hinter dem Wald wohnen?«

»Ja, hinter einem kleinen Wald, und wenn du kommst, musst du dreimal klopfen. Und wenn die Sterne scheinen, bringen wir dich zurück.«

»Und was wirst du denken, kleiner Johannes?«

Er hob den Kopf und sah sie mit einem Blick des tiefsten Ernstes an. »Ich werde ... ich werde denken, dass ich dein Leben bin, Mutter ... und das ist viel zu denken, sehr viel ...«

4.

Es ist Frühling, und der kleine Johannes geht mit Ledo in den Wald. Es gibt einen Tagwald und einen Nachtwald. Der Tagwald ist ohne Angst, nur eine ganz leise Mahnung steht ganz hinten zwischen den Stämmen oder beugt sich aus den Wipfeln, wenn die heilige Hand darüberfährt. Sie kann nur zur Drohung werden, wenn man nicht leise ist, wenn man Äste knickt oder Ledo bellt. Dann ruft es hinter den Schonungen, die Bäume schließen sich zu, und der Schwarzspecht lacht gellend, bis die schlafenden Götter aufwachen. Dann ist der Wald wie Glas, und wenn der Wind kommt, können die Bäume brechen und den Störer begraben, dass er schweige für ewig.

Aber wenn man leise ist und fromme Füße hat, wie Johannes sagt, ist es gut im Wald. Bevor sie hineingehen, nimmt er die Mütze ab, wischt die Schuhe im Grase rein und tut mit Ledos Füßen das gleiche. Dann klopft er leise an einen Baum, und dann treten sie ein. Sie tun es nie auf der Straße, wo die lauten Wagen fahren, sondern seitab, wo die vertrauten Türen sind. Man neigt eine junge Fichte zur Seite oder hebt das Haar einer Birke auf, und dann sieht man in das fremde Gesicht, das überall ist, oben, unten und auf allen Seiten, wie in tausend grünen Spiegeln. Nichts kann man im Walde tun, ohne dass es zusieht, und deshalb darf man nur das Gute tun. Man ist ein Gast in einer heiligen Welt, und am Abend, wenn man hinauskommt, gehen die Heiligen mit, und die »Beiden« sind ganz fern, ganz ohnmächtig. Sie sind nie im Walde.

Der kleine Johannes hat eine Botanisierkapsel um die Schultern, mit Brot, Äpfeln, Hanfsamen und Weizenkörnern. Er hat eine kleine Pistole in der Tasche mit roten Zündplättchen, die er nie abschießt, aber die für die »großen Gefahren« da ist. Und in den Händen hat er die Flöte. Er steckt die Mütze in die Tasche und wandert mitten in das Heer der Stämme hinein. Er ist nicht traurig und hat nicht Angst. Eine kühle Hand liegt ganz leise auf seinem Herzen wie die Hand eines großen Fremden. Sein Herz ist ganz aufgeschlossen, und er fühlt, dass er in etwas Großes hineingeht. Aber er hat nicht Angst. Nur eine süße Mattigkeit ist in ihm wie vor einem Zauber und das leise Beben der Hingabe an etwas außer ihm Seiendes.

Und dann strömt er langsam in das Wunder ein, wie ein Strom in den anderen strömt, und dann sind sie beide eins, und er ist zu Hause. Ledo geht neben ihm, und obwohl sie die Nase hinter jeden Busch steckt, ist zu erkennen, dass Johannes die Hauptsache ist. Wenn es tief im Walde ruft, hinter tausend Türen, klagend und ganz unbekannt, bleiben sie beide stehen. Ledo spitzt die klugen Ohren, und Johannes hält den scheuen Atem an. »Das war Welarun«, flüstert er. »Sie haben ihm wehgetan.« Es sind die Herren und Frauen des Waldes, für die er Namen gefunden hat, Unterirdische und über den Wipfeln Schwebende, manche wie Menschen, aber mit Tiergeweihen, manche wie Tiere, aber mit Menschengesichtern. Frauen leben in den Schonungen und zwischen dem Birkenwald, Kinder weinen in den Espenhängen, ein Menschtier hebt das traurige Haupt aus dem Schilf der Moore, aber der Größte ist Welarun, der Herr der Tannenwälder. Moos trägt er statt der Augenbrauen, ein Eichhorn sitzt auf seiner Schulter, der Schwarzspecht fliegt ihm voran, sein Antlitz ist grau und traurig wie ein Stein, der tief im Walde schläft, und sein Ruf geht über alle Wälder, wenn ein Tier im Wundbett liegt oder sie die Bäume schlagen, durch die blutende Wurzel in das Leben hinein.

Dann verhallt der Ruf, und ihre Füße klopfen wieder leise in das Schweigen hinein. Sie gehen zu den Nestern des vorigen Sommers, aber sie liegen noch leer im Gebüsch, wie Hände, aus denen man das Wasser getrunken hat. Die Tauben rufen schon, und sie stehen beide unbeweglich vor den Bäumen, in deren Löchern sie brüten werden. Und dann suchen sie den großen Ameisenbau auf und sehen zu. Ledo ist unvorsichtig, wird gebissen und führt verrenkte Tänze auf, um die Feinde abzuschütteln. Johannes lächelt ganz still vor sich hin, aber dann hilft er ihr, und dann gehen sie beide weiter.

Auf einer Lichtung liegt eine graue Steinplatte, auf der zu sehen ist, dass Vögel dagewesen sind. »Sie haben es gefunden, Ledo«, sagt Johannes, »und alles aufgegessen.« Und er schüttet von dem Hanfsamen und den Weizenkörnern auf den feuchten Stein, und dann lagern sie in einer Nische der jungen Fichtenwand und essen. Wenn es ein gesegneter Tag ist, kommt ein Buchfink zur Steinplatte, noch während sie daliegen. Aber es bedarf dieses Segens nicht. Die Sonne hüllt sie ein, ein leiser Wind geht über die Lichtung, und die hohen Gräser schwanken mit allen Käfern und Spinnen, die dort auf Reise oder Arbeit sind. Es gibt keine Wolken zwischen ihnen und Gott, keinen Fußboden zwischen ihnen und der Erde. Eidechsen laufen über ihre Füße, Marienkäfer kriechen auf ihrer Haut. Sie sind kein Blatt auf einem Strom, kein Stein auf seinem Grund. Sie sind Welle im Fließenden, Wurzel im Wachsenden, Atem im Atmenden. Nur wenn es raschelt, im welken Farn oder Brombeergerank, heben sie die Köpfe, und dann sind es zwei Fremde, die sich umsehen im fremden Haus. Aber wenn es nur der Dachs ist, der über die Lichtung trollt und nach Würmern sticht, sind sie wieder zu Hause, und ihr Atem geht wieder sanft in die stille Stunde.

Dann zieht Johannes den Kopf des Hundes an seine Brust und spricht zu ihm. Er spricht gern zu ihm, weil die Worte in seine guten Augen hineinfallen wie Samenkörner in eine stille Erde. Bei den Menschen ist es so, als ob man sie in eine Maschine würfe und die Räder begännen sich zu drehen, immer schneller, und sie hören erst auf, bis jedes Wort zermahlen ist, zu Bösem oder zu Staub. Aber der Hund legt jedes Wort in eine dunkle Kammer, wo es kein lautes Echo gibt und keine schlagenden Türen. Zu einem Hund kann man sprechen wie zu Gott, und es tut nicht weh.

»Das war der Dachs, Ledo«, sagt Johannes. »Die Menschen nennen ihn Grimbart, aber wir nennen ihn Rulle, und er sieht aus wie eine Leberwurst. Er ist immer ein wenig traurig, weil er unter der Erde lebt, nicht nur im Winter, sondern auch im Sommer. Er hat einen Makel, ich weiß nicht welchen. Vielleicht hat er zu kurze Beine, und die anderen verspotten ihn. Er ist ein Wandrer in der Dämmerung, wie der zweite Lehrer bei uns. Er hat schöne Gedanken, aber nur für sich allein. Er wird Cello spielen, unten in seinem Haus, und wenn er liest, wird er eine Pfeife rauchen, eine halblange wie der Briefträger. Die kurzen Pfeifen sind für die Lauten und Dreisten und die langen für die Alten und Schläfrigen. Aber die halblangen sind halb froh und halb traurig ...«

»So ist es«, sagt Ledo.

»Seine Kinder essen kleine Engerlinge und bekommen dann Lebertran. Sie haben viel Schnupfen. Die Frau trägt einen geblümten Unterrock, und abends beten sie alle. Sie sitzen aufrecht und falten die Vorderpfoten. Und dann singen sie einen Psalm. Es ist ein Geschlecht der Gebeugten, weißt du, und sie beten: ›Welarun, behüte uns vor den Theodoren!‹ Aber es riecht ein wenig ungelüftet bei ihnen. Sie dürfen die Fenster nicht aufmachen, und sie horchen immer, ob es irgendwo klopft.«

»So ist es«, sagt Ledo.

Dann verschwindet Rulle unter den Eichen, und Johannes spielt auf seiner Flöte zu Welarun, dem Herrn der Wälder. »Traurige Bäume«, sagt die Flöte, »wie liebe ich euch. Dunkel ist der Schmerz um euer Haupt. An eurer Wange flötet die Amsel und fliegt weiter von Baum zu Baum. Aber eure Wurzeln lassen euch nicht, und eure gefangenen Augen sehen ihr nach ... Traurige Tiere, wie liebe ich euch. Allein ist jedes in seinem Haus. Voller Gedichte seid ihr und könnt sie nicht sagen. Wer spricht zu euch, wenn der Schlaf euch greift oder der Tod? Traurige Blumen, wie liebe ich euch. Kinder im Wald, wo ist eure Mutter? Wer kniet vor euch und spricht zu euch: ›Mein Leben ... du mein Leben?‹ Bienen kommen und trinken euch aus. Am Duft eurer Seele brennt ihr aus ... Welarun, Vater der Armen, Johannes geht in deinem Schatten und spielt die Flöte für deine stummen Gräber ...«

Dann schweigt die Flöte, und die große Stille geht durch den Wald. Die Gräser schwanken nicht mehr, die Äste erstarren, das Harz hört auf zu tropfen, die Fliegen stehen still in der Luft, die Steine schweigen. Kreis um Kreis läuft wie auf einem dunklen Wasser in die Ferne hinaus, von wortlosem Zauber getränkt, rührt die Bäume an, die Tiere, das Gras, umschlingt die Schonungen, die Hänge, die Wege, Nester und Höhlen. Die Sonne steht still, die Stunde ruht, die Schatten wandern nicht. Und Johannes kniet, die Flöte an sein Herz gedrückt, und sieht hinaus in die angehaltene Welt und lauscht, dass Welarun ihm Antwort sage. Sein Herz schlägt schwer, und die Linie um seinen Mund ist tief wie in der Nacht. Und dann ist es da. Weit, hinter den tiefen Wäldern her, ruft es über die Welt, ein gefangener Ruf, durch Gitter hindurch, in Klage, Wildheit und Stolz. Vielleicht ist es ein Tier, vielleicht ein Mensch, vielleicht ein Menschenhaupt über verzaubertem Leib. Es klingt und vergeht, die Waldränder werfen es einander zu, flechten es durcheinander, lösen es wieder auf. Wie ein Speer schießt es auf, über die Wipfel hinweg, waagerecht schwebend im Sonnenglanz, und taucht wieder hinein, durch rauschendes Geäst, in der Erde Grund, wo es nachbebend erstirbt. Der Zauber ist gelöst, die Sonne tönt, die Stunde rollt. Die Gräser schwanken, Brausen läuft durch Wipfel und Geäst, die Schatten wandern, der Tag geht über den Wald.

»Er hat es gehört«, flüstert Johannes. »Nun können wir gehen.«

Sie bleiben eine Weile vor dem Dachsbau, und während Ledo den halben Körper in jede Röhre zwängt, sitzt Johannes vor dem Haupteingang und spielt für die »Gebeugten« sein fröhlichstes Lied.

Und dann gehen sie weiter. Unendlich ist der Wald, unendlich der Tag. Da sind Frauen, die nach Morcheln suchen, mit roten Kopftüchern und Gesichtern wie aus Kiefernrinde. Man weiß nicht, wo sie ihr Haus haben und ob ihre Kinder nicht Schwänze tragen, die sie über das Moos hinter sich herziehen. Man geht ihnen leise aus dem Wege und spricht einen kleinen Zauber aus.

Da sind alte Männer, die nach Baumschwämmen suchen. Sie haben kleine, rote Augen, und wenn sie stehen bleiben, sieht es aus, als ob ein Baum dort stehe. Der Häher lärmt über ihnen, und eine Wolke von Tabaksrauch schwebt mit ihnen durch das Waldeshaus. Johannes glaubt, dass sie in hohlen Eichen wohnen und die jungen Eier aus den Nestern trinken und dass ihre kleinen Augen in der Dunkelheit leuchten. Auch ihnen geht man leise aus dem Wege.

Dann fährt ein Wagen ferne durch den Wald, und der Kutscher singt ein trauriges Lied. »Was mag er fahren, Ledo?«, fragt Johannes. »Vielleicht fährt er Kinder in Säcken zu den Brunnen, wo die ›Beiden‹ warten. Und er singt, damit er ihr Weinen nicht hört?« Sie spähen um einen Fichtenhorst, aber es ist nur trockenes Reisig, das er fährt. ›Aber darunter kann vieles verborgen sein‹, denkt Johannes. ›Und die Pferde sehen so seltsam aus.‹ Sie warten, bis Lied und Rädergeroll verstummen, und das Herz ist ihnen schwer vor der Unendlichkeit des Geschehens.

Sie treffen viele Tiere und grüßen sie, und die Tiere blicken ihnen nach, als wollten sie etwas sagen. Aber sie sagen es doch nicht. Langsam wird Johannes traurig, und dann ist es Zeit, zum Schwarzbart zu gehen. Er weiß, wann sie kommen und auf welchem Wege. Er sitzt irgendwo am Feldrand, von ein paar Büschen verborgen, und aus den Büschen ruft ein Vogel, eine Ringeltaube, ein Häher oder nur eine Blaumeise. Er kann alle Vogelstimmen. Aber dazu raucht er seine halblange Pfeife, und der Rauch steht über den Büschen wie über einem kleinen Kohlenmeiler. Daran erkennen sie ihn.

Zuerst tun sie, als wüssten sie es nicht und folgen leise und versteckt dem Ruf des Vogels. Es ist ein tiefes Gefühl für Höflichkeit, das Johannes dazu treibt. Er liebt keine Verstellungen, aber er will nicht enttäuschen. Es ist ein Spiel für ihn, und er will nicht sagen, dass er nicht spielen wolle. Erst wenn sie ganz in der Nähe sind, glaubt er, genug getan zu haben. »Komm hervor, Waldschratt!«, ruft er feierlich. Da bricht der Meiler zusammen, und über die Büsche hebt sich der Schwarzbart. Ledo springt ihm an den Hals, und Johannes wartet, bis es vorüber ist. »Diesmal habt ihr es erst ganz zuletzt erkannt, was?«, fragt der Schwarzbart. Johannes gibt ihm die Hand. »Es raucht wie aus einem kleinen Hause«, erwidert er. »Aber es war so, dass wir es lange nicht wussten.«

Dann gehen sie über das Feld nach der Försterei. Der Schwarzbart hat keine Kinder, und Johannes findet das gut. Sie würden eine Elle hoch sein, gekrümmte Beine und schwarze Bärte haben, und es würde ein wenig unheimlich sein. Aber er fragt nach allem Getier, dem er Namen gegeben hat, und bekommt gute Antwort. Ob er wieder geschossen habe mit seinem Todesrohr? Ja, er habe eine Schnepfe geschossen. »Du riechst nach Tod«, sagt Johannes still. »Na?«, meint der Schwarzbart verblüfft. »Komische Sachen redest du wieder.« Aber er ist nicht böse. Wie es im Walde gewesen sei? Schön, erwidert Johannes. Und er erzählt von den Tieren und wie weit die Bäume und Blumen seien. Aber von den Frauen und Männern erzählt er nichts, auch nicht von dem Wagen mit der traurigen Last oder dem großen Schweigen, und gar nichts von Welarun. Alles dieses würde zerfallen, wenn er es erzählte, und sie müssten dann durch den Wald gehen wie die übrigen, als sei er eine Straße oder ein Feld oder ein Fußboden.

Aber dieses Alleinwissen ist auch wie eine Last, süß, aber schwer. Vorsicht ist in seinem Gehen und Sprechen, denn wenn man ihn anstieße, könnte er zerbrechen wie ein zartes Gefäß, oder ertönen wie eine Geige. Und alle würden es wissen, würden lächeln oder den Kopf schütteln und vielleicht mit kalten Händen nach den goldnen Kugeln greifen, die aus seinen Kammern fallen und über das Moos rollen würden. Er schweigt, und über seinen Augen liegt schon frühe der Schleier, mit dem die Einsamen die Brunnen ihrer Tiefe bedecken.

Die Frau des Schwarzbarts ist rund und sehr weiß. Johannes sieht sie immer aufmerksam an, und er glaubt, dass auch ihre Worte und Gedanken rund und weiß seien, wie kleine Klöße, die sich in ihrem Inneren unaufhörlich zubereiten. Er sieht sie niemals Fleisch essen, und er hat die sonderbare Vorstellung, dass sie einen »frommen Magen« habe. Sie weint leicht, und Johannes ist oft in der leisen Versuchung, zu sagen: »Bitte, weine ein wenig, Tante Malla.« Tränen sind ihm seltsam erregend, aber er sagt es doch nicht. Er liebt sie, und da er immer nach Bildern sucht, die besser sind als die trockenen Buchstaben, aus denen die Worte bestehen, sagt er zu sich, dass er sie liebe wie einen Ofen. Sie ist rund und spricht wenig, und es ist warm bei ihr.

Wenn der Schwarzbart in der Stube ist und die Mütze abnimmt, ist er für Johannes ein ganz andres Wesen. Draußen, mit Gewehr und Stock, den Adler über der Stirn, ist er ein Herr der Wälder. Wenn er schießt, schreit Welarun zornig über die Bäume, aber der Schwarzbart fürchtet sich nicht. Johannes glaubt, dass sie in mancher Nacht miteinander kämpfen. In der Stube aber ist er wie ein Dachs im Bau. Er poltert und knurrt, aber seine Stirn unter dem schwarzen Schopf ist wie eine Kinderstirn unter einem Helm, und Johannes meint, dass er gut einen Kindersäbel tragen könnte. »Geliebte«, sagt er, »mein Magen ist wie ein Keller, ich werde einstürzen, und nur meine Beine werden hier herumgehen.« Johannes findet den Vergleich großartig und meint, dass Rauch über den Trümmern stehen werde, von der Pfeife, die auch versinken müsse. Und er werde seinen Suppenteller hineinschütten. Der Schwarzbart macht ein drohendes Gesicht, und Tante Malla bereitet sich zu ein paar Tränen. Aber dann sieht sie, dass er mit den Augen zwinkert. »Jetzt bebt er, Tante Malla«, sagt Johannes. »Gleich fliegt er in die Luft.« Und dann lacht der Schwarzbart, dass die Gläser klirren. »Wie du lachen kannst!«, sagt Johannes, und sein Gesicht ist ohne Übergang tieftraurig. »Du lachst wie ein ganzes Haus ... und ich bin nur wie ein Nagel in den Dielen.« Nun weint Tante Malla wirklich, und der Schwarzbart sieht bekümmert auf das Kind. »Du wirst ein

Dichter werden, Johannes«, sagt er sorgenvoll. »Ich kannte einen, der ging ohne Hut durch den Wald, und dann standen seine Verse in der Zeitung. Er sah immer … ja, etwas weidwund sah er aus, weißt du. Es war komisch, aber sein Weg war wie eine Schweißfährte. Sehr traurige Verse, schrecklich traurig. Ich musste immer ordentlich rauchen dazu … Ich habe auch ein paarmal die Mütze abgenommen, aber mir fiel nichts ein … und du gehst auch immer ohne Mütze …«

Johannes sieht aus dem Fenster. »Jetzt bin ich müde«, sagt er leise.

Die Giebelstube steht bereitet für ihn. Tante Malla deckt ihn zu, bringt ihm Eingemachtes und kleine Kuchen und geht dann mit feuchten Augen hinaus. Johannes hört den Wald rauschen und den fernen Bussardschrei, und sein Herz ist traurig und froh. ›Ich werde ein Flötenförster werden‹, denkt er, ›ohne ein Gewehr, und Blut wird in meine Fußspuren tropfen, und ich werde die traurigen Verse von den Ästen streifen und sie abends heimtragen …‹

Er erwacht, als Gina sich über ihn beugt, und das Erste, was er denkt, ist, dass Welarun solche Augen haben müsse, das blaue für die Tränen seiner Tiere, das braune für ihr Schweigen. Es erschüttert ihn sehr, und ihm ist, als sei er mit dieser Erkenntnis geheimnisvoll verwoben in alle Wunder, die der Tag ihm geschenkt. »Ich weiß, wer dein Vater ist«, sagt er, mit seinen Blicken um ihr Antlitz sinnend. Sie begreift nicht, aber seine Liebe zu ihr ist so groß, weil ihr Nichtbegreifen nie mehr als eine stille Frage ist. »Er wohnt in den Wäldern, aber man darf ihn nicht nennen.« – »Und der Großvater?«, fragt sie nachdenklich. »Er ist *dein* Großvater, aber seine Augen sind Menschenaugen. Dein Vater wohnt im Wald, und ich höre ihn jedes Mal. Man muss die Flöte spielen, dann ruft er traurig und laut.«

Gina erzittert unter seinem Geheimnis und der Erkenntnis, dass sie dies Kind geboren habe. Sie bewahrt seine Worte in ihrem Herzen, aber sie streichelt nur seine Stirn zwischen den Augenbrauen, eine alte, immer noch leise beschwörende Gewohnheit. »Jetzt wollen wir aufstehen, kleiner Johannes«, sagt sie fröhlich. »Der Schwarzbart schreit nach Kaffee.« – »Er wird doch noch einmal einstürzen«, meint Johannes lächelnd, »und wir werden ihn aus seinem Magen ausgraben müssen.«

Sie sitzen in der »Kohlenmeilerstube«, die erfüllt ist von blauem Rauch, auf dem der schwarze Bart zu schwimmen scheint. Im Ofen brennt noch ein Feuer, und Johannes sagt, dass es »dicht an Weihnachten« sei. Tante Malla fängt beinahe zu weinen an, weil er bittet, von den Waffeln nicht essen zu brauchen. Sie seien wie gebratene Herzen. Der Schwarzbart nimmt die Pfeife aus dem Mund und sagt, kein Mensch könne so schrecklich seltsame Sachen sagen wie dieser Waldläufer. Man könnte sie drucken lassen und er sehe sorgenvoll in die Zukunft. Aber dann dringen sie nicht weiter in ihn, sie haben eine schöne Stunde, und in ihre Worte ruft die Drossel vom Waldrand.

Sie gehen noch ein wenig dorthin. Die Sonne steht schon tief, und rote Balken liegen schräg im Geäst. Zwischen den Stämmen hebt es sich kühl aus der Erde, die blauen Blumen schließen sich zu, aber über den Feldern ist noch ein warmer Hauch, und der gelockerte Acker atmet tief unter dem blauen Dach. Der Schwarzbart ist noch zu seinen Pflanzgärten gegangen, die beiden Frauen sitzen auf der Böschung des Grenzgrabens, die Hände im Schoß, und Johannes steht unweit, an eine Birke gelehnt und sieht auf das Moor hinaus, das von der Ecke des Feldes weit in den Wald läuft. Kraniche rufen am hinteren Rand, es flüstert im trocknen Gras, und es weht ein wenig unheimlich und ist wie eine Wunde im Wald. Johannes denkt, dass die ›Beiden‹ hier gut gehen könnten, dass viele Brunnen dort stehen könnten, wo der Nebel sich leise hebt und dass man zur Nacht hier sein müsste, unter dem halben Mond, um die Stimmen der Unterirdischen zu hören und die blauen Lichter zu sehen vor ihrem versunkenen Haus.

Er spielt nicht mehr und spricht nicht zu Ledo, die nach Mäusen sucht. Die Schatten sind kalt, und die Herren und Frauen des Waldes heben ihr Haupt und scheuchen das Fremde aus ihrem Revier. Die Bäume schließen sich zu, aus Dickung und Höhlen tritt das Verborgene heraus, späht durch den Wald, geht leise um. Der Tagwald versinkt, der Nachtwald kündet sich an. Es fröstelt im Gras, und Johannes hat Angst.

Dann gehen sie heim. Es dunkelt schon leise, und Johannes hält der Mutter Hand. Seine Kammern sind schwer von Samen und Frucht, und er tritt leise auf, als trage er einen Mantel von Glas. Der Schwarzbart erzählt, von Baum und Tier, und am Waldrand nimmt er den Rucksack ab, bindet ihn umständlich auf und zieht den Holzkäfig vor mit dem Eichhorn darin. Johannes sieht auf das gebeugte Tier, lächelt mühsam, hört zu, was der Schwarzbart von der Wartung sagt, bedankt sich leise und trägt den Käfig in das Haus.

In seiner Kammer sitzt er bis zum Schlafengehen davor, den Kopf in beide Hände gestützt, und sieht das stille Tier an. Er schiebt ein paar Nüsse hinein, Brot und ein wenig Gebäck, aber das graue Geschöpf – es trägt noch sein Winterkleid – bleibt reglos und stumm, in die Ecke gedrückt, freudlos, allein. »Freust du dich?«, fragt Gina. »Nein«, sagt er leise. »Sieh, wie sein Herz schlägt … sie werden es holen kommen in der Nacht …« – »Wer denn, Johannes?« – »Die vom Fichtenwald.« – »Aber es gehört doch keinem?« – »Alles gehört«, sagt Johannes still.

Dann bedeckt er den Käfig mit seinem Rock, der nach den Wäldern riecht, und Gina liegt lange wach und lauscht seinem schweren Schlaf. Das Tier sitzt still, wie gestorben.

In der Nacht klirrt es leise in ihren Schlaf wie vom Fensterriegel oder dem Schloss einer Tür. Das Band des Mondes gleitet über die Wand, als werde der Vorhang am Fenster bewegt. »Johannes!«, ruft sie in Angst. Seine bloßen Füße kehren zu seinem Bett zurück. »Sie haben es geholt«, sagt er aus befreiter Brust. »Nun kann uns niemand etwas tun.« Gleich darauf atmet er tief und still.

Sie steht nicht auf, aber ihre Gedanken kreisen um sein Gesicht, und sie fragt Gott, was er mit ihr vorhabe, dass er ihr dies Kind gegeben zur Angst und zum Glück. Aber Gott schweigt, und der Mondlichtstreif wandert über ihre Wand wie ein Zeiger der Ewigkeit.

Von dem Eichhorn ist nicht mehr die Rede. Gina spricht mit dem Schwarzbart, und der Schwarzbart schüttelt den Kopf. Aber er schweigt. Bis Johannes einmal sagt: »Sie haben es wiedergeholt.« Da nickt er nur und meint: »Komische Sachen gibt es im Wald …« Und damit ist es aus.

Es ist Sommer, und der kleine Johannes geht mit Ledo an den See. Der See liegt im Arm der Wälder und blickt mit dem anderen Ufer weit in das Land hinein. Roggen weht über die Hügel, über Dörfern steht blauer Rauch, und ein Kirchturm hebt sich als Weiser in die weite Welt. Dort baut das Tor des Lebens sich auf. Unendlichkeit der Wälder flieht zurück, Stimme Welaruns erstirbt. Man weiß nicht, was hinter jenen Feldern sich verhüllt. Groß ist die Welt, und der ahnende Blick hängt am fremden Gesicht. Dort wird die Mutter nicht mehr sein und die ›Beiden‹ nicht, der Schwarzbart versinkt, und Ledo jammert aus dem leeren Wald. Dort wird ›das andere‹ sein, vielleicht die Brunnen, vielleicht die Keller, vielleicht der Tod.

Im See liegt eine Insel und auf der Insel eine Rohrhütte unter hohen Eichen. Und darin wohnt der ›Wassermann‹. Der Wassermann ist ein

Fischer, sechzig Jahre alt, und er ist des kleinen Johannes Freund. Johannes hat seltsame Freunde. Ab und zu erscheint er in der Siedlung, mit einem kleinen Wagen und einem Pferd davor, das Johannes wie ein vergrößerter Käfer erscheint, dem man die Flügel ausgerissen. Die Sielen sind schadhaft und mit Bindfaden geflickt, die Hinterräder auf eine traurige Weise nach außen geneigt. Dann verkauft der Wassermann Fische. Er ruft mit einer schwermütig-getragenen Stimme, als ob er über die Wasser riefe, leise, aber weithin hallend. Alle andern Stimmen bleiben vor der Tür, aber diese dringt bis zu Johannes. Das erste Mal war es nur eine ›andre‹ Stimme, und er glaubte, dass sie aus dem Walde käme. Er sah auf die Straße hinunter, leise erschreckt, als habe sie ihm allein etwas zu sagen, und sah Wagen und Pferd und Mensch. Alles war ihm seltsam gleich der Erinnerung an einen Traum. ›Man hat ihn geschickt‹, dachte er. ›So etwas gibt es also, dass Fremde um mich wissen.‹ Da sah der Wassermann hinauf, und seine Stimme brach mitten im Rufen ab. ›Er erkennt mich‹, dachte Johannes. Er blieb in dem fremden Blick, in demselben süßen Grauen, das ihn erfüllte, wenn die Flöte schwieg und der Wald erstarrte und er auf Welaruns Antwort wartete. »Man ruft«, sagte er zur Mutter und ging hinaus. Und so begann ihre Freundschaft.

Der Wassermann trägt eine Lederkappe, und sie gibt ihm das Aussehen eines Menschen, der über alle Meere der Welt gefahren ist. Seine Haut ist wie die Rinde eines Baumes, aber die Formen darunter sind so klar wie die Formen eines Steines. Weite liegt in ihnen wie Weite eines Berges und die Klarheit der Luft, die nur über dem Wasser ist. Wahrscheinlich hat er nichts gelesen außer der Bibel und wenig in den Händen gehabt außer seinen Netzen. Aber dies ganz Einfache seines Daseins hat unaufhörlich geformt an ihm. Er hat nicht die kleinen Linien der Zeitungsleser und nicht die Sorgenfalten eines Berufes, nicht die Zerknitterungen einer Stadt oder die graue Furchung des Geldzählers. Er hat etwas von der Größe einer Uferlinie, eines Bergprofils, einer fernen Waldsilhouette. Vielleicht kann er nicht schreiben, aber seine Hände sind auf irgendeine Art weise Hände, wie die Hände alter Frauen oder kranker Kinder. Und seine Augen sind von dem hellen Blau, das traurig macht, weil es zu hell für diese Erde ist.

Johannes weiß, dass er zu ihm gekommen ist. Er weiß nicht, dass der Fischer auf schreckliche Weise sein Kind verloren hat und dass Johannes ihn an das tote Gesicht erinnert. Das Kind ist ertrunken, am

Abend, bei schwerem Wind, und der Fischer hat es mit der Stange aus dem Kahn geschleudert, als er nach einem treibenden Netz greifen wollte. Er ist nachgesprungen, bis auf den Grund, und hat es nicht gefunden. Er ist etwas wunderlich seither, und der Stimmen, die über den Wassern sind, werden immer mehr für ihn.

Sie sehen einander an, und das Seltsame ist, dass der Wassermann auf Johannes blickt wie ein Kind auf einen Schatz hinter einem Fenster und dass Johannes auf den Alten blickt wie ein alter Mensch auf ein Kind, das man ihm zur Botschaft gesendet. Er fragt Gina, ob das heilige Kind – so sagt er – etwas mit ihm fahren dürfe. Er spricht eine kleine Zeit mit ihr, und Gina, deren seltsame Augen durch die Rinde gehen können, willigt ein. Für Johannes ist es gar kein Zweifel, dass er mitfahren muss.

Nun steht Johannes mit Ledo am Ufer und sieht dem Kahn entgegen, der auf sie zukommt. Immer denkt er, dass dieser Kahn über ein Meer kommt, mit einer unausweichlichen Botschaft, und dass, wenn er einsteige, er niemals wiederkehren werde. Der Wald steht ganz still und trinkt die Sonne. Ein hoher Ton klingt unaufhörlich zwischen seinen Wipfeln. Welarun schweigt, die Tiere schweigen, unbeweglich steht das Gras. Nur die Ruder klingen, immer näher, immer unerbittlicher. »Da bist du ja«, sagt der Wassermann. »Ja, da bin ich«, sagt Johannes.

Der Fischer hat Kaffee gekocht, den sie aus Bechern trinken. Schon dieses ist seltsam. Dazu gibt es schwarzes Brot. Johannes glaubt nicht, dass es von Menschenhand gebacken werden könnte. Sie sprechen ein wenig vom Fang der letzten Tage, vom Tauchernest im Rohr und vom Fischadler, der hier jagt. Johannes ist aufgeschlossen, aber ernst, wie ein Widerschein des Alters, das vor ihm steht. Dann geht er über die Insel, und der Fischer flickt seine Netze auf der Bank, aber nur mit den Händen, denn die Augen folgen dem Kind.

Es ist mehr als eine Insel im See. Es ist eine Insel im Leben, im Sein. Die Wälder sind fern, ein verlassenes Haus, in dem nun andere wohnen. Man hat keinen Schlüssel mehr, man kann nicht zurück. Die Luft ist anders, es riecht nach einer andern Welt. Vögel rufen, heiser oder klagend, aber es sind Vögel einer anderen Welt, luftlos, schwingenlos fast, einem anderen Elemente zugehörig, und selbst der Reiher, der taumelnd von den Wäldern herkommt, sieht aus, als wolle er in das Wasser stürzen, aus dem sein Spiegelbild ihm ruft.

Gegen Abend legen sie die Netze aus. Das Wasser ist warm und tief, und wenn Johannes sich über den Bootsrand beugt, kann er die wehende Bewegung der Schlinggewächse sehen und das Ertrinken des Lichtes im wesenlosen Grund. Er fürchtet sich wie ein junger Vogel, aber es ist eine süße Furcht, und die Insel ragt wie ein letztes Haus. »Es gibt ein Gewitter zur Nacht«, sagt der Wassermann und sieht über den See hinaus, als habe er keine Ufer. ›Was mag er verloren haben?‹, denkt Johannes. ›Die Menschen sehen von Stube zu Stube und von Haus zu Haus, aber er sieht ohne Wände, wie der Wald sieht.‹

Sie braten Speck zum Abendbrot und sitzen dann vor der Hütte. Die Wetterbank droht über dem Walde, und die Taucher rufen hart und schrill. Ein blauer Schein, aus ganz fernen Fenstern, gleitet einmal über den See. Das Waldgebirge wächst auf und versinkt. Des Wassermanns Hand liegt bläulich auf seinem Knie. Johannes ist geöffnet wie eine Blume, und die Schauer der Stunde rieseln bis auf seinen Grund. Er trinkt wie ein Wald, und lautlos webt sich in seiner Tiefe das Kleid der Zukunft. Leise murrt es hinter der Welt. Ein Tor springt auf und schließt sich zu. Reiter halten auf einem dunklen Hof. Fackel flammt auf über Mauern, Leibern und Stahl, von Faust erstickt, von Fluch bedroht. Fröstelnder Hauch zieht über den See. Flüstern fällt aus den Eichen, aus verstecktem Mund, erstirbt, löscht aus. Drüben erbraust jählings der Wald, um den See herum und weit landein. Aber das Wasser liegt still wie schwarzes Metall und spiegelt das wandernde Licht. »Gott wacht auf«, sagt der Wassermann.

Flammen stürzen sich über die Welt, zerschmettern den Wald, versengen das Schilf. Gewölbe brechen und stürzen in den See, ein Vogel klagt, und im grellen Schein taucht die Welt wie aus einem Ofen empor. Dann rauscht die Wand des Regens vom Wald heran, und sie gehen hinein. Johannes liegt auf raschelndem Schilf, seine Decke riecht nach Sonne. Der Wassermann sitzt bei einem tropfenden Licht, die Bibel auf dem Tisch, und fährt mit dem Finger die Zeilen entlang. »Es ist mir leid um dich, mein Bruder Jonathan ...« Johannes lauscht, die schweren Augen schon voll Schlaf. ›Jonathan‹, denkt er, ›welch ein wunderbares Wort ... Lanze aus Gold mit einem Trauerflor ... wie seltsam ist diese Nacht ...‹ Der Regen braust auf das trockne Dach, die Donner zerfallen hinter dem See, Schatten tasten über die Wand ... Jonathan ... mein Bruder Jonathan ...

Am nächsten Morgen rudert der Fischer ihn zurück. »Komm bald wieder«, sagt er still. ›Jonathan‹, denkt Johannes den ganzen Weg, und sein Herz ist schwer von diesem tönenden Wort.

Es ist Herbst, und der kleine Johannes geht mit Ledo nach dem Karstenhof. Es ist das Land ›Ohneangst‹, und es ist noch angstloser geworden, seit Johannes glaubt, dass der Bauer sein Urgroßvater sei. Schon das Wort ist wie der Schlag einer alten Uhr, seine Augen schimmern wie Sonnen hinter Nebeln, und sein Schweigen ist erfüllt von Gedanken an seinen Sohn, der der Herr der Wälder ist. Wenn Johannes kommt, nimmt der Bauer selbst den Pflug in die Hand. »Was wollen wir tun, Johannes?« – »Wir wollen pflügen.« Es geht so, dass Johannes neben dem Pfluge hergeht, Furche auf und Furche ab. Er liebt das schwere und doch nicht leidvolle Schreiten der Pferde, das Rauschen der Scholle, dieses leise Hineinschreiten in die Ewigkeit, wo jede Furche dem Umwenden eines Blattes in der Bibel gleicht. Diese Bezwingung der scheinbaren Unendlichkeit eines Feldes, Streifen um Streifen, Stunde um Stunde. Das schwere Wissen um die Wirrnis des Lebens wird hier leichter, nicht gewusst, nicht erkannt, aber mit jedem Wachsen des dunklen Ackerteiles wächst der Glaube an das Mögliche, sinkt die Furcht vor dem Unmöglichen. Es gibt so etwas, fühlt Johannes, in ein Riesiges zu gehen, dass das Riesige am Abend nicht größer ist als ein Mensch. Und über alles streicht ein freier Wind, Schatten gehen von Wald zu Wald, freier Raum ist um jeden Schritt. Krähen sind dicht hinter dem Pflug, angstlos wie er selbst. Weit kann man sehen, woher jemand kommt, weit, wohin jemand geht. Alle Türen sind auf, aber kein Schatten ist, der sich verbirgt. Es ist wie die Innenfläche von seiner Mutter Hand: das Unbedingte an Gewissheit, Klarheit, Unverstelltheit. Nicht Winkel noch Schatten, nicht Dickicht noch Höhle. Es ist in Wahrheit das Land Ohneangst.

Sie sprechen nicht viel. Es kommt vor, dass Johannes Steine vom Acker trägt. Niemand sagt es ihm, aber er fühlt, dass es gut ist. Die Klarheit nimmt zu, und der kleine Hügel, den er baut, ist ihm wie das Haus seines Tages, das er aufrichtet über seinem Schlaf. »Sie drücken das Land«, sagt er zum Großvater, und dieser nickt ihm schweigend zu.

Wenn das Frühstück kommt oder nachmittags der Kaffee, sitzen sie beide am Ackerrain und sehen auf ihr Werk. Es riecht nach Pferden und Land, und die Elster schwatzt im kleinen Wald. »Es ist ein stilles

Jahr«, sagt Johannes vor sich hin. Der Bauer sieht ihn von der Seite an, aber er nickt nur und ist so tief erschrocken wie Gina vor ihrem Kind. Und dann schaffen sie bis zum Abend und gehen heim. Johannes soll die Leine halten, aber er bittet, es nicht tun zu brauchen. Er fühlt eine schreckliche Verantwortung, die er nicht tragen kann. Er hat Steine gesammelt, aber dies ist zu viel für ihn. Und er braucht es auch nicht.

Dann sitzt er eine Weile vor dem Herdfeuer, und die Ähnlichkeit mit seiner Mutter ist fast erschreckend. Margret verwöhnt ihn, und hier geschieht es zuweilen, dass er mit seiner stillen Trauer spielt. Er möchte etwas haben, und es ist fast eine Unmöglichkeit. Es kann etwas ganz Geringes sein, aber es wächst zu einer Flamme des Wunsches, die ihn fast verzehrt. Dann kann er trostlos in das Feuer sehen, trostloser als er ist. Und dann wird das Unmögliche möglich. Niemand merkt, dass er ein wenig spielt, nur er selbst. Es brennt in ihm, Scham, Reue, Zorn, Verachtung, eine dumpf fressende Glut, und dann wird er wirklich trostlos. Er spricht zu niemandem darüber, aber es ist ihm, als habe er zum ersten Mal in einen Spiegel gesehen, und er erschrickt wie ein kleines Tier vor der Gleichheit und Fremdheit des zweiten Gesichts.

Nach dem Essen, in der großen, ernsten Stube, sind sie wie zwei Erwachsene zusammen, der Großvater und das Kind. Johannes sitzt auf der Ofenbank, den Kopf an die Kacheln gelehnt, und der Bauer geht auf und ab, die Pfeife in der Hand, und erzählt. Die Geschichte eines Ackers, eines Pferdes, eines Waldes. Er hat nach innen gelebt, und er braucht nur seine Tore aufzumachen. Da liegt seine Ernte, und er sät sie aus. Er ist kein Erzieher, er wählt nicht, unterscheidet und berechnet nicht. Aber was er erzählt, ist wie eine Pflanze, ein Feld, ein Tier, von Gott gemacht, und er stellt es nur hin und tritt selbst daneben. Johannes lauscht, und es fällt in ihn hinein wie Korn in einen Brunnen, der nie zu füllen sein wird. »Nun von Menschen«, sagt er. »Ja, da war einmal ein Mann«, beginnt der Großvater. Er erfindet nichts, auch hier nicht. Er blättert seine Chronik durch und vergisst kein Blatt. Er schüttet in eine Mühle, und er weiß: die Mühle mahlt. Der Wind stößt leise an die Fenster, und im Garten klopfen die Früchte schwer auf den Boden. Es sind reiche Abende für Johannes.

Die Nächte sind noch warm, und die Herde weidet noch auf den Bruchwiesen am Wald. Johannes hat eine leise Unruhe des Mondes.

In den hellen Nächten ist sein Schlaf schwer, und seine Augen sind ganz fremd am Morgen. Das Haus bedrückt ihn, das den Mond aussperrt. Und er bittet, zum Bruch gehen zu dürfen. Gina hat bestimmt, dass man ihn tun lassen solle, worum er bitte. Er habe eine andere Weisheit als sie alle, wahrscheinlich eine höhere. Der Bauer ist in Sorgen, aber der Feldweg führt bis zum Bruch, und er sieht, dass das Kind in tiefer Unruhe ist. Auch ist er leise froh, dass es sich nicht zu fürchten scheint.

So geht der kleine Johannes zum Bruch, einen Stab in der Hand und Ledo zur Seite. Der Mond steht wie ein König über der Nacht. Der gepflügte Acker glänzt, und die Steine schimmern blass aus dem dunkleren Gras. Schatten zerreißen das leuchtende Land, und jeder Schritt klingt weit hinaus bis an den schwarzen Wald. Alles ist streng und hart, aber nichts ist böse. Menschen sind nicht unterwegs, unter den Stoppeln liegen warm die Wohnungen der Verfolgten und Beleidigten, und Johannes tritt leise auf, weil er auf den Schlaf tritt. Man muss durch den kleinen Wald, und dann sieht man die Nebel über dem Bruch, die den Mond gefangen haben, und das Feuer, das der Hirte zum Abend gemacht. Es brennt rot und ernst, es ist das letzte Zeichen des Menschen am Rand der Wälder und der Nacht, und es ist schön, wie es wächst und ihm entgegenkommt wie ein Licht an einem Meer.

Johannes ist des Hirten Freund. Überall ist er ein Freund der Alten und Schweigsamen, und er braucht nichts dazu zu tun. Johannes sagt, dass der Hirt ein Wassermann der Felder sei, und er hat es gut gesehen. Er weiß nicht, dass er die Elemente liebt und von den Menschen nur die, an denen die Elemente geformt haben, bis sie eingegangen sind in sie. Er weiß auch ihre Namen nicht, er hört sie und vergisst sie. Er benennt nicht das Einmalige, sondern das Ewige. Er nennt den Hirten »David«, und beide sind es zufrieden. Er denkt nicht an Goliath und nicht an Urias, er denkt an die Herden auf dem Felde, an das Einsame, das Schweigen der Räume, die Behütung der Hilflosen. Der Körper des Alten ist gebeugt, seine Hände gekrümmt, sein Kleid zerschlissen und rau. Aber die Sonne war über ihm ein Leben lang, Regen und Wind, Wolke und Stern. Wenn er auf einem Hügel steht, den Stab in der Hand, Wind im Mantel, Raum um sich, ist er ein König für Johannes, groß und allein, der mit niemand spricht als mit dem Tier und Gott.

60

Er hat ein Reisigdach gebaut, das den Mond nicht versperrt. Davor brennt das Feuer, und er strickt an einem Strumpf. Man sagt, dass Wölfe in den Wäldern seien dieses Jahr, und die Flamme brennt zur Wärme und zum Schutz. Ledos Mutter und Schwester sind da, die Herde ruht, vom Nebel umhüllt, ein fremder Vogel ruft vom Moor, und gewaltig bäumt sich der Wald vor dem Licht. Johannes muss auf das Moos unter dem Dach, aber er liegt so, dass er in das Feuer sieht, den Kopf auf die Hände gestützt. Hinter der Herde ist der Nebel so weiß, dass jede Bewegung mit Schatten von Riesen über die Wände läuft. Die Hunde sind wach, und wenn es im Walde spricht, stehen sie auf und blicken ernst in das Dunkel hinein. Unheimlich ist die Welt, vom Kommenden erfüllt, aber David strickt, und die Flamme steigt ruhig in die windlose Nacht. »Lütt Hannes is to Hus«, sagt der Hirte unter das Dach, und Johannes lächelt in den Trost hinein.

Die Sterne wandern, und der Tau fällt schwer. »Erzähle, David«, sagt das Kind, »vom Wolf und was im Walde lebt ...«

Und David erzählt. »Do was en Buer, de gung um bi de Nacht ...« Er erzählt seltsame Geschichten, von Dumpfheit und leisem Grauen erfüllt, Geschichten aus dem Nebel, in den er die Herde treibt, aus dem er sie führt, aus einem Leben an Waldrändern, auf Brüchern, in Regentagen, vor verglimmenden Feuern. Werwölfe gehen durch sie, Unterirdische und Umgänger. Aber Gottes Hand ist in ihnen, und eine schlichte Gerechtigkeit wägt ihren Ausgang. Vielleicht sind die Geschichten nicht gut für Johannes, aber David ist gut für ihn, und auch seine gekrümmten Hände weben am künftigen Kleid.

Der Wolf kommt nicht, und Johannes schläft ein. Der Mond scheint auf sein Gesicht, in das die Falte um den Mund sich schmerzlich gräbt. Er fühlt nicht, dass David sich zu ihm legt, dass der Mond versinkt und die Dämmerung kommt. Ein Wolf schreit durch seinen Traum, aber David strickt, und das Feuer brennt. »Lüttje Hannes is to Hus ...«

Es ist Winter, und der kleine Johannes liegt mit Ledo vor der offnen Ofentür in seiner Kammer und drischt den Weizen seines Jahres. Er geht rückwärts, Tag für Tag, bis zum ersten Lerchenruf, und sammelt seine Ernte. Er hat ein paar Blätter vor sich, auf die er Tiere und Bäume und Blumen gezeichnet hat, und andere, auf die er etwas geschrieben hat. Niemand kann es lesen, obwohl es Buchstaben sind, aber er weiß, was es ist. Da ist die Geschichte vom Schwarzspecht, der ein Pfarrer war, und die Geschichte von Rulle, der ein Briefträger war und sich die Beine ablief. Da ist die Geschichte von einem traurigen Vogel und die namenlosen Geschichten. Da ist ein Lied Welaruns und eine Klage Jonathans. Da sind Wurzelmänner, die tote Käfer begraben, und eine Haselmaus, die in ihrem Bettlein liegt, mit gefalteten Händen, während ihr Mann die Fensterläden schließt und eine Kerze auf einem kleinen Tische brennt. Und mitunter nimmt er die Flöte und spielt leise in das Feuer hinein, und die ganze Zeit ist sein Gesicht still und rückgewandt und ein einsamer Friede auf seiner Stirn.

Draußen fällt der Schnee, aber Johannes fürchtet ihn. Er will nicht in den Wald, und er fragt Gina, ob das der Tod sei. Es ist ihm nie warm genug, und er meint, sie hätten unter die Erde ziehen sollen, dort wo die junge Saat die Wurzeln ins Warme senkt. In der Ofenecke liegt sein ganzes Jahr, Früchte, Schwämme, Muscheln, Vogelbeeren, ein Kästchen aus Birkenrinde, eine Häherfeder, der Stall und ungezählte Schätze. Er zieht sie in den Feuerschein des Ofens, er dreht die Zeit, und seine Seele wandert leise und glücklich durch das Vergangene wie durch ein erleuchtetes Haus. Der Schlaf der Elemente ist auch sein Schlaf. Er weiß nicht, dass er unter der Erde lebt, dass er gesammelt hat und nun sich nährt, dass dies das Land Ohneangst ist, das die Natur ihm zugedacht. Er ist ein wenig müde, ein wenig dumpf, ein wenig träge. Er hält oft Ginas Hand und bittet sie, in sein Haar zu atmen. Es sei so allein.

»Bist du krank, kleiner Johannes?«, fragt sie besorgt.

Aber er schüttelt den Kopf. »Meine Augen frieren zu«, sagt er nachdenklich.

Der Ring des Jahres ist um ihn gewachsen wie um einen Baum. Nichts fällt aus ihm heraus, nichts mehr fällt in ihn hinein. Und bevor Glück und Schmerz des nächsten beginnen, ist Johannes gleich der Stille zwischen dem Eingang und dem Ausgang des Atems, wo das Blut sich füllt und der Schatten des Todes ungewusst zwischen zwei Herzschläge fällt.

5.

Meinhart Knurrhahn, Hauptlehrer im Dorf hinter der Siedlung, war einer der seltenen Menschen, die zusammen mit ihrem Namen geboren werden. Nicht dass da ein Vater ist und der Name des Vaters geht auf den Sohn über, wie die Ziegel von Hand zu Hand gehen, wenn der Ziegelwagen entladen wird. Sondern dass der Sohn so und nicht anders heißen muss, auch wenn der Vater den Namen einer anderen Sprache trüge. Er musste Knurrhahn heißen, und die Erfüllung dieses Naturgesetzes gab seiner Person jene schreckliche Geschlossenheit, mit der er auf seinem Pult thronte wie Jehova auf dem Berge Sinai. Die Luft brannte um ihn, Donner rollten um seine Einsamkeit, während er die Tafeln des Gesetzes schrieb, und mehr als einer der kleinen Mosesse, die mit Tafel, Schwamm und Griffel auf seinen Bänken saßen, war versucht, die Schuhe auszuziehen auf dem heiligen Boden, der ihn umgab.

Da waren Helden jener Landschaft unter seinen Zöglingen, die den Teufel nicht fürchteten, für die kein Fenster heilig, kein Baum zu hoch, kein Wasser zu tief, kein Stier zu wild war, die jeden Gegner angingen wie die Axt einen Baum, und die gelähmt dasaßen, wenn der Blick der kleinen rötlichen Augen aus dem Gestrüpp des Bartes sie traf, nein, nicht traf, sondern streifte wie einen Stein oder einen Zaunpfahl. Gott sah auf die Welt, und es war nicht gut, was er sah. »Bedarfst du des Trostes, mein Sohn?«, pflegte er gütig zu fragen, aber seine Stimme war gleich der Stimme einer schweren Glocke, die ein Sandkorn berührt. »So gebe man ihm«, entschied er milde. Er zog den ›Tröster‹ liebevoll zwischen Daumen und Zeigefinger hindurch, als ob er die Schneide eines Messers prüfe, und lächelte auf eine verborgene Weise, die irgendwie grauenvoll erschien. »Die Hand, mein Geliebter, die ganze, bitte, schön ausgestreckt … so … wen Gott lieb hat, den züchtigt er …«, und Sodoms Untergang erfüllte sich mit Blitz und Donner.

Knurrhahns Seele war ein einfaches Wesen, und seine Tage gingen wie der Pendelschlag einer Uhr. Er begann im ›Saustall‹, und er endete im ›Weinberg des Herrn‹. Der Saustall war die Schule, und der Weinberg war sein Bienenstand. In beiden war er Gott der Herr, und in beiden hatte »Ordnung zu herrschen«. Alles andre waren die »Apokryphen« für ihn, seine Frau eingerechnet. Kinder hatte er nicht, als ob die Ungeborenen gewusst hätten, dass es keine Götter geben solle neben ihm.

Knurrhahn war nicht böse, er war nicht Zerrgiebel mit seinem Backenbart. Es war keine Lust an der Qual in ihm, kein Genuss der Peinigung, kein Durst nach Blut. Er war nichts als ein einfacher Gott über einer einfachen Erde. Man gab ihm einen Lehmkloß in die Hand, jedes Jahr einen neuen, und er hatte um des Staates und Gottes willen den lebendigen Odem in diesen Lehmkloß zu blasen. Er war Schöpfer und das andere war Geschöpf, und das Dichten und Trachten des Geschöpfes war böse von Jugend auf. Er hatte weder Methoden noch mühsam errungene Anschauungen, weder Gewissensbisse noch Zweifel. Er war ein Turm in der Schlacht, und die Obrigkeit konnte jederzeit wissen, dass Thron und Altar nicht beben würden, wo er stand. Etwas Alttestamentarisches witterte um seine Stirn, das Harte und Eifrige dunkler Zeiträume, wo der Mensch opfert vor dem Ungeheuren und Gottes Hand sichtbar den Blitzstrahl schleudert auf den Scheitel des Schuldigen. Knurrhahn konnte »ergrimmen in seinem Zorn« wie der Gott Israels, und es war von tieferer Bedeutung, dass ein vergilbter Kupferstich, Isaaks Opferung durch Abraham darstellend, an der Wand des Klassenraumes hing, in dem der jüngste Jahrgang zu seinen Füßen saß.

Auch wuchs sein Göttliches durch sein göttliches Kleid. Denn es war seiner Seele angemessen wie die Haut einem Antlitz. Er war ein »Schleuderer«, breit und kurz, mit gekrümmten Beinen. Seine Fäuste waren aus grauem Stein, und die Nägel erschienen als das Weiche in ihrer Haut. Sein Kopf war breit und schwer, das schwarze Haar in die Stirne fallend, der gewaltige Bart bis zu den Augen wuchernd. Ohnmächtig flohen die Ohren aus der drohenden Wildnis, und mehr als eines Kindes Augen hatten schaudernd um seinen wirren Scheitel getastet, ob der dunklen Hörner Spitzen nicht sichtbar seien über dem Stierhaupt.

Zu den Füßen dieses dunklen Gottes saß nun der kleine Johannes. Gina hatte ihm gesagt, dass er zunächst hier zur Schule gehen müsse, weil sie sich noch fürchte, ihn zur Stadt zu schicken, mit den »Beiden« zusammen, und Johannes hatte es schweigend aufgenommen. Erst nach ein paar Stunden hatte er mit abgewendetem Blick gefragt: »Da sind viele, Mutter, ja?« Und Gina, ohne am Sinn seiner Frage zu zweifeln, hatte bejaht. Eines Nachmittags war sie mit ihm zur Anmeldung gegangen, und es war ohne besonderes Unglück verlaufen. Knurrhahn war gemessen gewesen, ja von jener schweren Feierlichkeit, die den Protokollen eines Mordes oder einer kleinen Hinrichtung zukommt. »Wir werden also auch diesem kleinen Erdenbürger den lebendigen Odem einblasen«, hatte er abschließend gesagt. Johannes hatte still dagesessen, die Hände gefaltet, und ruhige Antworten gegeben. Nur dass sein Atem ein wenig schwer war, hatte Gina gemerkt. Und als sie zurückgingen, hatte er sich mehrmals umgedreht, als fürchte er die Allgegenwart des dunklen Gottes. Aber gesagt hatte er nichts.

Die Schule lag eine Viertelstunde von der Siedlung entfernt, in einem Dorfe, das Johannes das »graue Dorf« nannte. Der Weg führte über Feld, war ein Weg wie viele Wege, weder fröhlich noch traurig, und hatte nur in seiner Mitte das Lauern des Bösen. Dort lief auf einer Seite eine Hecke von niedrigen Fichten, dahinter war zu Füßen einer Kiesgrube ein wüstes Feld und auf ihm der verfallene Brunnen, in dem Johannes sein Antlitz erblickt hatte. Er hatte nicht gewünscht, dass die Mutter ihn begleite, und am ersten Morgen stand er ein Stück vor der Hecke und sah mit hoffnungslosen Augen den grauen Weg entlang. Dort gingen sie vor ihm, Gefährten seines Leides, der Sohn des Bahnmeisters und der Sohn des Kaufmanns, beide an der Hand ihrer Mutter, wie kleine Fohlen neben einem Wagen. Wenn er riefe, würden sie stehen bleiben und auf ihn warten. Aber er wollte nicht rufen.

›Ich will herumgehen, über das offene Feld‹, dachte er und setzte einen Fuß langsam vor den andern. ›Es ist feige‹, dachte er weiter, ›und wenn der Schwarzbart hinter der Hecke steht, wird er sich sein Teil denken.‹ Wieder ein Schritt auf dem bösen Weg, aus dessen Geleisen es zu grinsen schien. ›Ich könnte laufen, aber es würde nicht gut aussehen, und die Geleise laufen mit ... alles läuft mit, Hecke, Felder, die Tage, das ganze Leben ...‹ Er lief nicht, er ging langsam, ganz langsam die Hecke entlang, den Blick geradeaus gerichtet, zwischen den beiden Geleisen, die ihn hielten wie die Messer einer Maschine. Er fühlte sich nicht als ein Held, nicht als ein Feiger. Sein Herz schlug wie ein Hammer auf eine Wunde, und er ging so dumpf wie eine Maschine, deren Triebwerk zittert und stirbt.

Hinter der Hecke saß er ein wenig auf der Böschung und sah den Weg zurück, sah sich dort gehen, klein und armselig, und zog die Tafel heraus und machte eine Zeichnung davon, Hecke, Weg und Feld und eine kleine, verlorene Gestalt. Es war nun leichter, als er es in dem blassen Weiß vor sich sah, auf dunklem Grunde, umgekehrt gleichsam, sodass auch der Schmerzensgehalt der Stunde sich umzukehren schien in etwas, das hell und ganz anders war. ›Alles was man zeichnet, wird leichter‹, dachte er fast fröhlich. Dann schrieb er mit kleinen, noch ungelenken Buchstaben darunter: »Der Weg nach Golgatha, das da heißt die Schädelstätte.« Er betrachtete es noch einmal, stand auf, von einer Last befreit, und ging nun eilig nach dem grauen Dorf, ohne Vordermänner und ohne jemanden, der hinter ihm kam. Die beiden Frauen, die noch auf dem Schulhof standen, zeigten ihm sorgenvoll die Tür der Klasse, und er ging schweigend hinein.

Der Gott Abraham starrte ihm von seinem Pult entgegen. Alles andre schien Johannes auf den Knien zu liegen. ›Sie sind Käfer, die sich tot stellen‹, dachte er schnell, ›und das Untier blies seinen Atem über sie hin …‹ »Guten Tag«, sagte er leise vor dem Pult. Knurrhahn starrte ihn an, als sei er ein Zaunpfahl, der mitten auf einer Wiese zu sprechen beginne. Es war ein langes Schweigen, und Johannes hörte den ersterbenden Hauch von Seufzern in seinem Rücken. ›So viele‹, dachte er, ›so schrecklich viele …‹

Dann hob sich eine Stimme aus dem Abgrund der Erde – ›er hat einen Keller in sich‹, dachte Johannes –, eine Stimme, die gleich einer rollenden Kugel auf langen Hängen war, vor der Türen aufsprangen, hallend und dröhnend, und die näher, immer näher kam, bis die Wände bebten und die Fenster erzitterten. »Ist man da?«, fragte die Stimme. »Ist man angelangt? Ist man eingetroffen?« – »Ja«, sagt Johannes. Erneutes Schweigen. Gott schwieg, da ein Mensch die Stimme zu ihm erhob. Es war das Schweigen göttlicher Verblüffung. Dann hob er das Schwert des Gerichtes und fuhr prüfend die Schneide entlang. »Gott sei dir gnädig!«, sagte er bedeutungsvoll. Das Übrige war Ahnung und Schweigen. Dann stieß er die Steinfaust verächtlich gegen die vorderste Bank, und Johannes stolperte hinein wie in ein kleines Haus. Die Gesichter der beiden »Siedler« schimmerten ihm blass entgegen wie ertränkte Steine. Dann hob er die Augen zum Berge Sinai, und das neue Leben begann.

Es begann mit den Gesetzestafeln, und auf ihnen stand geschrieben: »Wer sich untersteht …« Es waren viele Tafeln, und Johannes behielt sie nicht alle. Es war ein Berg, ein Gebirge, und es stürzte sich über ihn und begrub ihn dröhnend. Und danach begann es mit der Schöpfungsgeschichte, und die Erde war wüst und leer, und der Geist Gottes schwebte über den Wassern. Er hörte Stimmen hinter sich, die antworteten, wenn sie gefragt wurden, aber er konnte sie nicht sehen. Es waren hohe und tiefe, zitternde und in Verzweiflung schreiende, aber es war, als läge eine Steinplatte über jeder von ihnen und als erklängen sie bewusstlos, sobald Knurrhahn eine seiner Erzkugeln auf sie schleuderte. Vielleicht waren es kleine Tiere, die dort kauerten, verzaubert und hilflos, vielleicht waren es kleine Holzfiguren, wie der Großvater sie schnitzte, und wenn man ihren Arm bewegte, rief es klagend aus dem hölzernen Leib. Johannes konnte sich nicht umdrehen, weil er die Augen nicht von dem Bartgestrüpp wenden konnte, in dem irgendwo ein unermesslich tiefer Brunnen war. Er konnte es nicht, und kein lebendiges Wesen würde es können.

Aber dann nieste der kleine Wirtulla, der Sohn des Bahnmeisters, der neben Johannes saß. Er nieste laut und ganz unvermutet, und es war wie eine Explosion in einer Kirche. Johannes atmete nicht, und er fühlte, dass niemand atmete. Knurrhahn beugte sich auf seinem Berge und starrte auf die Revolution seiner Erde. Der kleine Wirtulla stöhnte unter diesem Blick, aber er nieste ein zweites Mal. Er hatte einen kleinen Körper und einen großen Kopf, und der Kopf schien ein Gewölbe, das den Donner eines Schusses tausendfältig brach und sammelte. Johannes sah Tränen auf den Wangen seines »Nebenmannes« und eine Greisenfalte um seinen Kindermund. Er fühlte den brennenden Wunsch, selbst niesen zu können, noch lauter und verruchter als jener, aber er konnte es nicht.

Und dann kam das dritte Mal, und es war der Inbegriff allen Grauens. Und dann winkte Knurrhahn. Er hob seine breite Hand und krümmte den Zeigefinger, und in dieser Andeutung einer Bewegung lagen Urteil, Verdammnis und Tod. Der kleine Bahnmeistersohn stolperte aus der Bank, und dabei klammerten seine verstörten Augen sich an Johannes' Antlitz, wie die Augen eines zum Richtplatz Geführten noch einmal einen blühenden Baum umklammern. Und Johannes fing diesen Blick auf und erkannte ihn. Er war niemals so angesehen worden, denn er hatte nicht Mensch noch Tier in Todesnot gesehen, und es erfüllte sich in ihm gleichsam das Wunder der Kreatur. Er liebte seine Mutter und liebte Ledo, aber sie waren einmalig auf der Welt, und er liebte sie um des Einmaligen willen. Hier aber schlug das »Viele« zum ersten Mal den Mantel von seinem Leide zurück und sah ihn an, gerade ihn, wie man auf Christus am Kreuze blickt. Er selbst würde niemals auf jemanden so geblickt haben, und er fühlte eine leise Bedrängung, nicht frei von Peinlichkeit, als hielte ein Kranker sich an seinem Kleide fest, oder ein Bettler oder ein Verzweifelter. Die Gebärde riss ihn zu den »Vielen«, sehr gegen seinen Willen, aber sie erfüllte ihn auch mit der Erschütterung des Gemeinsamen, die er zum ersten Mal empfand.

»Jonathan«, sagte er ganz leise, und der geheimnisvolle Klang des ohne Sinn gesprochenen Wortes berauschte ihn mit Glück und Schmerz.

»Hosentrompeter!«, brüllte Knurrhahn zu seinem Opfer hernieder. »Unterstehst du dich, zu meutern?« Aber bevor eine Antwort erfolgte, geschah etwas Schreckliches. Johannes sah, dass auf den weißen Dielen, wo der Gerichtete stand, etwas Fremdes erschien, etwas unfassbar Wachsendes, sich Vergrößerndes, sich fließend Ausbreitendes. Er starrte fassungslos auf die Erscheinung, halb von Ekel erfüllt, halb von Grauen. Aber sie war da. Er sah sie, die vorderen Bänke sahen sie, und zuletzt sah Knurrhahn sie. Sein Mund stand offen, eine gähnende Höhle im Waldesdickicht, seine Stirn wurde Stein, seine Augen Glas: Ein Gott sah in sein Heiligtum hernieder und sah, dass ein Tier vor den Altären seine Notdurft verrichtete. »Schwein!«, schrie er. »Schwein! Du ...« Aber bevor er vom Pulte niederfuhr, lief der kleine Bahnmeistersohn weinend, jammernd, heulend durch den erstorbenen Raum zur Tür, riss sie auf und verwehte, verscholl irgendwo in der lebendigen Welt, Knurrhahn mit geschwungenem Tröster hinterdrein, und seine Apostrophe des Grauens erklang wie im Nebel verbotener Haine und blutiger Opfer.

Niemand rührte sich, niemand sprach. Nur die Bewohner der vorderen Bänke starrten unbeweglich auf den kleinen See der Todesangst, der nun in bedrückender Verlassenheit auf den weißen Dielen lag, ein stummer Zeuge unerhörten Frevels, ein Blutfleck auf einer ungesühnten und verlassenen Schwelle.

»Dies ist ein Schlachthaus«, sagte Johannes laut, und alle Augen wandten sich aus dem Grauen dieses Morgens zu ihm, als habe eine Bank zu sprechen begonnen und klettere nun am Pult empor, um auf des lieben Gottes Haupt zu tanzen.

Nach einer Weile erschien Knurrhahn, schwer atmend, allein. Er ließ den Tröster auf einige Schultern fallen, deren gebeugte Demut ihm nicht genügend erschien, stieg auf sein Pult, überschaute seine Erde und hielt eine Ansprache an die »Schweine«, deren Donner sich überrollten, deren Worte von den verstörten Stirnen nicht mehr gefasst wurden gleich einem regenübersättigten Acker, aber deren Klang Unheil, Vernichtung, Zerschmetterung bedeutete.

Und darauf nahm die Schöpfung der Erde aus dem Chaos ihren Fortgang.

Es war nichts Aufreizendes an Johannes, nichts Lautes, Widersetzliches, sich Empörendes. Aber schon die erste Stunde entschied das Los seines Lebens an dieser Stätte, entschied, dass er auffiel. Nicht dass er zu spät gekommen war. Eher schon, dass er »Ja« gesagt hatte auf eine Frage, die nicht beantwortet werden durfte. Aber es war mehr als dieses. Er war in ein Reich der Steine getreten, wo jedem Lebendigen sein Raum und sein Platz, Atem, Haltung und Äußerung vorgeschrieben war. Hier konnte nur mit Steinen gleicher Größe gebaut werden, gleicher Farbe, gleichen Gewichtes. Und Johannes passte nicht in die Norm. Schon seine Augen waren eine Kühnheit der Natur, seine Schläfen, seine Hände. Er war still und so unbeweglich wie die anderen, aber seine Unbeweglichkeit war keine blinde Erstarrung. Sie war eine Gebärde, und die Gebärde konnte wechseln. Unter dreißig hölzernen Karussellpferden war er ein lebendiges, das hölzern auszusehen beliebte, aber der nächste Augenblick konnte es über die Köpfe der andern hinwegrasen lassen, konnte Musik, Einnahme, Betrieb stören, zerschlagen, vernichten.

Mit dem untrüglichen Instinkt der Götter und Normalen erkannte Knurrhahn, dass hier Gefahr drohte, dass hier jemand saß, der das Feuer zu stehlen oder zu verachten imstande war, der gebeugt werden musste, bevor er sich erhöbe. Dass hier nicht die lächerliche Empörung des Trotzes war, der Verschlagenheit oder der Wildheit nicht gezogenen Lebens, sondern dass »das andere« war, das auf die Gottheit der Norm als auf etwas Fremdes sah, ohne Hass, ohne Spott, nur mit den kühlen, leise befremdeten Augen einer anderen Welt, wo ein andrer Gott herrschte, wo man anders lachte und weinte. Knurrhahn fühlte alles dieses nicht als ein klares Ergebnis des Vergleichens, der Weltkenntnis oder der Seelenzergliederung. Er fühlte es, wie ein Tier die giftige Pflanze fühlt oder eine Wunde den sich eindrängenden Fremdkörper oder eine normale Familie das Künstlerblut in einem ihrer Kinder. Er konnte nicht zuschlagen, weil alles noch ein Nebel war, der Riff und Klippe verbarg. Aber er war auf der Hut, und dass er es sein musste, erbitterte ihn.

Der kleine Johannes, unbewusst der Schmerzen, die er bereitete, saß still und gebeugt unter dem lähmenden Atem der fremden Welt. Hinter wie vor ihm war das Ungeheuer, eine Masse, deren Atem ihn begrub, und ein einzelner, der bereit schien, über ihn hinwegzustampfen wie eine Maschine. Dass der Platz neben ihm leer war, schien eine Erleichterung. Es war, als hätte man einen Gitterstab herausgebrochen und die ihm zugeteilte Atemmenge wäre verdoppelt worden. Aber der freie Platz war auch eine Bedrückung, denn das Schicksal des Geflohenen stand als eine stumme aber unaufhörliche Frage vor seiner Seele. Was der dunkle Mann fragte und sprach, war bekannt und gewusst, aber in diesem Raum veränderte sich das Gesicht des Bekannten, verdunkelte und verzerrte sich, sodass der Inhalt jenes großen und geheimnisvollen Geschehens etwas Gefährliches, fast Blutiges bekam und die Welt ganz plötzlich fremd und unheimlich wurde wie unter dem bösen Licht eines aufziehenden Gewitters.

Frau Knurrhahn läutete die Schulglocke, und der liebe Gott erhob sich auf seinem Berge. Frau Knurrhahn hatte etwas Zerfallendes an sich. Sie trug zu jeder Stunde des Tages Pantoffeln und ähnelte einer der Lederpuppen, die mit Sägemehl gefüllt sind und durch eine geheimnisvolle Öffnung langsam aber unaufhörlich ihre Lebenskraft verströmen. Sie hatte nicht ungestraft im Bannkreis ihres Gottes gelebt, und es war, als sei sie leise versengt von dem feurigen Atem des Gesetzgebers hinter dem brennenden Dornbusch.

Mitunter sah man ihr Gesicht hinter den Fensterscheiben der Küche, wie es auf das Leben der Pausen hinausblickte, und es erinnerte dann an das fremdartige Gesicht eines Tiefseefisches, der für kurze Zeit aufgestiegen war, aus dem Hintergrund eines Aquariums, und vor der beleuchteten Wand verharrte, bevor er wieder zurücksank in die Abgründe der Nacht und des Schweigens.

Das Läuten war schwach und kläglich, aber es war, als richte ein gebeugter Wald sich auf und werfe die Schneelast von sich ab. Knurrhahn ging noch einmal an den Bänken entlang, und er segnete diesen Gang, denn sein bohrender Blick fiel auf die Tafel des kleinen Johannes und entdeckte die Zeichnung mitsamt der rätselhaften Unterschrift. »Was ist das?« Die qualvolle Frage des Katechismus gewann eine drohende Bedeutung in seinem Munde. »Ein Bild«, sagte Johannes. »Und dieses?« Johannes schwieg. »Und dieses? Wo ist die Schädelstätte?« – »Überall.«

In das unheimliche Schweigen bohrte sich der Finger des dritten »Siedlers«, des Kaufmannssohnes. »Er ... er hat gesagt, dass dies hier ein Schlachthaus ist ... als Sie draußen waren, Herr Lehrer!«

»Wunderbar«, flüsterte Knurrhahn, »höchst wunderbar ... möchte man sagen, wie man dazu kommt? Möchte man das vielleicht?« Seine

Hand schloss sich um Johannes' Oberarm, und Johannes wusste nun, weshalb alles so grauenvoll war. Er hatte die Hände vergessen.

»Weil es nach Blut riecht«, sagte er vor sich hin.

»Weil es nach Blut riecht ...«, wiederholte Knurrhahn mechanisch. »Weil es nach Blut riecht ...« Das Geschehen war so ungeheuerlich, dass die Normen versagten. Er ließ den Arm los und lehnte sich an die Fensterwand. »Du bist ein Verworfener«, flüsterte er fast, »ein Verruchter ... Gott sei dir gnädig!« – »Hinaus!«, brüllte er plötzlich. »Hinaus, ihr Schweine!« Und er stürzte sich mit geschwungenem Tröster auf die zerstiebende Schar. Als letzter, nachdenklich, die Augen auf die Dielen vor seinen Füßen gerichtet, ging Johannes langsam aus der Türe.

Er stand allein auf dem Hof. Der Instinkt zog einen Kreis um ihn. Knurrhahn hatte den Blitz über ihn gehoben, und es war gut, nicht zu nahe dabei zu sein. Es war ein Gesetz der Natur, das ungewusst in die Erscheinung trat. Gefahr stand über jeder Stunde, und Sicherheit lag in der Masse, in der Vielheit. Der Instinkt gebot, Erbse in einem Scheffel zu sein, Baum in einem Walde, Tropfen in einem Meer. Und es tat wohl, zu den Gerechten zu gehören, über die Brücke des neuen Lebens gegangen zu sein, ohne von der Peitsche getroffen worden zu sein. Man hatte Zoll gezahlt und Richtung gehalten, und die kleine Grausamkeit der Werdenden trank lustvoll aus dem Becher, der allen zukam außer dem Sünder.

Johannes empfand es, aber er empfand es als etwas Natürliches. Er hatte ein leises Bewusstsein kommender Schmerzen, aber er wusste auch, dass ihnen nicht zu entgehen war. Es würde wieder läuten und noch einmal. Dann würde die Hecke wiederkommen, und dann würde das andre da sein, die Mutter, Ledo und die Kammer, der Abend, die stillen Bäume, der Mond und der Schlaf. Und vorher würde er den Geflohenen suchen müssen, Jonathan, der in Wirklichkeit Klaus hieß, der einen so traurigen, großen Kopf hatte und so ertrunkene Augen.

Und der andre, der nun auf ihn zukam, als ob nichts gewesen wäre, hatte ihn angegeben. Er hieß Joseph, und Johannes dachte schnell an die Geschichte von Joseph und seinen Brüdern, ob dort schon etwas zu finden sei, was dies erklären könnte. ›Er trug einen bunten Rock‹, dachte er, ›das ist es vielleicht‹, und er sah prüfend auf das etwas leuchtende Grün, mit dem der Näherkommende bekleidet war und das aus den unverkauften Schätzen der »Konfektionsabteilung« des Hauses Christian Martins stammen musste.

Joseph besaß die Sicherheit eines kleinen Kommis in einem angesehenen Hause. Seine Bewegungen hatten etwas Rundes, Fließendes, von der Ware zum Ladentisch, vom Ladentisch zur Waage, von der Waage zur Rolle mit dem Einwickelpapier. Aber was einem jungen Mann noch anstehen mochte, wiewohl auch da das Ausgelöste, geordnet Reflexhafte der Bewegungen nicht ohne Peinlichkeit sein konnte, war bei einem Kinde erschreckend, als ob es einen Bart trüge oder irgendein Irrtum der Natur unheimlich in die Erscheinung träte. Er hatte einen schmalen Kopf mit eng anliegenden Ohren, als habe er sich soeben durch eine Mauerlücke gezwängt, und seine Oberlippe war zu kurz, sodass sein Mund etwas beständig Nagendes hatte.

»Was meinst du?«, fragte er ohne Verlegenheit und richtete seine kleinen, grauen Augen auf einen Punkt der Mauer dicht neben Johannes' linkem Ohr. »Rügenwalder, erste Sorte … ob du mal probierst?« Und er hob ihm eine umfangreiche Semmel entgegen, zwischen deren beiden Hälften ein vielversprechender Zwischenraum rötlich ausgefüllt war. Die Hände waren rot vom winterlichen Frost im väterlichen Laden, und Johannes sah mit unkindlicher Schärfe, dass ihre Nägel nicht ganz sauber waren.

»Danke«, sagte er höflich und sah auf die nagende Oberlippe.

»Du denkst vielleicht, ich habe gepetzt?«, meinte Joseph und biss ungerührt in die verschmähte Semmel. »Nischt zu machen. ›Ehrliche Bedienung, Joseph!‹, sagt mein Vater. ›Reell, streng reell!‹ Siehst du, er musste wissen, was los war. Und ich wusste, dass er dir nichts tut. Er hat Angst vor dir, nicht wahr?«

»Warst du in einer Falle heute?«, fragte Johannes nach einer Weile.

»Falle? Warum?« Er holte mit einer verwirrend langen Zunge ein entflohenes Stück der prima Rügenwalder von seiner Wange zurück und sah den Fragenden aufmerksam an.

»Ich weiß nicht«, erwiderte Johannes nachdenklich. »Du siehst so beklemmt aus … wie ein Iltis.«

Joseph hielt den rötlichen Zeigefinger an die Stirne.

»Hops?«, fragte er unerschüttert. Dann steckte er die Hände in die Taschen und schlenkerte sorglos von dem Gezeichneten in den Kreis der Gerechten zurück.

›Wenn jetzt der Wassermann käme‹, dachte Johannes, ›mit seinem Fischwagen … ob ich aufsteigen würde hinter dem Zaun und mitfahren? Nein, ich würde es nicht tun. Ich möchte, aber ich würde nicht … Theodor würde schon eine Fensterscheibe zerschossen haben oder einen Frosch auf das Pult gesetzt … Theodor kann das, aber ich kann das nicht. Ich kann nur sagen, dass dies ein Schlachthaus ist, oder eine Schädelstätte. Aber ich kann nichts tun. Ich bin zu artig, das ist es, und … und zu feige. Überall ist eine Hecke, das ist es …‹ Und mit schweren Gedanken ging er hinein.

Der zweite Lehrer hieß Bonekamp. Es war ein alkoholischer und deshalb ein gefährlicher Name, aber er saß auf seinem Träger wie ein fremder Hut, vertauscht und nicht mehr loszuwerden. Bonekamp war groß und schlank, von leise gebückter Haltung, und Johannes sah sofort, dass in seinem blonden Haar immer der letzte Traum der Nacht hing. Er kannte den Lehrer, weil er mitunter am Abend durch die Siedlung ging, die Hände auf dem Rücken und ohne Hut. Zuerst hatte er gedacht, dass es ein Jünger sei, den Christus vergessen hätte, bis er seinen Irrtum eingesehen hätte. Aber ein Schimmer jener ersten Vorstellung haftete noch um die hohe, ein wenig ängstliche Stirn, und Johannes atmete leichter unter diesem Stellvertreter Gottes. Auch fühlte er, dass der Lehrer sich seiner erinnerte, und der Blick der wie von einer Wanderung heimkehrenden Augen streifte so scheu über ihn wie über einen geheimen Mitwisser geliebter und fremdartiger Dinge.

Auch die Klasse atmete leichter. Sie atmete bald so leicht, dass das Geräusch weithin zu vernehmen war. Die »Führer des Volkes« traten langsam in die Erscheinung, noch ein wenig benommen von den Donnerschlägen Jehovas, aber mit untrüglichem Instinkt für den Bogen des Friedens, der ohne Grenzen gespannt schien für die Heiterkeit ihres Lebens. Bonekamp lächelte und rief lächelnd zur Ordnung, aber Johannes allein sah, dass dies Lächeln über einer leisen Qual zitterte. Die Geheimnisse der Macht und der Ohnmacht schlossen sich in dieser Stunde vor ihm auf. Sie erfüllten ihn mit einem leisen Neid gegen die Steinfäuste Knurrhahns, und den Thron, vor dem der Staub stillestand, aber sie erfüllten ihn auch mit einem schmerzlichen Glück des Wissens, dass er Brüder auf der Erde haben müsse und dass man groß und sogar ein Lehrer werden könne, auch wenn man »so« sei und Hände habe, die nur für eine Flöte oder eine Geige geschaffen schienen.

Johannes musste ein Märchen erzählen, und es war für eine Weile ganz still im Raum, als erhebe ein fremder Vogel seinen seltsamen und schmerzlichen Gesang. Er sah den Lehrer an und sah, dass dessen Blick sich mitunter vor dem seinen niederschlug. ›Ich will etwas Großes für ihn tun‹, dachte er zwischen seinen Worten, und ein reiches Glück strömte unaufhaltsam in ihn hinein. Er wusste nicht, dass eine zarte Hand an den Rand seiner Erfülltheit gerührt hatte und dass es die Seligkeit des Überfließens war, die ihn durchschauerte.

»Das war schön, Johannes«, sagte der Lehrer, als er geendet hatte. Jemand hustete auf etwas betonte Weise, und Joseph, einen Finger in der Nase, nickte ihm herablassend zu. Dann entspannte sich das Antlitz der kleinen Gemeinde, und die erste Papierkugel kam aus dem Hintergrund gegen die Tafel geschossen, prallte hörbar ab und landete nach seltsamen Gesetzen in des kleinen Wirtulla Qualensee, wo sie nach mehreren Rundfahrten zur Ruhe kam. Und dann war es so, wie es allerorten ist, wo eine Schar von Rechtlosen und Ohnmächtigen ein Opfer findet, das jedem einzelnen von ihnen überlegen ist, aber das vor dem Grauen der Menge sich verbirgt: ein Tier, ein Betrunkener, ein Irrer, und jeder Fremde an Leib und Seele. Und vielleicht war es gerade die harte Zucht der elterlichen Häuser und der versengende Atem der ersten Stunde, der es bewirkte, dass schon am ersten Schultage in den noch nachzitternden Seelen dieser Kleinsten der Dämon sich entfesselte, der nicht mehr war als ein Dämon des Lärms und der geschützten Macht, der Ordnungslosigkeit und des Sklaventriumphes, aber doch ein Dämon, mit funkelnden Augen und gespannten Sehnen, der sich an eigener Kühnheit berauschte und an seinem mikroskopischen Heldentum.

Und der Machtrausch der vielen traf Johannes schwerer als der Machtrausch des einen. Dieser war ein Blitz, der sichtbar niederschlug und tötete, aber jenes war ein brennender Ofen, dessen Wände überall waren, mehr und mehr erglühend, ein Moloch, der Menschen fraß und nichts von ihnen übrig ließ als einen Rauch, den der Wind verwehte.

Herr Bonekamp schlug mit der Hand auf das Pult und rief die Sünder vor. Aber sie stießen sich gegenseitig in den Rücken, und es verschlimmerte die Lage. Er erhob die Stimme zur Mahnung, selbst zur Drohung, aber nachahmende Stimmen ließen ihn verstummen. Da nahm er die Hände unter das Pult und sah schweigend und traurig in all die Grausamkeit hinein, und Johannes allein wusste, dass er die

Hände in ihrer Verborgenheit rang, diese Hände, die an allem schuld waren, weil es Geigenhände waren und keine Steinhände. Und von seinem kleinen Platz auf der kleinen Bank sah Johannes in diesen Minuten weit in das Kommende hinaus, viel weiter, als dem Wirklichen des Augenblicks angemessen war. Was er sah, war ein unendliches Feld, wüst und leer, über dem ein Licht aufstieg wie eine Leuchtkugel. Und in ihrem Schein von totenhaftem Weiß sah er Hecken und verfallene Brunnen und in den Schatten ein dunkles Sichregen von unsichtbarem Gewürm. Aber durch alles dieses hindurch, weit voneinander getrennt und gleichsam verloren in dem ungeheuren Raum, sah er aufrecht ein paar Gestalten gehen, den Rücken ihm zugewendet und die unsichtbaren Stirnen auf eine seltsam tapfere Weise zum Licht des Horizontes gehoben. ›Das sind die Flötenspieler‹, dachte Johannes, ›und sie gehen in das neue Land.‹

Und dieses Traumbild war von einer so bezwingenden Wirklichkeit, so geheimnisvoll in seiner Leere und Belebtheit, so bedeutsam und überredend in seinem Künftigen an das Bekannte des Vergangenen geknüpft, dass er erst erwachte, als Knurrhahn schon gleich einem erbarmungslosen Sieger über das gemähte Schlachtfeld schritt. Das Lied der Freiheit war bis an seine Tür gedrungen, die gesprengten Fesseln hatten misstönend und unheilverkündend sein Ohr berührt, und er war lautlos erschienen, um die »Hydra« zu erwürgen. Sein Gericht war erbarmungslos, und als er neben dem Pult stand, gerade unter dem Bilde von Isaaks Opferung, war jedem lebenden Wesen in diesem Raum, mit Einschluss Bonekamps, unverrückbar klar, dass hier die Allmacht war und die Allgegenwart, die Rache bis ins dritte und vierte Glied, und dass Widerstand, Auflehnung und Gewalttat in seinem Bannkreis der Ohnmacht und dem Wahnsinn von Händen glich, die den niederflammenden Blitz halten, ablenken und zerbrechen wollten.

Noch einen Blick der Verachtung ließ Knurrhahn über die sich krümmende »Rotte« gleiten. Dann sah er Bonekamp an. »Und Sie?«, fragte er. Johannes sah das Wort wie einen Eispfeil aus dem Urwald schnellen und den glitzernden Schaft in des Angeredeten Herzen zittern.

Bonekamp schwieg, aber er lächelte, grundlos, traurig, das Lächeln eines gequälten Knechtes. Knurrhahn wiederholte die Frage nicht mit Worten, aber seine steinerne Hand blieb gleichsam um den zitternden Schaft des Pfeiles gelegt und presste die Spitze immer tiefer und bohrender in das zitternde Herz.

Es war das Schlimmste, was Johannes an diesem schlimmen Tage geschah. Es war, als stände der Gott der Vernichtung über den Toten seines Schlachtfeldes und sähe schweigend auf den Gekreuzigten, ob er ihn nicht dreifach kreuzigen könnte, bevor er spräche: »Es ist vollbracht.« Und Abraham hob das gekrümmte Messer über seinem Sohne, und es schien Johannes, als rinne an der grauen und verrußten Wand ein schmaler Streifen Blutes herunter und tropfe mit leiser und unaufhörlicher Klage auf die Dielen hernieder. Und er wusste, dass alles Bisherige nichts als ein lächerlicher Traum gewesen war, die »Beiden«, das zitternde Spiegelbild im Brunnen, der Sturz über die Fußbank. Dass nun erst die Maschine ihn hatte in einem grauenvoll einsamen Gewölbe, wo die Mutter nicht war und nicht Ledo, nur er allein, so allein wie ein Stein unter der Erde; dass Flötenspiel und Geschichtenaufschreiben hier nichts galt; dass hier Dinge galten, die er nicht besaß und nie besitzen würde und dass das Leben etwas Schweres und Drohendes über alle Maßen war.

Und als es zu Ende war, packte er seinen Tornister wie ein alter Mann und ging langsam aus dem Dorfe hinaus. Er wollte weder fortlaufen wie der kleine Bahnmeistersohn noch seine Mutter bitten, nicht mehr zur Schule gehen zu brauchen. Er wusste wohl, dass auch seine Mutter sich gebeugt hatte und dass das Gesetz des Blutes ihn zwang, den Fuß auf die zweite Stufe zu setzen, nachdem man ihn auf die erste gehoben hatte. Aber sein Gesicht war seltsam verändert, als er über die besonnten Felder ging, als habe ein Frost es angerührt und es sei nun spröde und fast ein wenig starr geworden, bereit, sich vom erschütterten Leben lautlos zu lösen.

Auf dem ersten Grabenrand saß Joseph und erwartete ihn. Er hielt wieder eine Semmel mit seiner Lieblingswurst in den rötlichen Händen, und es schien, als sei sein Tornister nicht mit Büchern gefüllt, sondern mit einem unerschöpflichen Vorrat dieses runden und weichlichen Gebäcks, und selbst der Schwamm, der an einem Bindfaden in die Freiheit hinausschaukelte, schien nicht ein Schwamm zu sein, sondern ein Wurstzipfel, der gleich einer Erkennungsmarke oder einem Musterschutzzeichen die Firma weithin vertrat.

»Das war eine Sache, Mensch, was?«, sagte er behaglich. »Wie er zitterte, hast du gesehen? Er ist nur ein ›junger Mann‹, weiter nichts. Aber wir sind fein durchgekommen. Man muss sich mit dem Alten gut stellen, das ist die Hauptsache. Ich werde ›ihr‹ eine Wurst mitnehmen ... Möchtest du jetzt vielleicht probieren?«

Johannes ging schweigend weiter, und Joseph, nicht ohne seine Missbilligung zu äußern, schlenderte selbstverständlich an seiner Seite dahin.

»Du kannst ruhig allein gehen«, sagte Johannes stehen bleibend.

»Wieso?«

»Ich will nicht mit dir gehen. Ich gehe immer allein.«

Joseph spuckte mit großer Sicherheit auf einen Stein am Wegrande und nahm dann erst Notiz von seiner Ausstoßung. »Dass bei dir eine Schraube los ist, weiß ja jeder«, sagte er dann mit ruhiger Feststellung. »Aber es ist besser, wenn man sich mit mir nicht auflegt. Das wirst du schon sehen.« Er nagte noch ein wenig mit seiner kurzen Oberlippe im leeren Raum, als erwarte er eine Wirkung seiner Drohung, und ging dann behaglich den Heckenweg hinunter, die Hände in den Taschen und den Kopf wie ein aufmerksamer Vogel von einer Seite zur anderen wendend. Sein buntes Röcklein leuchtete, und der Schwamm schaukelte bei jedem Schritt auf seinem Rücken hin und her.

Die Hecke hatte für Johannes an Grauen verloren, und als es hinter den Fichten raschelte und der kleine Wirtulla herausgekrochen kam, welkes Laub auf seinem großen Kopf und trockne Nadeln auf seinem grauen Anzug, fühlte Johannes sein Herz wohl schneller schlagen, aber er war nicht mehr versucht, auf das freie Feld zu fliehen.

»Ich habe gewartet«, sagte Klaus, verlegen auf seine großen Hände blickend, die ihn überall behinderten. »Er wollte mich totschlagen ...« Sein großer Kopf war auf die Brust herabgesunken, und wenn er die Arme ausgebreitet hätte, würde er wie ein trauriger, ein wenig verregneter Kauz ausgesehen haben, den man an ein Scheunentor genagelt hätte, und auch seine kurzen Beine, die von den grauen Hosen bis zur halben Wade umhüllt wurden, sahen gleichsam »befiedert« aus und schienen trübselig an seinem Körper herabzuhängen. Seine blauen Augen standen etwas zu weit hervor und sahen aus, als seien sie auf das runde Gesicht nur lose angeheftet, und verstärkten so das Gefühl, als könne man die Hand von hinten in seinen hohlen Körper hineinstecken wie in eine Kasperlefigur und sie über den Rand eines kleinen Theaters hinausheben, damit sie mit runden, traurigen Augen in ein vorgestelltes und kampferfülltes Leben blicke.

Johannes sah dies alles, und wiewohl er auch jetzt das Gefühl von etwas Peinlichem, sich an ihn Klammernden hatte, empfand er auch zum ersten Mal das leise Glück eines Beschützers und schüttelte wie ein Erwachsener den Kopf. »Das ist Unsinn«, sagte er ernst. »Auch Knurrhahn darf nicht totschlagen. Er war ganz außer Atem, und die Hörner waren ihm etwas gewachsen. Aber morgen ist alles gut. Und bei Bonekamp wirst du es ganz schön haben. Nun wollen wir gehen.«

Aber während des ganzen Weges schüttelte Klaus sorgenvoll seinen schweren Kopf und sah sich unablässig um, ob der Gott der Rache nicht hinter ihm herkomme wie die Glocke hinter dem bösen Kinde.

»Wenn sie mich noch mehr schlägt, muss ich ins Wasser gehen«, sagte er nach einer Weile.

»Wer soll dich schlagen? Was redest du denn?«

»Sie ... ach so, meine Mutter, weißt du. Sie schlägt mich jeden Morgen. Siehst du, das ist das Unglück, du hast es ja heute gesehen. Ich träume in der Nacht, schreckliche Dinge, und dann, ja, dann wache ich auf und dann ... dann ist eben alles nass. Es ist so schrecklich, weißt du. Sie sagen, es kommt davon, dass man ins Feuer sieht. Und ich passe schon so auf, ich sehe nicht einmal in die Lampe. Aber es hilft nichts, und jeden Morgen schlägt sie mich. Sie hat einen Riemen, und er zieht an, das kann ich dir sagen ... ich bin zu früh geboren, das ist das Ganze.«

»Zu früh ...«

»Ja, die Frau vom Weichensteller hat es einmal gesagt. Kennst du einen, der auch zu früh geboren ist?«

»Nein«, sagte Johannes verständnislos. »Ich will meine Mutter fragen.«

»Siehst du, alle sind richtig geboren. Zur Zeit, weißt du. Aber bei mir war es zu früh, und davon kommt alles.«

Er öffnete und schloss seine großen Hände unaufhörlich, als könnte er damit seine vorzeitige Geburt ungeschehen machen, und die Falten auf seiner schweren Stirn waren so sorgenvoll wie bei einem jungen Teckel, der in die Rätsel des Daseins blickt.

Joseph stand schon vor dem Schaufenster des väterlichen Ladens, die Hand mit Backpflaumen gefüllt, und ließ die Steine kunstvoll über die Straße fliegen. »Hosenflöter«, rief er leutselig. »Au Junge, morgen gibt's aber vielleicht was! Er hat schon einen Nagel eingeschlagen, wo du aufgehängt wirst ...«

»Siehst du«, sagte Klaus leise, »so könnte ich vielleicht auch sein, wenn das mit der Geburt nicht sein möchte.«

»Erzähle es ruhig zu Hause«, sagte Johannes, bevor sie sich trennten. »Vielleicht so, dass dein Vater dabei ist. Und wenn sie wieder den Riemen nimmt, dann sage es mir morgen. Ich werde dann zu ihr hingehen.«

Es schien, als erstarrte Klaus in dieser ungeheuerlichen Vorstellung. »Du willst ... zu ihr ... weißt du, dass sie dich totschlagen wird?«

»Also mache es so«, erwiderte Johannes ruhig. –

»Nun, kleiner Johannes«, sagte Gina behutsam, »der Anfang ist immer das Schwerste.«

Er sah nachdenklich in ihr Gesicht. »Der Anfang ist schwer«, meinte er endlich, »und das Ende ist wahrscheinlich auch schwer, wie bei einem Lied ... Aber mir scheint, Mutter, was dazwischen ist, das ist das Schwerste.«

Und weiter sagte er nichts von seinem ersten Schultage.

6.

Drei Jahre blieb der kleine Johannes zu den Füßen des heiligen Berges. Er nahm zu an Alter, Weisheit und Verstand, und Bonekamp sagte, dass er einmal ein »Großer vor dem Herrn« sein werde. Aber Bonekamp war ein Mann mit einem vertauschten Hut, der keine Disziplin halten konnte und dessen Urteile von allen Leuten mit Welterfahrung belächelt wurden. Knurrhahn sagte, dass er eine »tückische Kanaille« sei, die am Galgen oder im Irrenhaus enden werde. »Kleiner Johannes«, sagte seine Frau, »es wird die Zeit kommen, wo du nur noch Pantoffeln tragen wirst, und für dich wird die Zeit sehr bald kommen.« – »Schreckliche Dinge kannst du sagen, Waldläufer«, meinte der Schwarzbart, »gleich zum Druckenlassen. Pass auf, du wirst ein Dichter werden und ohne Hut durch den Wald gehen, und ich werde noch einmal meine Pfeife zerrauchen über deinen Versen. So viel Sorgen muss man um dich haben ...« – »Idiot«, erklärte Joseph mit sachlicher Kürze, und der Bahnmeistersohn, dessen trauriger Kopf noch größer geworden war, konnte stundenlang schweigend in das Antlitz des kleinen Johannes starren und mit einer ihm ganz fremden Entrücktheit sagen: »Ich bin zu früh geboren, Johannes, das weißt du. Aber ich denke, du bist überhaupt nicht geboren. Du bist ein Heiliger.« Die anderen Großen seiner kleinen Welt, der Großvater, der Wassermann, König David, sagten nichts. Es schien, als hingen ihre Augen, sich im Schatten verbergend, mit einem leisen Erschrecken an dem jungen Gesicht mit der seltsamen Schmerzenslinie um den verschlossenen Mund und den zarten Schläfen, in denen die blauen Adern schimmerten und die nur wie eine dünne Haut waren, über verletzlicher Tiefe gespannt.

Auch Gina sagte nichts. Drei Jahre lang stand sie jeden Morgen an der Gartentür und sah ihm nach, wie er langsam, ein wenig gebeugt, den Weg zur Schule ging. Der Tornister schien viel zu schwer für seine schmale Gestalt, und es war ihr, als sei es eine Sünde, ein Kind so in das Leben hinauszuschicken, seit Christus unter dem Kreuz zusammengebrochen war, als er zur Schädelstätte ging. Und drei Jahre lang stand sie an der Gartentür und sah ihm entgegen, wenn er wiederkam. Sie fragte nichts, und er erzählte wenig. Aber wenn er um die Abendzeit neben ihr saß und ganz leise ihre Hand nahm, wusste sie, dass es schwer gewesen war, und sie streichelte leise über seine Stirn zwischen den Augenbrauen, obwohl sie nun wusste, dass die Zerrgiebelfalte nicht mehr erscheinen würde. Sie wusste noch immer nicht, was Gott mit diesem Kinde vorhabe. Sie wusste nur, dass es sich einmal von ihr lösen würde, um einen einsamen Weg zu gehen, und dass sie den Becher seines Lebens mit Liebe erfüllen müsse, solange es Zeit sei. Die Unerfülltheit ihres Frauentums gab dieser Liebe eine schmerzliche Inbrunst, wie sie ihrem Antlitz jene starre Schönheit verlieh, die über dem Insichverglühen der Leidenschaft sich langsam breitet.

Johannes selbst sagte nichts. Er ging aus der Jahreszeit in die Jahreszeit, aus einer Klasse in die andre, aus dem Wachsein in den Schlaf, aus einer Station in die nächste. Er fuhr in einer Eisenbahn, wie der Großvater sie ihm gebaut hatte. Es saßen Leute bei ihm, die mit ihm sprachen. Sie stiegen aus, und andre sprachen mit ihm, manche böse, manche gut. Die Landschaft wechselte unter Sonne und Regen, Wälder, Felder, Moore, Sand. Aber die Erde blieb unter sich veränderndem Kleid, die Schienen blieben, ihr Abstand, ihre Endlosigkeit, das Dröhnen der Räder, der Rhythmus der Bewegung. Es öffnete sich Neues vor ihm, aber die Öffnung war nur eine Entfaltung. Es war ihm, als trüge er die ganze Welt in ein großes Haus und mitunter gäbe ihm jemand ein Licht in die Hand und bäte ihn, einen bisher verschlossenen Raum zu betrachten. Er tat es, sah Bilder und Dinge, Menschen und ihre

Gebärden, und dann war es wieder gut. Es gab Angst, aber die Ängste dieser drei Jahre waren gleichsam nur Variationen seiner Urangst, die am Anfang seines Bewusstseins stand. Es gab Spannung, Erfülltheit und Hingabe, gab Trauer und Müdigkeit. Aber es waren Variationen. Es war wie seine Flöte. Er wusste, wie viel Töne sie hatte, kannte ihre Klangfarbe, ihre Möglichkeiten. Die Melodien waren unerschöpflich, aber das andre war begrenzt. Das Holz griff sich ab, die Klappen wurden lose, und einmal würde es zu Ende mit dieser Flöte sein. Sie hatte gespielt, und es war gut so. Es wurden neue Flöten gemacht, neue Melodien gefunden, aber man konnte nicht mit einem Bogen über sie streichen oder einen Baum mit ihr absägen.

Es war eine sehr frühe Erkenntnis in allen diesen Dingen, und sie gab seinem Sein jene schmerzliche Getragenheit, die den Kindern eignet, die um schwere Geheimnisse wissen. Jenes leise Zerbröckeln der Hoffnung, der Freude, der Sorglosigkeit, und den schweren Ernst der Kranken, die um ihren Tod, der Tiere, die um ihr Gitter, der Soldaten, die um ihr Schicksal wissen. Was ihn erhob über die anderen, selbst über die Erwachsenen seiner Welt, war dies stille Wissen um die Unabänderlichkeit seines Lebens, das stille Sichbeugen über eine Pflanze, die sich erschloss, ohne Hast, ohne Willkür, und das leise Zittern, mit dem jeder Tag sich umschlug wie das Blatt eines Buches. Das Buch war fertig, unabänderlich fertig, und ob der Hirtenknabe eine Krone tragen würde oder ein Bettlerkleid, war lange entschieden, bevor es der Leser wusste.

Knurrhahn trug die Geschichte vom zwölfjährigen Jesus im Tempel vor. Er trug sie so drohend und sachlich vor wie jeden andern Teil des Pensums, und das Wort des Heilandskindes: »Wisset ihr nicht, dass ich in dem sein muss, was meines Vaters ist?« klang wie die Erwiderung auf eine Beleidigung, die man dem Hauptlehrer Knurrhahn zugefügt hatte. Aber in das kurze Schweigen, das der Geschichte folgte, sagte Johannes deutlich vernehmbar: »Das ist gewisslich wahr.« Zu Hause hatte er hundertmal in ein Heft zu schreiben: »Ich habe im Unterricht die Schnauze zu halten.« Er schrieb es sauber und gleichmäßig in seiner kleinen, viel zu alten Handschrift hin, und darüber setzte er die Überschrift »Der zwölfjährige Jesus im Tempel«. Gina sah es und hörte seinen Bericht, den er ungefragt erstattete. »Weshalb schreibst du das darüber?«, fragte sie leise. Seine Augen umfingen noch einmal das Bild der ersten Seite. Dann richteten sie sich in die Ferne, wie sie gerne taten, wenn er etwas bedachte, und dann sagte er still: »Vielleicht sieht er, wie weit Jesus ist ...«

›Kleiner Johannes‹, dachte Gina, die Hand wie unabsichtlich auf seinen Scheitel legend, ›werden sie dich kreuzigen?‹

Von den Menschen, die auf der Fahrt dieser drei Jahre in Johannes' Abteil stiegen, war Frau Knurrhahn eine der ersten. Es mochte daran liegen, dass er, seit er zum ersten Mal in einer Pause ihr Tiefseegesicht am Küchenfenster erblickt hatte, seine Augen nicht mehr von jener Stelle abwenden konnte, als wolle ihm jemand aus einem Kerker eine heimliche Botschaft sagen. Ein paar Wochen blieb es bei diesem Verkehr, der etwas unheimlich Schweigendes hatte, das Johannes seltsam erregte. Man rief nach ihm, und er wusste nicht, ob er folgen sollte. ›Vielleicht ist sie angebunden‹, dachte er, ›oder sie steckt in einem Eisen und er hat die Kette an einem Ring im Keller festgemacht ... Ich müsste hingehen, aber vielleicht will sie nur, dass ich ihr die Kartoffeln schäle ...‹

Aber eines Tages erschien neben dem Gesicht eine Hand, und es war kein Zweifel, dass die Hand winkte. Es war eine bittende Bewegung wie die eines ängstlichen Tieres, und Johann ging ohne Zögern durch die Gartentür und hinter den Stachelbeerbüschen und Bienenkörben in die Küche. Sie stand noch am Fenster, und es sah aus, als werde sie nur von ihren Kleidern mühsam zusammengehalten und müsse beim ersten Schritt zu einem Häufchen zerfallen. Aber dann bewegte sie sich doch auf ihren lautlosen Füßen, die ihrer Gestalt etwas ängstlich Gleitendes gaben und das Starre und Willenlose von Schachfiguren, die ein grünes Samtpolster unter ihrem Fuß haben und die man auf einem spiegelnden Brett hin und her schiebt, aber nur auf den ihnen zustehenden Feldern.

Johannes dachte, dass sie ein Makigesicht habe, das Gesicht jener traurigen Affen, die er in einem Buch gesehen hatte, auf einem fantastischen Zweige hockend und durch den Beschauer in eine unendliche Vergangenheit blickend, und deren Menschenähnlichkeit für ihn so ergreifend war, weil Gott am sechsten Tage sicherlich vergessen hatte, das Wort der Menschwerdung über sie zu sprechen. Und nun waren sie stumm, und alles Gebet des Mundes und der Hände lag gleichsam in ihren Augen. Sie waren wie Menschen unter einer Eisdecke.

»Kleiner Schmerzensreich«, sagte Frau Knurrhahn, und Johannes erschrak, dass sie sprechen konnte und spähte vorsichtig nach der

Kette, die irgendwo aus den Dielen herauskommen musste. Aber sie war nicht da.

»Weshalb sagen Sie so zu mir?«, fragte er wie ein Erwachsener, den man mit einem seltsamen aber sinnvollen Namen anspricht.

Sie schien gar nicht zu hören, was er fragte, sondern beugte sich nur wie von einer Stange herunter und sah schweigend in sein Gesicht. »Wie alt du bist«, sagte sie endlich, »wie schrecklich alt ...«

Johannes sah in ihre traurigen Augen, und in der Erinnerung an das Makigesicht sagte er nachdenklich: »Sicher hat Gott etwas mit Ihnen vergessen ...«

Sie wurde ganz blass und glitt ein paar Schritte zurück. »Siehst du«, sagte sie, »vierzig Jahre bin ich alt geworden, und dann muss ein Kind in meine Küche kommen und mir sagen, wie es mit mir steht ... ja, sicher hat Gott etwas mit mir vergessen, aber vielleicht ist es ihm nun eingefallen ... komm, dies habe ich für dich verwahrt.« Und sie führte ihn zum Tisch und schob ihm einen Teller mit Kuchen und ein Glas mit eingemachten Früchten hin.

Aber Johannes dankte. Er wollte »das Geheimnis« wissen. Was für ein Geheimnis? Manchmal stehe ein Mensch am Fenster, in einem ganz fremden Dorf, und sehe einen an. Er wolle das Geheimnis sagen, aber man gehe vorüber und sehe sich nur um, und wenn man zurückkomme, sei es zu spät. Ob hier auch ein Bild hänge von Isaaks Opferung? Nein. Ob sie ein Aquarium habe? Nein. Ob »Er« nach der Schule das Jehovahaupt abnehme und einen gewöhnlichen Kopf aufsetze? Nein. Wie er nur darauf komme? Weil man doch mit solch einem Kopf nicht Tag und Nacht leben könne. Wenn die Apfelbäume blühten, könne man doch mit solch einem Kopf nicht unter den Blüten stehen.

»Mein Gott«, flüsterte sie unaufhörlich. »Mein Gott, was bist du für ein seltsames Kind ... aber, Johannes, sprich lieber nicht von ›Ihm‹, hörst du?«

»Das ist das Geheimnis«, sagte Johannes.

Sie sah sich scheu um und lauschte nach der Türe. »Er ist überall«, flüsterte sie. »Nun muss ich läuten gehen. Komm morgen wieder.« Sie streichelte ihm einmal zaghaft über die Wange, aber es war, als bewege sie einen hölzernen Arm, wenn sie an etwas Menschliches rührte. »Siehst du«, sagte sie, aus dem Fenster blickend, »er hat achtzig Kinder, und ich habe keines, verstehst du?«

Johannes verstand. Er sah noch einmal in das Gesicht, bei dem Gott etwas vergessen hatte, und ging dann durch den Garten auf den Hof zurück. Joseph, der alles sah, kam beim Hineingehen unauffällig an seine Seite. »Hast du ihr eine Wurst gebracht?«, fragte er leise. »Nein, eine Feile«, erwiderte Johannes ernst. Und Joseph konnte wieder nichts anderes tun als bedauernd einen Finger an seine schmale Stirn legen.

So begann die Freundschaft zwischen Johannes und der »Frau vom sechsten Tage«. In jeder Pause saß er in der Küche vor dem Feuer des Herdes, spielte mit seinen Händen und fragte. Und Frau Knurrhahn, an die andre Seite des Herdes gelehnt, faltete die Hände über ihrem verwelkten Leibe, richtete die traurigen Augen auf ihn und erzählte seltsame Dinge, als hocke sie hoch oben im Gezweig eines fantastischen Waldes und berichte, was sie gesehen habe. Sie war zwanzig Jahre verheiratet gewesen, und zwanzig Jahre hatte sie nichts erzählen dürfen. »Du weißt, wie es in der Schule ist, Johannes«, sagte sie. »Man hat nur aufzusagen, nicht zu erzählen.« Und nun erzählte sie. Zwanzig Jahre lang hatte sie in den Pausen am Fenster gestanden und mit dem Tief-seegesicht auf den Hof geblickt. »Ich kannte sie alle, Johannes«, sagte sie. »Ich wusste, ob sie fleißig waren oder faul, ängstlich oder dreist, klug oder dumm. Das wusste schließlich auch Er. Aber ich wusste noch mehr. Sieh mal, wenn sie so hinauskommen und es hat gedonnert drinnen – und es donnert immer bei uns, im Winter noch mehr, weil dann die Bienen schlafen –, dann kannst du in sie hineinsehen wie in einen Spiegel. Die einen nehmen die Treppe mit einem Sprung und sind wie der Blitz an der Mauer, wo die Sonne scheint. Und während sie sich noch schütteln wie ein Hund, haben sie schon das Brot in der Hand und klappen es auf, um nach dem Belag zu sehen, und sehen noch schnell, was der Nebenmann hat, und dann essen sie wie ein Hühnerhund aus einer Schüssel. Das sind die, die vorwärtskommen, Johannes, aus denen ›etwas wird‹. Bauern zum Beispiel, oder Kaufleute, oder Maurerpoliere, oder Hauptlehrer.

Und andere nehmen jede Stufe einzeln und wandern langsam zu dreien oder vieren auf und ab. Sie essen dabei auch, aber vornehm, weißt du, und sehen aus der Ferne mitleidig und auch ein bisschen verachtungsvoll auf die Essmaschinen. Und sie führen tiefsinnige Ge-spräche und machen Handbewegungen dazu. Sie gehen wie auf einem Theater. Auch aus denen ›wird etwas‹. Sie studieren manchmal und werden Pfarrer oder Geldverleiher oder auch nur Kreisausschusssekretäre.

Und dann sind die, die zuletzt kommen und einzeln. Das sind die, die Gesichter haben. Die andern haben nur Augen, Mund und Nase. Sie wissen nie, wo sie hingehören. Die Sonnenplätze sind besetzt, und im Schatten frieren sie. Sie essen … wie soll man sagen? … mit Verachtung, weißt du. Die Stunde, die eben gewesen ist, ist an ihren Schultern zu erkennen. Sie besehen durch den Gartenzaun die Blumen, damit es aussieht, als ob sie beschäftigt sind. Und wenn ich wieder läute, sehen sie mich an, als ob ich schuld an allem bin. Aus denen wird nichts, Johannes. Einer ist ein Förster geworden, und er hat nur Hunde in seinem Haus. Einer ist nach Amerika zu den Mormonen gegangen. Einer geht von Dorf zu Dorf und erzählt, dass das Himmelreich nahe herbeigekommen ist. Einer hütet die Kühe und liest dabei Bücher. Und einer hat sich ertränkt … Er hat alle ihre Namen in einem Heft stehen, aus den ganzen zwanzig Jahren. Und dahinter steht, was sie geworden sind. Und bei diesen steht ein Kreuz. Und manchmal, weißt du, im Winter, wenn er zu seinem Verein geht, dann sitze ich hier am Abend vor dem Feuer und lese ganz langsam die Namen durch. Draußen liegt dann Schnee und der Wind rumort im Schornstein – wir haben immer viel Wind hier –, und dann ist es ein bisschen unheimlich. So viele Gesichter, und so viel ist mit ihnen geschehen, oder an ihnen geschehen, Johannes. Hinten am Herd stehen sie dann und wärmen sich ein bisschen die Hände, bevor sie wieder fortgehen, in ihren großen Wald oder übers Meer oder in den Sarg. Denn auch die Toten kommen, Johannes. Und siehst du, immer ist mir so, als ob ich schuld habe. Denn du bist der erste, dem ich gewinkt habe, Johannes. Und vielleicht wären sie nicht nach Amerika gegangen, wenn sie da gesessen hätten, wo du jetzt sitzt.«

»Sie wären immer gegangen«, sagt Johannes.

»Meinst du? Sieh, mir ist, als ob da drüben viel Unrecht geschieht, und immer ist mir ein bisschen angst, wenn ich die Glocke ziehe. Und deshalb trage ich auch Pantoffeln, weißt du. Man soll nicht so laut auftreten in dieser Welt. Glaubst du, dass der Atem eines Menschen verschwindet? Ich denke immer, dass hier alles voll ist von Atem und Seufzern, der Hof und der Garten und das Haus. Überall stößt man gegen ihn an und man tritt darauf. Liebst du die Sterne, Johannes?

Siehst du, das wusste ich. Sie sind so schön, weil sie die einzigen sind, die keinem wehtun.«

Nach dieser langen Rede stand sie noch zusammengefallener da als sonst. Ihre traurigen Augen waren erfüllt von den Schicksalen der zwanzig Jahre wie die Augen eines Wärters, der zu schweigen und zu gehorchen hat, während die Stimme der »Gewaltigen« Schicksale entscheidet und lenkt. Sie hatte die Glocke zu läuten, weiter nichts, und dann zurückzukehren hinter ihr Fenster. Sie war »apokryph«, und die Schriften ihrer Seele waren nicht aufgenommen in das »Buch der Bücher«.

»Ich möchte den kleinen Wirtulla mitbringen«, sagte Johannes, »den mit dem traurigen Kopf. Seine Mutter schlägt ihn mit einem Riemen, und er ist zu früh geboren. Er ist jetzt ganz allein auf dem Hof.«

»Ja, bringe ihn mit, Johannes. Aus ihm wird auch nichts. Er bekommt ein Kreuz.«

Von nun an saß der kleine Bahnmeistersohn in einem Winkel des Herdes, und seine großen, angehefteten Augen hingen an Frau Knurrhahns Lippen, als sei ihrer das Himmelreich. Er machte sich so klein, wie er konnte, und es war ihm, als sitze er an der Tafel zweier Könige. »Es ist wie in der zweiten Klasse, Johannes«, sagte er auf dem Heimweg. »Und wenn du hustest, ist es, als ob du tot umfallen musst. Sie ist wie der Telegraf auf der Station, weißt du. Es tickt immerzu, und ein dünner Streifen kommt aus seinem Mund. Und wenn du es lesen kannst, sind es so merkwürdige Sachen.«

So kam es, dass der kleine Johannes aus der Küche der Lehrerwohnung in diesen drei Jahren mehr für den Baum seines Lebens gewann als aus dem Raum, wo er zu den Füßen des heiligen Berges saß. Denn wiewohl er lernte, was im Rechnen richtig und falsch, im Schreiben schön und hässlich, in der Religion gut und böse sei, war er früh der Meinung, dass man diese Dinge wie Geld in der Tasche tragen könne, aber dass man sie nicht essen, sich an ihnen nicht wärmen könne. Es war, als hebe das leere Leben seiner Mutter, als sie ihn unter dem Herzen getragen hatte, sich zu einem erschreckenden Hunger in ihm auf und als sei jeder Schultag ein glänzender Stein, den man ihm biete, während er heimlich seine Hände nach Brot ausstreckte. Aber hier, vor dem Herdfeuer, in den etwas wirren und dumpfen Erzählungen der Makifrau, empfing er etwas Lebendiges, die verachtete Weisheit der Apokryphen. Hier war ein anderes Richtiges, Schönes und Gutes.

Aus der Erzählung von Joseph und seinen Brüdern ging man mitten unter die Brüder hinein, wurde verkauft in das seltsame Land der Ägypter, hatte Träume zu deuten und Korn zu sammeln, und das Leben war nicht mehr ein Raum mit Bänken, sondern ein großes, dunkles Tor, das von Weitem seine Flügel öffnete und hinter dem die Wirrnis eines andren Seins bald hell und bald dunkel vorübertrieb und wo der Kahn schon unsichtbar heranglitt, in den man zu steigen haben würde, wenn es an der Zeit wäre.

»Und einer ging nach Amerika zu den Mormonen ...« Frau Knurrhahn erzählte es, leise und traurig, aber doch so, als sei einer in ein andres Dorf gegangen. Und der kleine Johannes erzitterte unter diesen Worten und dem Ungeheuren ihrer Inhalte. »Und einer ertränkte sich ...« Ein Brunnen war es, gewiss, und die Bäume allein, die dort standen, mochten wissen, wie es gewesen war und wessen Hand ihn fallen gelassen hatte. »Ist niemand unter die Erde gegangen, Frau Knurrhahn?«, fragte er behutsam.

»Unter die Erde? Wie meinst du das? Ins Bergwerk?«

»Nein, zum Leben, wie die Tiere im Winter.«

Sie schüttelte nur schweigend den Kopf, und es dauerte immer eine Weile, bis sie seine querlaufenden Gedanken überwunden hatte.

»Das ist es«, sagte er, »man hätte es ihnen sagen müssen ...« Und die Schicksale, die Frau Knurrhahn vor ihn hinbreitete, verloren das Gefährliche ihrer hoffnungslosen Dumpfheit, weil auch bei ihnen etwas vergessen worden war. Die Welt wurde schwer für Johannes, aber man nahm nicht das letzte Licht aus ihr fort.

Und dann war Herr Bonekamp, der in des kleinen Johannes Abteil stieg und fast drei Jahre mit ihm zusammen fuhr. Er kam zweimal wöchentlich nach der Siedlung, begrüßte Gina mit einer fast atemlosen Verlegenheit und saß dann oben in der kleinen Kammer, um Johannes die Dinge beizubringen, die in der Schule nicht gelehrt werden konnten. Er saß dann auf der Ofenbank, wo der Schatten am tiefsten war, seine langen, schmalen Hände um die Knie gefaltet, den Kopf an die Kacheln gelegt, und sah zur niedrigen Decke empor, an der es keine Augen gab, die verwirrend in die seinen blickten. Und wenn das »Handwerk« des Unterrichts beendet war, die Dinge des Wissens und des Gedächtnisses, des Verstehens und Begreifens, dann band er, wie er am Ende jeder Stunde beschämt bekannte, die Flügel um und erzählte von den Dingen, die nicht zu errechnen und beschreiben waren. »Siehst du, kleiner Johannes«, sagte er, »du kannst ein großer Botaniker sein und ein Gelehrter der Natur und kannst alle Bäume und Pflanzen und Tiere und Käfer im Walde kennen und kannst doch nicht wissen, was der Wald ist, sein Atem, seine Seele, das Gotteshaus und das Wunder. Und der einfachste Förster kann es besser wissen oder der Hirtenjunge, der lauscht, wenn der Wind über ihn geht, oder der Dichter, der mit ein paar Versen heimgeht aus seinem Rauschen. Und so ist es mit aller Wissenschaft und allen Schulen, von unsrer an bis zu den Universitäten.«

Johannes hatte ganz zu Recht gedacht, dass er ein vergessener Jünger Christi sei, und der Glanz des Meisters lag in diesen Stunden auf seinem scheuen und gleichsam misshandelten Gesicht. Er war einer von den Stillen, die in allen Ständen und Berufen ihres gering geachteten Amtes walten, abseits aller Karriere und Auszeichnung, mitunter nur mitleidig oder gar widerwillig geduldet. Sie halten keine Disziplin, oder ihre Bücher sind nicht in Ordnung, oder in ihrem Verwaltungsbereich fehlt es an den Dingen, die nach der Vorschrift nicht fehlen dürfen. Der Vorgesetzte spricht zuerst väterlich mit ihnen, dann tadelt er, dann übersieht er sie, wenn er andern die Hand reicht. Und es überträgt sich, zuerst auf die Mitarbeiter, dann auf die öffentliche Meinung, dann auf die Untergebenen, bis auf die Türöffner oder Hausdiener. Der Makel der Unfähigkeit heftet sich an ihre Stirnen, und während die Lauten und Gerechten das Programm der Zeit verkünden, leben sie im Schatten dahin, legen die Noten auf die Pulte, von denen andere spielen, und verschwinden im Schatten, wenn die erhabenen Gestalten der Dirigenten lichtüberflutet und beifallumrauscht die Szene betreten. Aber das Salz der Erde ist ihnen verborgen, und wenn ihre Amtsstuben hinter ihnen liegen, Qual, Bewegung, Handwerk, Pein, kann es geschehen, dass sie zu leuchten beginnen, meistens für sich selbst, mitunter für einen oder den andern, die nach dem Licht verlangen. Dann verströmen sie sich, gleich Müttern, die spät geboren haben, demütig, ohne Stolz, und die Glückseligkeit aufgehobener Kerkerschaft, erschlossener Einsamkeit überstrahlt und heiligt sie mit dem Glanz der späten Liebe. Sie fühlen sich gerechtfertigt vor Gott, freigesprochen, wiedergeboren, und die Ekstase der Auferstandenen hebt sie über die Erde hinaus, sie und die zu ihren Füßen sitzen.

Dann kauerte der kleine Johannes im Ofenwinkel zwischen den Dingen seiner stillen Welt, die Hände gefaltet gleich seinem Meister,

Ledos Kopf auf seinen Knien. Dann ließ Gina ihre Arbeit sinken und hob ihre seltsamen Augen mit einer schweren aber gleichsam leuchtenden Traurigkeit zu dem Gesicht im Schatten, aus dem die Misshandlung verschwunden war wie aus dem Gesicht eines Verschütteten, das man von der Erde befreit hat.

Manchmal brachte Bonekamp seine Geige mit, und Johannes durfte die leisen Töne seiner Flöte in sein Spiel gleiten lassen wie den eintönigen Ruf eines Vogels in das Rauschen der hohen Bäume. Auch in diesen Stunden war das Schweigen sein Teil, aber es war nur ein Schweigen des Mundes, und er ging gleichsam atemlos an der Hand eines großen Bruders in ein großes Leben hinein. Mitunter musste er laufen, weil man seiner Kleinheit nicht genügend achtete, mitunter stolperte er und fiel, aber niemals ließ er die Hand los, weil auch mit Schmerzen nicht zu teuer erkauft war, was er gewann.

Aber auch hier wie bei der Makifrau gab er sich nicht auf, gab er sich nicht einmal hin. Niemals ging er aus dem Allerheiligsten seiner Einsamkeit in das Allerheiligste eines andren Menschen. Sie mussten immer »ein Stück hinter dem Walde« wohnen. Man konnte zum Besuch gehen, aber man musste allein leben. Auch die Flöte lebte allein. Sie klang zusammen, und für eine Weile konnte sie mit den anderen Tönen mitgehen, Hand in Hand. Aber immer blieb zu erkennen, dass es ein Nebeneinander war, dass zwei gingen, nicht einer, und dass ein Wald zwischen ihnen war, ein drittes Leben, das sich aus der Erde hob. Und man konnte ihn nicht so ins Herz drücken, dass er verschwand und nichts mehr übrig blieb.

Auch war er nicht blind für das Matte und Verzeichnete in Bonekamps Bild. Bonekamp fürchtete sich, vor der Rotte und ihren Streichen, und das war nicht gut. Wenn man groß war, durfte man sich nicht fürchten. Er hatte mitunter etwas Misshandeltes im Gesicht, und er sprach darüber, lächelnd, mit einem sanften Spott, aber er sprach doch darüber. Er sprach zu viel, er hatte die Fenster zu weit auf. Die Mutter sprach nicht, und der Großvater sprach nicht, ebenso wenig wie Johannes selbst. Es waren schöne Dinge, die er sagte, aber er hätte seine Hände darüber halten müssen. Er war ein großer Bruder, aber einmal würde die Zeit kommen, wo er bei Johannes anklopfen würde, unter der Erde, und Johannes würde ihm Obdach und Schutz gewähren. Es lag Verehrung und Aufblick in seiner Liebe, aber auch ein wenig Mitleid und Erbarmen, und es war gut, dass zu seinem einsamen und ganz abgesonderten Leben etwas Verwandtes trat und mit unbewusster Mahnung und Warnung neben ihm herging.

Das erste Mal, als Bonekamp auf seiner Geige gespielt hatte – es hatte Monate gedauert, bis er seine Scheu überwand –, sagte Gina, dass es schön gewesen sei. Er errötete und riss ganz zwecklos ein paar feste Haare aus dem Geigenbogen. Und dann sagte er etwas, was Johannes sehr merkwürdig fand und worüber er später lange nachdachte. »Sie dürfen nicht danken«, sagte er, »Sie nicht, Frau ... Karsten.« Johannes sah, dass seine Mutter errötete. Er hatte es niemals gesehen, und es war ihm, als sei es ein ganz andres Gesicht, das sie nun habe, ja, als sei sie ein ganz andrer Mensch, auf eine wunderbare Weise verändert und durch Bonekamps Worte verwandelt. Und es erschreckte ihn, dass ein scheinbar unveränderlicher Mensch so werden und aus dem Bisherigen hinaustreten konnte in ein rötliches Geheimnis. Und auch das mit dem Namen war seltsam, als trügen sie nun verschiedene Namen und wären zwei Bilder, die im selben Raum einander gegenüberhingen.

Manchmal, wenn es zu Ende war, begleiteten sie den Lehrer über das Feld bis an die Hecke, und immer wenn Johannes an der Gartentür sich umwandte, sah er Theodors Gesicht an die Scheiben gedrückt und seine »Ich weiß alles«-Augen ihnen folgen. Mitunter auch sah er ihn ferne auf den Feldern stehen, mit seinen nun ungelenk gewordenen, lang aufgeschossenen Gliedern, und zu ihnen hinüberstarren, als mahne er schweigend aber unerschütterlich an die Erfüllung einer Forderung. »Siehst du ihn?«, fragte Johannes leise. »Er ist immer da.« Aber Gina sah nur flüchtig hin. »Einmal wird er nicht mehr da sein«, sagte sie ruhig. ›Schreckliches wird einmal mit uns geschehen‹, dachte Johannes.

Dann nahm Bonekamp Abschied, verlegen und so hastig, als brenne seine Stube zu Hause, und dann kehrten sie um. Worte und Geigenklänge kehrten nun erst gleichsam bei ihnen ein, als nur die Stille der Felder um sie war und der Mensch, seine Bewegungen, sein Dasein in der Dämmerung erloschen. Und nun erst war alles ganz rein und schön, und in diesen kurzen Heimkehrzeiten liebten sie ihn am meisten. »Er ist ein Kind«, sagte Gina vor sich hin, und Johannes nickte ernst.

Am ersten Osterferientage, drei Jahre nach des kleinen Johannes Schulanfang, erschien Bonekamp unvermutet am frühen Nachmittag in der Siedlung und fragte ein wenig verstört nach Johannes. Er sei beim Schwarzbart, sagte Gina. Ob etwas geschehen sei? Ja, es sei wohl etwas geschehen, etwas ganz Belangloses, aber er möchte es dem Kinde doch erzählen. Gina sah ihn prüfend an und meinte, er gehe dann wohl am besten zur Försterei. Bonekamp, mit nun ganz unglücklichem Gesicht, bekannte, dass er sicherlich nicht hinfinden werde. Sie musste lachen, und mitten in ihrem Lachen sah sie, dass seine abgewandten Augen voller Tränen standen. »Aber das dürfen Sie nicht tun«, sagte sie erschreckt. »Was ist denn mit Ihnen?« Und als er sie nur schweigend ansah, nahm sie ein Tuch aus dem Schrank und ging ihm voran die Treppe hinunter.

Im Walde blieb sie stehen und legte die Hand auf seinen Arm. »Sagen Sie es nun«, bat sie, »ich muss es jetzt wissen.«

Er zog einen Brief aus der Tasche und reichte ihn ihr. Es war ein dienstliches Schreiben und enthielt seine Versetzung in ein fernab gelegenes Grenzdorf. Und dass man mit seinen dienstlichen Leistungen leider durchaus nicht zufrieden sei.

Sie faltete das Schreiben langsam zusammen und gab es ihm, während sie weiterging, zurück. Sie wusste alles, und sie ging den schmalen Waldweg wie einen steinernen Gang entlang. Türen wurden hinter ihr zugeschlossen, eine nach der andern, die sich niemals wieder öffnen würden, und einmal würde es die letzte Tür sein, und dann würden nur die Wände der Zelle sein, ein vergittertes Fenster, und weiter nichts.

»Johannes kommt ja jetzt in die Stadt«, sagte sie endlich, die Hände unter ihrem Tuch faltend. »Ohne ihn würde es ja doch schwer für Sie gewesen sein ...« ›Wie muss ich mich schämen‹, dachte sie, ›so etwas zu sagen ... ich führe ihn in Versuchung, und ich will, dass er es sagt ... einmal nur soll er es sagen ...‹

»Es ist nicht Johannes allein«, sagte er leise.

»Was ist es denn?« ›Wie ich lüge!‹, denkt sie. ›O mein Gott, wie ich lüge!‹

»Sie sind es, Gina.« Es ist gut, dass er nun weint, denn das macht es leichter für sie. Sie kann glauben, dass sie wie eine Mutter spricht und handelt.

Sie stehen nun beide auf dem schmalen Waldweg, und die hohen Tannen rauschen in der Sonne, sodass sie beide aufblicken müssen. Sie lehnt sich ein wenig an seine Schulter, die Hände noch immer unter dem Tuch gefaltet. Außer dem Rauschen ist es ganz still über dem Walde, und plötzlich ist sie so müde, dass ihre Knie zittern. »Die Karstentöchter haben kein Glück, Andreas«, sagt sie leise. »Sie haben auch nicht Mann und nicht Kind. Ich aber habe ein Kind, und sein Name steht verzeichnet im Buch auf dem Hof. Ich darf diesen Namen nicht auslöschen, Andreas. Ich ... vielleicht hat Gott gewollt, dass ich ... zwei Kinder habe, Andreas, und ich weiß nun, dass er mich lieb hat ... die Karstentöchter haben nun wieder ein Glück.«

Und sie hebt ihre schönen Hände aus dem dunklen Tuch und legt sie um seine Schläfen. Sie muss seinen Kopf ein wenig zu sich herabbeugen, und dann küsst sie ihn auf seine scheue Stirn.

»Und nun müssen wir es Johannes sagen.« Sie geht nun schneller und ohne sich nach ihm umzuwenden, der ein wenig betäubt hinter ihr hergeht. Aber sie weiß nun, dass das Schwerste für sie beide überstanden ist.

Sie erzählt es gleich, als sie um den Kaffeetisch sitzen, damit es nicht als eine geheime Last auf sie drücke. Johannes zieht die Augenbrauen ein wenig zusammen und sieht dann die ganze Zeit still auf Bonekamps Hände. Der Schwarzbart, der sieht, dass es hier irgendwo an Trost gebricht, erzählt, dass er die Gegend kenne und dass es eine ungefährliche Gegend sei. Der jüngste Jahrgang auf der Schule krieche noch auf allen vieren und belle, und selbst der älteste Jahrgang belle, wenigstens in den Pausen. Der junge Herr müsse sich nur ein Halsband für jeden Schüler besorgen. An der Längswand der Klassenzimmer seien Dutzende von Haken eingeschraubt, alle in gleicher Höhe, und wer nicht pariere, werde da festgemacht. Er sei einmal in der Schulzeit dagewesen, um mit dem Lehrer über dessen Brennholz zu sprechen, und da wären etwa zwanzig an der Wand gewesen. Es sei ganz unheimlich gewesen und er sei mit Mühe fortgekommen, weil sein Hund sich durch die ganze Reihe habe durchriechen müssen. Und auf seinen Reviergängen sei er manchmal in Versuchung gewesen, zu schießen, und dann sei es nur ein solcher Hosenmatz gewesen.

»Hast du auch gebellt, Schwarzbart?«, fragt Johannes mahnend.

»Das war es eben«, antwortet der Schwarzbart und stößt schreckliche Rauchwolken aus. »Einmal war ich ganz in Gedanken, so wie du, und da traf ich meinen Oberförster, und da bellte ich ihn an. Da war es denn Zeit, mich versetzen zu lassen.«

Bonekamp sieht ihn fassungslos an, aber er findet das alles großartig. Als der Schwarzbart es faustdick aufträgt, lächelt er sogar fast glücklich, und es will ihm scheinen, als sei alles nun etwas leichter.

Als sie Abschied nehmen, dreht Johannes sich noch einmal zum Hause um. »Du müsstest eine Stube einrichten, dort oben, Schwarzbart«, sagt er, »für alle, die sich fürchten ...«

Der Schwarzbart muss erst eine Weile nachdenken, bevor er seinen dunklen Kopf schüttelt. »Nein, Waldläufer«, sagt er mit Entschiedenheit, »wer sich fürchtet, muss sich eine Stube in seinem Herzen einrichten und darin Posten stehen mit geladener Büchse. So muss man es machen ... aber ich weiß ja, dass du ein Dichter werden wirst. Schrecklich ist es mit dir ...«

Und gegen Ende der Ferien verschwindet Bonekamp leise aus ihrem Leben. Er verschwindet wie ein Stern, und wenn man wieder hinsieht, ist er nicht mehr da. Er ist nur noch einmal gekommen, um Abschied zu nehmen, und sie stehen alle drei an der Hecke des Weges. Es dämmert schon leise, und ein kalter Wind geht mit drohenden Tönen über das leere Feld. Sie stehen eine Weile und sehen schweigend den Weg nach dem grauen Dorfe entlang. Ein Hase kommt zwischen den Geleisen auf sie zu und verschwindet mit einem Sprung in den dunklen Fichten. ›Wie schön, wenn man das kann‹, denkt Bonekamp. Er sieht sich dort hinten an der Grenze in einer kahlen und kalten Stube. Ein Licht flackert auf dem nackten Tisch, und durch das Fenster dringt das Gebell der Kinder drohend herein, die am nächsten Morgen über ihn herfallen werden. Er sieht Gina an, aber ihr schmales Gesicht schimmert an ihm vorbei in die Dämmerung hinaus. Dann gibt er den beiden die Hand. Tränen erfüllen seine Augen, und er kann nicht sprechen. »Sie müssen nicht weinen, Herr Bonekamp«, hört er Johannes sagen. »Sie müssen nach innen weinen.« Und eine kleine Hand schiebt etwas zwischen seine erstarrten Finger. Es ist ein hölzernes Tier, ein kleiner Hund aus Großvater Karstens selbstgebautem Stall. Er sieht, dass Johannes ihm ein winziges Halsband umgelegt hat.

Er fährt dem Kind über die Wangen, und dann geht er. »Vergessen Sie uns nicht«, sagt Gina. Er hebt mit einer ohnmächtigen Bewegung die Hand, und es sieht aus, als greife er in den Wind. Der Mantel weht um seine langen, zarten Glieder, und das helle Haar über seinem gebeugten Scheitel geht wie ein Licht von ihnen fort. Dann hört man noch, wie sein Fuß an einen Stein stößt, und dann ist es, als habe die Ewigkeit ihn genommen.

»Bist du traurig?«, fragt Gina, bevor sie schlafen gehen.

Er blickt in das ersterbende Feuer des Ofens und schüttelt den Kopf. »So wird es immer sein«, sagt er dann still.

Sie liegt lange wach, die Arme ausgestreckt, die Füße gekreuzt. Der Wind geht um das Haus, und sie denkt, dass ein Licht verlöschen würde, wenn man nun mit ihm nach dem grauen Dorfe gehen wollte. Sie ist unsäglich müde, und sie wünscht, dass sie erst erwachen könnte, wenn die Rosen in ihrem Garten blühen. Aber sie möchte überhaupt nicht mehr, dass sie blühen. Alles ist so schrecklich leer, das Haus hat keine Wände und kein Dach, und der Wind allein geht durch die leere Welt. Aber es ist der Atem des kleinen Johannes, und es ist wohl gut so, dass er allein durch ihre Welt geht. Um die Morgendämmerung erst schläft sie ein.

Und dann ist noch jemand, der für ein Jahr auf Johannes' Lebensbahn mitfährt. Er steigt nicht ein, sondern er bleibt auf dem Trittbrett stehen und starrt durch das Fenster hinein. Es ist Zerrgiebels Vater, die »deutsche Eiche«. Ein Jahr etwa vor Bonekamps Abschied klopft es mittags, und ein alter Mann mit einer schwarzen Holzkiste steht auf der Schwelle. Er sagt nichts, sondern starrt Gina schweigend aus seinen eng zusammenstehenden, rot geränderten Augen an. Sie denkt, dass so ein Mann aussehen müsse, der aus dem Zuchthause komme. Aber dann sieht sie die Querfalte zwischen den dünnen Brauen und manches andere, und die Ahnung von etwas Schrecklichem, aber noch nicht im einzelnen Bewussten legt sich wie eine kalte Hand um ihre Kehle.

»Was wünschen Sie?«, fragt sie leise.

Er schweigt noch immer, aber ein fast unmerkliches, höhnisches Lächeln erscheint langsam um seinen linken Mundwinkel, nistet sich dort ein wie ein wildes Tier in einer Bodenspalte und sickert wie ein fressendes Gift von dort aus über das übrige unbewegte Gesicht. »Das bist du also«, sagt er langsam mit einer heiseren Stimme, die aus einem besonderen eisernen Rohr hervorzukommen scheint, nicht aus einer warmen Seele, sondern aus einem kalten und dunklen Schacht wie ein Entlüftungsrohr.

Sie will die Türe zuschlagen, solange ihre Hand noch Kraft hat, aber er stellt seinen Stock dazwischen, und das Erschreckende ist, dass nur seine Hand diese blitzschnelle Bewegung macht und alles andere unverändert bleibt, der Körper, das Gesicht, die Augen. Er trägt eine schwarze Schirmmütze, wie die alten Bauern in jener Landschaft sie tragen, und wenn er den Kopf neigt, sieht es aus, als verschwänden die Augen hinter dem Schirm in tiefen Löchern wie Gewürm in der Dämmerung und spähten von dort aus nach ihrer Beute.

»Ja, ich bin nun also dein Schwiegervater«, sagt er endlich mit ätzender Freundlichkeit. »Er hat mich eingeladen, der gute Sohn, und ich werde nun also in diesem Hause wohnen.«

Und dann schiebt er die Tür mit Gina zurück und betritt mitsamt der schwarzen Holzkiste den Flur. Es sieht aus, als bringe ein Mann einen Sarg und werde nun warten, bis jemand gestorben sei.

Gina zeigt ihm das Vorderzimmer und geht dann schweigend an ihre Arbeit. Sie ist töricht gewesen und will es nun nicht mehr sein. ›Aber Johannes muss es vorher wissen‹, denkt sie. ›Ich muss ihm entgegengehen.‹

Der Alte wirtschaftet verstohlen in seinem Zimmer herum. Sie hat das Gefühl, als hebe er jede Diele einzeln auf und betaste jede Blume auf der Tapete. Eine unheimliche Verstohlenheit breitet sich langsam hinter seiner Schwelle aus.

Dann besichtigt er das Haus. Man hört nur das leise Aufstoßen seines Stockes, und eine blaue Tabakswolke aus seiner kurzen Pfeife weht hinter ihm her. Er bleibt lange fort, als öffne er jede Schublade, jede Schranktür, ja als greife er in jede Tasche jedes Kleidungsstückes. Es ist, als sei das Gericht im Hause und gleichzeitig die Verletzung des Gerichtes, der Tod und die Beschauung des Todes. Es ist Zerrgiebel, aber Zerrgiebel mit schrecklich viel Zeit, der entfesselte Zerrgiebel gleichsam, ohne Dienst, ohne Schlaf, ohne Beschränkungen, ein Wesen, das lautlos durch die Wände zu gehen vermag und dessen Taschen wie die Theodors mit unerhörten Dingen gefüllt sein mögen.

Dann steht er in der Küchentür. »Man hat ein Zimmer verschlossen?«, fragt er freundlich. »Ja, mein Zimmer.« Er stößt einen leisen Pfiff aus seinem lächelnden Mundwinkel, tastet mit den zurückweichenden Augen die Wände und Schubfächer ab und geht dann in den Garten.

Johannes weigert sich, seinem Großvater die Hand zu geben. Beim Mittagessen wandern seine Augen über die drei Zerrgiebels, und seine Hand bewegt sich, als ob sie zeichnen wollte. Das Gespräch zwischen den beiden Männern ist ironisch, vorsichtig, von Heimlichkeiten erfüllt. Sie tasten um die Dinge ihrer Rede wie mit lautlosen Fangarmen, und man weiß nicht, ob sie einander lieben oder hassen. Sie sind wie Spinnen im Hinterhalt. Aber Albert Zerrgiebel ist der Unterlegene, weil er zerstreut ist. Er ist das ganze letzte Jahr zerstreut gewesen, oft über Sonntag von Hause fort, und die Bewegungen seiner Hände haben etwas Fahriges und Unstetes bekommen, das sein ganzes Wesen so unmerklich verändert wie ein neuer Beruf. »Mir scheint«, sagt der Alte zum Schluss, »du bist dumm gewesen wie gewöhnlich.« Seine Augen streifen Gina und Johannes, und es ist sehr klar, was er meint. »Wir werden sehen«, erwidert Zerrgiebel rätselhaft. Theodor grinst und empfindet den Zuwachs als amüsant.

»Er ist ein Wolf«, sagt Johannes oben, »ein alter, zahnloser Wolf mit zerrissenem Fell. Aber hast du bemerkt, dass er auch immer die rechte Hand in der Tasche hat?«

Gina nickt. »Du musst dich nicht fürchten, Johannes.«

Er schüttelt den Kopf. »Es wäre schön«, sagt er nach einer Weile, »wenn sie alle drei an einem Tage sterben möchten ...«

»Johannes!«

Aber er sieht sie nur forschend an, und sie kann nichts weiter sagen.

Der Großvater steigt nicht ein bei Johannes, weil Johannes die Tür verschlossen hält. Aber er steht auf dem Trittbrett und sieht durchs Fenster. Johannes kommt aus seiner Kammer, und der Alte steht auf der andren Seite des Ganges an der Wand, die Pfeife im Mundwinkel, die Augen hinter dem Mützenschirm. »Früchtchen«, sagt er freundlich. Weiter nichts. Johannes kommt aus der Schule, und der Alte lehnt am Gartenzaun. »Früchtchen«, sagt er. Weiter nichts. Johannes bekommt die Angewohnheit, sich umzusehen, ganz schnell und unvermutet, auf der Treppe, der Straße, in der Schule, selbst im Walde. Aber es geschieht nichts, nur dass die Hand immer in der Tasche bleibt.

Aber in den Gesprächen bei den Mahlzeiten tritt der Alte in die Erscheinung. Er ist viel unterwegs. Sein Stock scheint über alle Straßen zu wandern. Er kennt Knurrhahn, den Schwarzbart, Josephs Vater, den Bahnmeister. Er kennt alle Menschen, und in seiner rechten Hand muss ein geheimnisvoller Schlüssel liegen. Und er serviert diese Bekanntschaften gleichsam bei Tisch, seziert, präpariert. Auch Albert Zerrgiebel beherrscht diese Kunst, aber er ist ein Stümper und übt sie auch nicht mehr aus. Aber der Alte ist ein Meister, und seine Frechheit kennt keine Grenzen. »Kennst du die Schlorrenfrau, Früchtchen?«, fragt er unvermutet. »Frau Knurrhahn?« Johannes schweigt. »Sie soll ein Verhältnis mit Bonekamp haben, und seine Versetzung wird amtlicherseits erwogen.« Gina steht auf und verlässt mit Johannes das Zimmer. Albert

Zerrgiebel blickt zerstreut auf, und der Alte pfeift vergnügt mit seinem linken Mundwinkel.

Zu weiteren Berührungen kommt es nicht zwischen dem Alten und Johannes. Aber das schweigsame Kind verarbeitet mit ganzer Kraft jedes neue Bild, das an der Wand seines Weltenraumes erscheint. Es lernt verstehen, was eine Falte auf einer Stirn bedeutet und was ihr Verschwinden, aus welcher Seele eine Hand wächst, ein Wort, ein Lächeln. Es ist nicht gläubig, nicht mitteilsam, nicht vertrauend. Die Welt wächst wie ein Wald über ihm empor, finster, drohend, unendlich. Und es geht still und tapfer, behutsam, gespannt durch die gefährliche Wildnis, die Flöte in den Händen, den stillen Gesichtern zu, die jede Einsamkeit ihm bringt, jeder Traum, jedes stille Insichhineinhorchen. Es weiß früh, dass es voller Wunder ist, und dies Wissen ist die Brücke, die sich vor ihm in die Zukunft spannt. Das Wort selbst ist voll samtdunkler und metallschimmernder Geheimnisse, und es denkt nah und weit in sie hinein. »Was ist morgen?«, fragt Gina einmal. »Morgen ist die Zukunft«, sagt Johannes feierlich.

Mit dem kleinen Bahnmeistersohn geht es drei Jahre gut und still zusammen. Er ist die Kraft im Leben des kleinen Johannes, die von der Besinnlichkeit fortzwingt, die Tätigkeit erfordert, Rat, Hilfe, Entscheidung. Ab und zu hat Johannes das Verlangen, das Verhältnis zu »kündigen«, aber er kann es nicht. Er denkt an die erste Schulstunde, und das Leid des zu früh Geborenen ist wie eine abgerissene Blume auf einem staubigen Wege. Man muss sie aufheben und zur Seite tragen, wo die vielen Füße nicht gehen. Und man kann in dieser kleinen Seele blättern wie in einem Bilderbuch, vorwärts, rückwärts, nach Belieben. Man kann es auch für eine Weile zu den andern Büchern stellen, wo es schweigt und nur die immer gleiche Schrift auf seinem Einband darbietet.

Und ab und zu geht Johannes in das Bahnmeisterhaus. Der Mann sieht aus, als gehe er gerade immer aus einer Hintertür, aber er streichelt Johannes über das Haar und führt ihn noch schnell an den Telegrafen, aus dem der wunderbare Streifen hervorkommt. Und er erklärt ihm alle Zeichen und Worte und ist beglückt, dass das Kind ernste Augen davor hat. Die Frau ist groß und stark und scheint immer etwas zu schlachten, ein Huhn oder eine Taube, und Johannes hat das Gefühl, dass auch Klaus einmal herankommen werde.

Sie behandeln einander vorsichtig und achtungsvoll, denn ihr erstes Gespräch ist etwas merkwürdig verlaufen. »Guten Tag«, hatte Johannes gesagt. »Geben Sie mir den Riemen.« Sie hatte ihn angesehen wie ein Gespenst. »Bist du verrückt?«, hatte sie endlich ganz leise gefragt. »Man darf das nicht tun«, hatte er sehr ernst gesagt. »Keiner Blume, keinem Baum, keinem Tier, keinem Menschen. Der Schwarzbart sagt, dass Jesu Wunden von Neuem bluten, wenn man einen Ast bricht … man darf ein Kind nicht kreuzigen, hören Sie?« Sie hatte sich setzen müssen und ihn schweigend angestarrt. »Den Riemen, bitte«, hatte er unerschüttert widerholt. Sie hatte den Kopf geschüttelt, war rückwärts hinausgegangen und nicht wieder zum Vorschein gekommen. Der zu früh Geborene wurde weiter geprügelt, aber nicht mit dem Riemen. »Es gibt Ohrfeigen, Johannes«, sagte er lächelnd, »aber Ohrfeigen sind wie Balsam, weißt du, und ganz ohne etwas würde es doch nicht gehen. Du bist eben ein Heiliger, Johannes.«

Und so hatte der kleine Johannes, bevor er in die Stadt ging, ein nicht unbedeutendes Stück der Welt erfahren, ergrübelt und erlitten. Götter waren in dieser Welt und Teufel, Tyrannen und Märtyrer, Misshandelte und Empörer, Tiere und Menschen, zu früh Geborene und zu Unrecht Geborene. Es war gut, sich umzusehen, wo man auch ging, und manchmal war es gut, gar nicht zu sehen. Das Stille war besser als das Laute, aber es durfte nicht die Hand in der Tasche haben. Die Nacht war besser als der Tag, der Sommer besser als der Winter. Man wusste nicht, was kommen würde, auch nicht, weshalb das Lachen schwer war. Man wusste nicht, was die Menschen dachten, nicht einmal, was die Mutter dachte. Man wusste nicht, wie sie im Schlaf aussahen und welche Träume sie hatten. Man lernte und wusste nichts, nicht wie es in zehn Jahren, wie es in einer Stunde sein würde. Man ging in die »Zukunft«, das war es. Und immer war Zukunft, immerzu. Morgen Abend war man da, und übermorgen war wieder Zukunft. Und niemand wusste, wie es sein würde.

›Es geht zu schnell‹, denkt Johannes, ›viel zu schnell … ich bin ja noch nicht fertig hier … noch lange nicht fertig …‹ Und er faltet die Hände vor dem Ofenfeuer und denkt, wie gut die Flammen sind und dass sie vielleicht um keine Zukunft zu sorgen brauchen.

7.

Es dauerte viele Jahre, bis Johannes ohne quälende Schmerzen in der Stadt zu sein vermochte. Und das für Gina Unverständlichste war, dass er selbst in den großen Ferien des ersten Jahres gebeten hatte, sie möchte ihm ein stilles Unterkommen in der Stadt besorgen, er wolle nicht täglich mit der Bahn hin- und zurückfahren. Behutsam nach den Gründen befragt, hatte er erwidert, dass er es nicht ertrage, jeden Tag zweimal mit »ihm« im gleichen Abteil zu sitzen und am Morgen noch den »andern« sich gegenüber zu haben. Theodor war seit Ostern Eleve auf dem Postamt der Stadt und kam erst am Abend in die Siedlung zurück.

Dies war nicht die ganze Wahrheit, aber es war die Wahrheit. Das Kind, scheu, fremdartig, zum Betrachten herausfordernd, saß in seine Ecke gedrückt, wie in einem Käfig, der mit Raubtieren gefüllt war, gegenüber die »Beiden«, um sich fast stets die gleichen missmutigen, gefalteten, erwachsenen Gesichter, die freudeleer in ihren staubigen Dienst fuhren. Es roch nach schlechten Morgenzigarren, nach ungelüfteten Schlafzimmern und ungepflegten Körpern, ein säuerlicher, dumpfer und müder Geruch, den Johannes den »Beamtengeruch« nannte. Das Gespräch schleppte sich mit träger Gereiztheit um Gehälter, Vorgesetzte, Beförderungen, die Familie, gleich einem kreischenden Göpelwerk, im gleichen Kreise, mit den gleichen Tönen, mit denen Eisen an Eisen schrie, mit der gleichen Schwerfälligkeit und der gleichen Erbarmungslosigkeit.

»Das ist also Ihr Jüngster, Zerrgiebel?«, hörte Johannes am ersten Morgen.

Zerrgiebel seufzte. »Tja ... das ist er ...«

»Komisch«, sagte eine dicke Frau am andern Fenster.

Darauf war eine lange Pause, und Johannes fühlte alle Augen sein Gesicht abtasten. Sie fraßen an ihm wie Kühe an einem Blumenstrauß.

»Er hat zwei verschiedene Augen«, erklärte Zerrgiebel bekümmert. »Zeig mal deine Augen, Johannes.«

Johannes sah aus dem Fenster.

»Sehr artig scheint er nicht zu sein«, meinte die dicke Frau.

»Rohrstock! Rohrstock!«, erklärte eine fette Stimme mit freundlicher Mahnung.

Zerrgiebel lächelte. »Das ist ein besonderes Kind, Herrschaften. Meine Frau hat ihn auf einen Thron gesetzt und ihm eine Krone auf seine edle Stirn gesetzt. Wir beide« – er wies auf Theodor – »sind nicht wert, seine Schuhriemen zu lösen. Er macht sogar Gedichte, in seinen Schulheften. ›Die Sonne weint um meine Seele, und meine Seele sieht ihr zu …‹«

Das Abteil brüllte vor Vergnügen.

»Und Flöte sollen Sie ihn erst spielen hören … lütütü, lütütü …« Er summte eine alberne Melodie, und die dicke Frau verschluckte sich bei ihrem Lachen. »Meine Frau hört zu wie den Engeln im Himmel, und alles ist schrecklich ergreifend.«

»Tja«, sagte die fette Stimme, »Mutterliebe ist was Schönes, aber wen Gott lieb hat, den züchtigt er. Wenn ich denke, was ich für Senge bekommen habe, ach du lieber Gott! Nein, es geht abwärts mit uns, keine Zucht mehr auf der Welt, keine Zucht.«

Johannes sah aus dem Fenster. Sein Gesicht war sehr blass, und es war ihm, als säße er ohne Kleider in einer rollenden Schule und ein Dutzend Knurrhahns, einander gleichend wie ein Ei dem andern, tasteten mit ihren kalten Steinfingern an seiner Haut herum.

Der kleine Bahnmeistersohn an seiner Seite riss seine angehefteten Augen weit auf und sah entsetzt von einem Gesicht in das andere. Er hatte gewusst, dass es nun noch viel schlimmer werden würde als bei Knurrhahn, aber dort hatte man wenigstens den Weg an der Hecke entlang, und die Felder waren still, und die Sonne stand warm und zuverlässig über dem Walde. Aber dies war schlimmer als der Riemen früher, als Knurrhahns Tröster, als Josephs Drohungen. Und Johannes war so schrecklich still. »Jo … jo … hannes« – in der Erregung stotterte er ein wenig –, »Johannes ist ein Heiliger!«, schrie er plötzlich mit geballten Fäusten. Sein großer, trauriger Kopf zitterte, und die Greisenfalten um seinen Mund bebten.

Als das Gelächter zu Ende war, sagte Zerrgiebel freundlich abschließend: »Er macht nämlich jede Nacht ins Bett …«

Dann begann Klaus bitterlich zu weinen, und der Zug fuhr in den Bahnhof ein. Es wurde noch etwas von den schlechten Nerven der Jugend gesprochen, und dann gingen sie alle hinaus wie aus einem Stall, und für dieses Mal war es zu Ende.

Wenn sie zurückfuhren, versteckten sie sich hinter den Tragkörben der Frauen, die vom Markt kamen, aber es half ihnen nichts. »Seid gegrüßt, ihr Lieben«, sagte Zerrgiebel plötzlich über ihnen. Er war ein Zauberer, der sie einholte, und sein Zauberkreis reichte bis in den fernsten Winkel des Zuges. Schließlich schlossen sie sich auf dem Abort ein, aber Johannes wurde übel, und sie mussten es wieder aufgeben.

Es war die Wahrheit, was Johannes zu seiner Mutter gesagt hatte, aber es war nicht die ganze Wahrheit. Johannes wollte allein sein, Nachmittage, Abende, Nächte. Er wollte nicht gefragt werden, nicht antworten. Er war »nicht fertig«, sein Leben lief gleichsam immer ein Stück voraus, bevor er es verarbeitet hatte, bevor er im Einklang mit ihm war. Sein Leben und er waren zweierlei Dinge, und er fühlte, dass es nur eines sein dürfe. Sein Leben war ein Zug, und er lief hinterher, die Hand am Türgriff, er wurde abgeschleudert, griff wieder zu, lief wieder hinterher. Er wollte in seinem Leben sein und fahren, und die Wälder, die am Zuge vorüberflogen, sollten auch an ihm vorüberfliegen. Und dazu musste man stille sein, ganz für sich allein. Man musste die Hände falten und vor sich hinsehen, musste auf der Flöte spielen, musste lesen, viel lesen oder langsam aus den steinernen Straßen in den nahen Wald gehen. Und abends musste man mit offenen Augen in dem schmalen Bett liegen und den Tag fertigmachen, einordnen, austrinken. Was Klaus am Morgen und in den Pausen gesagt hatte, was die Lehrer gesprochen und verschwiegen hatten, was in den Büchern stand, in den Augen und Händen der Menschen, in den Wolken, in der Stimme des Windes, im unaufhörlichen Sprechen tief im eignen Blute. Und dann musste man auf die Träume warten, sie leise herankommen sehen aus der weißlichen Dämmerung des Zimmers und fühlen, wie sie einen einhüllten, forttrugen und so seltsam veränderten. Und in allem diesem war das Schweigen so schön, das tiefe, leise Rauschen, in dem es immer sang und tönte wie in einer Muschel oder in den Kronen eines Waldes.

Johannes war nicht ohne Leid in diesem frühen Einsamsein. Die Mutter war nicht da und der Schwarzbart nicht, die Kammer und der Ofenwinkel. Es würde besser sein, man könnte ohne dieses Leid leben, aber dann würde das Leben sich wieder spalten und man nicht fertig werden. Er fand, dass die Menschen auch so ihm so viel fortnahmen, Zeit vor allem, dass sie ihre Worte und Meinungen und Wissenschaften unaufhörlich in ihn hineingossen wie in ein wehrloses Gefäß und dass sie niemals danach fragten, ob er nach einem andern Inhalt begehre. Er war ein Glas in einem braunen, nüchternen Regal, und um ihn herum standen hundert andre Gläser, sauber ausgerichtet, und jedes trug auf einem weißen Schild Namen, Alter, Herkunft und Inhalt. Und in diesem Objektsein lag etwas Furchtbares und Entwürdigendes. Und eines Tages, wenn es ihnen gefiele, konnten sie das Glas fallen lassen, die Scherben fortwischen und ein neues aufstellen mit einem neuen Namenschild. Denn was sie hineingossen, war unerschöpflich, war immer da, war immer fertig. Religion auf Quarta: Sie zogen ein Schubfach auf, sie öffneten ein Buch, und die Religion war da, die Dosis, die man brauchte, genau zusammengesetzt und abgewogen, wöchentlich drei Pulver vor dem Mittagessen. Und so war es mit allem andern. Man wollte etwas von Alexander dem Großen wissen. Nein, nach zwei Jahren, wenn es »herankomme«. Man wollte wissen, weshalb die Katholiken das Falsche glaubten und die Evangelischen das Richtige. Dazu sei man zu dumm. Nach drei Jahren. Oder ob man sich vielleicht lustig machen und drei Stunden Arrest bekommen wolle? Und alles dieses musste man selbst bedenken, erfahren, aufsuchen, von allem Lebendigen ganz zu schweigen, das auf allen Seiten aufstand, fragte, drohte, forderte. Und dazu brauchte man Zeit, Stille, Schweigen.

Es blieb Gina nicht verborgen, dass hinter der Wahrheit, die er ihr sagte, viele ungesagte Wahrheiten standen. Dass er allein sein wollte, dass er in dem sein wollte, was »seines Vaters« war, und sie erinnerte sich, dass sie bei seiner Geburt gesagt hatte, dass Gott sein Vater sei. Sie hatte nur nicht gedacht, dass es so bald sein würde. Aber es kam ihr nicht in den Sinn, zu fragen oder gar Widerstand zu leisten. Gott hatte etwas vor mit dem Kinde, und es stand ihr nicht zu, ihm in den Arm zu fallen. Nichts stand ihr zu als zu warten.

Und so wohnte Johannes vom Sommer ab in einem kleinen Haus am See bei Frau Pinnow. Die Stadt war hier schon zu Ende, sie zerbröckelte und löste sich in kleine Anwesen auf. Geruch und Lärm des steinernen Lebens brandeten in leisen Stößen bis an diesen stillen Strand, aber das große Schweigen der Felder und des Wassers hob sich hier schon auf, zersetzte das andere, überwältigte es, bis es wieder zurückwich vor einer neuen Welle und jenen Zwiespalt des Raumes erzeugte, der allen Rändern eigen ist, allen Grenzen, allen Übergängen.

Johannes hätte eigentlich bei Herrn Pinnow wohnen müssen, denn Herr Pinnow war auch da, leibhaftig und wirklich, und war sogar Eigentümer der Gärtnerei, die sich hinter dem kleinen Hause erstreckte. Aber es wäre lächerlich gewesen zu sagen, dass man bei Herrn Pinnow wohne oder dass ihm die Gärtnerei gehöre. Denn Herr Pinnow war ein kleines Männlein, kümmerlich und mit gebeugten Schultern. Seine Bewegungen waren so bescheiden, dass Johannes glaubte, er könne sich ohne Mühe durch eine Türspalte oder durch ein Schlüsselloch winden, und außerdem war er Baptist. Er trug ein Käppchen über einer hohen und zergrübelten Stirn und eine Brille mit Stahlbügeln vor seinen großen, leise leuchtenden Augen. Das übrige seines Gesichtes war wesenlos neben diesen Dingen, so wesenlos, dass Johannes sich nie erinnern konnte, es gesehen zu haben. Und doch war Herr Pinnow nicht ohne Würde, ja nicht ohne einen ganz leisen Hochmut. Die Auserwähltheit des Sektierers umgab ihn wie ein heimliches Gewand, und wenn er die Brille auf die Stirne schob und vom »Herrn Pfarrer« zu sprechen begann, schien eine Lanze in seiner kleinen Faust zu wachsen und der Schein einer Verwandlung um seine Stirn zu strahlen. »Junger Herr«, sagte er zu Johannes, »was Sie in der Schule lernen« – er sagte vom ersten Tage ab »Sie« zu Johannes, »ist sozusagen Kompost, und alle die Herren Abiturienten, die so schrecklich stolz sind und bei mir ihre ersten Rosen für ihre jungen Damen kaufen, sind sozusagen nichts als Komposthaufen auf zwei Füßen. Ein Komposthaufen kann warm sein und duften, aber von selbst wächst nichts in ihm. Und was die Schule ist und die Kirche, sie denken das Samenkorn Gottes hineinzulegen, aber es sind nur falsche Propheten, von denen die Heilige Schrift schon sagt. Wissen Sie, junger Herr, dass ich vierzig Jahre ein Komposthaufen war? Bis Gott mich erweckte und ich mich taufen ließ. Und nun wächst das Korn Gottes, aber es ist schon spät im Jahr und gibt eine knappe Ernte. Man sät zu spät bei uns Menschen, junger Herr, und wir werden nicht fertig ...«

»Ferdinand!«, rief Frau Pinnows weithin hallende Stimme.

Herr Pinnow zuckte ein wenig zusammen wie unter dem Pfeil eines Blasrohres. »Sehen Sie, junger Herr«, sagte er, seine Brille auf die Nase zurückgleiten lassend, »so werden Sie niemals rufen. Das sind die Sieger des Lebens ...« Und nach diesem geheimnisvollen Ausspruch wand er sich wie ein grauer Regenwurm zwischen den Stachelbeeren durch, um Befehle in Empfang zu nehmen.

Frau Pinnow hatte einen Schnurrbart und rauchte in Mußestunden mitunter eine kurze Pfeife. Sie hatte ein rundes, glänzendes Gesicht, eine »Stimme mit Echo«, wie Johannes sagte, scharfe Augen und eine rasche Hand, aber sie war weit davon entfernt, ein Drache zu sein.

»Das Leben, Johanneschen«, sagte sie, »ist ein Karussell. Die Menschen möchten alle bloß reiten und Musik hören. Aber einer muss auch da sein, der dreht und der Musik macht. Und dazu, siehst du, bin ich da. Er reitet auf seinem Pferdchen mit dem Engelskopf, und die Lehrlinge möchten sich wenigstens am Schwanz festhalten. Aber hier muss gearbeitet werden und verdient werden und Augen und Ohren aufgehalten werden, und essen muss der Mensch und einen warmen Ofen für den Winter haben und ganze Strümpfe für seine Füße. Und nun hab man keine Angst, auch wenn ich meine Pfeife rauche. Hier darf dir keiner was tun, und für deine Mutter lass ich mich totschlagen.«

Johannes hatte keine Angst. Seine Stube lag über dem Laden, und ihr Fenster ging auf die Gärtnerei hinaus. Das Leuchten der Beete beglückte ihn, wiewohl es auch mit einer leisen Trauer erfüllte, und der Duft der blühenden Erde stand Tag und Nacht wie eine Mauer des Schutzes um sein Leben. Es wechselte von Monat zu Monat, von dem ersten in Reihen geordneten Glanz der Stiefmütterchen bis zur betäubenden Wirrnis der Dahlienblüte, aber es endete nicht vor dem ersten Schnee. Hinter der weißen Keuschheit der Obstblüte folgte der bläuliche Rausch des Flieders, folgte die rote Glut der Rosen, die Ekstase der Nelken, die kühle, fast duftlose Beherrschtheit des Herbstflieders, die letzte verzehrende Leidenschaft der Dahlien. Und alles dieses, Farben und Düfte, wechselte nicht und löste einander nicht ab, sondern griff ineinander über, überschnitt und überleuchtete sich und war wie ein farbiger Springbrunnen Gottes, wo der fallende Tropfen sich wiedergebar und zur Sonne stieg, bis mit dem Fortschritt der Jahreszeit die Säule sank und stiller ward und schließlich in den stillen Nächten die schweren Früchte auf den Boden klopften und die Erde leise in sich hineinzog, was sie im frohen Spiel zur Sonne gehoben hatte.

Nein, Johannes hatte keine Angst an seinem Fenster, von dem er hinter den blühenden Beeten und der schützenden Tannenhecke den See sich ausbreiten sah und dahinter geneigte Felder bis an den immer dunklen Wald. In den windgefüllten Herbstnächten tasteten die Ranken des wilden Weines wohl mit einer seltsamen Sprache an seinem Fenster, aber Frau Pinnow saß wohl noch am Fuß der Treppe, flocht Kränze und rauchte ihre kurze Pfeife und bewahrte ihn vor den Menschen. Und Herr Pinnow saß wohl über der Bibel, eine kleine Lanze in der Faust, und bewahrte ihn vor den Geistern der Finsternis. Und inzwischen konnte Johannes ruhig mit dem Tage »fertig« werden, mit seinen

Menschen, Dingen und Geheimnissen, bis die Leiter der Träume sich schimmernd aufbaute und er hinauf- und hinabsteigen konnte, wo die goldnen Kugeln leise rollten und Raum und Zeit, Namen und Wirklichkeiten schweigend zurücktraten bis ins Grenzenlose. Johannes hatte keine Angst, bis Frau Pinnow in der Frühe sich über ihn beugte und mit einer für sie unwahrscheinlich leisen Stimme sagte: »Johanneschen, es ist Zeit.« Dann schlug er die Augen auf, und in ihre feuchte, noch traumbefangene und gleichsam nackte Tiefe stürzte sich das eisige Bewusstsein des Tages, die Stadt mit allen ihren Straßen und Häusern, die Schule mit Lehrern, Schülern, Stunden, Aufgaben, die Gerüche und Klänge, die Drohungen und Gefahren, das Brausen des Rades, das ihn in seine Speichen verflocht, und der Schrei der Treiber, die »das Vieh mit dem Stecken trieben«. Dann griff er einen Augenblick nach Frau Pinnows fester und kühler Hand wie nach dem Geländer einer Brücke, und seine Augen sahen vor sich hin wie auf das schwindelnde Brausen eines abgründigen Stromes. »Die Zukunft ist wieder da, Frau Pinnow«, sagte er dann leise, und dann stand er auf und griff nach seinen Kleidern wie nach einer Rüstung.

Die Stadt, in der Johannes in die Zukunft wuchs, war ein grauer und nüchterner Steinhaufen, mit einem Landratsamt, einem Amtsgericht, an dem Zerrgiebel die Sünden der Zeitgenossen rächte, einem Postamt, hinter dessen Schaltern Theodor ab und zu Briefmarken verkaufte, und einem Gymnasium, dessen roter Ziegelbau ehrfurchtgebietend aus dem Grau des bürgerlichen Lebens emporwuchs. Sie hatte eine Reihe von Läden, neben deren Türen bei schönem Wetter Mäntel und Joppen hingen und die meistens jüdischen Inhabern zugehörten, mit tönenden und etwas auffälligen Namen, eine Zeitungsdruckerei, einen Schützenverein, einen dramatischen Lesezirkel und eine lange Reihe von Stammtischen verschiedener Zusammensetzung. Der Atem der Felder reichte, auch in Besitz und Tätigkeit, bis in die Steinhäuser hinein, nur ein wenig verdumpft und gleichsam aus zweiter Hand; am Abend saßen viele Familien auf den Treppen vor ihren Häusern, am Morgen sah man zuerst nach dem Wetter und am Abend in die Zeitung; Hochzeiten und Begräbnisse waren nicht Sache der Betroffenen, sondern gleichsam kommunale Ereignisse; jedermann war der Nächste und wurde leicht bei sich absondernder Lebensführung zum Fernsten in der Liebe; »unerhört« war ein geläufiges Wort, und Staat und Obrigkeit, Kirche und Bildung, Anständigkeit und Moral waren unerschütterliche Säulen, die das Dach der Welt trugen und an deren Füßen die öffentliche Meinung eine unbestechliche und furchtlose Wache hielt.

Es gab Worte, die Johannes, als er sie zum ersten Mal hörte, mit einem leisen Grauen erfüllten, die Worte »Magistrat«, »Behörde«, »Stadtwohl«, »Bürgerschaft«. Sie fügten sich keinem konkreten Denken, sie waren Mollusken, die im Keller des »Rathauses« verborgen liegen mussten und ihre unsichtbaren Fangarme durch enge Höfe und Gärten auf die Straßen streckten, wo man ahnungslos in ihr Verderben lief. Die Welt war anders als beim Großvater, beim Schwarzbart, sie forderte, drohte, lauerte. Das Geschriebene hatte Macht in ihr, das »Beschlossene«, die Vorschrift. Da saß kein Bauer zuoberst am Tisch, sondern eine Vielheit, namenlos, mit wechselnden Gesichtern. Das Leben war in Räume gesperrt, an deren Türen Gedrucktes stand, und von hier aus sandte es seinen Atem durch Boten, Briefe, Zeitungen in einen wesenlosen Raum. Das Wasser floss aus blanken Hähnen, Drähte spannten sich unheimlich über die Dächer, die Leute nahmen schweigend den Hut ab und gingen mit feierlichen, leise schmerzenden Gesichtern aneinander vorüber. Menschen kamen, die man nicht kannte, Tiere, die traurig und scheu umherblickten, alle Dinge waren hinter Stein und Glas, »Verboten« stand an Türen und Wegen, und man wusste nie, wozu dies alles war; ob ein Jahrmarkt, ein Tempel, eine Mördergrube. »Muss dies so sein, Herr Pinnow?«, fragte er. Pinnow sah den Stachelbeergang entlang, ob Gefahr drohe, schob die Brille auf die Stirn und leuchtete mit den Augen. »Es ist Sodom, junger Herr«, sagte er leise. »Wie lebte Johannes der Täufer, und wie leben diese? Sie haben ein goldnes Kalb aufgestellt und das nennen sie den Staat, aber Gott ist mir im Traume erschienen und hat mich gefragt, wie viel Gerechte hier wohnen. Und ich habe gesagt: ›Johannes wohnt bei mir, und die übrigen verderbe, o Herr!‹ Und er wird Feuer und Schwefel regnen lassen, und ein Rauch wird ausgehen, wie von einem glühenden Ofen. Das Himmelreich ist nahe herbeigekommen, junger Herr, aber nicht die auf den Thronen sitzen, werden es verkünden, sondern die im Schweiße ihres Angesichts ihr Brot verdienen.« Und er richtete seine kümmerliche Gestalt auf, seine rechte Hand hielt die Baumschere wie ein Schwert, und Johannes dachte einen Augenblick lang an den Engel, den Jehova im Alten Testament auszusenden pflegte, wenn er drohende oder heilende Botschaft zu verkünden hatte. Und bei solchen Gesprächen offenbarte sich ihm zum ersten Mal der Gedanke, ob es nicht der

Geist sei, der den Menschen mächtig mache. Er brauchte lange Zeit, um es durchzudenken, er hatte niemanden, den er fragen konnte, nur in der Schule sah er noch einmal die Lehrer einen nach dem andern an, ob der Geist es sei, der sie mächtig mache, oder die harte Hand, oder die Vielheit, oder der Strahlenkranz über ihrem Amte. Aber es war nicht der Geist, ihre Augen leuchteten nicht, sie waren schläfrig oder lauerten oder funkelten höchstens. Aber der Geist war es nicht, und Johannes war froh, als er es erkannte.

Als er mit seiner Mutter zum ersten Mal vor dem Schulgebäude gestanden hatte, hatte er die schwere Tür gesehen, die Fensterreihen und die Fahnenstange auf dem Dach. Unverrückbar stand es da, eine Macht ohne Grenzen, durch Mörtel gefügt, von Schweigen erfüllt, und die Porzellanschilder mit den feierlichen Aufschriften strahlten eine kalte Warnung aus, dass die Majestät dort drinnen herrsche, das Göttliche, der Tod.

Die einzige Erleichterung war, dass der Schuldiener Kulicke hieß und eine rote Nase in einem ganz viereckigen Gesicht trug. Er schob die Brille nicht auf die Stirn, sondern neigte den Kopf so tief auf die Brust, dass er über die Gläser hinwegsehen konnte. Dadurch wurden seine Augen unten ganz weiß, und er erschien Johannes wie ein geneigtes Glas, unter dessen erschreckend horizontaler Flüssigkeit der Boden hervorkommt. »Der soll also zu uns?«, sagte er wohlwollend und richtete den Kopf wieder auf. »Werden wir schon machen, Madamchen. Sieht proper aus, der kleine Mann, und wer bei der Garde gestanden hat wie Kulicke, versteht sich auf das Propre. So, und nun ein bisschen laut gesprochen beim Herrn Direktor. Er hört ein bisschen schwer, und manchmal will er auch nicht hören, und dann steht gleich das ganze Bataillon schief. So, und nun noch ein bisschen vom Heiligen Geist, und dann kann's losgehen.« Er lächelte zutraulich, nahm aus einer Birkenholzdose eine umfangreiche Prise, stäubte sich sauber mit einem geblümten Taschentuch ab, nahm die Mütze ab und klopfte in einer gebeugten, gleichsam frommen Haltung an die braune Tür mit der einsam-majestätischen Aufschrift: »Direktor.« Der leise Donner eines »Herein« grollte aus unsichtbarer Ferne. »Schnell!«, flüsterte Kulicke nicht ohne Nervosität, und dann stand Johannes an den Stufen seiner Zukunft.

Die Schule, nach den Vorschriften jener Zeit dazu bestimmt, ein sorgfältig bemessenes und ausgewähltes Maß von allgemeiner Bildung zu vermitteln und die Ideale des Christentums und der Vaterlandsliebe in die jungen Seelen zu pflanzen, unterschied sich in nichts von den vielen Hundert ähnlichen Anstalten als durch die leise Dumpfheit der Kleinstadt, die durch unsichtbare Ritzen bis in ihre fernsten Winkel drang, und durch das überall einmalige Profil, das die besondere Zusammensetzung des »Lehrkörpers« ihr verlieh. Johannes, verwirrt zunächst von der Vielheit der Götter, die auf dem Podium der Aula ihm gegenübersaßen und wie einander ablösende Herrscher den Thron des Katheders in seiner Klasse bestiegen, fand doch bald bei seiner Neigung zur Erkenntnis und Bezeichnung des Typischen aller Erscheinungen eine Art von Ordnung und System, um diese neue Welt in seine betäubte Seele einzuordnen. Eine Zeit lang schien es ihm so lustig wie zweckmäßig, die Formenlehre der Botanik auf seine Beherrscher anzuwenden und zunächst die Unterordnung unter Phanerogamen und Kryptogamen, unter Samen- und Sporenpflanzen vorzunehmen. Da waren diejenigen, die ihr Wissen, ihre Methode, ihr Amt wie einen Becher handhabten, den sie über die Köpfe der »Barbaren« ausstülpten, und solche, die alles dies wie ein Schwert oder eine Peitsche handhabten und an deren Absätzen seine Fantasie riesige mexikanische Sporen sah. Dies waren die Gefährlichen, aber die andren waren die Widerlichen, die öligen, die »Schleimer«.

Und in diesen beiden großen Abteilungen konnte man nun die »Familien« unterbringen. Da waren Dickblattgewächse, die Doktor Balla vertrat, mit riesigen Händen und Plattfüßen und einer Stimme, die Johannes »sumpfig« nannte. Da waren Faulbaumgewächse, die der Oberlehrer Faltin vertrat, der sehr schlecht aus seinem Munde roch und mit dem Baldriangewächs des Doktor Rauter und dem Zichoriengewächs des Vorschullehrers Erdmann einen engeren Kreis bildete. Da waren Himmelschlüsselgewächse und Lippenblütler, deren Worte wie Honig träufelten, und auch einen Vertreter der Lebermoose gab es. Auf der andern Seite standen die wehrhaften Familien der Hahnenfüße und Storchschnäbel, der Steinbrechgewächse und Rachenblütler, der Wolfsmilch-, Nessel- und Knabenkrautgewächse, und über ihnen der Ordinarius des kleinen Johannes, Doktor Weishaupt, der die Sonnentaugewächse vertrat, die fleischfressenden, und dessen Person, Stimme, Urteil und Methode wie ein Rasiermesser über die gebeugten Köpfe schnitt.

Und nachdem Johannes auf diese Weise mit seinen Gewaltigen »fertig« geworden war und sie in sauberen farbigen Zeichnungen in sein »Buch des Lebens« eingetragen hatte, wo sie zwischen Versen, Tiergeschichten und Waldbildern ein seltsames Dasein führten, ging er, noch mit einer leisen Unruhe des Unvollendeten erfüllt, dazu über, eine neue Systematik über sie zu breiten und die Figuren in ein neues Licht zu schieben, in das der Zoologie. Da wanderten sie nun gehorsam und auf ganz natürliche Weise in das Reich der Halbaffen und der Nagetiere, der Schwanzlurche und Rochen, der Bandasseln und Afterskorpione, der Kiemenschnecken und Saugwürmer, der Seewalzen, Polypen und Schwämme. Und der kleine Johannes, mit der Welt der feindlichen Erscheinungen ringend, fand das frühe und ganz hasslose Glück des Schöpfers in der Bildhaftigkeit dieser Dinge, in der Vereinigung der beiden Systeme, ihrer Überschneidung und Abgrenzung, ihrer farbigen Ausgestaltung und dem Versuch, in das Antlitz einer Pflanze oder eines Tieres menschliche Züge hineinzuträufeln.

In einer aufgeschlossenen Stunde zeigte er das alles seiner Mutter, und Gina wurde blass über dem, was sie sah. »Johannes«, sagte sie flüsternd, »weshalb tust du das?« Er schloss mit einem leisen Lächeln das Buch. »Es ist mir dann alles leichter«, erwiderte er. »Man nimmt ihnen den Panzer fort, und dann sind sie nicht mehr so gefährlich.« – »Sind sie denn gefährlich?« – »Ja, sehr … sie beten jeden Morgen, aber ich denke, sie möchten dazu am liebsten immer einen von uns zum Opfer schlachten.«

Je älter Johannes wurde, desto mehr ging das System seiner Einteilungen über die äußeren Ähnlichkeiten und auffälligsten Erscheinungsformen hinaus. Er erkannte, dass der ganze Lehrkörper beispielsweise in Reserveoffiziere und Zivilisten zerfiel, in eine Gruppe von Menschen, die alles, was sie taten und äußerten, selbst ihre Anschauungen über die Religion, mit einer gewissen Präzision, Knappheit und spartanischen Härte taten und äußerten. Selbst die Propheten schienen in Gruppenkolonnen in ihrem Geiste zu marschieren, und mit der Dreieinigkeit waren sie nie ganz einverstanden, weil die Zahl 3 eine unmilitärische Zahl war. Sie legten Wert auf Haltung, laute, scharfe Antworten, waren schneidig in allen Lebenslagen und machten kein Hehl aus ihrer Verachtung des Zivils. Dieses hingegen war milder, weiträumiger in Anschauung, Kleidung, Methode. Die Bügelfalten ihrer Beinkleider wie ihres Geistes waren schlaffer, ihr Lachen behaglicher, ihr Scherz weniger klirrend, und man konnte sich vorstellen, dass sie mit einer langen Pfeife schlafen gingen statt mit einem umgeschnallten Säbel, was von Doktor Weishaupt erzählt wurde.

Oder er zerfiel in die Hungrigen und die Satten. Jene strebten nach Beförderungen, und wenn der Provinzialschulrat einmal im Jahre erschien, sah Johannes, dass sie sich fast umbrachten vor Eifer. Oder sie schrieben lange und tiefgründige Aufsätze in der Zeitung der Stadt und beleuchteten »Kommunalfragen« nach allen Seiten, um einen Sitz im Stadtrat zu erhalten. Oder sie strebten nach der Gunst einer Frau, nach Popularität oder nach Präsidentenposten in irgendeinem der zahlreichen Vereine. Und da in dem engen Raum dieser aneinanderklebenden Häuser und Menschen nichts verborgen bleiben konnte, so blieb weder die Liebe noch der Hass verborgen, weder der Ehrgeiz noch die Trägheit, und Johannes mit seinem stummen, suchenden Blick, immer darauf aus, hinter die Spiegel zu sehen, sah alles dieses viel zu früh, viel zu scharf und zu nackt, und wenn er in die Zukunft sah, auf die Sekundaner, die noch wie Affen die Zähne zu fletschen schienen, auf die Primaner, die wie nicht ganz gar gebackene Herren sich mit Spazierstock und Zigarre dröhnend gebärdeten, auf die Lehrer, deren Gesichter er in das Buch des Lebens eintrug, graute es ihn leise, wenn er sich vorstellen wollte, wie er selbst aussehen, was er anziehen, sprechen, tun würde.

Die Hungrigen waren nicht gut, und die Satten waren es ebenso wenig. Sie hatten Frauen, die wie Kühe aussahen, und Kinder, die in Kinderwagen geschoben oder an der Hand gehalten werden mussten, weil sie immer etwas ausrissen, zerbrachen, beschmutzten. Sie hatten Flecken auf ihren Rockaufschlägen und immer sich wiederholende Redensarten und Späße, die Johannes nach abgestandenem Fett schmeckten. Sie liebten keine Zwischenfragen, keine Zweifel, keinen Unglauben. Es sah aus, als bereite der Kragen ihnen Pein, den sie trugen, die Manschetten, der Schlips, als trachteten sie nicht nach dem Glücke oder nach dem Werke, sondern nach dem Mittagessen, dem Bett, einem Achtel Bier. Johannes glaubte, dass sie sich nicht den Mund spülten, und er hielt den Atem an, wenn eine uhrkettenüberspannte Weste wie ein Gebirge vor ihm auftauchte.

Oder der Lehrkörper zerfiel in die Donnerer und die Säusler, in die Stampfer und die Schleicher, oder in ein Dutzend andrer Gruppen, die Johannes Jahr für Jahr erweiterte. Er sah ihnen zu, ihren Bewegungen,

Worten, Meinungen, ihrer Lustigkeit und ihrem Zorn, wie er der Dreschmaschine auf dem Karstenhof zusah. Sie heulte, knirschte und fraß, und es war nicht gut, ihren Schwungrädern zu nahe zu kommen. Stroh und Spreu und Weizen floss aus ihrem Rachen, aber es hatte Johannes immer geschienen, als stoße sie den Weizen widerwillig aus und als berausche sie sich nur an ihrer Macht und ihrem Dröhnen, während die Saat auf den Feldern inzwischen schweigend wuchs und sich lautlos zur Ernte bereitete.

Und ebenso war es mit seinen Mitschülern. Da waren die Söhne der Bürger, und sie sahen aus wie junge Hunde, die man aus einem Korb schüttet. Da waren die Söhne der jüdischen Kaufleute, mit seltsamen Körpern und scharfen, eiligen Geistern. Sie waren Freiwild bei Lehrern und Schülern, und nur die beiden Unehelichen und der Sohn eines sozialdemokratischen Werkmeisters lebten unter derselben Schande. Da waren die Söhne der Bauern aus der Umgegend, die nach Pferdestall rochen, die mit schweren Schädeln sich über die Wissenschaft machten wie über ein steiniges Feld und nur in den Naturkundestunden eine frühe und mitunter grinsende Weisheit offenbarten. Und dann waren da die Söhne der adligen Großgrundbesitzer, die sich mit lauterer oder leiserer Betonung abseits vom »Pack« hielten, die gemessene Antworten gaben und vorsichtig behandelt wurden und die mitunter bei feierlichen oder verächtlichen Gelegenheiten, der Sedanfeier oder der Züchtigung eines Judenjungen, ein Einglas ins Auge klemmten, das sie erst auf mehrfache bittende Ermahnung nachlässig in der Westentasche verschwinden ließen. Und in den Pausen stand Johannes mit Klaus auf dem Hof, sah nachdenklich in das schreiende Gewimmel, durch das brötchenkauend die Gestalt des aufsichtführenden Lehrers schritt, und blickte nach den Fenstern der umliegenden Häuser, ob sich kein Tiefseegesicht an ihnen zeige.

Sie hatten keine Freunde. Johannes galt als »hops«, Klaus als »doof«. Diese Einordnung entkleidete sie des Problematischen, gab ihnen das zukommende Namensschild, erledigte sie. Joseph, im erweiterten Spielraum des Gymnasiums, wuchs an Sicherheit und Ansehen und begann sich mit vornehmer Überlegenheit zurückzuhalten.

Über allem aber, wolkenhoch und sternenweit, Hoherpriester und Tyrann, thronte Er, der Direktor, mit weißem Bart, blauer Brille und zwei bitteren Falten um den Mund, den Johannes den »Löwen« nannte. Johannes hatte noch niemals jemanden mit einer blauen Brille gesehen, die die Seele verdeckte, und lange Zeit war er im Zweifel, ob hinter diesen drohenden Gläsern sich ein Augenpaar bewege oder nicht vielmehr ein Paar von Metallspiegeln, dunkel geschliffen und mit unfassbaren Zauberkräften begabt. Der Löwe saß in seiner Höhle, und Johannes glaubte, dass er dort an Menschenknochen nage. Und wenn er umzugehen begann, dröhnten das Haus, die Treppen, der Hof. Kulicke schoss in ungardemäßiger Haltung durch die Korridore, die Schüler zerstoben, und selbst die Gewaltigen des Lehrkörpers, selbst die Schneidigsten, die nach Johannes' Vorstellungen mit einer kleinen Kanone zu Bett gingen, machten unvermittelt schnelle Wendungen um die Korridorwinkel, bestiegen dunkle Treppen, revidierten die Aborte. Der Löwe lachte nie, auch nicht, wenn er mordete. Er machte nie einen Scherz, er wich nicht um Haaresbreite vom Pensum ab, der Schulordnung, der Dienstanweisung. Er ging zum Dienst wie ein Schnitter mit der Sense. Korn, Disteln und Blumen galten ihm gleich, waren »Material«, Widerstand, Horde, das Urböse. In einem Zeitalter der Autorität und Disziplin war er Inkarnation des Gesetzes. Erziehung war ihm Beugung, Bildung Gehorsam. Zweifel ein Aufruhr, Freiheit ein Gift. Er hatte einen Kanon auswendigzulernender Gedichte herausgegeben, an dem er nicht unbeträchtlich verdiente, der einhundertzwanzig Seiten umfasste und dessen Beherrschung ohne Pausen und Stocken er von jedermann verlangte, gleichviel ob Lehrer oder Schüler. Das Register seiner Strafen war ungeheuer, und das System seiner körperlichen Züchtigungen schritt streng geordnet aufwärts, vom Siegelring seiner kleinen aber eisernen Hand bis zum Rohrstockgericht »vor versammelter Mannschaft« durch Kulickes Profossenfaust. Er hatte drei Frauen unter die Erde regiert, und die Stadt wusste, dass er nicht einmal an den Tagen ihrer Beerdigung Urlaub genommen hatte. Nun lebte er mit einer alten Schwester, die klein und breit aber nicht dick war, was ihr etwas Unheimliches und Gefährliches verlieh. Im Lehrkörper und bei den Schülern hieß sie die »Wanze«, aber Johannes nannte sie den »Handfeger« und sagte nachdenklich zu Klaus, man müsste ihr einen Stiel in den Kopf schrauben, dann sei sie gebrauchsfertig.

Johannes trat nicht in Berührung mit dem Löwen, aber er wich ihm auch nicht aus. Es war ihm, als habe er auf die Stunde zu warten, in der das Schicksal sie zusammenführen werde, und inzwischen trug er ihn in das Buch des Lebens ein. Er errichtete ihm ein Denkmal auf dem Schulhof, wo er die rechte Pranke drohend erhob, indes unter der

linken der Leichnam eines nackten Kindes kraftlos vom Sockel nieder-
hing.

Dies war die Welt, in der der kleine Johannes in das Reich des Geistes aufwuchs. Es wiederholte sich, was im grauen Dorf zu Knurrhahns
Füßen geschehen war: Er fiel auf, er passte nicht in die Norm. Er war
gehorsam, bescheiden, fleißig, ohne Widersetzlichkeit. Aber seine
Antworten, so leise und zurückhaltend sie gesprochen wurden, waren
nicht zu überhören, waren seltsam, verwirrend, aufregend, waren
Antworten, die eben nicht vorgesehen, nicht üblich, nicht möglich,
unerhört waren. In das träge und gleichmäßig rollende Rad der Stunde
flogen sie wie ein Stein, klirrend gegen blanke Speichen, dröhnend wie
ein Wecker in das Heiligtum des Schlafes. Die Phanerogamen lächelten
milde und ein wenig dumm, die Kryptogamen runzelten zunächst die
Brauen und traten langsam in erhöhte Alarmbereitschaft. Die Schüler,
wie allerorten auf der Erde, grinsten. Doktor Weishaupt, der Ordinarius,
vom Geschlecht der Rochen, trat als erster in Abwehrstellung. »Im
Keim zu ersticken!«, hieß der Leitsatz seiner Methode, und ganz wie
Knurrhahn hatte er ein instinktives Gefühl für Gefahr. »Mein lieber
Freund«, sagte er gütig, mit schmalen, gekräuselten Lippen, »wer wie
du mit deinen Augen von der Mutter Natur für ein Abnormitätenkabi-
nett bestimmt ist – das Löwenweib, die Dame ohne Unterleib und so
–, hat allen Grund, in seinen übrigen Dienstobliegenheiten sich aller
Abnormitäten zu enthalten! Kapiert?« Die Klasse grinste. »Albino«,
sagte eine Stimme aus dem Hintergrund vernehmlich. »Ruhe!«, lächelte
Weishaupt, den Tadel für unberechtigtes Schwatzen und das Lob für
das Witzige des Zwischenrufes sorgfältig abmessend. Johannes wurde
blass, weil er das Niedrige des Vorgangs fühlte. »Meine Augen sind
von meiner Mutter und von Gott, Herr Doktor«, sagte er leise und
furchtlos. »Und Gott lässt sich nicht spotten«, setzte er nach einer
Weile hinzu. Schweigen, in dem nur der kleine Wirtulla leise stöhnte.
»Was heulst du?«, brüllte Weishaupt, ebenso blass geworden. »Hinaus,
du Wasserkopf!« Und mit zwei Ohrfeigen belastet, verschwand das
traurige Haupt mit den Greisenfalten hinter der Tür. »Wir sprechen
uns noch, mein Freundchen«, erklang es dann in gefährlicher Beherrschtheit. »Solche Bürschchen kriegen wir schon klein. Setzen! Fortfahren!«

Die Katastrophe erfolgte vor Weihnachten. Johannes stand an der
Tafel und rechnete eine Aufgabe. Er rechnete sie richtig, was Weishaupt

missfiel. »Was macht man denn da für komische Sechsen?«, fragte er plötzlich. »Und die Acht? Ist man ein wenig betrunken?«

Johannes schrieb die Zahlen, die seine Mutter ihn gelehrt hatte und die im Geschlecht der Karstens nie anders geschrieben worden waren. Ein Strich und ein lateinisches »s« herumgeschlungen: das war die Acht. Ein Strich und der Bogen von links nach rechts angefügt, mit einem bestimmten Absatz, statt ohne Absatz von rechts nach links gezogen: das war die Sechs. Er sah seinen Ordinarius an. »Alle Karstens schreiben so«, sagte er bescheiden.

»So? Alle Karstens? Die Herren von Karsten? Die Grafen Karsten, ja? Ich habe nichts dagegen, dass die Grafen von und zu Karsten ihre Mistfuhren mit solchen Zahlen notieren, aber ich bitte mir aus, dass hier geschrieben wird, wie jedermann schreibt und wie ich es befehle, kapiert?«

»Graf Pfeil schreibt ebenso«, erwiderte Johannes leise.

Graf Pfeil war im Herbst auf die Klasse gekommen und weder vom Lehrkörper noch von den Schülern bisher »eingeordnet« worden.

»Ist man Graf Pfeil?«, fragte Weishaupt klirrend. »Graf Pfeil wird schreiben, wie alle schreiben. Schluss! Fortfahren!«

Und es geschah das Unerhörte, dass Johannes drei Reihen tiefer die Sechs der Karstens noch einmal schrieb, langsam, sorgfältig, mit Bewusstsein. Weishaupt erstarrte. Es war, als hebe aus einer Kompaniefront, Kommando »Stillgestanden!«, ein Mann das Gewehr und ziele auf seine Stirn. ›Haltung!‹, dachte es reflexartig in ihm. »Gieseke«, Gieseke, Amtsbotensohn, Primus, Zwischenträger, »Assel«, flog zum Klassenschrank und überreichte Weishaupt mit einem subalternen Diener den Rohrstock. Er triefte vor Eifer, Glück und Dienstwilligkeit, warf einen vorwurfsvoll tadelnden Blick auf Johannes und kehrte lautlos auf seinen Platz zurück.

»Die Hand!«

Johannes legte die Kreide fort, säuberte die Hand am Schwamm und hielt sie hin.

Der erste Schlag riss einen roten, anschwellenden Streifen über die weiße Haut. »Wirst du schreiben?«

Johannes schüttelte den Kopf. »Ich muss schreiben, wie mein Großvater schreibt. So stehen die Zahlen in unsrer Bibel.«

Der zweite Schlag fiel, und die Falten um des kleinen Johannes Mund wurden plötzlich tief und scharf. Aber er weinte nicht.

Der dritte Schlag. »Wirst du?«

Kopfschütteln.

Und dann brach Klaus schreiend aus seiner Bank hervor und stürzte zum Katheder, beide Hände ausgestreckt. »Jo ... johannes nicht!«, stotterte er. »Mich ... mich!«

Weishaupt, auf Haltung trainiert, hatte sich bereits in der Hand, und der Zwischenfall war weit davon entfernt, ihn zu verwirren. »Nach Belieben!« Seine Stimme schnitt wie ein Rasiermesser, und der erhobene Stock, wie eine nach allen Seiten funkelnde Klinge, schoss pfeifend auf die Opferhand nieder.

Aber in diesem Augenblick geschah das Unerwartete, dem keine trainierte Haltung gewachsen war. Graf Pfeil, um Haupteslänge seine Mitschüler überragend, stand auf, schlank, schmal, adlig, sagte laut vernehmlich: »Das ist ekelhaft« und ging, die Augen in seinem Gesicht zusammenziehend, aus der Klasse. Ging aus ihr wie aus einem beliebigen Zimmer, aus einer Nebenstraße, aus einem Stoppelfeld. Schloss die Tür hinter sich, nicht besonders vorsichtig, und war verschwunden.

Weishaupt, blass bis an die Lippen, sagte nichts. Die Klasse sagte nichts. Es läutete. Weishaupt zuckte zusammen und sah auf das Schlachtfeld. »Fünfhundert Sechsen, fünfhundert Achten zu morgen aufschreiben. Hinausgehen! Graf Pfeil zu mir ins Konferenzzimmer!«

Über die Unterredung verlautete nichts. Der Vater des Grafen Pfeil war Bezirkshauptmann in der nächsten Garnison. Weishaupt war Leutnant der Reserve und wollte Oberleutnant werden. Es war möglich, dass er das überlegte. Jedenfalls geschah nichts. Nach der Pause saß der junge Graf auf seinem Platz, hochmütig, unnahbar. Niemand fragte ihn. In der letzten Pause ging er an Johannes und Klaus vorbei: »Er ist ein Lump«, sagte er erbarmungslos. Dann ging er weiter.

»Jungchen«, sagte Frau Pinnow beim Mittagessen, »was ist mit deiner Hand? Zeig mal her.«

Johannes gehorchte. Frau Pinnow ließ den Löffel in ihren Teller fallen, dass der kleine Baptistenhäuptling sich erschreckt zurückbeugte. »Diese Schweine«, sagte Frau Pinnow langsam und deutlich, »ach, diese Schweine!« Sie hatte mitunter starke Ausdrücke und war ohne Furcht vor Gott und Menschen. »Erzähle, Johannes!« – »Muss ich?« – »Ja, du musst. Deine Mutter hat dich mir auf die Seele gebunden, und das ist für mich kein Spaß.«

Johannes erzählte. Er berichtete es harmlos und ohne Leidenschaft, aber er konnte doch nicht umhin, hinzuzusetzen: »Selbst Knurrhahn hat es nie getan ... aber dies ist ja auch ein Gymnasium.« Das vom Grafen Pfeil erzählte er scheu, mit niedergeschlagenen Augen, als müsse er etwas Kostbares seiner Hülle entkleiden.

Herr Pinnow war begeistert. Er vergaß alles Übrige über dieser Tat. »Und ein Graf, junger Herr!«, sagte er mit leuchtenden Augen. »Ein Gefäß des Teufels an und für sich, die Fronvögte der Menschheit ... und steht auf und sagt so etwas, mitten ins Gesicht des Staates, mitten hinein, wie mit einer Zuchtrute! Es ist großartig!«

»Schwatz nicht, Pinnow«, sagte seine Frau, »du kannst nie die Hauptsachen sehen. Esst zu Ende, denn ich muss zu diesem Herrn Doktor Weishaupt gehen, diesem Herodes, und ihn mir etwas ansehen.«

»Lassen Sie es lieber sein«, bat Johannes. »Er hat lauter Säbel in seiner Wohnung, und er spricht wie ein Messer.«

»Wie ein Messer!«, höhnte Frau Pinnow. »Sein Vater war Schulmeister und kam zu uns schnorren, mal ein Fuder Stroh, mal Kohlpflanzen, mal Bruteier, mal eine Rauchwurst. Und er lief hinterher, mit dem Tropfen an der Nase. Das werden dann die feinsten Herren ... ein Taschenmesser, das kann sein, aber eins vom Jahrmarkt, Stück einen Groschen. Nein, Jungchen, vor Säbeln hat Frau Pinnow keine Angst.« Und sie schob den Teller zurück und ging in das Schlafzimmer, um ihr Staatskleid anzulegen.

»Da geht sie nun hin«, sagte Herr Pinnow kopfschüttelnd. »Sehen Sie, junger Herr, das sind die, denen Gott das Schwert gegeben hat. Können Sie sich vorstellen, dass Pinnow zu Herrn Oberlehrer Doktor Weishaupt geht? Pinnow setzt sich seinen Zylinder auf und geht die Treppe hinauf. Die Treppenstufen grinsen, das Geländer grinst. Kennen Sie das, junger Herr? Pinnow kennt das. Pinnow klingelt. ›Wen darf ich melden?‹, sagt Frieda. Frieda ist eine Gans, denn sie kauft ihre Goldlacktöpfe bei mir und erkennt mich in der dunkelsten Nacht. Aber sie ist bei Herrn Weishaupt im Dienst und muss so fragen. Bei Herrschaften wird immer so gefragt. ›Herr Pinnow möchte Herrn Doktor sprechen.‹ Pinnow nimmt draußen den Zylinder ab und zupft seinen Schlips zurecht. ›Pinnow? Wer ist Pinnow? Kenn ich nich!‹ Die Scheiben klirren, junger Herr. ›Gärtnereibesitzer? Meinetwegen kann er ’n Leichenschauhaus besitzen. Bedarf an Kohlköppen gedeckt!‹ – ›Es ist wegen dem kleinen Zerrgiebel, Herr Doktor, wo dort in Pension ist.‹ –

116

›Zerrgiebel? Wahnsinnig geworden? Is hier 'ne Poliklinik? Weiß wohl nich, wo Gymnasium liegt? Rausschmeißen! Tür zu!‹ Pinnow ist schon unten und geht nach Hause wie von einem Begräbnis … Aber sie, junger Herr? Zieht sich ihr Schwarzseidenes an und mitten hinein in den Tempel der Baalspriester. Und sie kommt 'rein, junger Herr, da verlassen Sie sich drauf! Wir beide nicht, aber sie kommt 'rein.«

Johannes nickt, und dann gehen sie etwas bedrückten Herzens beide an ihre Arbeit, Herr Pinnow in sein Gewächshaus, dessen Erwärmung ihm Sorge macht, und Johannes an die Anfertigung seiner tausend Zahlen.

Frau Pinnow kam hinein, ohne die geringsten Schwierigkeiten, gleichzeitig mit Frieda. »Nanu?«, sagte Weishaupt. Er trug eine Offizierslitewka, sehr eng und kurz, und rotlederne Hausschuhe. Aber dann errötete er ein wenig, weil er sich seiner Jugendzeit erinnerte. Und dann ergrimmte er, zunächst über Frieda.

»Lassen Sie man sein, Herr Doktor«, sagte Frau Pinnow und setzte sich neben den Schreibtisch. »Wir kennen uns ja aus knappen Zeiten. Geh raus, Frieda … So, Herr Doktor, und nun wollen wir mal Rechnung machen.«

Weishaupt erholte sich. ›Strenge‹, dachte er instinktmäßig. ›Unnahbarkeit, Betonung der Sphäre! Ein Glück, dass ich die Litewka anhabe …‹

»Erlauben Sie …«, begann er mit gemessener Befremdung.

Aber Frau Pinnow lächelte. Sie hatte eine Art zu lächeln, als ob sie einem jungen Hunde zusähe, der mit einer Garnrolle spielte. Ein verwirrendes und höchst unangenehmes Lächeln.

Weishaupt, auf solche Zwischenfälle nicht vorbereitet, stockte, schwieg.

»Das Jungchen ist nämlich bei mir in Pension«, sagte Frau Pinnow. »Bitte?«

»Ja … und ich könnte zum Beispiel heute mit ihm zum Sanitätsrat gehen und ihm ein Attest geben lassen. Oder ich könnte zum Werkmeister Balduhn gehen, und er würde ein Artikelchen in seiner Zeitung schreiben. Oder ich könnte an den Herrn Grafen Pfeil schreiben und ihm erzählen, wie es vor zwanzig Jahren war, als Albertchen immer ein Tropfen an der Nase hing. Aber das tut Frau Pinnow nicht. Frau Pinnow meint, dass es schlimm für einen studierten Herrn sein muss, der einen so schönen Rock mit blanken Knöpfen trägt, wenn ein Kind zu ihm sagt: ›So steht es in unsrer Bibel‹, und wenn ein andres Kind aufsteht und sagt: ›Das ist ekelhaft.‹ Dass es sehr schlimm sein muss und dass sie es noch nicht erlebt hat ...«

»Erlauben Sie!«, sagt Weishaupt. Der Stahl seiner Stimme schärfte sich.

Aber Frau Pinnow lächelte. »Sehen Sie, Herr Doktor, das ist nun alles, was ihr gelernt habt. Unsereins würde sagen: ›Entschuldigen Sie, das war schlecht von mir.‹ Aber ihr habt nichts als ›erlauben Sie!‹ Wenn euch jemand anstößt, wenn euch jemand sagt, dass ihr falsch geht, dass das und das verboten ist. Immer bloß ›erlauben Sie!‹ Und das reicht nicht aus, Herr Doktor. Bei mir nicht.«

»Sie verkennen die Sachlage, liebe Frau, die Disziplin ...«

»Ach, lassen Sie doch man, Herr Doktor. Ich kenne Ihre Sachlage nicht und Ihre Disziplin nicht. Aber ich kenne Sie, und ich kenne mein Jungchen. Ich habe Blumen in meiner Gärtnerei, Herr Doktor, und Unkraut. Pinnow is ja 'n bisschen unzuverlässig. Und das Unkraut wächst manchmal höher als die Blumen. Aber meinen Sie, dass es deshalb mehr ist als die Blumen und dass Frau Pinnow die Nase dran hält, um daran zu riechen?«

»Ich verstehe nicht«, sagte Weishaupt mit gerunzelter Stirn.

»Sie verstehen ganz gut, Herr Doktor.« Frau Pinnow stand auf, und ihre Stimme bekam »Echo«: »Ich hab es gut gemeint und bin zu Ihnen gekommen. Ich hätte auch woanders hingehen können. Aber kommt mir das Jungchen noch einmal so nach Hause, dann hagelt Ihnen das in die Petersilie, und wenn Sie noch einmal so viel Knöpfe an Ihrer Affenjacke haben!«

»Affenjacke!«, brüllte Weishaupt.

»Affenjacke!«, rief Frau Pinnow schon in der Tür, und noch als sie schon die Straße hinabging und sich auf ihre kurze Pfeife freute, hallte die Schmach dieses Wortes in Herrn Weishaupts Räumen nach, schändend, umstürzend und zerschmetternd gleich der Schändung einer Majestät.

Die Offenbarung St. Johanni, wie Herr Pinnow mit einem kühnen Scherz die tausend Zahlen nannte, flog am nächsten Tage unbesehen in den Papierkorb der Klasse, Johannes schrieb seine Karstenzahlen weiter, und bis zu seiner Reifeprüfung – neun Jahre begleitete Herr Weishaupt ihn – wurde er nicht ein einziges Mal an die Tafel gerufen.

An diesem Erlebnis und der Haltung aller an ihm beteiligten Personen hatte Johannes lange zu denken und zu grübeln. Aus der Welt der Macht, der Bildung und des Geistes war zum ersten Mal der Blitz des Bösen auf ihn herniedergefahren, seltsame Berge, Abgründe und Umrisse enthüllend. Er hatte gesehen, wie man ihm begegnen musste, dass Herrn Pinnows Lanze nicht genügte, so wenig wie sein eignes Recht, dass aber Frau Pinnows Furchtlosigkeit und Stimme mit Echo genügte, und dass das Rad schon hier über ihn hinweggegangen wäre, wenn Frau Pinnow nicht dagewesen wäre und ihn oder vielleicht nur seine Mutter geliebt hätte. Nichts war gewesen als die Schreibung einer Zahl, etwas Belangloses und die Richtigkeit einer Aufgabenlösung gar nicht Berührendes. Ernste, stille Bauern hatten sie geschrieben, jahrhundertelang, wahrscheinlich, hatten ein ernstes Begräbnis gehabt und lagen nun mit gefalteten Händen unter ihren verwitterten Kreuzen. Und nun strahlte von derselben Zahl eine Wirrnis von Zorn, Schmerzen, Tapferkeit und Drohung aus, zerstörte den Schlaf, fiel als unerbittlicher Tropfen in jede Stunde, griff in die Zukunft hinüber, entstellte die Vergangenheit, war eine Macht geworden im Leben so vieler Menschen und würde vielleicht nie aufhören, auf den Stühlen zu sitzen, auf denen die großen Menschen und Dinge seines Lebens feierlich schweigend wie an einer Tempelwand saßen: die Mutter, der Wassermann, Ledo, Welarun, die Flöte, der Schwarzbart und alle die andern. Mitten unter ihnen saß nun die Sechs, die Weishaupt'sche, die übliche, normale, und lächelte höhnisch wie ein gesättigter Götze auf die andre hernieder, die Karsten'sche, die unter dem Stuhle lag, mit gebrochenen Gliedern und tropfendem Blute.

Es beschäftigte ihn so, dass er es in den Weihnachtstagen mit denen besprach, deren Urteil ihm galt, aber er gewann aus ihren Worten keine Befreiung. »Du hast recht getan, Johannes«, sagte der Großvater. »Hab nicht Angst vor den Menschen.« Der Schwarzbart raste in seinem Bau wie ein tobender Gott hinter seinen Zauberdämpfen. »Man muss ihm Pulver in den Bauch schütten, Waldläufer«, riet er mit schrecklich gerunzelter Stirn, »und ihn zur Explosion bringen. Oder man muss ihn in einen Ameisenhaufen setzen, gebunden natürlich. Das Skelett kann dann der Schule vermacht werden, für das Naturkabinett, von dem du erzählt hast.«

Das seltsamste Urteil fällte König David. Johannes verstand es nicht, aber der Hirt ließ sich zu keiner Auslegung herbei. Er saß auf der

Futterkiste im warmen Viehstall, die Stalllaterne neben sich, und ließ sich mit Kreide die Zahlen aufschreiben. Dann saß er lange grübelnd da, die runzligen Hände zwischen den Knien gefaltet. Und dann nahm er die Pfeife aus dem Mund, spuckte aus und sagte langsam: »Dat 's 'n ganz Schlimmen, Hannes ... man mot em kastreere.«

Und so behielt Johannes auch diese Dinge als ein Rätsel und eine Drohung in seiner Seele, und es ahnte ihm am Ende dieses Jahres, als seien die Brunnen der Tiefe überall auf der Erde verstreut und als werde es nie an einer Hand mangeln, die ihn über den Abgrund halte, auf einem wüsten Feld, hinter Hecken, die das Schreckliche vor dem Angesicht der Menschen verbargen. Und dass sie alle vielleicht zu früh geboren seien, nicht nur der Bahnmeistersohn, der sich ausgestoßen vorkam aus der Welt der Ordnung und der Gesetze.

8.

Johannes ist vierzehn Jahre alt, sitzt auf der Untersekunda und wird »Sie« genannt. Er ist auf der ganzen Schule bekannt, beim Lehrkörper und bei den Schülern aller Klassen. Selbst Kulicke hat eine vorsichtig-zurückhaltende aber wohlwollende Teilnahme für ihn. Er ist »der mit den komischen Augen und den Karstenzahlen«. Das genügt für eine Gemeinschaft, die Tag für Tag, Jahr für Jahr durch die Normenwalze geht. Weishaupt tut ein Übriges zur Verbreitung seiner »verstockten Gesinnung«. Seine Aufsätze sind berühmt. Sie sind immer mangelhaft, und auf jedem Seitenrand steht mit roter Tinte »Thema?«, aber jeder Lehrer – sie wechseln im Lauf der Jahre –, der die große römische Vier heruntermalt, hat einen Augenblick lang das Gefühl, als ob ebenso gut, vielleicht sogar besser eine Eins darunter stehen könnte. Aber diese Gefühle werden unterdrückt, im Keim, wie Weishaupt sagt, denn wohin sollte es führen, wenn man solche Dinge großzüchten wollte? Aber die Aufsätze machen jedes Mal die Runde durch das Konferenzzimmer, und selbst in den Familien werden sie besprochen. Johannes wird berühmt, ohne dass er es weiß.

Er selbst geht Tag für Tag denselben Weg zu dem roten Gebäude, ohne Lust, ohne schmerzenden Widerwillen. Er ist wie eine Frucht in einer Schale. Sie klopfen an ihm herum, und er hat es warm und sicher in seiner eingesponnenen Welt, und am Tage wie in der Nacht hat er das unerschütterliche Gefühl, dass einmal eine Hand aus der »Zukunft« herausgreifen und die Schale öffnen wird. Es ist ein Gefühl, so sicher, wenn auch oft nicht bewusst, wie das Gefühl, dass sein Herz schlägt, dass er atmet. Er fragt sich mitunter, weshalb er zur Schule gehe und nicht zum Schwarzbart oder zum Wassermann. Aber er findet es nicht heraus. Es ist befohlen, alle tun es, die etwas werden wollen. Will er etwas werden? Er weiß es nicht.

Er sucht nach Vergleichen und findet keinen. Höchstens ist es so wie beim Zahnarzt, zu dem er jedes Vierteljahr gehen muss. Seine Mitschüler finden es »affig«, und der Lehrkörper, dem nichts entgeht, lächelt ironisch dazu. Man sitzt dort im Wartezimmer und besieht Bilder, Fliegende Blätter, die aus einem Museum zu stammen scheinen, und Bäderprospekte in seltsamen Farben, auf denen alle Menschen mit einer gleichsam erstarrten Glückseligkeit auf ein unglaublich blaues Meer hinaussehen. Die Luft ist geladen mit einer leise bohrenden Angst und einer gereizten Übellaunigkeit. Dann sitzt er auf dem Stuhl, und das Unentrinnbare macht den Vergleich mit der Schule zu dem einzig möglichen. Der Zahnarzt sagt »wir« mit einer öligen und gleichzeitig tückischen Herablassung. Er macht Witze, die sich wiederholen wie in der Schule, und Johannes glaubt, dass er abends auf dem Ruhesofa liege und die Fliegenden Blätter auswendig lerne. Er steckt seine säuerlichen Finger in Johannes' Mund, und auch das fordert zu Vergleichen heraus. Manchmal tritt er an seiner Bohrmaschine wie ein Scherenschleifer, und am Schluss setzt er einen »Mühlstein« auf den Bohrer und reinigt die Zähne. Es riecht nach versengtem Fleisch wie bei einem Menschenopfer, und dann geht man wieder fort, ein fremdes Gefühl im Mund, als sei man für eine Weile die ohnmächtige Behausung wilder Dämonen gewesen. Und dann ist wieder alles beim Alten.

Die Mitschüler wachsen Jahr für Jahr aus ihren Kleidern heraus. Ihre Stimmen werden rau und brüchig, ihre Gesichter wie trocknender Ton, ihre Glieder ihnen immer irgendwie zu viel. Sie schicken seltsame Zeichnungen und Worte unter der Bank herum, grinsen wie bösartige Affen und erstarren erst in tückischem Gehorsam, wenn die Kryptogamen gleich Wärtern den Raum betreten. Johannes ist es, als öffneten sie dann widerwillig ihre Schädeldecke in knarrenden Scharnieren und als schütte man Korn in sie wie in eine schlecht geölte Mühle. Er sieht dem allen zu, von einem dumpfen Druck befangen, und er ist nicht frei von dem Hochmut des Andersseins. Ab und zu tauchen Kandidaten auf, mit roten Flecken auf den Wangen, und die vereinte Kraft der »Rotte« stürzt sich auf sie wie auf ein verendendes Wild. Bonekamp erhebt sich aus dem Sarge der Vergangenheit, und Johannes sieht schweigend, von einem leisen Grauen erfüllt, zu, wie die Opfer verbluten.

Mitunter, wenn er gegen Abend in den Wald geht, trifft er eines von ihnen, das auf einsamen Wegen in die Stadt zurückzuschleichen scheint. Johannes grüßt höflich, und er empfindet die Angst, Überraschung und befreite Seligkeit des Dankes wie eine Scham. Nach einer Weile bleibt er stehen und sieht dem Kandidaten nach, und auch dieser dreht sich um, erschrickt, täuscht ein Interesse an dem Landschaftsbild vor und geht dann mit gemachter Langsamkeit weiter, wobei er seinen Stock auf eine seltsam gezwungene Weise schwenkt und ein Lied zu pfeifen beginnt. Und Johannes geht langsam nach dem Walde, und eine tiefe, nicht abzuschüttelnde Traurigkeit fließt aus der Begegnung immer unaufhaltsamer in seine Seele.

Klaus ist noch immer da, auf derselben Klasse sogar, wenn auch als letzter. Er ist immer atemlosen Geistes, am Ende seiner Kräfte, er hat immer die letzte Eintrittskarte, und wenn die Hand schon am Drücker ist, schlüpft, nein stolpert er noch gerade so hinein. Es reibt ihn auf, sein Kopf scheint immer größer, seine Augen immer erschreckter, seine Greisenfalten immer älter zu werden. Er würde es nicht schaffen, wenn Johannes ihm nicht hülfe. Er ist wie Gunther, der von Siegfried getragen wird. Zwei- bis dreimal in der Woche bleibt er in der Stadt, und Johannes macht ihm seine Arbeiten, erklärt, hilft, hebt ihn aus dem Staube. Klaus nennt ihn den »barmherzigen Samariter«. Er ist nicht dumm, kein »schwaches Gefäß ... eisern«, wie der Fachausdruck im Lehrkörper heißt, aber die Walze dreht sich zu schnell für ihn, der Zug hält nicht da, wo er halten müsste, und Klaus steht da, atemlos, die Fahrkarte in der Hand, und grinsende Gesichter sehen aus den Fenstern auf ihn nieder. Er hat das Pensum immer erst ein Jahr später verdaut, dann aber gründlich. Es dauert eine Weile, bis er über einen Scherz lacht, bis er eine Beschimpfung empfindet. Er hat eine »lange Leitung«. Weishaupt nennt ihn den »Wasserkopf« und hat vor der Klasse vorgeschlagen, er solle »Bremser am Leichenwagen« werden. Weishaupt liebt Scherze, die den brüllenden Beifall der Masse finden. Keine Empfindlichkeit züchten. Spartaner, das braucht das deutsche Volk, um den »Platz an der Sonne« zu gewinnen.

In der Gärtnerei, abseits der Stadt und der Schule, ist Klaus glücklich. Frau Pinnow nennt ihn Benjamin, ihr Mann erklärt ihm die Theorie der »Unterdrückten«, die Brille auf der Stirn, die Gartenschere in der Hand, und Klaus beschließt Gärtner zu werden. Am Abend, wenn das »Pensum« erledigt ist – »du hast wieder mal meine Sense gedengelt«, sagt Klaus –, sitzen sie am Seeufer. Über der Stadt steht die Luft wie über einem Ofen, aber hier weht es von den Wäldern her, und die Turmschwalben schreien aus dem wolkenlosen Himmel.

»Wozu ist das alles?«, fragt Klaus, und sein großer Kopf sinkt ihm müde auf die Brust. »Bist du weniger, wenn du Cäsar nicht gelesen hast? Ist der Rochen mehr als der Schwarzbart, weil er quadratische Gleichungen lösen kann? Wenn man stirbt, ob dann der Pfarrer kommt und eine quadratische Gleichung aufgibt, damit man in den Himmel kommt? Sie quälen einen ein bisschen viel, weißt du. Morgens die Backpfeifen und dann in der Bahn noch einmal alle Aufgaben durch, und du siehst, dass du wieder reinfallen wirst. Und dann fünf Stunden am Galgen. Und nachmittags noch einmal fünf Stunden über den Büchern. Und in der Nacht kommt Weishaupt mit seinen Haifischaugen im Traum und sieht mich an, und wenn ich aufwache, ist wieder alles nass. Und dann gibt's wieder Backpfeifen. Wie ein Kreis ist es alles, Johannes, wie ein Kreis. Und bloß damit ich einjährig dienen kann und nicht zwei Jahre. Als ob ich einmal Soldat werde! Mir passt doch kein Helm. Oder glaubst du, dass der Kaiser einen machen lassen wird für mich?«

Johannes lächelt, weit fort. Es ist schon kein einzelner mehr, der zu ihm spricht. Viele sind es: die zu den Mormonen gehen, oder von Dorf zu Dorf, oder die sich ertränken. Es sind die, die bei Knurrhahn ein Kreuz bekamen, aus denen »nichts wird«. Die Makigesichter, die Bonekamps mit dem vertauschten Hut, die Pinnows, die sich durch die Türspalten winden müssen. Die im Winter unter der Erde leben möchten. Ja, auch er gehört wohl dazu. Er wird keinen Säbel tragen und schneidig sein »bei allen Dienstobliegenheiten«. Und doch weiß er, er hat etwas, das aushält, überwindet, lächelt, siegt. Er weiß nur nicht, was es ist.

»Eine Dornenkrone wird er machen lassen«, sagt er laut, »für uns alle.«

Es dauert eine lange Weile, bis Klaus das verarbeitet hat, und dann nickt er. »Du weißt es immer am besten, Johannes«, sagt er andächtig. »Wenn ich bei dir sitze, ist immer ein Dach über mir.«

Ein Boot mit jungen Leuten fährt draußen durch die helle Dämmerung. Sie haben einen roten Lampion im Bug angezündet, und Mädchenstimmen singen das Lied vom Regensburger Strudel.

»Wie fröhlich sie sind«, sagt Klaus. »Schrecklich fröhlich … bei uns wird nie gesungen … es ist, als ob sie den ganzen Tag Kornsäcke schleppen … komisch … sind Mädchen immer fröhlich, Johannes?«

»Ich denke, dass sie manchmal traurig sind.«

»Ich glaube, in der Klasse wissen sie viel davon … weißt du etwas von Mädchen?«

»Nein«, sagt Johannes hart.

Klaus verkriecht sich in sein Haus wie eine Schnecke. Lange Zeit sprechen sie kein Wort. Die Sterne spiegeln sich im See, und der Gesang, der traurig geworden ist, erfüllt den ganzen Raum vor ihnen bis an den fernen Wald. »Hörst du«, sagt Klaus ganz leise, »nun denken sie auch an morgen … es hilft ihnen alles nichts …«

Johannes legt sich in den kühlen Sand, die Hände unter dem Kopf gefaltet. »Trinke die Sterne«, sagt er, »denk nicht an morgen.«

Klaus legt sich gehorsam zurück, das Herz erfüllt von Dankbarkeit, Frieden, Geborgensein. ›Er kann es‹, denkt er, ›ich kann nichts als hinaufsehen … aber es ist schön, keine Eile haben sie, und niemand schreit dort, alles ist still …‹

Sie liegen, bis der Mond aus den Feldern steigt. Alle Schatten werden schärfer, alles Helle beginnt zu glühen. Die Welt verwandelt sich, lautlos, geheimnisvoll. Verborgenes hebt sich, das am Tage Herrschende versinkt. Der Duft der Pinnow'schen Nelkenbeete weht seltsam nackt und schwer über sie hin, als entkleide der Mondschein alles, auch die Blumen.

Klaus hat die Augen groß zu dem bestirnten Himmel aufgeschlagen. »Immer mehr kommt«, flüstert er, »… immer schwerer wird es …«

Frau Pinnow raucht noch eine kurze Pfeife und rechnet Zahlen in ihrem Geschäftsbuch zusammen. Die Tür ist offen, und der Lampenschein liegt wie ein goldenes Brett vor der Schwelle. »Dreizehn fünfundachtzig …«, sagt sie, »war es schön draußen? Dreizehn fünfundachtzig … Benjamin hat wieder Angstaugen … nun geht man schlafen … vierzehn fünfundsiebzig …«

Sie kleiden sich im Dunklen aus. Dann zieht Johannes einen Mantel über, nimmt ein Handtuch und geht leise über die Hintertreppe in den Garten. Zwischen den hochstämmigen Rosen ist in Scheitelhöhe ein Wasserhahn. Er zieht den Mantel ab und öffnet den Hahn. Das Wasser blitzt und leuchtet über seiner weißen Haut. Eine herrliche Kühle und Reinheit durchdringt ihn bis in sein innerstes Leben. Der Tag fällt ab, die Schule, Gespräche, Berührungen. Er schließt den Hahn, und mit dem Verstummen des fließenden Wassers hebt die große Stille sich wieder feierlich über die Erde. Er blickt noch eine Weile über den See hinaus, und es ist ihm, als rufe Welarun, weit, weit hinten, über die schlafenden Wälder. Dann geht er leise ins Haus zurück. Klaus ist schon eingeschlafen.

Mit Joseph ist das Verhältnis unerfreulich, aber von eindeutiger Klarheit. Er trägt noch immer bunte Röcke, und sein Semmelvorrat ist unerschöpflich. Er glänzt durch leuchtende Schlipse und braucht eine stark duftende Pomade für sein Haar. In der Klasse ist er nicht beliebt. Er sagt falsch vor, und bei den schriftlichen Arbeiten schreibt er falsche Wörter und Lösungen auf sein Löschblatt. Er selbst schreibt das Richtige und sagt nachher mit bekümmertem Augenaufschlag, es sei ihm erst im letzten Augenblick eingefallen. Es gebe Menschen, die zuerst immer alles falsch machten. Sie hätten mal einen Lehrling gehabt, der immer alle Schubladen aufgezogen habe, bis er in der letzten das Verlangte gefunden habe. Sie hätten ihn entlassen müssen, wegen des Zeitverlustes, nicht wahr? Zeit sei eben Geld, das sei die Sache. Bei den Lehrern ist er sehr beliebt. Er trägt Hefte nach Hause und öffnet am Schluss der Stunde mit einem Diener die Tür. Vielleicht erzählt er auch einiges aus dem Geheimleben der Klasse, kleine Charakterbilder, so ganz nebenbei. Er ist es auch, der die Klasse und den Lehrkörper von des Bahnmeistersohnes nächtlichen Anfechtungen unterrichtet. »Es ist eine Krankheit«, sagt er sorgenvoll, »aber doch komisch, nicht wahr?«

Auf dem letzten Schulspaziergang trug er einen Rucksack, unerhörtes Besitztum in der Vorstellungswelt des Gymnasiums. Und erfüllt von dem Glanze dieser Auszeichnung begann er Johannes zu hänseln, mit dem plumpen Witz der Satten und Geborgenen, die vergnügt aus dem Fenster sehen, wenn es draußen regnet. »Ist es wahr, Johannes«, sagt er, »dass dein Großvater Zerrgiebel mal lange Finger gemacht hat, früher?« Klaus drängt sich dichter an Johannes und bekommt ängstliche Augen. Er hat ein untrügliches Gefühl für das Herannahen tätlicher

Auseinandersetzungen. »Was er getan hat, geht mich nichts an«, erwidert Johannes kalt, »aber seit dem Alten Testament ist bekannt, dass niemand so lange Finger hat wie ein Kaufmann.« – »Ach ...« Joseph ist etwas verblüfft und rast in Gedanken durch das Alte Testament, von den Büchern Mose an bis zum Propheten Maleachi. Aber er findet es nicht so schnell und wechselt geistesgegenwärtig den Angriffspunkt. »Ist es denn wahr, dass deine Mutter und Bonekamp ... wie? Er war doch jetzt zum Besuch ... komisch, nicht wahr?«

Johannes versteht ihn nicht ganz, aber er sieht seine nagende Oberlippe, die so lächelt, als sei auch sie mit Pomade behandelt, und er schlägt ohne zu denken seine Faust auf diese Oberlippe, dass Josephs spitzes Kinn im Augenblick von Blut bedeckt ist. Er zittert vor Ekel, aber er weiß, dass alles unvermeidlich ist. Klaus reißt ihm das Päckchen aus der Hand und springt zur Seite. »Pass auf, Jo ... johannes!«, schreit er. »Er ist gemein!«

Sie ringen, zuerst im Stehen, und Johannes fühlt eine eiskalte Wachsamkeit in allen Poren seiner Haut. Josephs Knie trifft ihn hart gegen den Unterleib, und einen Augenblick lang ist die Luft von farbigen Sternen erfüllt. »Du Schwein!«, schreit Klaus wie auf einer Folter »Du Schwein!« Aber Johannes lässt sich sinken und krümmt den Rücken, um unangreifbar zu sein. Glühende Bilder jagen durch sein Hirn, Fetzen von Wäldern, Liedern, Menschengesichtern, Steine und Brunnentiefen, Theodors Hand in der rechten Tasche. Und dann, ohne Übergang, hört er die Stimme seiner Mutter: »Mein Leben ... du mein Leben ...« Geburtstagskerzen brennen, und ein blaues und ein braunes Auge leuchten in sein Gesicht. ›Das ist es also‹, denkt er, ›jetzt weiß ich, was es ist.‹ Und unvermutet fährt er auf – Klaus sieht entsetzt, dass er lächelt –, fasst den andern im Untergriff und schleudert ihn hart in den Staub der Straße. Die blutenden Raubtierzähne beißen sich in seine Hand, und er schlägt unaufhörlich in das verzerrte Iltisgesicht. »Heb die Hand!«, schreit Klaus. »Heb die Hand, dass du dich ergibst!« Joseph hebt die Hand, und es ist zu Ende.

Weishaupt schäumt, als die drei ihn wieder einholen. »Natürlich«, brüllt er, »der Herr von Karsten-Zerrgiebel und der Wasserkopf. Wer denn sonst?«

»Jo ... johannes ist unschuldig«, stottert Klaus.

»Er hat angefangen«, heult Joseph, nun aller Sieghaftigkeit entkleidet.

»Verantworten Sie sich, Zerrgiebel!« Weishaupts Stimme klirrt, und seine Haifischaugen stechen durch das Glas des Kneifers.

Johannes schweigt. Er sieht zu, wie das Blut an seinen Fingern heruntertropft, und um seinen Mund steht ein kalter Hochmut.

»Passive Resistenz?«, klirrt Weishaupt. »Zwei Stunden Arrest zunächst dafür!«

»Joseph hat seine Mutter beschimpft«, schreit Klaus. »Es war gemein!« Eine kalte Angst vor seiner Verwegenheit würgt ihn, aber er schließt die Augen vor dem Rochengesicht und stürzt sich kopfüber in den Abgrund.

»Beschimpft? Was heißt das, beschimpft?«

Klaus sieht Johannes an, und ein drohender Blick verschließt seinen Mund.

»Wenn Johannes es nicht sagen will, darf ich es auch nicht sagen.«

»Zwei Stunden!«, klirrt die Stimme. »Ist es wahr, Martin?«

»Sie lügen«, heult Joseph. »Gar nichts habe ich gesagt.«

Weishaupt prüft sie einen Augenblick lang mit den Augen. »Der Fall zeugt von solcher sittlichen Roheit«, entscheidet er, »dass ich ihn vor die Konferenz bringen werde. Raubmörderallüren wollen wir hier nicht einführen … antreten in Gruppenkolonne, Front nach Westen! Im Gleichschritt … marsch! Singen!«

Der Fall kam nicht vor die Konferenz. Johannes erhielt vier Stunden Arrest, womit Weishaupt in vollem Bewusstsein seine Amtsbefugnisse überschritt, und einen schweren Tadel in seinem Zeugnis wegen »roher Prügelei und Körperverletzung«. In den Ansprachen des Ordinarius tauchten nun ab und zu die »Leute mit Raubmörderallüren« auf, aber weiter geschah nichts. Joseph war von der eisigen Zurückhaltung, die einem Verbrecher gegenüber angemessen war.

Gina erfuhr das Ganze von Klaus. Sie sagte nichts, aber sie schrieb eine kurze Darstellung an Bonekamp und setzte darunter: »Kinder sollten nie durch Große Leid haben.« Erst viele Wochen später, als sie an einem Herbstabend vor dem Ofenfeuer in ihrer Kammer saßen – an jedem Sonnabend kam Johannes und blieb bis zum Sonntagabend –, beugte sie sich unvermutet über seine Hand und küsste die tiefe Narbe, die Josephs Zähne dort hinterlassen hatten. Er entzog sie ihr hastig und wurde glühend rot, sodass sie nicht gewiss war, ob sie das Rechte getroffen hatte. Aber nach einer langen Weile des Schweigens legte er seinen Kopf in ihren Schoß, und ihre Hände glitten wie in alter

Zeit über seine Stirn, zwischen den Augenbrauen. Gesprochen wurde nicht mehr darüber. Erst am Zuge sagte Johannes mit abgewendeten Augen: »Du kannst dich immer auf mich verlassen, Mutter.« – »Das weiß ich, Johannes«, erwiderte sie ganz ruhig und gewiss.

Es sind noch zwei in der Klasse, zu denen Johannes eine äußerlich lose Beziehung unterhält, aber alle drei wissen, dass das Innerliche und Ungesagte viel tiefer geht. Der eine ist der Werkmeistersohn, ein begabter, scheuer und sehr ernster Junge, in dessen Haus Johannes mitunter geht. Der Vater ist klein und kümmerlich wie Pinnow, und wie dieser kann er mit seinen Augen auf seltsame Weise leuchten. Die Mutter ist verarbeitet, sorgenvoll und hart in ihren Urteilen. Es kommt vor, dass Johannes bis Mitternacht an dem Holztisch in ihrer Küche sitzt und mit seinen schweigenden Augen Geheimnis und Bekenntnis aus der Seele des Werkmeisters heraushebt. Er hat zwei Reihen selbstgebundener Bücher, die er wie ein Heiligtum in die Hand nimmt und aus denen er mitunter eine Seite vorliest, manchmal nur Zahlen, manchmal etwas, was wie eine Predigt oder wie ein Schrei aus Mauern hervorbricht. Aber am schönsten ist es, wenn er über das Leben spricht wie der Wassermann oder der Schwarzbart. Es ist anders als in der Schule, und Johannes weiß schon jetzt, dass auch alles Kommende anders sein wird. »Wir sind hungrig, junger Herr«, sagt der Werkmeister, »aber wir sind nicht nur hungrig nach Brot, wie sie alle sagen und schreiben. Auch nicht nach Macht. Wir sind hungrig nach Luft, verstehen Sie? Wir sehen nicht ein, dass die Reichen mehr Luft brauchen, mehr Schönheit, mehr Essen, mehr Kirchenglocken, einen größeren Sarg, mehr Platz auf dem Kirchhof und im Himmel. Wir denken, dass jeder Mensch ebenso viel Luft braucht, Pinnow so viel wie der Doktor Weishaupt, und der kleine Nathanleben so viel wie der Herr von und zu Bardeleben. Das denken wir, weiter nichts.« Seine Augen gingen zu seinem Sohn. »Ich hab mit vierzehn Jahren am Schraubstock gestanden, und er sitzt mit vierzehn Jahren auf Untersekunda. Das ist etwas, was das Sterben leichter macht, junger Herr ... und das Leben auch.« Der Junge, den Kopf in die Hände gestützt, sah dann zwischen ihnen hindurch auf die weiße Küchenwand, und sein ernster Mund wurde noch schmaler. Er sprach fast nie ein Wort. Nur wenn er Johannes herunterbrachte, sagte er: »Du musst das nicht weitererzählen, er hat es schon schwer genug ... sie haben Mutter wieder an zwei Stellen gekündigt.«

Ging Johannes dann durch die stille Stadt nach dem See, so war es ihm immer, als habe der Abend wieder ein Stück von dem Ballast hinter ihn geworfen, den der Vormittag auf ihn gehäuft, aber dafür wurde die Zukunft immer drohender und rätselhafter und das Kommende wie ein Nebel, in den man ihn hineinstieß.

Der zweite ist Graf Pfeil. Er ist bei Doktor Balla in Pension, dem Dickblattgewächs, und geht auch in den Ferien nicht nach Hause. Er verreist mit unbekanntem Ziel. Seine Mutter ist geschieden, und man sagt, dass der alte Graf ein wüstes Leben geführt habe und noch nach Kräften führe. Seinen Sohn soll er aus dem Hause geworfen haben, noch vor der Scheidung, weil dieser seine Mutter mit der Reitpeitsche tätlich und erfolgreich verteidigt habe. Percy spricht nicht davon. Er schweigt. Niemand kann so tapfer schweigen wie er. Er hasst Gespräche über den Lehrkörper, die Schule, die Stadt. Er spricht über Geschichte oder Mathematik oder Haeckels »Welträtsel« oder David Friedrich Strauß. Er liest sehr viel, auch Zeitschriften, denkt scharf, urteilt leidenschaftslos über Dinge und erbarmungslos über Menschen, den Lehrkörper, seine Standesgenossen, die Honoratioren der Stadt. Er hat immer etwas Gletscherluft um sich, rein und schneidend, und Johannes brennen die Wangen, wenn er mit ihm aus dem Walde kommt oder zwischen Herrn Pinnows Asternbeeten auf und ab geht. »Du bist zu weich«, sagt Percy. »Das macht der Blick über Felder und die langen Winterabende auf den Bauernhöfen durch Jahrhunderte. Es ist schön, aber es ist gefährlich. Sieh dir den Rochen an, das sind die Leute von morgen. Noch drei Geschlechter Blutzuschuss in ihre Plebsseele, und sie regieren uns alle. Mischung von Schaffner und Oberleutnant. Dichter bekommen dann Freistellen in Idiotenanstalten.«

Pinnow ist jedes Mal begeistert, wenn er kommt. Es macht sich von selbst, dass sie ein bisschen stehen bleiben, wo er seine Rosen beschneidet, und dass er dann langsam mit ihnen auf und ab geht, immer ein wenig hinterdrein, da die Gänge zu schmal sind. Seine Augen leuchten, und er findet den Grafen »großartig«. Nur mit der Baptistenlehre hat er kein Glück. »Dämonenglauben, lieber Herr Pinnow«, sagt Percy ohne Zögern. »Heizen Sie Ihre Gewächshäuser damit und lesen Sie Darwin.« Aber Pinnow überwindet den Schmerz, und das nächste Mal gehen sie wieder einträchtig die Gänge auf und nieder. Frau Pinnow geht mitunter die Pfeife aus, wenn er spricht. Sie ist eine tapfere Frau, und bei ihrem Mann ist immer »kleine Revolution«. Aber das ist harmlos gegen das, was hier über ihren Ladentisch gesprochen wird. Sie klopft nachdenklich ihre Pfeife in einen leeren Blumentopf aus, und während sie sie von Neuem stopft, sieht sie von unten her nachdenklich in Percys Gesicht. »Die Mutter fehlt, junger Graf«, sagt sie, als rechne sie ihr Geschäftsbuch durch. »Dass Ihnen einmal einer mit der Hand über die Stirn streichelt. Frau Doktor Balla ... na schön, aber sie ist eine Pute ... Sie wachsen zu schlank und zu hart, und es ist schade um Sie.« – »Um einen einzelnen ist es niemals schade«, erklärt Percy. Frau Pinnow streicht ein Streichholz an und lächelt vor sich hin. »Wenn der liebe Gott ein Kaufmann wäre«, meint sie dann, »dann könnte es vielleicht nicht schade sein. Aber da er vielleicht ein Hirte ist, vielleicht auch noch mehr, so könnte es doch schade sein ... so, und nun wird schlafen gegangen, marsch!«

Aber das entscheidende Erlebnis dieses Jahres kommt zu Johannes nicht in den Gesprächen mit dem Grafen Pfeil oder in dem Kampf mit Joseph oder in einer Abendstunde am Seeufer. Es kommt zu ihm in Gestalt eines Menschen, und das Wunder ist, dass dieser Mensch ein Lehrer ist. Nach den Herbstferien, nach der ersten Morgenandacht, steht ein neuer Mann auf dem langen Podium an der Wand der Aula. Die Schüler grinsen mit langen Hälsen, und fünfhundert Augen tasten an seinem scharfen Gesicht herum wie an einem Raubtier, das gezähmt in seinem Käfig sitzt und von dem man nicht weiß, wie es sich bewegen wird, wenn man die Tür öffnet. Der »Löwe« teilt mit, dass das Professor Luther sei, von der Hauptstadt der Provinz »aus dienstlichen Gründen« hierher versetzt. Es klingt so, als habe der Professor einen Raubmord begangen, und eine ganz leise Ahnung von »Zusammenhängen« kriecht bis in die fernsten Ecken. Er werde den naturwissenschaftlichen Unterricht übernehmen, und er, der Direktor, bitte sich aus, dass die Disziplin der Anstalt dieselbe bleibe. Es klingt ein wenig merkwürdig, und der Lehrkörper hat ein Gesicht wie gefrorenes Holz. Luther lässt seine Augen über die Gesichter der Schüler gehen, prüfend, nicht ganz ohne Neugier. Als nichts mehr erfolgt, kein Willkomm, kein Handschlag, setzt er sich, macht es sich auf seinem Stuhl bequem, zieht den Siegelring von seiner linken Hand und betrachtet liebevoll den Stein. Sein großer Schauspielerkopf hat Falten, Licht und Schatten, und wirkt fremd, aufgewühlt, zerrissen in der satten Behaglichkeit der Phanerogamen und der starren Schneidigkeit der Sporenträger. Seine Kleidung ist ungehörig elegant und eine Beleidigung für die ganze Stadt. Beim Hinausgehen ist zu merken, dass er ein wenig hinkt.

Als er in die Untersekunda tritt, beginnt er mit etwas ebenso Unerhörtem. Er beginnt mit der vordersten Bank – es gibt noch eine Rangordnung, und Klaus sitzt am Ende der Gerechten – und fragt nach Namen und Herkunft. Bevor Klaus, gänzlich fassungslos, ein Wort herausbringt, erhebt sich Gieseke und sagt bescheiden, aber nicht ohne durch Taktlosigkeit verletzte Würde, dass er der Primus sei. Luther sieht auf, höflich überrascht, und um seine Mundwinkel spielt ein bedrohlich fröhliches Lächeln. »Danke sehr«, sagt er, »bin entsprechend ergriffen.« Und dann strahlt er seine grauen Augen, die wie mattes Metall funkeln, in die verstörten Augen des Bahnmeistersohnes. »Kreuzträger«, murmelt er, wie für sich allein, »Haupt voll Blut und Wunden ...« Dann gibt er ihm die Hand und kommt zum nächsten. Bei jedem murmelt er ein weniges für sich hin, häufig ist es nichts als »Hm ...« Bei Johannes verweilt er lange, und schließlich fragt er: »Weshalb sind Sie denn hier?« Johannes antwortet nicht, aber in diesem Schweigen liegt eine ihn fast mit einem Schwindel erfüllende hüllenlose Berührung mit einem anderen Menschen, und er ist tief erblasst, als er sich setzt.

Von den Bauernsöhnen bringen die meisten es nur zu einem Grinsen, der Adel verharrt in kühler Reserve, selbst die Namen werden lässig hingesagt, als bedürfe es eines weiteren Gewichts gar nicht, um die neugierige Zudringlichkeit dieses »Laffen« zu erledigen. Aber niemand widersetzt sich, das Lächeln ist gefährlich, und die grauen Augen blicken so kühl wie auf ein Präparat unter dem Mikroskop.

»Nun, wir werden sehen«, sagt Luther am Schluss, »junge Eichen brausen nicht.« Es klingt etwas rätselhaft, aber es klingt wenigstens anders als das Bisherige.

Klar ist in der ganzen Schule, dass er ein »Kerl« ist. Es gibt seltsame Dinge in seinem Unterricht, nicht nur unter dem Mikroskop, das er von zu Hause mitbringt. Die Natur wird zu einem Abgrund der Geheimnisse. Fenster werden aufgestoßen, eingeschlagen, Mauern niedergerissen. Das Leben braust herein, Tagesereignisse, Menschenschicksale, Völkerschicksale, Erdkatastrophen. Eine Blume ist keine Blume mehr. Tempel stürzen ein und werden neu aufgebaut. Weltanschauungen wanken, Könige schleichen davon, die Krone im Staub, Bettler und Fremde steigen auf den Thron. Alle Werte werden umgewertet, Revolutionen dröhnen durch die verstaubten Räume, und über allem Tod und aller Auferstehung stehen unerschüttert die grauen, leuchtenden Augen, furchtlos, erbarmungslos, grenzenlos in verlangender Güte.

Die Stadt schäumt. Er hat eine Hausdame, die kein Korsett trägt und die die »Wanze« nicht grüßt, Ledermöbel, einen Konzertflügel, Bilder an den Wänden, die der Lehrkörper »einfach gemein« nennt. Er trägt große, graue Hüte und Mäntel von einer Kühnheit, über die Nathanleben die Hände ringt. Er versammelt Schüler bei sich, zum Kaffee, zum Abendessen, zur Mitternacht, wie es ihm beliebt. Er bekommt Briefe aus dem Ausland, und Weihnachten fährt er in die Alpen. Er hält ein halb Dutzend Zeitungen, auch hier einige aus dem Ausland, aber nicht die Stadtzeitung. Er macht Besuche, wird eingeladen, erwidert die Einladung, und dann ist es zu Ende. Eine Eismauer erhebt sich zwischen ihm und der Stadt, und nur sein schonungsloser Spott funkelt über sie hin. Er bewohnt eine Villa allein, zieht hochstämmige Rosen in seinem Garten, trinkt Pfirsichbowlen mit seinen auserwählten Schülern, hat die Unehelichen bei sich, den Werkmeistersohn, auch einen Juden, geht nachmittags mit einem Affen, den er an einer dünnen Kette führt, durch die Straßen nach der Buchhandlung, schlägt vor niemandem die Augen nieder, ist ohne jeden Respekt vor den Göttern und Autoritäten der Stadt, des Vaterlandes, der Welt, sagt dem »Löwen«, als er ihn bei einem Unterrichtsbesuch verbessernd unterbricht, er halte es für zweckmäßig, nur über die Dinge zu urteilen, die man verstehe, kurz: Er ist ein Stern, der über Nacht in die Stadt hineingedonnert ist, dass die Dächer aufklaffen, die Mauern wanken und das fremde, bläuliche Licht wie eine Fackel Satans über dem Untergang der Erde braust.

Es gibt nur eines: geschlossene Abwehr, gefälltes Bajonett, Übergang zum Angriff. Dazu müssen die schwachen Stellen erkundet werden, und Weishaupt fährt in den Weihnachtsferien in die Hauptstadt, um Erkundigungen einzuziehen. Er erfährt mancherlei, Weibergeschichten, staatsfeindliche Tendenzen, Atheismus, Disziplinlosigkeit. Fehlendes setzt er hinzu. Boykott setzt ein, Ächtung, Verfemung. Man gräbt, bohrt, unterminiert, und, da Luther lächelt, kalt, frech, diabolisch lächelt, sammelt man vorläufig Material, in heimlich geführten Notizbüchern, und wartet auf die Gelegenheit, wo er die Grenze überschreitet, eine Lücke in seinem Panzer, eine Schwäche in seiner Parade bietet.

Am dritten Tag nach seiner Einführung erscheint er in der Gärtnerei und bestellt bei Herrn Pinnow hochstämmige Rosen. »Sie sind Sektierer?«, fragt er unvermutet während des Kaufes. Pinnow, starr, bekennt sich zur Lehre der Baptisten. Luther nickt befriedigt, setzt sich auf die Regenwassertonne, raucht eine seiner schwarzen Zigarren und spricht eine Stunde lang mit Pinnow, als wären sie zusammen aufgewachsen und hätten sich nun ein paar Jahre nicht gesehen. Gott wird behandelt und Darwin, die soziale Frage und die Kaiserreden, der beste Zigarrenladen der Stadt und die beste Art, Spargel zuzubereiten. »Sehen Sie«, sagt Luther zum Schluss, »der Hamburger sagt, dass es Kinder, Menschen und Leute gebe. Das ist die Sache. Und wenn Sie Zeit haben, kommen Sie mal ein bisschen bei mir vorbei.«

Pinnow ist begeistert, und der Professor geht in den Laden, um zu bezahlen. Er setzt sich auf den Ladentisch, den grauen Hut in den Nacken geschoben, und es gibt ein zweites Gespräch. Der Raum ist behaglich und warm, sobald er da ist. Es gibt keine Formen, keine Abstände, er ist wie ein Arzt, aber mit seinem ersten Wort verschwindet die Krankheit. Er sieht alles, weiß alles, versteht alles. Seine Neugier ist grenzenlos, aber jedes Wort, das er erfährt, nimmt er zwischen seine schönen, schmalen Hände und tut es in einen Schrein der Beichte, der Güte, der Bewahrung.

»Ist er oben?«, fragt er plötzlich. Frau Pinnow versteht sofort und führt ihn die Treppe hinauf. Johannes sitzt im Dämmerlicht am Fenster und hat das »Buch des Lebens« auf den Knien. Er hat eben ein paar Verse geschrieben über den Weg im Nebel.

Der Professor wirft den Hut auf das Bett, sieht sich einmal um und zieht sich den zweiten Stuhl ans Fenster. Das Zimmer erscheint plötzlich zu klein für sein gewaltiges Haupt mit den zerrissenen Linien. Eine lange Weile sieht er Johannes an, vorgebeugt, ernst, fast drohend. Dann lehnt er sich aufatmend zurück, seine Lippen entspannen sich, und eine große Güte entzündet sich wie ein Schein auf seinem Gesicht. »Erzähle, Johannes«, sagt er, »von deinem Leben, was du denkst, was du schreibst, von Vater oder Mutter … wer ist es?« – »Die Mutter«, erwidert Johannes leise. Luther nickt. »Solche Gesichter kommen immer von Müttern«, sagt er versunken. »Ich möchte sie kennenlernen … und nun erzähle.«

Und das Wunderbare geschieht, dass Johannes erzählt. Es gibt kein Besinnen, kein Auflehnen, ja, es ist sogar ein Glück, ein schmerzliches aber unsäglich beseligendes Glück. Es ist die erste Hingabe, die erste

Liebe, der erste Rausch. Der Schwarzbart und Ledo, Welarun und die Flöte, Theodor, der Brunnen und der Keller, Klaus und der Rochen. Es gibt kein Aufhören, keine Grenzen, keine Scham, keine Widerstände. Er verströmt sich, gibt sich preis, er erlebt die erste Entspannung, Entladung, das erste, ganz unbewusste Opfer an Eros, und eine süße, taumelnde Schwäche umhüllt ihn, als es zu Ende ist. Und seltsam ist nur, dass er von seiner Mutter kein Wort erzählt.

Es ist dunkel geworden und spät. Der andre hat die ganze Zeit bewegungslos gesessen, und nur ein matter Schimmer erhellt sein Gesicht von dem Monde, der groß und fremd über der Gärtnerei steht. »Ich danke dir, Johannes«, sagt er endlich, fährt ihm schnell über das dunkle Haar und tastet nach seinem Hut. An der Tür, ganz im Dunkeln, wendet er sich noch einmal um. »Weißt du, wie es in der Bibel heißt, Johannes? ›Ihr seid teuer erkauft. Werdet nicht der Menschen Knechte!‹ Das ist ein schönes Wort, Johannes.«

Dann tastet er sich allein die dunkle Treppe hinunter. Frau Pinnow nimmt die Pfeife aus dem Mund und sieht ein wenig besorgt zu ihm auf. Er blickt auf die Rauchwolken, die sich in seltsamen Linien verschlingen, und sein Gesicht ist plötzlich ganz alt geworden. »Manchmal geht Gott aus den Blumen in einen Menschen«, sagt er dann langsam. »Es geschieht sehr selten, aber wenn es geschieht, dürfen wir nicht mehr schlafen, nicht wahr, Frau Pinnow?«

Sie kann nur nicken, weil es so feierlich ist. Und dann begleitet sie ihn vor die Tür und sieht ihm nach, wie er die Straße entlanggeht, in seinem seltsamen Mantel, der einen riesigen Schatten wirft, den Kopf auf die Brust gesenkt. Und jedes Mal, wenn er den linken Fuß aufsetzt, zuckt der Schatten wie in einem plötzlichen Schmerz.

Diese Stunde entscheidet auf eine seltsame Weise. Nicht dass Johannes sich verliert, dass er aufgeht in dem andern und als ein Ebenbild seines neuen Gottes wieder auftaucht, seines früheren Selbst entkleidet, mit einem neuen Gewand umhüllt. Aber er erfährt die erste Wiedergeburt. Was der Gang nach Damaskus vermag, die Liebe einer Frau, eine Stunde des Schlachtfeldes, das vermag Luther. Er zerschneidet die Brünne, er ruft bis in die Särge, er öffnet, entfesselt, lässt auferstehen. Das »andere«, bisher das Feindliche, Drohende, Fremde, Zerdachte, Zerfühlte, höchstens in freundlicher Teilnahme Betrachtete, wird hier zum ersten Mal Gestalt, Weite, Offenbarung. Immer noch bleibt es das »andere«, aber die Meisterung des Lebens erscheint zum ersten Mal, das große Licht im Nebel. Auch hier ist das Wissen, dass man niemals so sein wird, aber mehr als dies Wissen ist das Erlebnis, dass jemand so sein *kann*. Ungeheuer werden plötzlich die Grenzen des Lebens. Man fliegt nicht, aber eine Hand greift herunter und reißt hinauf bis in die Reiche des Adlers, wo das andere winzig wird und ohnmächtig. Der Adel des Gefährten umfließt Johannes, der Ausgewähltheit, des Jüngertums. Die Schule ist ein Tempel geworden, denn es ist jemand da, der die Wechsler austreibt und die Mördergrube zu einem Bethaus macht. Sein Zimmer ist ein Gotteshaus geworden, die Straßen sind mit Palmen bestreut, die Tage blühen, die Nächte sind ein Rausch der Sterne, die Worte müssen gewogen werden, die er spricht, damit sie nicht sinken auf der Waagschale des anderen. Er ist geadelt und berufen worden, und er schreitet durch sein Leben wie unter einer heimlichen Krone.

Es gibt Tage, wo sie von der Mittagszeit ab bis zur Mitternacht durch die Wälder streifen, in einem verlorenen Wirtshaus einkehren, in Waldseen baden, am Rand verwunschener Schonungen liegen. Es gibt Tage, wo sie kein Wort wechseln und Johannes in einer Ecke von Luthers feierlichem Arbeitsraum sitzt und nur liest, ohne Aufhören, ohne Bewusstsein der Welt. Es gibt Tage über dem Mikroskop und Tage über Gedichten, Tage über Luthers Reiseerinnerungen und Tage über einer einzigen Melodie. Und nichts ist flach, leer, dagewesen, alles ist von unerhörter Fruchtbarkeit, Hingabe, Erschütterung. Gina beginnt zu leiden, ohne Wort und Gebärde, gleichsam nur wie ein Baum, aus dessen Krone ein Vogel sich davonschwingt. Sie ist beglückt über den leisen Wandel, den sie sieht. Sie fühlt, dass hier der erste ist, der für eine Weile stärker ist als ihr Blut, und dass er der erste ist, der einen Pfeiler in ein Gewölbe hineinbaut, eine Achse in ein rollendes Rad. Sie ist beglückt darüber, aber sie täuscht sich nicht darüber, dass sie leidet, und alles, was sie tun kann und nach ihrem Glauben tun muss, ist, dass sie gern leiden will. An den leeren Vormittagen sitzt sie mitunter in der Kammer, eine von den Kinderzeichnungen in der Hand, und denkt die Reihe der vierzehn Jahre zurück und einen weiten Weg in die Zukunft hinaus. Sie weiß, dass sie nichts als ein Gefäß gewesen ist, eine Schale für Edles, und wenn sie aufsteht, ein wenig müde und leer, vermag sie doch zu lächeln in dem Gedanken, dass auch die Schale einen Glanz des Edlen empfängt, das in ihr geruht hat. Und auch daran denkt sie, dass alle Karstentöchter ein Mal über dem Herzen tragen. Man soll nicht wider Gott gehen, auch nicht mit einem Kind.

Und sie denkt ein wenig an Bonekamp, der traurige Briefe schreibt, und ob er näher kommen werde, je ferner das Kinde gehe. Und dann spielt sie ein wenig mit ihren schönen, ringlosen Händen und denkt an das Herdfeuer auf dem Karstenhof, und dass sie ihre Füße ein wenig ruhen und wärmen möchte. Und dann geht sie an ihre Arbeit und rechnet noch einmal die Stunden zusammen, die noch vergehen müssen, bis Johannes am Sonnabend kommt.

Am Abend dann, als er schon in seinem Bett liegt – sie macht sich jetzt in der Küche zu schaffen, bis er sich ausgekleidet hat –, setzt sie sich noch einmal zu ihm, streichelt wie unabsichtlich seine Hand und fragt dann, ob er vielleicht von jetzt ab auch über Sonntag in der Stadt bleiben wolle, da der Professor ihn vielleicht brauche.

Er hebt ein wenig den Kopf, um sie besser ansehen zu können, versteht sofort und richtet den Blick zur Wand. Er braucht gar nicht zu überlegen, aber das Zittern ihrer Mundwinkel erschüttert ihn so, dass er fortsehen muss. »Ich laufe die ganze Woche, Mutter«, sagt er dann leise, »und wenn ich hierherkomme, will ich trinken. Das Laufen ist wichtiger, aber glaubst du, dass man immerzu laufen kann, ohne zu trinken?«

»Auch wenn ich zu Stein geworden bin«, sagt Gina über ihn hin, »brauchst du mich nur zu schlagen wie Moses.«

Und dann küsst sie ihn zur Gute Nacht.

9.

Im Lauf des Winters begann die Stadt sich unmerklich mit einer leisen Unruhe zu erfüllen. Zwar hatte Professor Luther nicht aufgehört, den stillen Spiegel zu trüben, den Gesetz, Herkommen, Rang und Einkommen aufgestellt hatten und in dem jedermann täglich neu das Unveränderte seines Antlitzes und Lebens wiedersehen konnte. Aber es war eine Trübung, die nicht jeden betraf. Es gab Familien, denen die Stürme im Gymnasium gleich waren, und solche, denen der Affe an der Kette gleich war.

Aber was im Lauf des Winters begann, ging jedermann an, weil es jedermann treffen konnte. Es ging bei Nacht durch die Straßen, lautlos, ungesehen, und »nahm das Seine«, verschwand ohne Spur, schwieg für eine Weile und schlug von Neuem zu. Es begann bei Nathanleben, bereits im November, indem während einer dunklen Nacht aus seinem Laden eine Reihe warmer Mäntel, wetterfester Schuhe, wollener Decken und ähnliche Gebrauchsgegenstände verschwanden. Zwei Schlösser waren geöffnet, ein Eisengitter aufgebrochen worden. Man stand vor dem üblichen Rätsel, und Nathanleben rang die Hände, ließ einen Kunstschlosser kommen und schloss eine Versicherung gegen Einbruch ab. Im Kreisblatt wurde eine Belohnung ausgesetzt, zahlreiche Artikel wurden geschrieben, die »Polizeiorgane« wurden zu erhöhter Wachsamkeit angehalten, aber alles andre blieb im Dunklen.

Acht Tage später, in einer gleich dunklen Nacht, traf es die einzige Waffenhandlung am Ort und das Kolonialwarengeschäft Grimm & Kohn. Pistolen, Munition, Dolche, Riesenvorräte an Konserven, geistigen Getränken, Zigarren, Süßigkeiten, Leckerbissen waren die Beute.

Und von nun an war es gleich der ägyptischen Plage, die die Erstgeburt schlug. Es traf den, der besaß, und es scheute nicht davor zurück, von den »Sachwerten« zum baren Gelde überzugehen. Landratsamt, Post, Stationskasse, Raiffeisenverein entgingen ihrem Schicksal nicht. Die Zeitabstände waren unregelmäßig, ein System nicht zu entdecken, der geringste Anhalt nicht zu finden.

Langsam veränderte sich das Gesicht der Stadt. Zeitung, Gespräch, Haltung, Gebärde wurden von der rätselhaften Drohung beherrscht und geformt. Es gab Fenster, in denen während der ganzen Nacht Licht brannte, Läden, die bewacht wurden, Straßen, durch die Patrouillen der Bürgerschaft gingen. Es fehlte nicht an Beschimpfungen der Staatsgewalt, Verhöhnungen des Magistrats, Verdächtigungen, die wie langsames Gift sich weiterfraßen. In der Zeitung überstürzten sich die Aufsätze, Hypothesen, Ratschläge. Die Theoretiker spalteten sich in zwei Lager und fochten erbitterte Zeitungskämpfe aus. Die einen behaupteten, die »Bande« stamme von auswärts, aus dem »sittlichen Sumpf der Großstadt«, die anderen beschworen, dass leider in der Bürgerschaft selbst diese »Judasse der Gesellschaft« zu suchen seien. Es fehlte nicht an bitteren Ausfällen, Schlussfolgerungen, Prophezeiungen. Es war kein Zweifel, dass zur Theorie der Auswärtigen sich bekannte, was im allgemeinen Sinne zuverlässig, staatserhaltend, heimatliebend war, und dass auf der andren Seite sich alles zusammenscharte, was Nörgelei, Kritik, Verneinung, Zersetzung bedeutete. Es führte zu einer Spaltung des gesellschaftlichen Lebens, des Lehrkörpers, der Schulklassen, der Familien.

Es fehlte nicht an leisen Stimmen, die von dem neuen Geist sprachen, der seit einiger Zeit in die Stadt eingezogen sei, dass nicht alles Gold sei, was glänze, und dass schon manches dagewesen sei, was noch nie dagewesen sei. Diese Andeutungen, so dunkel sie klangen, waren doch jedermann verständlich, da selbst der beschränkteste Geist ein feines Gefühl für alle Verleumdung besaß, und obwohl manche diese Vermutung als »doch zu stark« von sich wiesen, dauerte es nicht eine allzu lange Zeit, bis jeder Schritt, den Luther tat, jedes Wort, das er sprach, jede Falte, die in seinem Gesicht sich bewegte, beobachtet, ausgelegt, gewertet wurde.

Der erste, der es bemerkte, war Johannes. Er verließ Luthers Haus am Abend, und im Schatten zwischen zwei Laternen stand ein Mann, der ein wenig zu eifrig in seinen Taschen nach etwas suchte und dann langsam der Stadt zuging. Er verließ das Haus um Mitternacht, und eine Streife der Bürgerwehr stand schweigend in einem lichtlosen Torweg, die Augen harmlos zum Himmel aufgeschlagen. Von nun an öffnete er mitunter die Vorhänge in Luthers Arbeitszimmer, und sie sahen beide hinaus. Immer verschwand irgendwo ein Schatten, und dann lag die Straße drohend und leer in dem fahlen Schneelicht der Nacht.

Sie fanden keine Erklärung, bis eines Tages Klaus, stotternd vor Erregung, ein Gespräch berichtete, das er in der Bahn gehört hatte. Luther, weit davon entfernt, Empörung zu fühlen, warf sich in einen Sessel und lachte. Und dann, in der nächsten Nacht, begann er ein wenig Vergeltung zu üben. Er ging spazieren. Er verließ das Haus, schloss leise die Tür, blieb an der Gartenpforte stehen und sah sich lange um. Dann nahm er seinen Weg zur Stadt. Er ging an den Häusern entlang, wich den Laternen aus, blieb stehen, drehte sich um, sah lächelnd die Verfolger sich gleichsam in die Mauern drücken, umkreiste den Markt, starrte von der andern Straßenseite in Schaufenster hinein, wechselte wie ein Wild bis an die Grenzen der Wohnungen und Laternen, kehrte um, schlug Haken und zog nach ermüdender Jagd die Meute wieder an sein Haus zurück. Dann stand er noch eine Weile bei geöffneten Fenstern in seinem erleuchteten Arbeitsraum, rauchte eine Zigarre und sah unbefangen auf die Straße hinaus, als bedenke er sein Arbeitspensum für den nächsten Tag oder die Witterung, die zu erwarten sei.

Und dann löschte er das Licht, legte sich nieder und dachte fröhlich an die Mühe, die die Menschen sich umeinander bereiteten.

Es erfolgte nichts. Der Zustand der Gefahr, der Recht- und Gesetzlosigkeit blieb bestehen, entlud sich in unvermuteten Schlägen und war wie eine Wolke, die dunkel, drohend, unaufhörlich über dem Lebendigen hing. Dazu kam, dass im Februar falsches Geld im Kreise und in der Provinz aufzutauchen begann, Banknoten höheren Wertes, geschickte Fälschungen, die erst entdeckt wurden, nachdem sie vielmals den Besitzer gewechselt hatten.

Neue Belohnungen wurden ausgesetzt, die Zeitungen der Hauptstadt bemächtigten sich des Stoffes, die Pfarrer begannen von den Kanzeln gegen den Antichrist zu predigen, der umgehe wie ein Wolf in Schafskleidern.

Aber niemandem als Johannes war es auf eine schmerzliche Weise vorbehalten, mit seinen Händen den Faden zu ergreifen, den das Schicksal scheinbar achtlos aus seinem dunklen Gewebe fallen ließ. Die Märztage waren schon warm und schneelos, die Wildgänse zogen hoch über der grauen Stadt nach Norden, und der Wald hob sich wie ein Auferstandener, von seinen Grabtüchern entbunden, in das neue Licht.

Johannes lag am Rand der »Grube«, über sich den hohen Fichtenwald, und sah über die Schlucht hinweg nach dem gegenüberliegenden Steilhang, der, mit Ginster, Weißdorn und Brombeergerank überwuchert, wie eine Mauer hinter einer Efeuwand lag. Eidechsen spielten um seine Füße, und drüben im Weißdorn saß ein Würger und lockte das Weibchen.

»Die Grube« war ein verrufener Ort. Sie lag abseits der Straßen tief im Walde, sah wie ein eingesunkenes Stück der Erde aus und hatte früher den Kies zur Befestigung der Waldwege geliefert, die durch das große Moor führten. Verrostete Feldbahnschienen lagen auf ihrem Grunde, von Disteln überwuchert, eine vom Sturm gebrochene Birke hatte das Dach einer verfallenen Baracke eingedrückt, und die Erde vor ihrer Schwelle hatte damals das Blut eines Menschen getrunken, der hier im Streit von einem Arbeitsgefährten erschlagen worden war. Füchse hatten ihren Bau in der steilen Wand, der Hühnerhabicht horstete im Fichtenwald, und die Würger spießten ihre Opfer an den Weißdorn, der um die Zeit seiner Blüte die Luft mit seinem bösen Geruch erfüllte.

Es geschah nichts, als dass der Würger plötzlich mit einem schrillen Schrei sich von seinem Ast warf und von der Höhe des Hanges herab böse und unaufhörlich zu zetern begann. ›Ein Fuchs‹, dachte Johannes und drückte seinen Körper tief in die jungen Birken hinein. Es verging eine lange Zeit, und die Luft stand flimmernd vor der regungslosen Wand. Dann bewegte sich an ihrem Fuße die Staude eines Ginsterbusches, so leise, als nage etwas an ihren Wurzeln, stand wieder still, zitterte von Neuem und bog sich langsam zur Seite. Eine Hand erschien, etwas Dunkles, Gestaltloses, ein heller Fleck, der sich wie um eine Achse lautlos drehte, ein Gesicht, ein Körper, ein Mensch.

Der Mensch war Theodor.

Er war herausgetreten wie aus einer Wand und stand nun im Sonnenlicht als eine fremde und unheimliche Erscheinung. Er war gleichsam ohne Ursache, ja ohne Möglichkeit da. Es war, als dürfe er nicht da sein. Und doch trug er seinen grünen Lodenmantel, den Johannes kannte, den braunen Filzhut, den hellgelben Spazierstock. Seine rechte Hand war in der Tasche, sein Kopf drehte sich langsam von rechts nach links, sein Körper blieb bewegungslos, und Johannes meinte, dass dies alles ein Traum sei, dass dahinter eine Hecke und ein Feld liege, über das der Abendwind wehe, und dass Theodor dort stehe, regungslos gegen den brennenden Horizont, und zu ihnen herüberstarre, die dort mit Bonekamp standen, um Abschied zu nehmen.

Aber es war kein Traum, denn plötzlich, ohne Übergang, erwachte die Gestalt aus ihrer Erstarrung, glitt am Steilhang entlang, tauchte unter überhängenden Ästen unter, umging die Baracke und verschwand im Walde, wie ein Wild verschwindet. Dann hörte Johannes sie ein fröhliches Marschlied pfeifen, immer weiter fort, immer unbekümmerter, und dann rauschte nur der Wald, und der Würger rief wieder ruhig von seinem Weißdornbusch.

Als Johannes an der Ginsterstaude stand, sah er einen schmalen Pfad, so schmal wie ein Wildwechsel, und als er ihm folgte, fand er nach einigem Suchen eine Tür in der Kieswand. Er musste Gebüsch und Rankenwerk mit beiden Armen zur Seite drängen und seine Kleider aus den Dornen reißen, aber dann öffnete er den Eingang zu einem schmalen Spalt und zwängte sich hinein. Die Luft war feucht und kühl, und das matt einfallende Licht fiel über feuchte Bohlen, die das Erdreich abstützten.

Er lehnte den Rücken an die Tür, weil seine Knie zitterten, und sah lange Zeit in das matte Dunkel hinein, das vor seinen Händen stand. ›Die Kinder werden dort sein‹, dachte er, ›die geraubten, und wenn ich weitergehe, wird sich ein Brunnen öffnen, ohne Rand, und ich werde hineinstürzen zu den Steinen in der Tiefe …‹ Hinter sich hörte er den Ruf des Würgers, fern wie hinter einer Wand, und er sah das Sonnenlicht über dem Walde liegen, so schmerzlich und unwirklich, als würde er es niemals mehr sehen.

Als nichts geschah, keine Schlange seine Füße umwand, kein Tier herankroch, kein Weinen zu vernehmen war, nur das unerhörte Schweigen des Unterirdischen, begann sein Herz ruhiger zu schlagen. ›Wenn ich es Luther erzähle‹, dachte er, ›muss ich es in seine grauen Augen erzählen, alles, ohne eine Lüge …‹ Und dann berührte er die Bohlen mit der Hand und tastete sich weiter.

Die Dämmerung erstarb, und er fühlte die Weite eines sich öffnenden Raumes. ›Mein Gott‹, dachte er plötzlich und griff in die Tasche. Er zog ein Streichholz heraus und hielt es an die Reibfläche. Aber bevor er es anstrich, schlug sein Herz wieder laut und weithin hörbar in das dunkle Schweigen, und es war ihm, als schlüge ein Hammer, mit Stoff umhüllt, an den Deckel eines Sarges. ›Lächeln wird er‹, dachte er, ›zuerst spöttisch und dann traurig … die Waage ist es, die große Waage …‹ Und dann sprang die Flamme auf, der Raum schoss zurück, die Decke floh, und die Wirklichkeit baute sich gleichsam mit festen Wänden in das gestaltlose Dunkel hinein, drängte Grauen, Spuk, Ahnung zurück und blieb auch, als die Flamme erloschen war. Eine Tischecke war zu sehen gewesen, ein Lichtstumpf, Kisten, Lagerstätten, Kleider, Gerät.

Als das Licht brannte, lag alles klar und ohne Drohung vor seinen Augen. Es war ein Wohnraum, und … ja … es war ein Beuteraum. Lagerstätten mit Pelzen, geöffnete Kisten, leere Flaschen, Weinkelche, ein eiserner Ofen, Mäntel und Decken. Der Raum war klein, zum Teil mit Holz gestützt, ein Überrest aus der Zeit der Feldbahnschienen, behaglich, warm, geborgen, eine Märchenhöhle.

Langsam ging Johannes von Gegenstand zu Gegenstand. Die Flamme brannte ruhig, Schweigen stand hinter den Wänden, und ein Gefühl des tiefen Friedens kam leise über ihn. Er setzte sich auf eines der Lager und stützte die Hände auf das weiche Pelzwerk. Ein feiner Duft stieg langsam zu ihm auf, und als er die Falten zur Seite schob, rührte seine Hand an Seide, die leise knisterte. Was er herauszog, war weich, mit

Spitzen geziert. Mädchenwäsche. Er hob sie ans Licht, nun gänzlich ratlos, und nun sah er einen eingenähten Streifen, mit roter Druckschrift: »Samuel Nathanleben ... en gros & en detail.«

Das Licht schien aufzubrausen zu einer weißen und erbarmungslosen Glut und dann zu erlöschen zu völliger Finsternis. Johannes saß noch immer auf dem weichen Lager, die Seide noch immer in der Hand. Er hörte den Streit der Kameraden um die Täter, sah die Überschriften der Zeitungsartikel, sah den Mann vor Luthers Haus, der in seinen Taschen nach Streichhölzern zu suchen schien. »Das ist es also«, sagte er laut. »Das ist es ...« Er sah Theodor vor dem Ginsterbusch stehen, die rechte Hand in der Tasche, die Querfalte zwischen den Augen. Er wusste, dass sie ihn töten würden, wenn sie ihn fänden. Dass er fort musste, schnell, ungesehen. Aber er blieb sitzen, atmete den zarten Duft, hörte das Schweigen unter der Erde. Wie bei dem Kampf mit Joseph sah er Fetzen des Lebens vorübergleiten, Gesichter, Worte, Landschaften. Er dachte nichts. Seine Seele lief wie ein Rad, dessen Kraft verrinnt, immer langsamer, müder, ersterbender.

Dann erlosch das Licht, und er erwachte. Mit dem Raum versank die Betäubung, das Draußen stand aus der versunkenen Ferne auf, der Ruf des Würgers klang wieder vertraut vor der halb geöffneten Tür. Johannes tastete sich hinaus, der Ginsterbusch erzitterte wie vorher, die Sonne stand schmerzhaft über der veränderten Welt, und von Neuem verlor sich eine spähende Gestalt gleich einem scheuen Wild unter überhängenden Zweigen, im hohen Wald, auf dem Weg zur Stadt.

Erst als der Morgen dämmerte, wusste Johannes, was zu tun sei. Es wäre leicht gewesen, zu Luther zu gehen, zum Großvater, zum Schwarzbart. Aber das Leichte war nicht gut hier. Bonekamp würde so getan haben, auch Klaus und die anderen. Aber der Großvater würde nicht so tun, oder Luther, oder Percy. Zu wem hätten sie gehen sollen? Es war lächerlich, das zu denken. Es gab Dinge, die man allein machte.

Er ging nicht zur Schule, sondern zum Markt. Er stand vor einem Schaufenster und las die ausgelegten Drucksachen, Namen auf Namen sinnlos verfolgend. Und dann sah er Theodor aus seinem Hause treten und ging ihm langsam entgegen. ›Vielleicht sieht er traurig aus‹, dachte er, ›und ich kann es ihm noch sagen ... oder vielleicht merkt er es ...‹ Sein Gesicht war so weiß, dass Theodor einen Augenblick zögerte. Aber dann steckte er langsam die rechte Hand in die Tasche und lächelte höhnisch, als Johannes einen Schritt zur Seite wich. ›Er will es nicht‹, dachte Johannes, ›er will es ja nicht …‹

In diesem Augenblick hob Theodor mit der linken Hand unvermutet seinen Stock und streifte im Vorübergehen lässig die Mütze von Johannes' Kopf. »Wirst du grüßen, du Kröte?«, sagte er leise, und dann war er vorbei.

Johannes blieb stehen und sah ihm nach. Es war nun alles klar und ohne Zweifel, aber ebenso deutlich war die tiefe Trauer, die ihn plötzlich nach der Anspannung überfiel. Seine Mütze lag vor ihm im Staub der Straße, und der Briefträger, der mit der Postkarre von der Bahn kam, fragte ihn, ob er Spatzen darunter habe. Er sah ihn an, und unter seinem Blick wurde der andre verlegen. »Na … es war ja bloß Spaß«, meinte er mit einem unsicheren Lächeln.

Johannes aber, ohne ihn zu verstehen, hob seine Mütze auf, stäubte sie ab und ging langsam die Gerichtsstraße hinunter bis zum Haus des Amtsrichters. Der Amtsrichter hieß Ziegenspeck, aber dieser Name stand in einem so grotesken Missverhältnis zu seiner Person, dass er fast in Vergessenheit geraten war. Er hieß die »Spinne«, schon von seiner Schulzeit ab, und dabei war es eben geblieben. Er war lang und dürr, ein grämlicher, säuerlicher Mensch, mit einem Gesicht, das immer etwas übel genommen hatte. Er hatte acht Kinder, von denen der Volksmund behauptete, dass er sie immer verwechsle, wenn er nicht ihre Akten zur Hand habe, die er sorgfältig führe, und eine Frau, die etwas verwachsen war, ihm ein nicht unbeträchtliches Vermögen in die Ehe gebracht hatte, und von der man erzählte, dass selbst in Weckgläsern Eingemachtes verderbe, wenn sie es mit ihren grünen Augen betrachte. Luther nannte sie die »Kreuzspinne«. Das älteste der Spinnenkinder saß mit Johannes auf einer Klasse, war von tastender, saugender und lauernder Gemütsart und stand bei Johannes und Percy eine Zeit lang im nicht unbegründeten Verdacht, für das nicht ganz seltene Verschwinden von Frühstücksbroten verantwortlich zu sein.

Frau Ziegenspeck öffnete selbst. Er möchte gern den Herrn Amtsrichter sprechen. Ob etwas mit Alwin sei? Nein, es sei etwas ganz anderes. Die flüchtige Teilnahme erlosch, der grüne Blick gefror. Der Herr Amtsrichter sei um neun im Gericht, Zimmer fünf, zu sprechen. Es sei sehr wichtig. Ein eisiges Lächeln. Sie werde bedauern, ihn fortgeschickt zu haben.

Sie musste nun erkennen, dass etwas geschehen war, und da es unter Umständen die Karriere berühren konnte, nahm sie schnell die Handtasche, die neben der Tür an der Garderobe hing, und rief dem Mädchen zu, sie solle einen dringenden Besuch melden. »Der junge Zerrgiebel«, sagte sie mit ironischer Erläuterung. Dann betrachtete sie Johannes, der noch immer in der Tür stand. »Komisch, wie du aussiehst«, meinte sie nachdenklich. »Alwin hat mir ja schon einiges erzählt.«

›Sie ist ganz mit Salpetersäure gefüllt‹, dachte Johannes. ›Davon kommt wohl auch sein Hunger ...‹ Und dann durfte er in das Esszimmer treten, wo der Amtsrichter grämlich vor seinem Haferbrei saß, den er jeden Morgen aus Gesundheitsgründen zu sich nahm.

Er warf einen schrägen Blick über seine Brille, nahm mit Missfallen ein andres Gesicht wahr, als er zu sehen erwartet hatte, und fragte mit seiner immer gereizten Stimme, ob er Zerrgiebel junior sei. Ja, so heiße er. »Komisch«, sagte auch der Amtsrichter. »Er sieht doch ganz anders aus? Nun, mach also etwas schnell. Was willst du denn?«

Ein kurzes Schweigen.

›Das letzte‹, denkt Johannes. »Ich habe das Lager gefunden«, sagte er dann ganz still.

»Lager? Was? Was für ein Lager?« Die Spinne legte den Löffel hin.

›Ich habe das Netz berührt‹, dachte Johannes.

»Das Einbrecherlager, Herr Amtsrichter. Es sind die Sachen drin, von denen in der Zeitung stand.«

Ziegenspeck hatte den Mund offen, und Johannes sah seine schlechten Zähne und den Mühlstein des Zahnarztes. ›Andre Mühlen mahlen jetzt‹, dachte er flüchtig.

Und dann erzählte er. Ja, er habe dort nach Pflanzen für den Professor gesucht, und dabei habe er die Tür gefunden. Gesehen? Nein, er habe niemanden gesehen, und das sei wohl auch sein Glück gewesen.

Der Haferbrei flog zurück, und die Spinne rannte im Zimmer herum, um »Dispositionen« zu treffen. »Du kriegst die Belohnung«, murmelte er, »aber eigentlich müssten wir teilen, hm?« Er rieb sich die dürren Finger und lächelte. Rote Flecken erschienen auf seinen Wangen. »Wir müssen sie kriegen, Freundchen, verstehst du? Keiner darf uns entschlüpfen, keiner!«

Eine Stunde später verließen ein paar Wagen auf verschiedenen Wegen die Stadt. Gendarmen hielten zu Pferde unter den Bäumen des Waldrandes, und dann ging Johannes voran, von einem Dutzend

Menschen behutsam gefolgt. Posten wurden ausgestellt, Revolver entsichert, Taschenlampen bereitgemacht.

Sie fanden alles unverändert. Der verkohlte Docht stand noch unberührt im auseinandergeflossenen Stearinfleck auf der Tischecke, und das seidene Mädchenhemd lag in den gleichen Falten über dem dunklen Pelz der Lagerstätte.

»Diese Schweine«, sagte der Landrat. Es war das erste Wort, das gesprochen wurde. Und dann begann die Durchsuchung.

Der Glückliche war Ziegenspeck. Ein unterdrückter Ruf kam gleichsam aus den Kleidern heraus, deren Taschen er durchsuchte. Er schwenkte einen Briefumschlag in der Hand, stürzte ans Licht, ließ ihn sinken und hob ihn nochmals an die funkelnde Brille. »Theodor Zerrgiebel!«, sagte er feierlich.

Der Raum schien zu erdröhnen unter dem Namen, und Johannes sah alle Augen wie Messer sich auf ihn richten. Gieseke, der Amtsbote, besetzte geistesgegenwärtig den Eingang, und, als sei es nun erst gesichert, kroch das Schweigen aus Winkeln und Spalten und sperrte das übrige aus, die Sonne, die Ginsterbüsche, den Tag, die Einfalt alles täglichen Lebens. Und nur die Höhle blieb, die Tat, der Name. Eine Kugel, die schweigend gelegen hatte, in ihrer eigenen Schwere unbeweglich ruhend, begann zu erzittern, sich zu neigen, zu rollen, und der Donner ihres Laufes zielte nach dem Kindergesicht, das weiß, mit den tiefen Falten um den blassen Mund, ihr wehrlos entgegensah.

»Komisch«, sagte die Spinne, »wie?«

Eine Antwort erfolgte nicht, und dann begann die Durchsuchung mit verstärkter Kraft. Sie förderte einen zweiten Umschlag ans Licht. Auf der Rückseite schien der Plan eines Hauses eingezeichnet zu sein, die Vorderseite aber trug einen weiblichen Namen, Lisbeth Sperling. Sie war allen Versammelten wohlbekannt, Kind ordentlicher Leute, Postgehilfin gleich Zerrgiebel und mit der Herstellung telefonischer Verbindungen betraut.

Ziegenspeck setzte sich neben das Seidenhemd und zündete eine Zigarre an. »Nun haben wir alles«, erklärte er fröhlich. »Mädchen gestehen immer. Mittags sitzt die ganze Bande fest.« Und er stieß kunstvoll mit gerundeten Lippen einen bläulichen Ring von sich, dorthin, wo Johannes an der Wand lehnte. »Du wusstest natürlich von nichts, wie?« Er lächelte zutraulich. »Nein, ich wusste von nichts.«

Erneutes Schweigen. Augen, die an ihm herumbohrten, Gedanken, die um ihn kreisten, Spinnen, die unaufhörlich an zitternden Fäden woben.

»Gestern nachmittags, sagtest du, oder nicht?«, fragte die gereizte Stimme von Neuem. »Und weshalb erst heute früh, wie? Sechzehn Stunden? Komisch, hm?«

Johannes wollte sagen, dass er sich gefürchtet hätte, aber er sagte es nicht. Ein kalter Zorn stieg langsam bis in seine Augen. Alwin stahl in den Pausen das Frühstücksbrot seiner Mitschüler, und dieses Gespenst tat, als suche es schon nach Handschellen für ihn. »Ich hatte zu überlegen«, sagte er kalt.

Zusammengeneigte Köpfe. Geflüster. Gebärden.

»Nun, werden sehen«, erklärte Ziegenspeck. »Erst zufassen, schnell, ohne Aufsehen … bitte, meine Herren …«

Um die Mittagszeit saßen die Höhlenbewohner hinter Schloss und Riegel. Die Telefonistin hatte nicht länger als fünf Minuten dem Spinnenblick Ziegenspecks widerstanden. Dann hatte sie alles gesagt und einen Weinkrampf bekommen. Da waren Theodor und ein Schlosserlehrling, zwei Laufburschen und die Kontoristin des Raiffeisenvereins, Kinder aus achtbaren Familien, aus denen nun alle Geheimnisse stürzten wie aus zerschmetterten Schränken.

Nur Theodor bewahrte Haltung, eine lächelnde, tückische, gefrorene Haltung. Er war das Haupt, er hielt die Fäden. Er sagte nichts, stand da, die rechte Hand in der Tasche, und zwischen seinen eng zusammenstehenden Augen war die böse Falte so tief eingegraben, dass die Spinne unbehagliche und warnende Blicke auf den Stadtsergeanten warf, er möge sich doch ja bereithalten, im entsprechenden Falle an sein Recht des Waffengebrauchs zu denken.

Johannes blieb wie ein angebundner Schatten neben Ziegenspeck. Ja, er müsse noch ein wenig Geduld haben, man brauche ihn noch. Ein fatales Lächeln um den säuerlichen Mund, eine Handbewegung nach einem Stuhl in der Ecke.

Plötzlich, mitten in die bohrenden Fragen hinein, die nebensächliche Bemerkung, dass dieser junge Herr, Johannes Zerrgiebel, die Sache angezeigt habe. Welcher Art seine Beteiligung gewesen sei?

Ein flimmernder Blick aus den Augenwinkeln Theodors, ein Stoß gleichsam und eine Rückkehr in die Ausfallstellung. Natürlich, der habe alles gewusst, er sei derjenige, der auf seinen Waldstreifzügen die Höhle entdeckt habe.

Befriedigtes Lächeln Ziegenspecks. Und ... ja ... es sei bekannt, dass dieser »p. p. Johannes« Intimus einer gewissen Persönlichkeit ... hm ... auffallende Erscheinung, seltsame nächtliche Wanderungen ... tja ... es sei gut, sein Gewissen zu erleichtern, wie?

Der Professor? lächelte Theodor. Ja, der sei sozusagen das geistige Haupt der Bande gewesen. Nie persönlich beteiligt, aber der Generalstab. Plan, Taktik und so weiter ... ein hochbegabter Mann.

Selbst Ziegenspeck stutzte über so viel Bereitwilligkeit und beriet sich leise mit dem Vertreter der Polizei. Hier gab es Gefahren, eine ungeheure Sensation. Hier musste überlegt werden.

Theodor wurde abgeführt und das Verhör mit den übrigen Mitgliedern der »Bande« fortgesetzt. Sie beteuerten mit eindringlicher Überzeugungskraft, dass davon keine Rede sei. Theodor, ihnen gegenübergestellt, meinte, es könne auch ein Scherz gewesen sein, die Sache sei sonst zu langweilig. Vielleicht sei es auch wahr, er wisse das nicht mehr genau. Angebrüllt mit aller Kraft der Staatsautorität, lächelte er ironisch und meinte, dass solch ein Stimmaufwand der schwachen Brust des Amtsrichters nicht gut tun werde. Im Übrigen sei Johannes ein Schaf und es sei natürlich alles Quatsch. Nur könne es nichts schaden, ihn ein wenig unter Polizeiaufsicht zu stellen.

Johannes stand in seiner Ecke an der Wand, weiß, mit scharfen Falten um seinen Mund.

»Lassen Sie das Kind doch nach Hause, Herr Amtsrichter«, sagte Lisbeth, »das ist doch nicht anzusehen.«

»Schweigen Sie!«, donnerte Ziegenspeck.

Erneute geflüsterte Beratung mit der Polizei. Johannes durfte gehen. »Vorläufig!«, betonte Ziegenspeck gereizt.

»Leb wohl«, sagte Theodor lächelnd. »Du bist jetzt die letzte Säule, Vertreter der ganzen Generation Zerrgiebel. Die junge deutsche Eiche. Die übrigen, Herr Präsident, holen Sie sich nun etwas fix heran, ehe sie etwas merken ... und sie werden es schnell merken. Sie wissen doch: Urahne, Großmutter, Mutter und Kind ... das hab ich bei Balla gelernt, Balla mit den Plattfüßen und dem Brustton der Überzeugung ... der konnte das so schön deklamieren.«

»Was heißt das?«

»Das heißt, dass Vater Zerrgiebel einen schönen, geräumigen Keller in seinem Siedlungshäuschen hat, denselben, in dem seine teure Gattin verblichenen Angedenkens sich ein bisschen zu lange aufgehängt hat. In diesem besagten Keller, unter einem Haufen Brennholz, gibt es interessante Dinge, mit denen man Geldscheine herstellen kann, sehr hübsche Fälschungen, an denen es fünfhundert Mark Belohnung zu verdienen gibt. Da lacht Ihr Herz, Herr Präsident, was? Auch die deutsche Eiche, der Herr Großvater mit der Schirmmütze, ist erheblich an diesen Dingen beteiligt und wahrscheinlich noch ein paar dunkle Existenzen, deren Namen ich leider nicht weiß. Ich selbst bin übrigens passiv dabei geblieben, durchaus passiv. Aber Sie müssen sich ein wenig beeilen, denn die Zerrgiebels haben fixe Beine und eine Masse Rattenlöcher zur Verfügung … So, und nun bedarf ich der Erholung und bitte, mir mein Quartier anzuweisen.«

»Abführen, Lemke!«, flüsterte Ziegenspeck, und die roten Flecken erschienen wieder auf seinen Wangen.

Johannes blieb allein mit ihm in dem großen, kahlen Raum. Hinter den Fenstern dämmerte der Frühlingsabend, und vor den hellen Vierecken schoss die dürre Gestalt des Richters vorüber, händereibend und unverständliche Worte vor sich hinmurmelnd: die Spinne, die an ihrem Netz wob.

»Was stehst du da?«, fragte er, über einem fernen Türenschlagen zusammenzuckend. »Mach, dass du fortkommst! Es ist eine saubere Familie, mein Lieber. Wollen hoffen, dass du keine Schuld hast.«

Dann stieg Johannes die Treppe hinunter. Es dämmerte in dem großen, leeren Gebäude, und das Knarren der Stufen war laut und böse im großen Schweigen. ›Ich muss nun durch die Straßen gehen‹, dachte Johannes. ›Sie werden es alle wissen, und es ist ein weiter Weg bis zur Gärtnerei oder zum Professor …‹ Er sah den langen Korridor entlang, ob da irgendwo eine Nische wäre, eine Höhlung, eine noch so kleine Unterbrechung in der furchtbaren Gradheit erbarmungsloser Linien. Aber nur drei Fenster warfen ihr kaltes Licht in den dunklen Gang, und von den Türen schimmerten abweisend die weißen Schilder mit nun unleserlichen Aufschriften.

Er dachte an die Hecke vor dem öden Feld, an die Brunnen, an Keller und Spinnen. Er seufzte und legte die Hände müde ineinander. Und dabei fiel ihm Bonekamp ein, wie er seine Geigerhände unter dem Pult verbarg, und er trat auf die Straße. Menschen standen vor den

Häusern und verstummten, wo er vorüberging. Er schien in einem leeren Kreise zu gehen, und der Kreis ging mit ihm mit. Er war wie ein heller Ring, und Johannes sah, wie er zur Seite schob, was in seinem Wege stand. ›Ich werde das nicht abwaschen können‹, dachte er. ›Ich habe ja gewusst, dass Schreckliches aus ihm kommen wird.‹

Er ging sehr gerade und langsam, die Augen weit vor sich hin gerichtet. Es war merkwürdig, dass er nur Wald sah, schweigende, sehr ernste Bäume, über denen ein fahler Himmel stand. Sie standen erstarrt wie in seiner Kinderzeit, wenn die Schatten innehielten und alles auf Welaruns Ruf wartete. Aber er rief nicht. Nur der Schwarzbart war irgendwo zwischen den Stämmen, ganz weit hinten, und er trug den Hut in der Hand und sah bekümmert aus. »Es ist mir leid um dich, mein Bruder Jonathan«, sagte Johannes leise, aber er wusste nicht, was er sprach.

Die Seestraße … wie schrecklich lang sie war … Nachtvögel riefen schon über dem Wasser, und dort, ja, dort war die Laterne von Pinnows Haus. Johannes wollte laufen, aber er veränderte seinen Schritt nicht. Der Werkmeister trat aus einem der Häuser, nickte ihm zu und blieb stehen, als wollte er zu ihm sprechen. Aber Johannes ging geradeaus. ›Ich muss meine Schuhe verloren haben‹, dachte er. ›Die Füße sind so kalt und schmerzen …‹ Und dann verwirrte sich auch dies, und nur die Laterne blieb. Sie wuchs an Größe und Helligkeit, sie war ein ungeheurer Stern vor einer Himmelstür. Ihr Licht schmerzte und verbrannte, die Kleider fielen ab, die nackte Seele war allen sichtbar, als schon die Hand sich nach dem Türgriff streckte. Und dann war der Laden, die Petroleumlampe, Frau Pinnows helle Augen, der Rauch ihrer kurzen Pfeife. Die Türe schloss sich, die Glocke erstarb, und dann war der Friede, der unermessliche, grenzenlose Friede.

»Alle!«, sagte Johannes mit Anstrengung. Er glaubte zu schreien, aber er flüsterte nur. »Alle … die beiden und auch der Alte mit der Mütze … sie sind die Falschmünzer … und mich wollten sie auch … ins Gefängnis …«

Frau Pinnow trug ihn fast die Treppe hinauf und legte ihn auf sein Bett. »Diese Schweine«, murmelte sie erbittert, »ach, diese Schweine!« Johannes drehte den Kopf zur Wand und schloss die Augen. Er gab keine Antwort mehr. Herr Pinnow saß bekümmert am Fenster, die geschlossene Bibel auf den Knien.

Nach einer Stunde kam Frau Pinnow wieder herauf. Sie trug eine Lampe in der Hand und hielt sie hoch über Johannes' Bett. »Jungchen«, rief sie mit solcher Freude, dass Johannes den Kopf wandte und die Augen öffnete. »Jungchen, es ist ja nicht dein Blut!«

Es dauerte eine Weile, bis er sie verstand, aber dann schien ein Abglanz ihrer Freude auf ihn zu fallen. »Nicht mein Blut ... nein, Frau Pinnow, nicht mein Blut, nur mein Name ... einen Namen kann man ändern und abwaschen, nur Blut kann man nicht abwaschen ... dann ist es gut, dann ist es besser ... jetzt werde ich schlafen, Frau Pinnow.«

Als das Dunkel wieder den kleinen Raum erfüllte, ein tiefes, beglückendes Dunkel, wiederholten seine Lippen noch immer das Wort vom Blut. Unten ging die Glocke, mehrmals, und er hörte Stimmen leise durch die Wände kommen. ›Vielleicht holen sie mich‹, dachte er noch einmal in jähem Erschrecken, aber dann war es doch wohl Luthers Stimme, und vielleicht war auch Percy dabei. ›Sie verlassen mich nicht‹, dachte er. ›Aber ich werde ihnen sagen, dass ich vorläufig nur im Dunkeln zu ihnen kommen werde ... nur im Dunkeln ...‹

Und dann schlief er ein.

Er erwachte von einer Stimme, die gerufen hatte, und saß aufrecht in seinem Bett. Das Mondlicht stand weiß und scharf im Zimmer, und er sah, dass es um Mitternacht sein musste. Er lauschte, aber die Stimme schwieg. Sie hatte gerufen, dringend und unaufschiebbar. Es war nicht im Hause gewesen, auch nicht auf der Straße. Es war weit gewesen, und es war so, als sei sie durch einen großen Wald zu ihm gekommen. Sie hatte noch etwas vom Dunkel an sich getragen, von atmenden Bäumen, von Blättern, deren Knospen leise sprangen.

Er öffnete das Fenster und sah hinaus. Niemand stand dort. Die Beete lagen wie helle Gräber, und die Stiefmütterchen leuchteten. »Wer wohnt hinter dem Walde?«, fragte er, noch tief eingesponnen in das verwirrende Licht. »Wer wohnt denn dort?« Die Glieder waren ihm schwer, aber ganz tief in seinem Körper war etwas Drängendes, wie eine Kugel auf einer geneigten Ebene, die unmerklich zu rollen begann. Er schloss die Augen und wartete. Aber vor den geschlossenen Augen blieb das Bild des Gartens, der Mond, ein Wald, ein dunkler Weg ... etwas war in der Stimme gewesen, das er kannte, gehört hatte, das nur einmal war, traurig und süß wie der Sprosser in der Juninacht.

Und dann, ohne Übergang, sah er die Augen, den dunklen Scheitel, die Hand, die nach seinen Augenbrauen suchte: die Mutter hatte gerufen! Die Treppe knarrte leise … dass er es nicht gedacht hatte! Allein in dem bösen Haus mit der Verruchtheit des Kellers unter den Dielen … die Glocke schlug nicht an … und er hatte geschlafen, in Dunkel und Frieden ...

Die Straße war weiß und totenstill. Er trat in das Licht wie in schimmernde Seide. Die Füße taten weh, als ob er auf Lebendiges träte. ›Es ist so still, damit ich sie hören konnte‹, dachte er. ›Aber es ist noch Zeit … viel Zeit … wie seltsam das alles ist …‹

Die Stadt blieb hinter ihm wie ein schlafendes Gesicht, hässlich und ganz fremd anzusehen. Saatfelder, schimmernd wie gebürsteter Samt. Eine Holzbrücke über dem Fließ. Aufblitzen des rieselnden Wassers und ein leises Seufzen zwischen Steinen und Schilf. Und dann der Wald. Silberfall des Lichtes von Zweig zu Zweig, Vertropfen im Moos, Verbergen im Geäst. Hohe Sterne über dem grünen Atem, glühender Fluss der Straße zwischen Wand und Wand. Lichtungen, gleißend in der Vergeudung des Lichts, Schluchten, von geballtem Dunkel zum Brechen erfüllt. Schritt auf Schritt im mahlenden Sand, geräuschlos und weich und doch hart und dröhnend im Heiligtum. Lautheit des Körpers auf dem schweigenden Weg der Seele. Aber kein Müdesein, keine Schmerzen, kein Atem, keine Zeit. Der Stimme entgegen, die diesen Weg geflogen war, zwischen den ernsten Bäumen hindurch, ein Silbervogel mit lautlosem Flug.

Der Wegweiser: ein weißes Kreuz, und eine beglänzte Gestalt, an seinen Stamm gelehnt. Zögern des Fußes, einen Herzschlag lang … ›Der Bote … der Bote, der die Stimme trug, den halben Weg, damit sie nicht irre …‹ Wie seltsam die Nacht … Und dann steht es auf und streckt ihm die Arme entgegen, Mondlicht auf dem dunklen Scheitel, in den Augen, um den stillen Mund.

Und dann ist es die Mutter, und die Stimme schweigt.

Langsam gehen sie Ginas Weg zurück, Hand in Hand, und sie fühlen die große Ruhe ihres Blutes. Sie hat gerufen und er ist gekommen. Sie haben seine Seele nicht entwendet. Sie haben ihren Anteil nicht genommen. Das andre ist wie ein zerbrochenes Geschirr, Lärm und Scherben. Aber dies ist das Leben, das Blut, die Seligkeit. Sie haben keinen Schaden genommen, sie sind nicht aus ihrer Liebe gefallen. Die Hand in der ihren zögert nicht, sie widerstrebt nicht, ist nicht fremd, nicht kalt, nicht eines anderen Menschen. Das Blut hat Macht gehabt, über leere Räume hinaus, in der Stunde der Not und des Dunkels. Das Blut lügt nicht, es ist eine Verheißung, für alle Zeit, bis an den Tod.

Sie sitzen oben in ihrer Kammer, und unter ihnen ist das Gähnen des verlassenen Hauses. Die Wände sind anders geworden, erstarrte Wände, die brechen können wie Glas, wenn man sie berührte. Und der Keller ist wie eine Mordstätte, mit trocknendem Blut, dessen Geruch leise aufsteigt und wieder verschwindet.

Gina macht noch etwas Feuer im Ofen, dass das Licht nicht so weiß und nackt im Zimmer steht. Und dann sitzen sie davor, und Gina erzählt es, ganz kurz und wie eine fremde Geschichte. Der Alte sei ganz still gewesen, aber Zerrgiebel habe gedroht, dass die Stadt noch etwas erleben werde. Er habe Material für drei Jahre. Ziegenspeck habe auch sie mitnehmen wollen, aber die Leute von der Siedlung hätten gesagt, sie würden ihn eher totschlagen als zusehen, dass ihr ein Haar gekrümmt werde. Zuerst habe Lemke seinen Säbel ziehen müssen, aber dann habe er gesagt, es sei ein Unrecht, und dann seien sie alle fortgefahren.

»Und dann hast du gerufen?«

Ja, dann habe sie gerufen und sei gleich hinter ihrer Stimme hergegangen.

»Und wie wird es nun sein, Mutter?«

»Ich werde auf den Karstenhof gehen, Johannes, fort von hier, und du wirst auf eine andere Schule gehen.«

Johannes schüttelt den Kopf. »Ich bin heute durch die Straßen gegangen«, sagt er, »und meine Füße taten mir weh. Ich werde auch durch das andre gehen ... Das erste Mal, als der Professor bei mir war, hat er sich in der Tür umgedreht und gesagt: ›Ihr seid teuer erkauft. Werdet nicht der Menschen Knechte!‹ Und ich denke, es ist nun so, dass ich es zeigen muss.«

»Kleiner Johannes«, sagt sie kummervoll, »sie werden dich kreuzigen.«

Aber er lächelt in das Feuer hinein, ein stilles, wissendes Lächeln nach diesem Tag der Qualen. »Heute, als ich aus dem Gericht kam«, sagt er leise, »bin ich ihn schon gegangen, den schwersten Weg ...«

»Haben sie ... sagten sie etwas gegen dich, Johannes?«

»Nein. Aber sie traten zur Seite, und sie hörten auf zu sprechen ... und ich denke, Mutter, das ist der schwerste Weg ...«

»Weshalb willst du es nicht etwas leichter haben?«, fragt Gina.

»Ich habe ein Buch gelesen«, erwidert er nachdenklich, »in dem war gesagt, dass etwas nur deshalb gut sei, weil anderes böse sei. Und ich habe gedacht, dass viele Menschen es nur deshalb schwer haben, weil andere es leichter haben. Und wenn ich mein Leichtes ausstreiche, streiche ich auch ein anderes Schweres aus.«

»Johannes, Johannes«, sagt Gina schmerzlich, »was hast du für Gedanken?«

Als es dunkel und still ist, hebt er noch einmal den Kopf von seinem Kissen. »Der Professor sagt, wenn der Gedanke an den andern Menschen – er sagte so, an den andern Menschen – zum ersten Mal in der Seele aufsteht, dann werde man zum zweitenmal geboren … Das erste Mal von der Kreatur, das zweite Mal von Gott. So sagte er.«

Gina denkt, ob Gott sie geboren habe, als sie bei Zerrgiebel an ›den andern Menschen‹ gedacht hatte, und sie weiß nicht mehr, ob die Gnade in die Strafe geknüpft sei wie die Liebe in den Schmerz.

Und dann schlafen sie zum letzten Mal in dem leeren Haus.

10.

Es begann mit der Bahnfahrt am nächsten Morgen und mit dem Weg zur Schule. Klaus war dabei, und er hob seinen großen Kopf gewaltsam auf, als fordere er dazu heraus, die Last auf ihn zu werfen. Aber er war nur gleich dem Schächer am Kreuz, und die Kriegsknechte würfelten um Johannes' Kleid.

Lärm und Johlen der Klasse verstummten, als höbe eine eiserne Wand sich auf und verberge Gebärde, Ton und jegliches Dasein. In der Totenstille, die unnatürlich und lastend war wie die einer Maschinenhalle oder eines Meeres, stand Percy auf und gab ihnen die Hand, und der Werkmeistersohn nickte ihnen sorgenvoll zu. Dies war alles, und weiter geschah nichts, als dass Joseph sich auf eine seltsame, tückische, dreiste Art räusperte.

Bis zum Klingelzeichen fiel kein Wort. Die Klasse starrte in ihre Bücher oder aus dem Fenster, und die Hintensitzenden reckten sich unauffällig, um den ›Raubmörder‹ zu betrachten. Joseph, der den ganzen Weg von der Bahn zur Schule gelaufen war, um Sensationen zu berichten, hatte den Weishaupt'schen Ausdruck wieder aufgenommen und angedeutet, es »stehe zu vermuten«, dass im Keller der »Bande« noch mehrere – er betonte nach einer Schulmode jener Zeit das Wort auf der zweiten Silbe – noch mehrere Leichen zu »erwarten« seien. Johannes sei als das geistige Haupt anzusehen, und man lasse ihn nur in Freiheit, um ihn beobachten zu können und den Rest des Geheimnisses aufzuklären.

Durch die geöffnete Tür fiel der Morgenlärm der Anstalt wie in ein Grab, und die Stille hatte etwas so Schauerliches, dass Doktor Balla, der die Aufsicht auf dem Korridor führte, durch die Türspalte spähte, bevor er auf der Schwelle erschien. »Wie gesagt«, begann er mit seiner stehenden Redewendung, »das ist ja, wie gesagt, eine äußerst bemerkenswerte ...« Dann fiel sein Blick auf Johannes, blieb einen Augenblick auf ihm haften, schoss ratlos von Wand zu Wand und kehrte entsetzt zu dem blassen Gesicht zurück. »Wie gesagt ...«, murmelte er hilflos. Dann trat er rückwärts auf den Korridor hinaus und war mit einer plötzlichen Wendung aus dem Gesichtsfeld der Klasse verschwunden.

Das Klingelzeichen fiel als eine Erlösung in das Schauerliche des Schweigens, und dann betrat der Doktor Weishaupt mit straffen Schritten den Raum. Es folgte wie üblich ein Gebet von militärischer Kürze. Aufschlagen des Klassenbuches. »Gieseke ... fehlt?«

»Niemand, Herr Doktor!« Eilfertig, atemlos, gleichsam noch von Donner und Blitz umgeben, schoss die Antwort wie eine Kugel über die Erstarrung der Köpfe auf die Spitze des Federhalters in der Hand des Ordinarius.

Kaum angedeutetes Heben der Augenbrauen. »Fehlt??« Eine kaum merkliche Verschärfung des Tones.

»Niemand, Herr Doktor.« Die Antwort kam leise, und ein gekränkter Schmerz schien sie zu durchzittern.

»Niemand ... komisch, Gieseke, wie?« Und eine lange Weile sahen Ordinarius und Primus einander an. Von einer der Kastanien des Schulhofes schmetterte ein Buchfink das Lied seiner Lebensfreude in den Frühlingsmorgen, dass es gleich einer kleinen, schimmernden Lanze in die Wand des Schweigens schoss und nachzitternd sich in ihr verfing. Und dieser Ruf des ungebundenen Lebens war von einer solchen Gewalt, dass niemand sich ihm widersetzen konnte und dass ein leises aber nicht zu überhörendes Stöhnen aus der Bedrückung der Stunde aufstieg und andeutete, dass es nun Zeit sei, wenn etwas geschehen solle.

Johannes erwartete den Blick, der plötzlich, ohne jeden Übergang, von Giesekes ergebenen Augen abfiel und sich in sein Gesicht schleuderte. »Zerrgiebel?«, fragte Weishaupt verblüfft und behielt den Mund vor künstlichem Befremden ein wenig geöffnet. »Zerr ... giebel?? Ja, darf man fragen, was man hier wünscht?«

Schweigen.

»Darf man fragen, was für eine Rolle man hier zu spielen gedenkt?«

Schweigen.

»Darf man fragen, ob man dieser bis dahin immerhin makellosen Anstalt weiterhin zum Ruhme zu gereichen denkt?«

»Ich möchte gerne wissen«, sagte Johannes leise aber deutlich, »wonach Sie mich fragen.«

Ein leises Zucken der Augenlider hinter den Kneifergläsern. »Möchte man? Möchte man wirklich? Nun, auch die ... äh ... Anstalt möchte etwas. Sie möchte nämlich, das heißt der Herr Direktor und einige nicht ganz unerhebliche Instanzen möchten, dass Herr Zerrgiebel, Schüler der Obersekunda, und nicht gerade einer ihrer mustergültigsten, in diesem Augenblick seine Bücher packt und bis auf Weiteres in die ... äh ... etwas verödeten Gefilde seiner Heimat zurückkehrt, bis die Konferenz das Weitere beschlossen haben wird. Weil es nämlich die Pflicht der ... äh ... Anstalt ist, ihre Schüler vor dem Einfluss gewisser Elemente zu bewahren, die die Sauberkeit ihrer Weste immerhin noch ein wenig zu beweisen haben werden. Ich hoffe, dass man nun verstanden hat, wie?« Der böse Glanz des Triumphes war nun aus seinem Gesicht nicht mehr zu verscheuchen, und die Hände, die immer noch den Federhalter hielten, zitterten ein wenig, als gehe es im Geheimen um größere Dinge als die, die er eben in wohlgesetzte Worte gekleidet hatte.

Johannes hatte bereits seine Tasche geschlossen und stand auf. »Es war nicht schön, was Sie eben gesagt haben«, sagte er ganz ruhig, »und es gereicht Ihnen nicht zur Ehre. Ich glaube auch nicht, dass der Kaiser will, dass ein Offizier einen Wehrlosen misshandelt. Auch nicht ein Reserveoffizier. Aber ich werde nun mein Recht suchen und dann zurückkommen. Weil mein Großvater gesagt hat, dass man eine Furche gerade pflügen muss.«

Er trat aus der Bank.

»Sie ... Sie haben gewagt ...?«

Johannes lächelt. Der stumpfsinnigste der Schüler sieht, dass es ein Lächeln der Verachtung ist. Seine Augen glänzen auf eine sonderbare Weise, und mit einer Bewegung der linken Hand umfasst er den ganzen Raum, Weishaupt, die Schüler, den Hof, die Anstalt, die Stadt. »Ist hier etwas zu wagen?«, fragt er langsam. Einen Augenblick wartet er auf Antwort. Dann macht er eine Verbeugung und geht zur Tür.

»Augenblick, Johannes.« Es ist Percys kühle und nachlässige Stimme. Er schiebt sich aus seiner Bank, wobei er verächtlich das Buch in die Ledertasche stopft. »Ich werde warten, bis die Furche gerade ist«, sagt er im Vorbeigehen zu Weishaupt.

Und dann verlassen sie beide die Klasse.

Drei Tage später begannen die Osterferien. In ihnen wurden zwei Reisen von Bedeutung unternommen. Luther fuhr zur Behörde, wo ein neuer Schulrat von dort unerhörter Menschlichkeit eben eingezogen war. Sie hatten eine dienstliche Besprechung, erkannten beide durch die amtliche Hülle hindurch Werte, die der Alltag nicht mit vollen Händen ausstreute, und saßen abends in einer Weinstube mit den leuchtenden Augen derer, die unvermutet und unverhofft in einer Wüste auf einen Menschen treffen.

Einige Tage später schlug der »Löwe« in seinem Amtszimmer mit der Faust auf das dienstliche Schreiben, das die Verfügung enthielt, der Unterprimaner Johannes Zerrgiebel habe bis auf Weiteres auf der Anstalt zu verbleiben, und die Behörde sei weder in diesem noch in ähnlichen Fällen der Meinung, dass es angemessen sei, die Sünden der Väter an den Kindern zu rächen. Das Kollegium sei dementsprechend zu belehren.

Die zweite Reise unternahm Dietrich Karsten. Er fuhr in die Reichshauptstadt, wo er bescheiden, ernst und unerschütterlich bis zum Ministerium des Innern vordrang. Er arbeitete sich von Raum zu Raum, leise zitternd in dem Ungeheuren dieser papiernen Macht, aber mit der nicht zu entmutigenden Zähigkeit des Geschlechtes, das Meer und Heide, Sumpf und Urwald unter seine Faust gezwungen hatte.

Und in einem dieser Räume, wo ein Beamter mit höflicher Zerstreutheit sich seine Sache vortragen ließ, die Abteilungen schnell durchfliegend, wohin er ihn schieben könnte, geschah es, dass ein Ministerialrat das Zimmer betrat, um sich einen Aktenband reichen zu lassen, den er im Vorübergehen brauchte. Er hörte Karstens letzte Worte, sah sein stilles und von vielen Geschlechtern geformtes Gesicht, den unbestechlichen Blick eines Mannes, der zwischen Saat und Ernte auf und ab schreitet, und fragte nach seinem Begehren. Von dem Beamten unterrichtet, lächelte er ein wenig über die Abteilungsvorschläge, die dieser schnell zur Hand hatte, und bat Karsten kurzerhand in sein Zimmer. Hier saß er still und aufmerksam, die Ellbogen auf die Lehnen seines Schreibsessels gestützt, die Hände spielend gefaltet, und ließ seine klugen und wachsamen Augen nicht von Karstens Gesicht.

»Es wird gehen«, sagte er, als der Bauer geendet hatte. »Ich verspreche Ihnen, dass ich selbst alles tun werde, was ich kann. Machen Sie eine Eingabe an den Landrat und warten Sie ein paar Wochen.«

»Die Tochter«, sagte Karsten, »das würde gehen. Die Karstentöchter haben kein Glück. Aber das Kind soll keine Kette tragen, es ist zu schade dazu.«

Der Ministerialrat nickte und sah aus dem Fenster. »Sehen Sie, das Leben …, Herr Karsten …«, sagte er noch. »Es ist ein wenig zu viel Papier in diesen Räumen, und wenn ich Sie nicht gesehen hätte, wären auch Sie Papier geblieben. Es ist schön, wieder einmal das Leben zu sehen. So wie Sie sprechen, spricht kein Mensch in diesem Hause und kein Mensch in dieser Stadt. Und manchmal denke ich, dass das nicht gut ist …«

»Es ist ein bisschen viel Kunstdünger im Lande«, meint Karsten sorgenvoll.

Der Ministerialrat sieht ihn nachdenklich an, lächelt und sagt: »Ich habe einiges gelernt in dieser Stunde, Herr Karsten.« Und dann bringt er ihn bis an das riesige Treppenhaus und verabschiedet sich herzlich von ihm.

Vier Wochen später ist es entschieden, dass Gina und Johannes den Namen Karsten führen dürfen. Johannes trägt das Schreiben selbst in das Amtszimmer des »Löwen«.

Im Sommer findet die Verhandlung vor dem Schwurgericht statt. Johannes muss als Zeuge erscheinen und wiederholt seine Aussage. Zerrgiebel und die deutsche Eiche erhalten drei Jahre Zuchthaus, Theodor zwei Jahre Gefängnis. Die anderen kommen mit milderen Strafen davon.

Johannes fühlt keine Schande, keine Gemeinschaft des Blutes. Aber als er am späten Abend in die Stadt zurückkehrt, geht er zuerst durch den Seiteneingang in die Gärtnerei, dorthin, wo seine Badestelle ist, legt die Kleider ab und steht lange unter dem rauschenden Wasser.

Dann, beim Abendbrot, erzählt er den Ausgang, und nach einer Weile sagt er: »In zwei Jahren muss ich weit fort sein ...« Und dann ist der Name Zerrgiebel wie in einen Brunnen gestürzt und unter Steinen begraben.

Aber der Nachklang des Sturzes hallt noch für eine Weile zwischen den engen Wänden des Schachtes und trifft das Ohr desjenigen, der sich leise schauernd darüber beugt. Auf eine geheimnisvolle Weise ist es Zerrgiebel gelungen, Briefe zu schreiben und sie in die Welt zu befördern. Die Mauern des Untersuchungsgefängnisses sind nicht stark genug gewesen für die fressende Kraft seines Geistes.

Zwei Tage nach dem Urteil sind die Briefe in der Stadt. Sie sind ordnungsmäßig frankiert, und der Postbote trägt sie ahnungslos aus. Sie beginnen alle mit der gleichen Einleitung, die wie Geheimnis und Drohung über der ersten Seite steht: »In drei Jahren.« Und dahinter folgt ein Satz von gleichsam unpersönlicher Harmlosigkeit. Etwa: »Vielleicht wird es Öffentlichkeit und Behörde gleichermaßen interessieren zu erfahren, wo und in welcher Gesellschaft Frau Justizrat Albinus den schönen Monat Mai seit drei Jahren zu verbringen pflegt.« Dieser Brief war an den Landrat und an die erwähnte Dame gerichtet und, wie alle übrigen, ohne Unterschrift.

Oder: »In drei Jahren ... Vielleicht wird es der hochwohllöblichen Öffentlichkeit dieser Stadt nicht ohne einiges Interesse sein zu erfahren, dass der Unterprimaner Alwin Ziegenspeck seit Jahren das Frühstücksbrot seiner Mitschüler zu stehlen pflegt und auf einem verwandten Gebiete ein paar Seitenwege gegangen ist, die im Strafgesetzbuch namentlich verzeichnet sind.« Dieser Brief war an den Amtsrichter gerichtet.

Oder: »In drei Jahren ... Vielleicht wird es für den lokalen Teil der dortseitigen Zeitung von einiger Wichtigkeit sein oder werden, eine Liste derjenigen Frauen und Töchter zu erhalten, die in den letzten Jahren außerehelichen Umgang bzw. vorehelichen intimen Verkehr gepflogen haben. Fotografische Momentaufnahmen könnten das Interesse an diesen Dingen erhöhen.«

Dieser Brief war an eine erschreckende Zahl von Herren, Damen und jungen Damen gerichtet. Auch der Lehrkörper war betroffen, auch Doktor Weishaupt.

Die Briefe schlugen wie ein Feuerstrahl in das Dunkel des Geheimnisses und der Sicherheit. Sie hingen nicht wie eine Wolke über der

Stadt gleich den Ereignissen des letzten Winters, sondern sie rissen und saugten gleichsam die Luft aus Straßen, Gärten und Häusern, dass die Augen und Hände der Menschen wie die von Erstickenden waren, die in Krämpfen nach Atem rangen. Es war natürlich, dass die von einem Schlage Betroffenen zueinanderstürzten, aber darüber hinaus sickerte die Kunde von den Briefen und ihrer dunklen Drohung leise über die Schwellen der Häuser wie Wasser durch die Erdmauer eines Dammes. Niemand sah mehr als einen kleinen Kreis der Gefahr, aber an einigen Stellen stießen die Kreise zusammen, und ein leise knisternder Funke sprang von Leben zu Leben.

Es war mehr als eine Brunnenvergiftung, eine Ausschleuderung von Cholerabazillen. Es war die leise, aber unaufhörliche Ermordung des Schlafes, des Lächelns, der Sicherheit, des Lebens. Ein schweigendes Durchfeilen seelischer Gitter, ein Fressen an den Wurzeln, ein lautloses Tasten furchtbarer Fangarme, von denen man nicht wusste, wer sie sah. Wer wusste etwas? Wie viel wusste er? Wann würde er mehr wissen?

Und über allem schwebte der furchtbare Satz: »In drei Jahren ...« Jedermann wusste, wer die Briefe geschrieben hatte. Jedermann wusste, dass er unerreichbar und unnahbar hinter Zuchthausmauern saß, dass kein Gesetz ihn hindern konnte, kein Flehen, vielleicht Bestechung oder Erkaufung, aber mit Sicherheit nur der Tod.

Es war eine unerhörte Rache, und der Rächer saß wie ein Gott auf einem unsichtbaren Stuhl, und jeder Brief, jedes Klingeln der Wohnungsglocke, jeder Besuch, ja jeder Blick eines anderen Menschen konnte eine neue Botschaft, konnte Tod, Ende, Zerschmetterung bedeuten.

So stürzte der Name Zerrgiebel unter die Steine der Tiefe, aber die Steine waren lebendig, und eine furchtbare Stimme schrie unter ihnen hervor, von der man nicht wusste, ob einer sie hörte oder die ganze Stadt.

Der erste, der auf eine ganz unerwartete Weise die Änderung der Luft in ihren Ausstrahlungen verspürte, war Johannes. Er hatte die Schwere des Weges zu kosten bekommen, den er gewählt hatte. Dass er nach Ostern unbehindert die Schule besuchen durfte, dass er einen andern Namen trug, war etwas, das ihn mit einem »Schein des Rechts« umgab, wie Joseph festgestellt hatte, das eine Zone der Unverletzlichkeit um ihn schuf, an die weder Lehrer noch Schüler zu tasten wagten.

Aber man konnte mehr tun als dieses: Man konnte behaupten, ja beweisen, dass er nicht da war. Man konnte gleichsam seine Materie leugnen, sein Vorhandensein, sein Geborensein. Man stand auf, wenn er in die Bank trat, aber man stand auf, um zu seinem Hintermann zu sprechen, und man hatte das Gespräch beendet, wenn er seinen Platz erreicht hatte. Oder Weishaupt hatte für irgendeine Schulstatistik eine Reihe von Spalten in einem Formular auszufüllen. »Donewang ...« Und es folgten die verlangten Auskünfte. »Brettnacher ...?« Eine Reihe von Antworten. Dann war Johannes an der Reihe, aber es erfolgte keine Frage, und ein bleiernes Schweigen schob sich zwischen die Mechanik des Vorgangs. Weishaupt starrte den nächsten an, der verlegen vor sich hingrinste, und Johannes lächelte. Endlich Weishaupt, zu Gieseke gewandt: »Ist ein gewisser Zerrgiebel ... äh ... Karsten da?« – »Gewiss, ja, ich glaube, Herr Doktor.« Die Haifischaugen flimmerten auf einen Punkt über dem ausgelassenen Platz. »Name?« – »Ein gewisser Karsten.« Der Federhalter riss über das Papier, aber es erfolgte nichts. Und dann, wenn es fertig war, mit beherrschter Stimme: »So ... also Donewang ... Brettnacher ... der nächste, bitte ... Klein, ja ...«

Es war nicht zu leugnen, dass es Schüler gab, die das nicht wollten, auch von Percy, Klaus und dem Werkmeistersohn abgesehen. Die das Böse, Ungerechte und Unwürdige aller dieser Vorgänge fühlten. Aber die Tyrannei der Masse lähmte sie, Drohungen der Eltern, ein schräger Blick des Ordinarius, eine spöttische Frage der Mädchen, mit denen sie Tennis spielten, ruderten, spazieren gingen. Johannes ertrug es, ertrug es mit guter Haltung, die Schule, jeden Gang durch die Stadt, jedes Betreten eines Ladens, jeden tastenden und schnell fliehenden Blick eines Menschen. Aber es fraß seine Kraft, es höhlte ihn gleichsam aus, weil er sein Leben verbrauchte, um die Maske unverändert zu erhalten: die Unbewegtheit des Gesichtes, die nachdenkliche Sicherheit seines Blickes, die Einsamkeit und Abgeschlossenheit seiner Gebärden.

Was in ihm während dieser Monate wuchs, war nicht so sehr Bitterkeit, Verachtung oder Hass. Es war vielmehr ein leidenschaftlich sich steigernder Hunger nach Gerechtigkeit, der zunächst nur um die Achse des eigenen Lebens kreiste, nach Rechtfertigung, Verständnis, Teilnahme schrie, bis er darüber hinaus, von Luther unmerklich geleitet, um die Gerechtigkeit an sich zu kreisen begann, um den Begriff, die Idee, und so aus der Misshandlung der eigenen Seele vorwärtsschritt und sich erhob zur Erkenntnis, Einordnung und Entäußerung.

Und nun, ohne Einleitung, verwandelte sich das Gesicht der Welt. Der starre Mund begann zu lächeln, die blinden Augen begannen zu sehen. Es war, als sei er selbst plötzlich aus dem Nebel getreten, nun erst für die andern sichtbar, und Teilnahme und Frage drängten sich um seine Verschollenheit. Brettnacher fragte ihn nach einer mathematischen Aufgabe, Donewang wollte wissen, ob Pinnow weiße Nelken habe, Ziegenspeck lud ihn zu einer Bootsfahrt ein. Es war ein Zustand völliger Verwirrung für alle Beteiligten und einer noch größeren für die Unbeteiligten. Es musste etwas geschehen sein, aber niemand wusste es, selbst nicht diejenigen, die den Bann durchbrochen hatten und die zu Hause von Vater, Mutter oder Schwester den strengen Befehl erhalten hatten, freundlich zu dem jungen Karsten zu sein und ein absolutes, ehrenwörtliches Stillschweigen darüber zu bewahren. Und da dieser Befehl von einer Vergünstigung nicht unerheblichen Ausmaßes begleitet, ja gewissermaßen gekauft wurde, so wurde ihm Gehorsam erwiesen, ohne dass man sich allzu viele Gedanken darüber machte.

Johannes empfing diesen Anprall allgemeiner Menschenliebe mit einem mühsam verhüllten Erschrecken. Und als Weishaupt einen seiner klirrenden Scherze geradezu an ihn richtete, ausdrücklich unter Nennung seines Namens, stieg ein leises Grauen aus den dunklen Kammern eher seines Instinktes als seiner Erkenntnis, stieg bis in die scharfen Linien um seinen Mund, bis in seine Augen, und blieb dort, bebender vor der Güte der Menschen als vor ihrer Feindschaft.

Er besprach es am Nachmittag mit Luther, mit Percy, mit Frau Pinnow. Es war die schwerste Last, die man auf ihn geworfen hatte, und er wand sich unter ihr in einem tödlichen Erschrecken. Aber sie fanden nichts, und was sie zu finden vermeinten, reichte zur Erklärung nicht aus. »Es ist eine Schweinerei, Jungchen«, sagte Frau Pinnow, »da verlass dich drauf!«

Johannes wurde auf der Straße gegrüßt, angesprochen, auf die Schulter geklopft. Er wurde eingeladen, zu Ausflügen, zu Geburtstagsfeiern, zu kleinen Abendessen. Luther drang darauf, dass er hinging, und er gehorchte. Aber auf jeder dieser Festlichkeiten widerfuhr ihm das seltsame Gleiche, dass es ein Mitglied der Familie war, das ihn mit betäubender Herzlichkeit umschloss, während die andern eine eisige Befremdung zu verbergen sich gar nicht die Mühe machten. Und dieselbe Zwiespältigkeit schnitt durch die übrigen Teilnehmer. Er suchte ein System und fand keines. Alle Unterschiede des Geschlechtes, des

Alters, der Ehe oder Ehelosigkeit versagten. Es war eine Hand, die ihn emporgehoben hatte, aber er sah sie nicht. Scheinwerfer brachen auf ihn nieder, aber er wusste nicht, was sie an ihm suchten. Nur Gefahr war da, grelle, erbarmungslose Gefahr.

Und dann ging er nicht mehr hin. Er bedankte sich für jede Freundlichkeit und lehnte sie mit höflicher Bestimmtheit ab. Er ertrug es nicht mehr. Er hatte Nächte ohne Schlaf, und er begann sich wieder plötzlich umzusehen wie in den Jahren seiner Kindheit, als Theodor schweigend durch seine Träume gekrochen war.

Er erfuhr es erst kurz vor dem Beginn der Herbstferien. Er hatte eine Schnittwunde an der Hand, die nicht gut aussah, und Frau Pinnow bat ihn inständig, zum Arzt zu gehen. Er läutete bei Dr. Moldehnke, und seine Frau öffnete ihm. Sie lächelte freundlich und führte ihn wortlos in ihr Zimmer. »Mein Mann ist über Land gefahren«, sagte sie, »und kommt erst gegen Abend zurück. Aber ich wollte mit Ihnen sprechen, Johannes ... ich habe eine große Bitte an Sie.«

Sie saß ihm gegenüber in einem tiefen Sessel, die Beine übereinandergeschlagen und die rechte Schläfe in ihre Hand gestützt. Sie galt für die schönste und eleganteste Frau der Stadt, und Johannes wusste, dass zahlreiche Gerüchte geheimnisvoll um sie kreisten. Er war ein wenig verwirrt in dem zärtlichen Schweigen des Raumes, in dem leisen Duft, der ihn erfüllte, vor der ungezwungenen Schönheit einer fremden Frau, aber er sah aufmerksam und höflich in ihr Gesicht und wartete.

»Sie haben das Gesicht eines Edelmannes, Johannes«, sagte sie endlich, ohne ihre Stellung zu verändern, nur ihre Augen waren nun voll zu ihm aufgeschlagen. »Und ich glaube, dass Sie auch die Seele eines Edelmannes haben ... nein, widersprechen Sie nicht, Ihre Augen können nicht lügen. Wenn Sie sehen, dass eine Frau, eine wehrlose und schutzlose Frau, in Not ist, würden Sie ihr helfen?«

»Gewiss«, erwiderte Johannes.

Sie sah ihn lange an, mit einem Blick, den er nicht verstand, und plötzlich fiel vor seinen Augen die Maske ihres Gesichtes, fiel ins Unsichtbare, und darunter erschien das Gesicht einer namenlosen Qual, von Furchen der Angst, der Verzweiflung zerrissen. »Johannes«, flüsterte sie, als ob die dunklen Ecken des Raumes lebendig wären, »Johannes, ich habe einen Brief bekommen ... von ihm, verstehen Sie? Von Ihrem ... Vater, hören Sie? Einen furchtbaren Brief. Ich habe etwas getan, etwas ... Gedankenloses, und er schreibt: ›In drei Jahren ...‹ Er muss es wissen, irgendwie. Er schreibt von Fotografien, die er besitzt, aus dem Hinterhalt angefertigt vielleicht … Wissen Sie, was Schande ist, Johannes? Sie glauben es zu wissen, ja, vergeben Sie auch mir. Aber Sie wissen nicht, was die Schande einer Frau ist. Der Tod ist leichter, und vielleicht werde ich mich töten müssen … Johannes, lieber Johannes, Sie müssen hinfahren zu ihm. Sie sind sein Kind. Sie müssen ihn bitten, beschwören, dass er es nicht tut. Ich will ihm Geld geben, aber er muss es Ihnen schwören, auf das Evangelium. Drei Jahre, Johannes, verstehen Sie die Qual von drei Jahren?«

Sie kniet vor ihm, ihre nackten Arme drängen sich um seinen Körper, und ihr aufgelöstes, gleichsam entkleidetes Antlitz hebt sich flehend zu ihm auf. ›Welch ein Wunder‹, denkt er erschüttert, ohne an den Brief mehr als an ein dumpfes Grauen zu denken. ›Welch ein Wunder: ihre Arme, die Böses getan haben, aber ein süßes Böses wahrscheinlich … diese Augen … dieses alles … was für ein Wunder …‹ Er hört nicht mehr, was sie spricht. Er sieht das Sichöffnen ihrer Lippen, den feuchten Schimmer, den matten Glanz ihres Haares, die Offenbarung einer andern Welt, aus Ahnung und Träumen schrecklich nah vor seine Seele gestellt. Er fühlt, dass in ihm etwas zusammenstürzt, hörbar fast, Wände, Mauern, zu Trümmern zerbröckelnd, eine schreckliche Leere, ein riesenhafter Raum, in den das Neue hineinbricht wie durch geöffnete Schleusen, betäubend, schwindelnd, mit tanzenden Sternen, und ein süßer, lähmender Schmerz rieselt zwischen seinen Schulterblättern hernieder und greift in den Schlag seines Herzens, dass er die kalte Hand in seinem Blute fühlt.

›So ist das also‹, denkt er, ›was in den Büchern steht, den Gedichten, den Bildern, der Musik … was die Gesichter der Menschen so seltsam macht, am Abend, wenn sie in den Haustüren stehen oder aus den Feldern heimkommen und der Mond scheint in ihre Augen … so also ist es … so schrecklich und so süß …‹

Johannes ist nicht unwissend. Niemand in seiner Klasse ist es. Aber er ist auf eine wunderbare Weise davor behütet worden, ein Geheimnis aus einer trüben, selbst schmutzigen Quelle haben aufheben zu müssen, es aus schmutzigem Papier zu wickeln, auf finsteren Hintertreppen nach ihm sich hinzuschleichen. Er hat nicht umsonst in einem leeren Raum gestanden, und seine wenigen Gefährten wussten, dass vor ihm die Worte zu wägen waren. Er hat sein Wissen auf eine gleichsam kalte und unpersönliche Weise erhalten, aus den Büchern der Wissenschaft, fast auf steinernen Tafeln. Alle Gefühle waren hier jenseits des Filters geblieben, alle Leidenschaften und Schmerzen. Die Natur wurde enthüllt, und das Aufspringen einer Knospe war in diesen Büchern so heilig und notwendig wie jede andere Äußerung des dunklen Triebes, der die Zweiheit in die Einheit schmolz.

Er hatte niemals das Gefühl, etwas Verbotenes zu lesen. Es gab nichts Verbotenes in Luthers Räumen. Aber er hatte das Gefühl, etwas Gefährliches zu lesen, um eine Gefahr zu kreisen, die so unerkennbar war wie Theodors verborgene Hand. Es war ein Strudel, der unaufhörlich mahlte und von dem man die Oberfläche sah. Niemand wusste, in welche Tiefe er sich fraß, ob er wiedergab, was er verschlang, ob er zerschmetterte, berauschte, vergöttlichte. Aber eine dumpfe Ahnung war in ihm, dass man aufhören würde, man selbst zu sein, wenn man sich ihm näherte. Dass eine Blume aufhören würde, eine Blume zu sein, etwas, das man nur betrachten und an dem man sich freuen konnte. Und so würde es mit einem Buch sein, mit einem Gedicht, den Ferien, dem Leben, mit allem, was in dem still beschlossenen Kreise des eigenen Körpers und der eigenen Seele umlief, atmete und war.

Er fragte nicht, er grub es gleichsam unter und trat die Erde fest. Aber das Gras bebte leise über der Stelle, und es war wie ein Hügel über einem lebendig Begrabenen.

Und nun war die Erde beiseite geschleudert worden, und das Begrabene war aufgestanden. Es hatte Form angenommen im Dunkel der Verborgenheit. Die steinernen Tafeln waren lebendig geworden, das kalte Wissen war Fleisch und Blut geworden, atmete, sprach, weinte, streckte die Arme aus, geheimnisvoll schimmernde Arme. Der Strudel tat sich vor seinen Augen auf, und langsam, ganz langsam begann sein Körper am äußersten Rande zu kreisen, schneller und schneller, ob er auch seinen Widerstand verstärkte und fortstrebte in die Ruhe der unbewegten Flut.

»Sie hören mich ja nicht, Johannes«, begann die Stimme von Neuem, so fern, als rufe sie vom Grunde des Strudels herauf und als werde jedes ihrer Worte hundertfach herumgeschleudert, bevor es zu seiner Seele kam. »Werden Sie es tun?«

»Ja, ich werde es tun«, erwiderte er, und seine Stimme war schwer wie Füße im Traum.

Ihre Arme lösten sich von seinem Körper und sanken herab, sodass die Hände sich auf den Teppich stützten, und ihre Stirn lehnte sich gegen seine Knie. »Ich danke Ihnen, Johannes ... nein, ich werde Ihnen danken. Wie eine vom Tode Auferstandene werde ich Ihnen danken, hören Sie?«

Er nickte nur und legte seine kalte Hand auf ihren Scheitel. ›Wie wird das sein?‹, dachte er. ›Vom Tode auferstanden ... etwas Ungeheures meint sie, und ich darf nicht fragen, niemals darf ich es fragen ...‹

Das Zimmer wurde dunkel, und das Fenster trat langsam aus der Schwärze in das Licht. Stimmen der Straße zogen vorüber, Fußschritte, ein langsamer Wagen. Gespenster des Lebens, die aus dem Nebel kamen und in den Nebel gingen. Hier aber war der Atem, der Herzschlag, das Blut. Die Blumen des Teppichs dufteten, die Zweige der Tapete rauschten leise, die Bilder an den Wänden rührten heimlich an ihre Rahmen und bemühten sich, hinabzusteigen in das schweigende Wunder der Stunde. Seine Knie aber waren im Atem einer anderen Welt, der Herzschlag eines anderen Menschen rührte leise und gleichmäßig an das Gebäude seines Lebens, und sein Körper war wie eine Wolke, durchglüht von einer Sonne, die das Auge der Menschen nicht mehr sah, aber die ihn noch verwandelte, weil er erhoben war gleich einem Adler im Raum. Der andere Mensch, das war es, was Luther gesagt hatte. Ein fremdes Blut. Nicht das der Mutter oder des Großvaters, ein unerhört fremdes Blut, das ihn umspülte. Blut, das wie seines sein würde, rot, warm, Augen, die die Farben vernahmen wie seine, Lippen, die sich zum Sprechen öffneten gleich den seinen: und doch das Ganze aus einer ungeheuerlichen Ferne einbrechend in die Einsamkeit seines Lebens.

Eine Uhr schlug mit der feierlichen Strenge eines letzten Gerichtes. Als der letzte Ton verklang, war es, als rausche ein dunkelroter Vorhang über ein Geschehen, das nur für Gott allein sei, als hätten die Menschen sich abzuwenden und in das Ihrige zurückzukehren.

Johannes ging, ohne ein Wort gesagt zu haben. Ein hoher Mond stand über den Dächern, und es roch nach welkendem Laub. Fenster erhellten sich, Vorhänge wurden zugezogen, Ladentüren geschlossen. Alles war wie sonst, und alles war verändert. Denn in jedem dieser erhellten und abgeschlossenen Räume konnte nun leise das Wunder aufstehen, konnte eine Frau knien, ein Lächeln die Wände sanft bestrahlen. Wer in sich geblieben war, konnte es so ruhig betrachten wie er selbst an jedem Abend bisher. Aber wer das Gift empfangen hatte, sah nun ›wie in einem Spiegel‹. Er blieb stehen, an einen der Ahornbäume gelehnt, und versank in Gedanken, weshalb er das eben so genannt hatte, das ›Gift‹. Aber es waren keine Gedanken. Es waren Bilder, Düfte, Klänge. Ein Satz schlang sich wie eine Perlenschnur von Farbe zu Farbe, aber er zerriss, und alle Perlen stürzten lautlos in die dunkle Tiefe hinab.

›Auch das habe ich verloren‹, dachte er ohne Schmerz.

Er ging bis zum Walde und saß dort auf dem Grabenrand. Wildgänse zogen, und die Haselmaus raschelte im Laube. Aber er saß wie in einer gläsernen Welt, und es war ihm, als könnten die Spinnen ruhig kommen und ihre Netze um ihn weben, dass er am Morgen im Tau läge, wie ein Schiff, oder ein Baum, oder ein totes Wild.

›Ich muss ja zu ihm gehen‹, dachte er, ›so schnell ich kann, denn jede Stunde ist eine Qual für sie. Ich muss gleich gehen, die ganze Nacht und noch einen Tag …‹ Das Zuchthaus tauchte vor ihm auf, und plötzlich fiel eine eisige Kälte in das Gespinst seiner Träume. Er hatte nie ein Zuchthaus gesehen, aber es würde ein grauer Würfel sein, ungeheuer in einer toten Ebene, nichts als ein Würfel, erbarmungslos von seinen Kanten begrenzt. Kein Dach, kein Schornstein, kein Tor. Nur drei Linien von Fenstern, kleinen, viereckigen, mit eisernen Gittern davor. Eine furchtbare Parallelität, die sich nicht einmal in der Unendlichkeit schnitt. Wahrscheinlich kann man nur unter der Erde hinein, durch einen langen Gang, mit Türen ohne Drücker. Farbige Lampen flammten auf, und seltsame Klingelzeichen sprangen aus dem Unterirdischen auf, bedeuteten Alarm, Aufruhr, Mord und rauchendes Blut.

Das Bild brauste in seine Träume wie Sturm in einen Herbstwald. Hier war Wirklichkeit, kalt, unnahbar, von Verordnung und Vorschrift feindselig bewacht. Dort, in dem duftenden Raum, konnte das Wunder sein, aber hier brauchte man die Kräfte des Tages, und nur Luther konnte helfen.

Er stand auf und lief zur Stadt zurück. Das Wunder zerbrach nicht, aber es flocht sich auf eine schmerzende Weise in das hinein, was zu tun war. Es wurde wirklicher, aber dafür überstrahlte es die Aufgabe mit einem versöhnenden Schimmer, und es reichte nun nicht mehr aus, das Rieseln des Schmerzes bewegungslos zu fühlen. Es verlangte Entschluss, Tapferkeit und Sieg.

»Nun, Johannes«, sagte Luther, in seinen Sessel zurückgelehnt, »hast du ein Gesicht gehabt?«

»Ist das zu sehen, Herr Professor?«

»Es ist immer zu sehen, wenn ein Mensch verwandelt ist, Johannes. Zwischen zwei Herzschlägen kann man anfangen zu blühen oder zu welken.«

Johannes schwieg. Die grauen Augen spürten über jede Falte seines Gesichtes, sahen jedes Zittern seiner Augenlider. Und dann seufzte Luther ein wenig und wandte den nachdenklichen Blick zum Fenster, als suche er hinter dem einzelnen das Gesetz.

»Wie alt bist du, Johannes?«, fragte er leise.

»In zwei Wochen werde ich siebzehn sein.«

»Früh … aber es ist viel Hunger in deinem Geschlecht gewesen, ungesättigter Hunger … nun erzähle es.«

»Es hat mit mir jemand gesprochen, Herr Professor … eine Dame. Sie hat einen Brief bekommen, von dort, aus dem Zuchthaus. Er hat ihn geschrieben … Sie hat irgendetwas getan, etwas Gedankenloses, sagt sie, und er muss davon wissen. Er schreibt auch von Fotografien. Und sie will sich das Leben nehmen …«

»Und du?«

»Ich soll hinfahren und ihn schwören lassen auf das Evangelium, dass er es niemals sagen wird … Sie hat mich … sehr gebeten … und am Anfang steht ›In drei Jahren …‹«

Luther hatte sich vorgebeugt und starrte ihn an. »Was für ein Teufel!«, sagte er nach einem tiefen Atemzug. »Ist dir nun alles klar, Johannes?«

»Nein, nichts …«

»Weißt du nun, weshalb sie den Kranz der Liebe um dich flechten? Du bist der Anker, Johannes. Der Anker dieser Stadt. Verstehst du es jetzt?«

»Sie glauben …?«

»Ich glaube nicht, sondern ich weiß. Was für ein Teufel, Johannes! Es können gut drei Dutzend Briefe sein, die er geschrieben hat, vielleicht noch mehr. Denn noch sind nicht alle zu dir gekommen. Und wahrscheinlich weiß er eine Menge. In drei Jahren … das wird eine tragische Sache werden, Johannes.«

»Kann ein Mensch das, Herr Professor?«

»Ein Mensch kann alles, Johannes. Er kann seine Mutter ermorden und sein Kind schlachten, um es zu essen. Er hat nicht umsonst die längste Ahnenreihe, Johannes ... So also ist es ... und auch Weishaupt, die Säbelkröte, sieh mal an ... es wird schlecht geschlafen in dieser Stadt, Johannes ...«

»Aber ich muss hin, Herr Professor, ich muss hin, so schnell wie möglich!«

Luther nickte ihm zu, und eine leise Trauer lag in dieser Bewegung. »Natürlich musst du hin, Johannes. Du wirst auch in den Vesuv hineinspringen ... natürlich musst du hin ... du weißt doch, dass es zwecklos ist?«

»Es darf nicht sein, Herr Professor!«

Der unbestechliche Blick in den grauen Augen. »Du weißt doch, dass es zwecklos ist?«

»Ja ...«

»Siehst du ... aber natürlich musst du hin ... auf dem Instanzenweg dauert es eine Ewigkeit ... warte, ich will an den Ministerialrat schreiben, und du nimmst den Brief nachher zur Post ... ein paar Tage wird es immerhin dauern ... es wird eine schwere Reise, Johannes.«

»Ja ...«

»Das Übrige ... nun, es ist ein Gesetz, Johannes, und es kommt nur darauf an, wie wir vor ihm bestehen. Du wirst dich verlieren ... Menschen wie du verlieren sich immer ganz ... und wirst dich wiederfinden. Denn wer sich nicht verliert, findet sich auch nicht. Aber sei darauf gefasst, dass dies eine durch und durch zwecklose Reise wird, hörst du? Durch und durch! Und vergiss nicht, Johannes: Nur wer ein Zweck ist, darf sich verlieren. Nicht, wer ein Mittel ist ... so, und nun wollen wir den Brief schreiben.«

Als Johannes in der Nacht zwischen den Rosen stand und das rauschende Wasser an seinem Körper niederfiel, schien ihm das Mondlicht zu weiß zu sein, das aufdringlich auf seinen Gliedern lag, und er wandte sich, dass der Mond in seinem Rücken stand. Von Neuem fühlte er das Erschauern von seinen Schultern abwärtsrieseln, aber es war nicht das Erschauern der Kälte. Glück und Schmerz waren nicht zu trennen, aber der Boden wankte unter ihm, und die Berge stürzten ein. ›Wie hochmütig war ich‹, dachte er, ›ach, wie hochmütig!‹

Er stieg die Treppe hinauf wie ein gealterter Mensch, und als er sich in seinem Zimmer umsah, war ihm, als sei er lange Zeit fort gewesen.

Er sah über den Garten hinaus, bis zum fernen Walde, und selbst dieses war anders geworden. ›Welarun ist tot‹, dachte er. ›Niemals mehr wird er rufen …, und die Tiere werden sich verbergen vor mir wie vor allen andern, denn mein Gesicht ist verwandelt worden … er hat es gleich gesehen. Ich habe das Wort vergessen, das die Berge öffnet, und nun ist alles verstummt und verhüllt …‹

Er legte sich nieder in ein fremdes Bett, zu einem fremden Schlaf, und als er den Mantel auf den Stuhl legte, wusste er, dass er seine Kindheit aus seinem Leben legte.

›Ich war Johannes‹, dachte er, in Schlaf versinkend, und nun bin ich ein Mensch geworden … der Mensch Jedermann …‹

11.

Es war nicht, wie Johannes gedacht hatte. Keine tote Ebene, kein erbarmungslos gekanteter Würfel, kein Zugang unter der Erde. Es war viel nüchterner und wirklicher. Ein grauer Gebäudehaufen, an den Rand einer kleinen Stadt gefügt, von Mauern umgeben, von Toren geschlossen, von Beamten in Uniform bewacht. Und das Erschreckende war, dass dieses Lebensnahe und gleichsam Alltägliche um vieles furchtbarer war als die Vorstellung seiner Fantasie. Ein Toter auf einem leeren Felde mochte ein schwerer Anblick sein, aber ein Toter in den Straßen einer Stadt, bei hellem Tage, von Wagen berührt, von Menschen gestreift, von Tieren betrachtet, war eine grauenhafte Schändung, mit jenem Einsamen verglichen, um den die Gräser wehten und das Schweigen des Todes lautlos stand.

Und dies hier war das Erschlagene, das vor aller Augen lag. Denn es gab Dinge, die durch Zaun oder Mauer nicht verborgen wurden. Die Straße lief hier vorbei, von hohen Pappeln begleitet, und Johannes sah, dass ein großer Teil der Fenster auf diese himmelanstürmenden Bäume hinaussah; dass hinter jedem dieser Fenster wahrscheinlich zwei Augen dem Zug dieser grünen Lanzen folgten; dass in den Nächten das Rauschen dieser ›jenseitigen Bäume‹ mit einer furchtbaren Deutlichkeit über die Herzen der Schlafenden gehen musste, dieser Schlafenden, die wahrscheinlich niemals schliefen, auch im Schlafe nicht, und an deren geschlossene Augenlider alles stieß, was jenseits der Mauer war, besonders aber der Wind, der große Atem der Freiheit.

Johannes stand an einen der hohen Bäume gelehnt, bevor er an dem Tor zu läuten wagte. Noch einmal verglich er das Bild seines Traumes mit der Wirklichkeit, die vor ihm lag, und es schien ihm, als sei der Traum barmherziger gewesen. Dort waren nicht Bäume, Wolken oder Steine gewesen. Das Haus der Toten hatte in einem toten Land gelegen. Nun aber brauchte er nur die Hand zu heben, zu jenem abgenutzten Glockengriff, das Tor sprang auf, und mit einem einzigen Schritt war man aus dem Leben in das Reich der Toten geschritten. Nichts als eine Schwelle war, eine dünne eiserne Wand, und es war nicht zu denken, dass man diesen Schritt wieder zurücktun konnte, dass Tod und Leben gleich zwei Stuben waren, die man wechseln konnte nach Laune und Belieben.

›Auf das Evangelium‹, hörte er die flehende Stimme sprechen. ›Wenn sie dies gesehen hätte‹, dachte er, ›würde sie nicht vom Evangelium gesprochen haben … lachen wird er, schrecklich lachen. Er wird es hinausschreien durch die grauen Korridore, und alle werden es hören und lachen, die Beamten, die Gefangenen, ja, die Steine werden lachen in den unerschütterlichen Mauern, wenn hier vom Evangelium gesprochen wird …‹

Aber dann hob er die Hand zum Glockengriff. Er schrak zusammen, als es läutete, hell und blechern, als hätten die aber tausend Hände bereits die Seele aus dieser Glocke hinausgeläutet. Und es läutete schrecklich nahe, dicht hinter dem Tor, und hätte doch nur wie ein ersterbender Hauch aus der Tiefe der Erde kommen dürfen. Das furchtbar Alltägliche stand auch hier auf, als läute man an einer Ladentür und eine Stimme würde gleich fragen, was man wünsche.

Ein Beamter stand in der geöffneten Tür, und hinter ihm sprang wie aus einem Zauber die Flucht von Höfen, Mauern, Fenstern empor, eine Perspektive des Schrecklichen, die sich um den zitternden Blick herumbaute, dass das gleichmütige Gesicht im Vordergrunde ganz erlosch.

»Sie wünschen?«, fragte eine Stimme, so unbeteiligt, als handle es sich um den Kauf eines Heftes oder einiger Schreibfedern.

Johannes reichte den Ausweis, den er durch die Vermittlung des Ministerialrats erhalten hatte.

Ein abwägender Blick, der gleichsam die Person des Wartenden, Johannes Karsten alias Zerrgiebel, eine Person mit einem negativen Vorzeichen, von der ehrfurchtgebietenden Größe der ministeriellen

Bescheinigungen subtrahierte. »So so ...«, sagte der Mann in Uniform, und dann führte er den »Subtraktionsrest« nicht ohne leutselige Freundlichkeit über den ersten Hof in ein graues Portal.

Johannes hatte die Augen nicht geschlossen, aber er hielt sie so starr vor sich auf etwas Unsichtbares gerichtet, dass alles was außerhalb dieser Sehachse war, im Dunkel blieb, in einem grauen und gestaltlosen Dunkel: Häuser, Höfe, Menschen, selbst Stimmen und Geräusche. Nur mitunter blitzte am Rand dieses Sehfeldes etwas auf, wie flatterndes Insekt am Rand eines Scheinwerferkegels: ein Türschild mit furchtbarer Deutlichkeit von Nummer und Namen, eine Bleistiftzeichnung auf gekalkter Korridorwand, die Hälfte eines Gesichtes, das unauffällig aber prüfend über seine Erscheinung tastete.

Ja, er möchte seinen ... Vater sprechen. Zu allem anderen schüttelte er den Kopf.

Er musste warten, und er lauschte. Er hatte nicht die Kraft, sich umzusehen, aber er lauschte in das leise Leben hinein, das durch die Wände rieselte, als gehe dort tief unter seinen Füßen der lautlose Gang einer ungeheuren Maschine, die unter der Erde, wo die Brunnen endeten, Wasser von Eimer zu Eimer schöpfe, eine sinnlose und dumpfe Tätigkeit, weil der letzte Eimer sich wieder an den ersten anschloss, eine Tätigkeit, die nur da sei, damit geballte Kraft sich nicht selbst verzehre, eine ungeheure Sanduhr, die alle drei Minuten sich wendete. Ein Schlüsselbund klirrte, eine Tür schlug zu, ein Schritt verlor sich im hallenden Echo steinerner Wände, stieg Treppen hinunter, Leitern, vertropfte, erstarb. Eine Stimme brach irgendwo aus dem Stein, eine eingemauerte Stimme, aus Mörtel und Ziegelstaub gleichsam sich herauswindend, schrie etwas in den leeren Raum hinaus, ein Wort, eine Reihe von Worten, gleichmäßig wie ein Hammer, und erstarb wieder, verschüttet von Eisen, Lehm, Türen, Decken, sodass das Schweigen wieder schrecklich in den Gängen stand.

»In drei Jahren ...« Hatte sie nicht so gerufen, bis man sie wieder begraben hatte? Ihren lächelnden, lauernden Triumph der unerschütterlichen Gewissheit, der niederschlug wie der Eisenstempel einer Maschine? Und darunter sollte er nun seine Hand halten? Sollte den Stempel aus seinen ehernen Gelenken brechen, das Rad anhalten, die Stimme ersticken? Sie schwieg, aber in zehn Minuten, wenn er Auge in Auge mit ihr stehen würde, was anderes würde sie tun als lächeln?

Und was anderes würde dieses Lächeln bedeuten als »in drei Jahren ...«?

»Na, denn komm'n Sie man, junger Herr«, sagte eine Stimme mit einem Schlüsselbund.

Sie stiegen eine Treppe hinauf, deren Steinstufen so abgetreten waren, dass Johannes glaubte, Wasser müsste in den Höhlungen stehen können, und dass er sich dicht am Geländer hielt, weil er plötzlich die ganze Treppe mit Füßen erfüllt sah. Keine Körper waren darüber, keine Glieder, nur Füße, in schweren, genagelten Schuhen, mit einem grauen Stoffrest darüber, abgeschnitten wie von Messern einer ungeheuren Maschine. Hinauf gingen sie und hinunter, wie zwei Bänder, die gegeneinanderliefen. Nicht dass die einen froh und die andern traurig, die einen der Freiheit näher und die andern ihr ferner waren. Sondern sie gingen wie auf einer rollenden Treppe, ja wie eine Treppe selbst, und die Bewegung war ihr Leben. Johannes fühlte, dass es verurteilte Füße waren, zum Gehen verurteilt, zu einer Sinnlosigkeit des Gehens, und dass nichts gemessen wurde an ihnen als die Körner des Steins, die sie abtraten auf ihrem Wege. Nicht die Gutwilligkeit oder Froheit des Weges, nicht die Last, die Eile, der Schmerz, nur die Umdrehung des Rades wurde gemessen von unsichtbaren Augen, und vielleicht bei jedem tausendsten Male zerbröckelte ein Korn des Steines und ein Zeiger rückte unmerklich vor auf einem ungeheuren Kreise.

»Haben Sie man keine Angst, junger Herr«, sagte die Stimme wieder, »es gewöhnt sich an alles ...«

Und dann traten sie ins Sprechzimmer, und Johannes wusste es, weil es auf dem weißen Türschild so stand. Ein zweiter Beamter saß drinnen an einem kahlen Tisch, und neben ihm stand ein Mensch in einer seltsamen grauen Kleidung ... mit einer Affenjacke, würde Frau Pinnow gesagt haben ... das Haar auf eine erschreckende Weise geschnitten. Es war ein gezeichneter Mensch, wie Johannes fühlte, bevor er noch erkannte, dass es Zerrgiebel war. Ein Mensch, der irgendwie aus dieser leise bebenden Tiefe hinaufgebracht worden war, aus dem bleichen Dämmerlicht, in dem die riesigen Stahlarme lautlos umeinandergriffen und die dunklen Treibriemen rauschend aus der Dunkelheit heranschossen, um in einer anderen Dunkelheit sich wieder um stählerne Wellen zu legen. Ein Mensch, der die steinerne Treppe hinaufgekommen war, in schweren, genagelten Schuhen, mit einem grauen Stoffrest darüber, und der sie wieder hinuntergehen würde, sobald er ›auf das Evangelium‹ geschworen haben würde.

»Guten Tag«, sagte Johannes leise, und dann hob er die Augen auf, um in sein Schicksal zu sehen.

Zerrgiebel lächelte, und in diesem Lächeln sah Johannes, dass er seine Schlacht verloren hatte. Denn dieses Lächeln wusste alles: die Stunde in dem dämmernden Raum mit den flehenden Augen der Angst und der Hoffnung, die Stunde bei Luther, die Stunde zwischen den Rosen. Das Lächeln hatte gewartet auf diesen Gesandten der belagerten Stadt, auf Angebot, auf Flehen, auf Beschwörung. Er war seines Sieges furchtbar gewiss, und er brauchte nichts als zu warten.

»Von wem?«, fragte Zerrgiebel fröhlich.

»Weißt du es nicht?«

»Ausgeschlossen, mein edler Sohn! Ich weiß viel, aber wer von den drei Dutzend Leuten mit Patentgewissen die größte Angst gehabt hat, das kann selbst ich nicht wissen. Nur dass es eine ›Dame der Gesellschaft‹ ist, darauf kann ich Gift nehmen … Und was sollst du also hier?«

Der Beamte, nach einem Blick in Johannes' gequältes Gesicht, ging an eines der hohen Fenster und trommelte einen leisen Marsch auf den verstaubten Scheiben.

»Du musst schwören«, sagte Johannes, so leise, dass nur seine Lippen sich zu bewegen schienen.

»Auf das Evangelium musst du schwören, dass du sie nicht verraten wirst!«

Er zog den dünnen Band aus der Tasche seines Mantels, und das goldene Kreuz auf dem Einband leuchtete seltsam, wie er es gegen Zerrgiebel hob.

»Was hast du denn da?«, fragte dieser neugierig. »Das Neue Testament? Sieh mal an … erinnerst du dich der trauten Familienstunden, Johannes, wo Theodor daraus zu lesen pflegte? Theodor, der sich nun von den Trebern nährt und der eine Grube für seinen Vater grub? Weißt du, wie die Lampe sang und der Wind in den Fichten rauschte? Das war eine köstliche Zeit, nicht wahr, Johannes?«

Die Querfalte zwischen seinen Augen zuckte, und ein böses Lächeln entstellte seinen nun glatt rasierten Mund.

»Du musst schwören«, wiederholte Johannes. »Ich kann nicht früher zurückgehen, als bis du geschworen hast.«

Die Finger schlangen sich ineinander und knackten auf eine unheildrohende Weise. »Was hat sie dir denn versprochen?«, fragte er freundlich. »Du schweigst? Du windest dich? Sieh mal an! Der Minne Lohn wahrscheinlich, mein keuscher Johannes, wie? Ja, da ist es wohl zu verstehen, dass du den weiten Weg zu deines Vaters Hause gegangen bist ... ein geräumiges Haus übrigens, wie? Der Minne Lohn, sieh mal an! Ja, weißt du, in solchen Fällen opfern die Frauen schon eine ganze Menge, das verstehe ich schon ... und du mit deinen komischen Augen bist das Opfer schon wert ... erkenne an, Johannes, dass ich dir zu einer großen Karriere verhelfe, wie?«

›Ich habe keinen Dolch mitgebracht‹, dachte Johannes. ›Ich hätte wissen müssen, dass ich ihn töten musste. Es ist der einzige Weg, der einzige ...« Er musste sich an der Lehne des Stuhles halten, um nicht umzusinken, aber er ließ seine Augen nicht von dem Gesicht, in dem eine immer wildere Freude aufzuflammen schien. »Was soll ich denn schwören, kleiner Johannes?«, fragte er zutraulich. »Dass ich nichts sagen will? Aber wie wäre es, wenn ich selbst den Lohn einkassieren möchte, den sie dir versprochen hat? Zwar muss sie etwas warten, eintausendundfünf Tage, aber treue Liebe wartet gern, nicht wahr?«

»Du wirst nicht lebendig bis zur Stadt kommen«, flüsterte Johannes.

»Doch, mein Liebling«, beharrte Zerrgiebel. »Sehr lebendig werde ich in die Stadt kommen ...«

»Du musst schwören!«, schrie Johannes so laut, dass der Beamte vom Fenster zurücksprang und mahnend die Hand hob.

»Man sollte Kinder hier nicht hineinlassen«, bemerkte Zerrgiebel vorwurfsvoll. »Nun soll ich schwören, dass ich es nie mehr tun werde, und das kann ich doch nicht so aus dem Handgelenk ... Beruhige dich nun, kleiner Johannes, und lass uns vernünftig reden. Willst du eine Liste haben von denen, die ich gezeichnet habe? Nicht? Es könnte dir von Nutzen sein, für deine Karriere, weißt du. Aber erzähle, wie es dort aussieht. Hat es gewirkt? Hat es getroffen? Siehst du, sie dachten, sie könnten ein Gewürm ins Zuchthaus sperren und die verpestete Luft wieder reinigen. Aber sie hatten vergessen, dass das Gewürm stechen kann, schrecklich stechen. Weil ihre Ferse nackt war. Das ist die Sache. Ihre Ferse war nackt, und das hatten sie vergessen. Schlag das auf vom Schalksknecht, Johannes, und lies es mir vor ... ach, wie sie tanzen werden, drei Jahre lang! Und erst, wenn ich zurückkomme!«

»Du musst schwören«, flüsterte Johannes, aber seine Lippen gehorchten ihm nur nach einer schrecklichen Anstrengung.

»Natürlich will ich schwören, Johannes. Siehst du, dein Vater ist gar nicht so ... nun reiche es her ... soll ich meine Hand darauf legen? So ... und was soll ich nun schwören?«

»Ich schwöre auf das Evangelium ...«

»... auf das Evangelium ...«

»dass ich, solange ich lebe ...«

»... solange ich lebe ...«

»nichts und zu keinem Menschen sagen werde ...«

»... sagen werde ...«

»was ich von ...«

»Nun?«

»Beug dich zu mir ... so ... was ich von Frau Moldehnke weiß oder erfahren habe ...«

Darauf pfiff Zerrgiebel durch die Zähne, einen hässlichen, leisen, bedeutsamen Pfiff. »Wie es dich anstrengt, kleiner Johannes«, meinte er bedauernd. »Ganz weiß bist du geworden ... also Frau Moldehnke ... ein erhebliches Konto, tja, kann mir denken, dass sie in Sorgen ist ... ein nahrhafter Fall, kleiner Johannes, in den wir uns ruhig teilen könnten, wie?«

»Weshalb schwörst du nicht?«, stöhnte Johannes.

»Wie meinst du? Schwören? Ich weiß doch nun, wer es ist. Das war doch die Hauptsache? Oder dachtest du, ich würde schwören? Was für ein Unsinn ... Zerrgiebel und schwören!« Er nahm das Buch, warf es weit fort über die Dielen und starrte seinem Sohn plötzlich ins Gesicht. »Rache schwört Zerrgiebel!«, schrie er in das zurückweichende Gesicht. »Rache, verstehst du? Rache auch an dir, du fremde Kröte, die du nie den Weg zu mir gefunden hast bis zum heutigen Tage! Und du meintest, Zerrgiebel gäbe das Gold aus der Hand, das echte, ungefälschte, damit du ein paar schöne Nächte bekommst, ja? Und diesen Handel wolltest du auf das Evangelium abschließen, du Kind Gottes, ja? Zerrgiebel soll unter der Erde faulen, drei Jahre lang, damit sie tanzen drei Jahre lang? Ach nein, mein geliebter Herzenssohn, faulen sollen sie so gut wie ich, noch besser, winden sollen sie sich, und wenn ich wiederkomme, dann will ich es einholen, was ich verloren habe. Schrecklich will ich es einholen, und das schwöre ich dir, das allein!«

Er hatte sich vorgebeugt, und seine langen, knochigen Hände streckten sich in den leeren Raum, der unter dem Schrei seiner Flüche zu erdröhnen schien, durch die Türe hinaus, durch die Korridore, die Stockwerke und Höfe.

Der Beamte war vom Fenster zurückgetreten und hatte die Hand mit einer strengen Gebärde auf seinen Arm gelegt, aber er schüttelte sie ab, als sei es nun Zeit, mit jeder Komödie aufzuhören. »Ich verbitte mir diese Besuche«, schrie er.

»Sie dürfen hier nicht so schreien«, sagte der Beamte.

Zerrgiebel löste seinen Blick langsam von dem eingebildeten Gesicht, nach dem er seine Hände ausgestreckt hatte, und sah den Beamten an. Es war zu sehen, dass er erwachte. Seine Augen gingen einmal langsam durch den Raum, fanden das zerstörte Gesicht seines Sohnes, fanden das Testament auf den grauen Dielen, knüpften die Fäden zwischen diesen einzelnen Dingen, die seine Flüche zerrissen hatten, stellten die Welt gleichsam wieder her, aus der sein Zorn ihn hinausgetrieben hatte, und suchten nun nach der Gebärde, mit der dies alles »erledigt« werden konnte.

Und so begann er zu lächeln, zuerst wie an eine Erinnerung verloren, die immer deutlicher aufstieg, immer näher rückte, bis sie Gegenwart wurde, heitere und beglückende Gegenwart, die man auskosten konnte, ohne Trübung oder gar Schmerz. »Auf das Evangelium ...«, wiederholte er leise. »Auf das Evangelium sollte Zerrgiebel schwören ...« Und wie aus der Tiefe eines Springbrunnens stieg sein Lächeln immer heller und höher empor, wurde ein Lachen, das strahlend aufwärtssprang, bis es den Raum zu erfüllen begann, so zu erfüllen, dass es ihn zu sprengen schien. Ein Lächeln, das aus dem Strahlenden unmerklich ins Böse überging, aus dem Bösen ins Verruchte, aus diesem ins Wahnsinnige.

»Hören Sie doch auf!«, sagte der Beamte ungehalten. »Was ist denn da zu lachen?«

Ein neuer Ausbruch des Jubels bei Zerrgiebel.

»Ich will fort«, sagte Johannes, »ich will fort!«

Er bückte sich nach dem Testament, und eine sich überschlagende Woge des Gelächters schien sich auf seine Schultern zu stürzen, um ihn mit der Stirn auf die Dielen zu schleudern. »Ich will fort!«, schrie er in Todesangst, und es war ihm, als könne man die Tür des Zimmers nicht mehr nach innen öffnen, weil das Gelächter sich wie eine Barrikade dagegen türmte.

Dann standen sie auf dem Korridor, und mit einer verruchten Inbrunst neuer Kraft warf das Gelächter sich in die noch leeren Räume, schoss die Gänge hinab, überspülte die Treppen und Geländer, erfüllte das ganze Haus, stieg bis unter das Dach und erfüllte alles Gerade, Rechtwinklige und Geordnete des Totenhauses mit einer Verzerrung, die keine Grenze mehr erkennen ließ zwischen Bosheit und sich überschlagendem Irrsinn.

Der Beamte, fassungslos und aus allen Instruktionen geschleudert, brüllte fruchtlos in die Unerhörtheit dieses Lachens hinein, setzte eine schrille Pfeife an den Mund, deren Töne aus grauenvoller Entfernung erwidert wurden, bekam zwei andere Beamte zur Unterstützung, aber Johannes, an die Wand des Ganges gelehnt, hörte seinen Vater wie auf einem brausenden Wagen des Gelächters um die Ecken fahren, Treppen hinunterdonnern, Türen zerschmettern, bis alles das sich nicht verlor, sondern nur entfernte, bis Stockwerke sich dazwischen schoben, Gebäudeflügel, Höfe, Mauern, Gewölbe, und doch durch alle Steine hindurch der Grundton dieser stürzenden Melodien schrecklich deutlich vernehmbar war: »Auf das Evangelium ... Zerrgiebel auf das Evangelium ...«

»Man müsste ihn töten«, sagte er laut in die wiederkehrende Öde hinein. »Und ihn tief unter der Erde begraben ...«

Dann steckte er das Buch in seine Manteltasche und ging langsam die Steintreppe hinunter. Er sah nun keine Füße mehr, und es schien, als habe das Lachen alle Visionen erschlagen. Er schrak auch nicht zurück, als er aus dem Portal trat und ein Zug der »grauen Leute« gerade am Hause entlanggeführt wurde. Er vermied ihre Blicke nicht, sondern sah finster in diese irgendwie seltsamen Gesichter, und ihm war, als brauche er nur das Buch mit dem goldnen Kreuz über ihre geschorenen Häupter zu heben und sie würden lachen, genauso wahnsinnig und unmenschlich lachen, wie Zerrgiebel dort irgendwo unter der Erde noch immer lachte. ›Es ist wie in der Schule‹, denkt er plötzlich, ›genauso wie in der Schule ...‹ Eine unendliche Bitterkeit überfällt ihn ganz plötzlich, die sich schnell zu einer hoffnungslosen Traurigkeit verdichtet. Alles ist umsonst gewesen, die Reise, die Beschwörungen, ihre Angst dort in dem stillen Zimmer, das was er verloren hat: »Jedermann« ist zum ersten Mal in die Welt gezogen. Man hat ihn ausgelacht, und mit leeren Händen kehrt er heim. Jedermann wird immer so heimkehren, und das Gelächter wird hinter ihm herdonnern wie ein Wagen des Triumphes, auf dem sie alle stehen werden, die nicht auf etwas Heiliges schwören.

»Früchtchen ...«, sagt eine Stimme vor ihm, und eine graue Gestalt löst sich aus dem Zuge heraus, bleibt stehen und sieht liebevoll zu ihm empor, der drei Stufen höher im Portal steht. Sie trägt, entgegen aller Vorschrift, eine schwarze Schirmmütze, und aus ihrem Schatten heraus starren zwei rot geränderte Augen wie aus einer Höhle wartend, nichts als wartend auf Johannes. Die rechte Hand hat die Gestalt in der Tasche.

Es trifft Johannes wie ein Schlag, viel härter als das Lachen oder all das andere. Es fährt wie eine Nadel durch sein Leben, lautlos aber unfehlbar. Nichts wäre natürlicher gewesen, als dass der Großvater etwas gefragt hätte, zum Mindesten mit freundlichem Hohn, ob er sich denn auch schon zu seinen Vätern versammelt habe. Aber das Furchtbare war, dass er nichts fragte. Und während die Hand des Beamten ihn schon weiterschob, wobei sein Blick mit amtlichem Befremden über Johannes streifte, drehten die Augen sich nur leise unter dem Mützenschirm, ohne Hass, ohne Neugier, nur mit einer sachlichen, aber gefährlichen Teilnahme, das leise Lächeln fraß sich unverändert um den linken Mundwinkel, und noch über die Schulter hinweg kam das leise, drohende, ätzende Wort vergangener Zeiten: »Früchtchen ...« Weiter nichts.

Und dann waren sie um die Ecke des Gebäudes gebogen.

Mit dem Augenblick, wo das Tor sich hinter Johannes schloss, legte die Schande sich wie ein Mantel um seine Schultern. Er wusste nun, dass es alles nichts nützte, das andere Blut, der andere Name, das andre Gesicht. Er konnte den Mantel nicht abwerfen, und niemand sah, was unter dem Mantel war. Aber jedermann sah den Mantel. Seit er hier gewesen war, seit sein Name hier ausgesprochen war, seit Vater und Großvater Zerrgiebel zu ihm als zu ihresgleichen gesprochen hatten, war er unlöslich verflochten in ihr Geschick, in dies graue Haus, in jeden Hall der Korridore, trug jeder Stein gleichsam seinen Namenszug, jedes Rauschen der Pappeln den Klang seiner Stimme, die gebeten hatte, zu schwören.

»Es hat sich nichts geändert«, sagte er zu sich, aber er fühlte die Unwahrheit des Trostes in seine Seele tropfen und sie mit Bitterkeit vergiften. Er hatte verloren, mit dem Evangelium in der Hand, und er fühlte aus ganz weiter Ferne die Erkenntnis sich nähern, dass er das Evangelium missbraucht hatte. Er hatte an den Lohn gedacht, an das stille, matt beleuchtete Zimmer, an die Arme, die ihn umschlungen hatten. Er hatte nicht wie ein Edelmann gekämpft, für die Schwachen und Schutzlosen, sondern wie ein Knecht, in Hoffnung und Erwartung, ja in Gier. Und es war ihm recht geschehen, dass er verloren hatte und dass er die Schande trug. Er war aus sich herausgetreten und hatte sein Leben in fremde Hand gelegt, in die Hand einer Frau und in die Hand eines Zuchthäuslers. Er war ein Spiel geworden, und sie würden würfeln um eine Beute.

Unterwegs, zwischen dem stoßenden Rhythmus des Zuges, als vor seinen geschlossenen Augen das graue Haus noch einmal sich aufbaute, fand er den einzigen Weg aus seiner Schande. Er suchte ihn nicht, sondern er empfing ihn gleichsam wie einen Stern, der aus den Wolken heraustrat, und er fühlte, dass auch dieser Tag ihm zum Segen werden würde, wenn auch über diesem Segen das Wort des Fluches stand: »In drei Jahren ...«

Es war dunkel, als er wieder in der Stadt eintraf, und in dem Haus des Arztes war kein Fenster erhellt. Er wusste, dass sie den Tag mit Sorgfalt gewählt hatte und dass keine Gefahr bestand für den Weg, den er zu gehen hatte. Nicht die übliche Gefahr, aber die Haustür schlug mit einer erschreckenden Unerbittlichkeit ins Schloss, und die Treppenstufen knarrten wie unter heimlich geschleppten Lasten. Johannes griff nach dem Geländer und stand lange Zeit im Dunkeln, die Augen auf das nackte Viereck der Glasscheibe in der Haustür gerichtet, durch das das Licht der Straße langsam wachsend hineinfiel. Er wusste nichts von der nächsten Stunde. Er wusste, was er sagen würde und was nicht geschehen durfte. Und wenn es geschähe, musste er im Morgengrauen zum See gehen und sein Licht auslöschen von dieser Erde. Aber er wollte, dass es nicht geschähe. Er wollte es mit seiner ganzen Kraft, und er wusste, dass sein ganzes Leben von dieser Stunde abhing, ja, wahrscheinlich von den ersten fünf Minuten jenseits jener Tür, hinter der ein stilles Licht in das Dunkel hinausschimmerte. Er bebte am ganzen Körper und fühlte, wie seine Stirn feucht wurde, aber er lächelte verächtlich und sah mit kalten Augen gleichsam sich selbst zu, wie er Stufe für Stufe langsam in die Höhe stieg. Die Füße tauchten wieder vor seinen Augen auf, die beiden gleitenden Bänder, deren eines ihn nun emportrug und deren anderes mit einer süßen Lockung sich an ihn drängte, damit er hinübertrete und schwindelnd in eine blühende Tiefe sänke, wo die Mühe des Steigens aufhörte, die Qual des Wählens, des Kämpfens, des Ringens mit sich selbst.

»Karsten oder Zerrgiebel ...«, flüsterte er vor sich hin, und mit verzerrtem Lächeln hob er die Hand zur Klingel.

Aber bevor er den Finger auf das kühle Elfenbein legte, erlosch drinnen das Licht, die Tür ging auf, und eine fieberheiße Hand riss ihn hinein. Zwei Arme umfingen ihn, tastend im Dunklen, aber bevor sie ihn umklammert hatten, rettungslos, wie er wusste, sagte er laut und mit fast schülerhafter Deutlichkeit: »Er hat geschworen!«

Ein leiser Schrei ohne ein gesprochenes Wort, ein Atem, von dem sich Berge stürzten, und ohne Pause seine klare Stimme, deren schrecklich erkaufte Klarheit nur ihm bewusst war: »Er hat geschworen, aber er hat verlangt, dass ich keinen Lohn empfange ... keinen Lohn ... keinen Lohn ... und ich habe es geschworen.«

Er tastete rückwärts ins Dunkle nach dem Lichtschalter neben der Tür, und als das Licht aufflammte, stand er vorgebeugt und starrte in ihr Gesicht, das, überfallen vom Licht, unverhüllt sich ihm darbieten musste: Es war ein Gesicht des Schreckens, der Verwirrung und des Schmerzes.

Er starrte hinein mit einer beleidigenden Gier des Wissenwollens, aber es war kein Zweifel: Es war ein Gesicht des Schmerzes.

»Sie wollten es tun?«, fragte er erschüttert. »Sie wollten es wirklich tun?«

Sie öffnete die Tür zu ihrem Zimmer und bat ihn mit einer Bewegung der Hand einzutreten. Er zögerte, aber er gehorchte. ›Keine Gefahr mehr‹, dachte er erschöpft, ›keine Gefahr mehr ...‹

Eine kleine Tischlampe brannte, und Johannes sah Blumen, Früchte, Tee, Gebäck. Er dachte, dass es ein Opfermahl sei, was da bereitet war, und er schloss die Augen, weil das Wort ihn beunruhigte und irgendetwas ihn zwang, nach seinem Ursprung zu suchen.

Frau Lisa löschte das Licht im Flur. Dann fiel die Türe zu, und nun waren sie schrecklich allein. ›Wahrscheinlich ist er gestorben‹, dachte Johannes. ›Und das Mädchen auch ... niemand wird läuten in dieser toten Stadt, die er getötet hat, der dort in dem grauen Hause sitzt ... es wird mir nicht leicht gemacht, aber nur ein Knecht will es leicht haben ...‹

Sie saß in einem Schaukelstuhl, die Knie heraufgezogen und die Hände um sie geschlungen. Johannes sah, dass sie sehr blass war, und es kam ihm sehr deutlich zum Bewusstsein, dass er sie offen und ohne alle Verwirrung ansehen konnte.

»Weshalb hat er es verlangt, Johannes?« Sie sah ihn grübelnd an, und er fühlte, dass Gefährliches sich unter ihrer blassen Haut bewegte und verbarg.

Er bat, eine Zigarette rauchen zu dürfen und sah den Wolken nach. »Man weiß nie, weshalb er etwas verlangt«, erwiderte er. »Er ist wie ein Brunnen, mit feuchten und dunklen Wänden, und man weiß nicht, welches Gewürm in den Spalten verborgen sitzt. Er ist von einem Geschlecht, das immer eine Hand in der Tasche hat. Alle drei sind sie so.«

»Glauben Sie ihm oder nicht?«

»Gewiss glaube ich ihm, es ist kein Zweifel daran.«

»Aber weshalb hat er es verlangt? Wie kommt es, dass er es gewusst hat?«

»Er will immer was in der Hand behalten. Immer schon war er so. Er gibt nichts umsonst fort, auch die Rache nicht. Er liebt es, mich zu quälen, immer schon, und auch jetzt wollte er mich quälen. ›Sie kann ganz ruhig sein‹, sagte er, ›aber du, mein Liebling, du musst etwas unruhig sein.‹ Lassen Sie es nun gut sein und fürchten Sie sich nicht mehr.«

Wieder fühlte er seine Stirn feucht werden, und seine Augen flohen von ihr zur Türe und wieder zurück.

»Aber du musst etwas unruhig sein ...«, wiederholte sie. »Verachten Sie mich?«, fragte sie plötzlich.

Er schüttelte den Kopf mit einer überzeugenden Stummheit.

»Sagen Sie mir nur eines«, bat er nach einer Weile. »War ich ... war ich ein Mittel oder war ich ein Zweck?«

Gleichzeitig mit der Frage fühlte er, dass er sie nicht hätte aussprechen dürfen, dass er auf eine verhängnisvolle Weise mit der Gefahr zu spielen begann. Er war über die Brücke gelangt, wider alles Erwarten, und nun verführte der Teufel ihn, denselben Weg noch einmal zurückzutasten. Er stand auf und machte einen Schritt auf die Türe zu, aber seine Augen hingen noch immer fragend an ihrem Gesicht, das ihm ganz zugewandt war, mit einem Lächeln, das er zum ersten Mal an einem Menschenantlitz gewahrte.

»Sie waren ein Mittel, Johannes«, sagte sie leise, »zuerst waren Sie nichts als ein Mittel ... aber dann wurden Sie ein Zweck, noch ... noch bevor ich wusste, ob das Mittel helfen würde ...«

»Ich muss jetzt gehen«, sagte er mit einer Stimme, vor der er erschrak wie vor einem Spiegel.

Sie stand bei ihm und hielt sein Gesicht zwischen ihren beiden Händen. »Es könnte sein, Johannes«, sagte sie mit unheimlicher Eindringlichkeit, »dass das alles keinen Sinn mehr für mich hat, die Angst und ob er es tut oder nicht tut. Dass das andere mehr Sinn für mich hat, ganz allein Sinn für mich hat, und dass ich sage: brich deinen Schwur, denn es ist mir gleich, ob er den seinen hält oder bricht ...«

Johannes war ihrem Gesicht so nahe, dass er nicht das ganze Bild der fremden Schöpfung in sich aufnehmen konnte, nicht ihre beiden Augen zugleich in sich fassen konnte. Er war einem Menschenantlitz niemals so nahe gewesen, dass er sich in ihm gespiegelt hätte, und was ihm in dem feuchten Spiegel ihres braunen Auges nun entgegentrat, war ein Doppeltes, das ihn überwältigend ergriff: die Erinnerung an den leisen Schauer seiner Kindheit, wenn er sich über das Wasser eines Weggeleises beugte oder über den Rand eines Brunnens und von dort unten, aus einer fremden Ferne, wuchs ihm das Gegenbild zauberisch oder gespenstisch entgegen. Das war das eine. Das andere aber war, dass er zum ersten Mal eines anderen Menschen war, nicht nur gedanklich oder seelisch, sondern in einer wunderbaren Wirklichkeit. Dass er aus dem Gefäß eines anderen Körpers aufstieg, auf unsichtbaren Leitern, die sich schweigend seinen fremden Füßen darboten, und dass er plötzlich in der feuchten Beseeltheit eines fremden Antlitzes auftauchte, ein Kind eines fremden Hauses, aber gehalten wie ein eigenes Kind, auf eine erschütternde Weise eines anderen Menschen eigen geworden und zu eigen genommen, auf der Schwelle eines fremden Tempels sitzend und sich nun entgegenwinkend, als gebe es keine Fremdheit mehr auf der Welt und als lade der fremde Körper, der das Bild empfangen und aufgenommen habe, beseligend ein, sich nun ganz in ihn zu verströmen wie in eine Heimat.

Lange vor der Erfüllung fühlte Johannes in diesem Blick des Auges das erschütternde Zerbrechen unbedingter Einsamkeit, das erste Hinübertreten in »das andere«, das Körper und Seele war, Blut und Atmen, ganz wie er selbst und doch unüberwindliche Ferne, eine Hingabe, die Empfängnis war, ein Verlust, der unersetzlicher Gewinn war, ein Außersichsein, das die erste wahre Erkenntnis der Einsamkeit vermittelte: ein Augenblick, in dem zum ersten und entscheidenden Mal der gesamte Sinn des künftigen Lebens, ja alles Lebens überhaupt, aller Möglichkeiten, Seligkeiten und Verzweiflungen, sich offenbarte, sich betäubend und doch mit eisiger Klarheit über das Kind stürzte, den Himmel seiner Seele gleichsam aufriss und spannte und auf die durchblutete Haut das Bildnis Gottes leuchtend schleuderte, zur Süße und zur Qual, wie es im Lächeln des Weibes sich offenbarte als im weitesten Fernesein, zu dem die Brücke alles Lebens sich jubelnd aufhob und schmerzlich senkte.

»Lassen Sie mich nun gehen«, sagte er mühsam. »Wenn Sie mich nicht gehen lassen, wird man mich morgen vormittags in dies Haus tragen und das Wasser wird aus meinem Haar auf die Erde fließen ...«

»Hat dich schon eine Frau geküsst, Johannes?«

»Nein.«

»So soll dich niemand vor mir geküsst haben.«

Er ertrug auch dieses, mit geschlossenen Lippen, und dann ging er hinaus.

»Du wirst wiederkommen, Johannes«, sagte sie im Flur, aber sie war ihrer Worte nicht mehr mächtig, so sehr bebte ihr Mund.

Er hielt den Türgriff schon in der Hand, die brennenden Augen ihr unaufhörlich zugewandt. »In drei Jahren ...«, sagte er laut.

Dann stürzte er sich in das Dunkel des Treppenhauses wie in einen Abgrund.

Aber der Abgrund spie ihn aus. Unverletzt schleuderte er ihn auf die dunkle Straße. Die Tür fiel hinter ihm zu, aber er wusste, dass sie wieder geöffnet werden konnte. Er lief die Straße hinunter, als glühten die Steine unter ihm, und seine fiebermatten Augen suchten nach dem nächsten Licht, das hell und befehlend seinen Kreis über ihn werfen und ihn nicht loslassen würde in das Schreckliche des Dunkels, das die Schritte verbarg, die Gedanken, die Blicke, die Versuchungen.

»Karsten oder Zerrgiebel ...«, sagte er vor sich hin. »Ich habe es noch nicht entschieden ... ich muss bis an die Furt gehen, wo der Engel wartet, und bis zur Morgenröte mit ihm ringen ...«

Angst fiel über ihn her, aus den sich entlaubenden Wipfeln, aus den dunklen Wolken, aus denen warme Tropfen ganz langsam fielen, aus der Stimme des Windes, der draußen um die Stadt ging und nach welkenden Wäldern roch. Es verlangte ihn, zu Percy zu gehen, vor sein klares Gesicht, das die Kühle und die Ruhe eines Steines besaß, und ihn zu fragen, ob ein Edelmann lügen dürfe, ob Pflicht ein Wort sei, in den Schulen und Kirchen erfunden, oder etwas was im Blute sich lebendig auf und ab bewege. Aber Percy war verreist, irgendwohin, und sein Zimmer würde leer sein und tot wie ein abgelegtes Kleid.

Es verlangte ihn, zu Luther zu gehen und zu fragen, ob es so heiße, dass, wer ein Zweck sei, sich verlieren dürfe. Ob es vielleicht heiße, dass er sich verlieren *müsse*, ob das die große Probe der Natur sei, die Probe auf die Tapferkeit, die Größe, das Opfer. Ob die Angst von der Natur sei oder von der Armseligkeit des Menschengeschlechtes. Aber Luther war verreist gleich Percy, irgendwo in die lombardische Ebene, wo sie nun die Weintrauben aus dem rötlichen Laube pflückten und wo die Marmorbilder in dunklen Gärten schimmerten.

Aber wo sollte man sonst hingehen und hinfliehen vor jenem Angesicht? Pinnow würde die Bibel aufschlagen und Frau Pinnow würde ihre kurze Pfeife rauchen. Und der Werkmeister würde Zahlen addieren und mit seinen hungrigen Augen durch ihn hindurchsehen in ein Land, wo es keine Erniedrigten mehr gab. Nein, es gab niemanden, zu dem er gehen konnte, damit die Zeiger sich drehten, ohne dass er es merkte, bis zur Morgenröte, die alles entscheiden würde. Denn er wusste, dass erst die Morgenröte es entscheiden würde, ob er aus dem Schilf aufstehen und immer tiefer in das Wasser hineingehen müsste, oder ob er jenen Weg durch die Wälder gehen würde, an dem Kreuzweg vorbei, wo seine Mutter auf ihn gewartet hatte, nach dem Karstenhof, wo sie die Stoppeln umpflügten und das Getier seine Gänge zum Winterschlaf bereitete.

Und dann saß er dem dunklen Hause gegenüber, auf dem Eckstein eines tiefen Torweges, vom Schatten verborgen, und hörte, wie die warmen Tropfen langsam und ganz vereinzelt auf die Straße fielen, die zwischen ihm und dem Hause menschenleer sich breitete. Das Licht in ihrem Zimmer war erloschen, der Schein einer fernen Laterne flackerte mitunter, vom Winde getrieben, über die graue Wand, und es sah aus wie ein totes Haus. Aber Johannes wusste, dass es nicht tot war. Wenn er den Atem anhielt, hörte er den Herzschlag hinter jenen Mauern und eine ferne, süße Stimme, die in die Nacht hineinsprach: »Du wirst wiederkommen, Johannes ...«

Die Kirchenuhr schlug, und er hörte die Wellen über die Dächer hinausgehen, als breche die Zeit ihren Ring entzwei und lasse die Stücke achtlos auf die Straßen der Menschen fallen … Wenn sie nun an eines der Fenster träte und sich hinausbeugte, würde er aufstehen und über den Abgrund der Straße zu ihr gehen, mit geschlossenen Augen und einem erstarrten Lächeln um die todgeweihten Lippen. Er wusste, dass er es tun würde. Aber nichts geschah. Der Wind nahm zu, und er hüllte sich fester in seinen Mantel. ›Die Morgenröte ist es‹, dachte er wie im sinnlos kreisenden Fieber. ›Mit der Morgenröte ist es entschieden … das ist die Furt zur Ewigkeit …‹

Er musste geschlafen haben, denn das Licht über der Straße hatte sich verändert, und der Regen fiel nun gleichmäßig auf die glänzenden Steine. Er saß geborgen und sah aus dem Frieden in das Bewegte hinaus, halb wie ein Wächter und halb wie ein Fahnenflüchtiger. Er wusste, dass sie nun schlief und dass die Brücke nicht mehr brechen würde unter ihm. Und während eine tiefe Trauer über das Verronnene dieser Nacht ihn ganz umhüllte, fühlte er die Freude überall durch das Gewebe der Trauer schimmern, nicht die Freude eines Sieges, denn er wusste, dass nicht er gesiegt hatte, sondern die Freude des Lebens, eines anderen Lebens als des bisherigen, eines tieferen, verstrickteren, gefährlicheren, die Freude des ersten Sturzes und der ersten Wunde, des ersten Verlustes und der ersten Bewahrung, die Freude und die Trauer der ersten Erschütterung, die nicht er allein geboren hatte, sondern die aus der Fremde in ihn hineingestürzt war wie in ein auserwähltes Gefäß, das er nun vor sich herzutragen hatte in die gesamte »Zukunft« seines Lebens.

Als die ersten Stare riefen, stand er auf und trat furchtlos auf die Straße. Noch einmal sah er an dem Hause hinauf, und dann ging er aus der Stadt hinaus, langsam zuerst und gleichsam noch zögernd und hinter sich lauschend, und dann immer schneller, als trete das Ziel seines Weges immer klarer aus dem Nebel der Frühe.

Als die letzten Häuser hinter ihm lagen, sah er das Frührot über dem Walde liegen, klar und gereinigt vom nächtlichen Regen. Er lächelte zu dem roten Schein hinüber, der die nasse Erde überleuchtete, und dann ging er den geraden Weg in die Wälder hinein, der zum Karstenhof führte. Er tat es als etwas ihm Zukommendes, und wiewohl er nicht gläubig war im Sinn der Kirche, schien es ihm, als stehe das Angesicht des Engels über den dampfenden Wäldern, mit dem er gerungen hatte eine Nacht lang auf dem Stein vor dem schlafenden Hause.

Aber auch in dieser Stunde wusste er nicht, wem von ihnen der Sieg zugefallen war.

12.

»Nein, Johannes«, sagte Luther, »auch wenn ich nicht verreist gewesen wäre in jener Nacht, würde ich dir nichts gesagt haben, kein Wort. Sieh, es steht irgendwo im Neuen Testament: ›Herr, wenn du dagewesen wärest, wäre er nicht gestorben.‹ Was für eine Gotteslästerung! Und davon ist es übergegangen auf die Pfarrer, die Pädagogen, die Richter, die Eltern. ›Wenn er Vertrauen gehabt hätte, wenn er sich ausgesprochen hätte, dann wäre alles anders gekommen.‹ Was für eine Dummheit, Johannes! Gut, nimm an, ich hätte gesagt, du *müssest* dich verlieren. Ich hätte es in jener Nacht gesagt. Du hättest vor mir gestanden und hättest gefragt: ›Was muss ich tun, dass ich selig werde?‹ Und ich hätte geantwortet, dass du dich verlieren müssest. Was wäre geschehen? Du wärest dort hingegangen und während des ganzen Weges hättest du vor dich hingesprochen: ›Ach, wie leicht ist mein Herz! Wie ohne Zweifel! Wie will ich nun selig sein!‹ Aber plötzlich, an der ersten Straßenecke schon, würde eine Stimme in dir gesprochen haben, eine unterdrückte, ganz tief aus dem Brunnen heraus, aber eine nicht zu überhörende: ›Du lügst!‹, würde sie gesprochen haben. ›Dein Herz ist weder leicht, noch ist es ohne Zweifel. Du wirst durchaus nicht selig sein, du wirst vielmehr sehr unselig sein.‹ – ›Unsinn!‹, sagt Johannes. ›Dort ist schon das Haus, das Haus der Seligkeit … ich muss mich ja verlieren, hat er gesagt … so leicht ist mir ums Herz …‹ Und du würdest die Tür geöffnet haben, dich abgeschlossen haben vom Leben der Straße, vom Leben der Vergangenheit, du würdest die Hand gehoben haben ins Dunkel des Kommenden, dass die Seligkeit sich hineinschmiege, und die Stirn gehoben, dass der Kranz der Verwandlung sich um sie schlinge … Aber siehst du, nichts würde dagewesen sein als das Dunkel des Treppenhauses, ein furchtbares, schweigendes, drohendes Dunkel. Die Treppenstufen knarren leise, ohne dass du deinen Fuß auf sie setzest, das Geländer flieht, als wolle es deine Hand ins Bodenlose nachlocken. Gefahr ist um dich, Grauen, schreckliche Entscheidung. Du stehst, an die Tür gelehnt, und denkst an mich, mit aller Gewalt deines Willens denkst du an mich und willst meine Worte wieder hören. Aber sie sind nicht mehr zu hören. Und du fühlst, dass ich gelogen habe. Nicht an sich gelogen, sondern für dich gelogen, verstehst du? Ein Schwamm ist da und wischt über deine Tafel, und plötzlich ist alles fort, was ich gesagt habe, was der Pfarrer gesagt hat, die Schule, die Bücher. Eine armselige Kreidelüge hat dort gestanden und ist verschwunden, und du hältst den Griffel in der Hand und hast allein zu schreiben, ganz allein, denn nun, in der Stunde der Entscheidung, ist niemand da als dein Blut. Dein Blut diktiert, verstehst du? Dein Blut ganz allein. Eine schreckliche, unbekannte, aber erbarmungslose Macht, vor der alle Kreideweisheiten zerstieben wie Spreu vor dem Winde. Vielleicht stehst du eine Stunde allein mit deinem Blut, vielleicht bis zur Morgenröte, wie du sagtest. Aber die Treppe wärest du nicht hinaufgegangen, Johannes, verstehst du? Dein Blut hätte sich auf die unterste Stufe geworfen, und niemand kann in sein Blut treten, Johannes, niemand.«

»Aber sagen die Menschen nicht, dass das Blut uns treibe, solche Treppen hinauftreibe?«

»Ach, was sagen die Menschen alles, Johannes … Sehnsucht, Wünsche, Gier, Trieb, das nennen sie das Blut. Aber sie wissen nicht vom Geheimnis des Blutes, von dem Unsichtbaren und Schrecklichen und Heiligen, was hinter diesen Dingen wie hinter Spiegeln steht. Sie wissen nichts von der Notwendigkeit, Johannes, dem Gott aller Götter. Du aber müsstest davon schon etwas wissen, denn du hast eine Nacht auf jenem Stein gesessen und hättest wissen können, dass du dort sitzen *musstest*, verstehst du, bis auf die Sekunde gezwungen, dort zu sitzen und auf die Morgenröte zu warten … Und es wird eine Nacht kommen, Johannes, wo du von jenem Stein aufstehen wirst, um in eine andre Morgenröte zu gehen …«

»So habe ich recht gehandelt, Herr Professor? Immer? Mein Leben lang?«

»Immer, Johannes, und dein Leben lang wirst du recht handeln. Aber du darfst nicht an das Recht denken, das die Gerichte verkünden oder die Kanzeln oder die Schuldirektoren. Du musst an ein anderes Recht denken, an ein neues Recht, das doch so uralt ist … Sieh, wenn der Seidelbast blüht im Frühling, dann hat er recht, verstehst du? Und wenn der Habicht niederstößt und tötet, dann hat er recht, verstehst du? Und wenn Johannes vor der Türe umkehrt, dann hat er recht.

Und wenn er morgen oder in drei Jahren nicht mehr umkehren wird, dann hat er ebenso recht, verstehst du das?«

»Vielleicht ... es gibt nicht *ein* Recht wie ein Einmaleins?«

»Es gibt nur ein Recht des Blutes, nicht des Blutes, das die Menschen so nennen, das ist die Kommismoral. Sondern des Blutes, das vor Gott Blut ist, weil es Gottes Blut ist ... Sieh, Percy würde zurückgekommen sein und gesagt haben: ›Er hat nicht geschworen, und es tut mir leid, dass ich es nicht ändern kann.‹ Und ... Joseph, ja, Joseph würde zurückgekommen sein und gesagt haben: ›Er hat geschworen, und ich bitte um meinen Lohn.‹ Johannes aber kam zurück und sagte: ›Er hat geschworen, aber ich darf keinen Lohn haben.‹ Alle drei würden sie recht haben, und der Unterschied ist nur der, dass Percy das Blut eines Grafen hat, eines Menschen, der sein eignes Blut trinkt um der Wahrheit willen, um des Schildes willen sozusagen. Und dass Joseph das Blut eines Kommis hat. Und dass Johannes das Blut eines Dichters hat, eines Menschen, der sein Blut trinkt, damit ein andrer ruhig schlafen kann. Und da siehst du, dass es auf das Blut ankommt, nicht auf das Recht.«

»Aber Sie meinen nicht, dass man die Hände falten soll und darauf warten, was das Blut spricht? Das meinen Sie doch nicht?«

»Nein, Johannes, das meinen die Toren. Sieh, jede Träne, die du weinst, gegen dein Blut sozusagen, jede Sekunde, die du auf dem Stein gesessen hast, jede Sekunde zwischen dem ›Ich möchte‹ und ›Ich darf nicht‹, alles dieses, Johannes, ist Sache deines Blutes. Das Wichtige aber, ja das furchtbar Entscheidende ist, dass wir das nicht wissen, verstehst du? Es ist uns um Haaresbreite bestimmt, wie weit wir gehen können, aber es ist uns auch bestimmt, ewig und unerschütterlich zu glauben, dass wir bis an den Rand der Ewigkeit gehen können. Wir sind begrenzt, aber wir halten uns für grenzenlos. Wir glauben, die Hände falten zu können, aber das Blut zwingt uns, die Hände nicht zu falten, sondern sie zu ringen. Und wer sie faltet, tut es nicht, weil es ihm leichter erscheint und ihm so passt, sondern weil sein Blut ihm befiehlt, sie zu falten. Was ist, ist gut. Vergiss das nicht, Johannes. Aber vergiss auch nicht, dass der Weg bis zu dem was ist, ein unabänderlich notwendiger Weg ist. Wir predigen das Schicksal, aber wir predigen nicht das blinde Schicksal, sondern das mit tausend unbestechlichen Augen.«

Plötzlich lächelte Johannes, ein unerwartetes, glückliches Lächeln. »Dann sind auch Sie, Herr Professor ... auch Sie sind mein Schicksal, nicht wahr?«

»Ich bin so gut dein Schicksal, Johannes, wie du das meine bist, für eine genau abgegrenzte Zeit, für einen genau bestimmten Zweck. Für einen Ast an unsrem Baum, Johannes, verstehst du?«

»Und ... auch sie, auch sie ist mein Schicksal, nicht wahr?«

»Du musst wissen, Johannes, dass jeder Mensch an unsrem Schicksal webt, jedes Wort, ja jede Pflanze, die du siehst. Weißt du, was die Toren sagen? Sie sagen: ›Wenn ich diesen Menschen nicht getroffen hätte, wäre mein Schicksal anders geworden.‹ Man trifft immer die Menschen, Johannes, die das Blut zu treffen befiehlt. Denn die anderen trifft man eben nicht. Man trifft sie, wie man Leute in der Eisenbahn trifft, Hunderte, Tausende, aber unter ihnen ist der eine, der wartet und der erwartet wird. Es ist noch niemand aus seinem Schicksal herausgefallen, Johannes.«

»Sagen Sie mir noch eines, Herr Professor ... glauben Sie, dass sie ... dass sie ein schlechter Mensch ist?«

»Ach, Johannes, was ist schlecht? Ist der Seidelbast schlecht, der hier auf meinem Schreibtisch steht? Er ist giftig, aber ist giftig schlecht? Kann eine Frau, die liebt, schlecht sein? Eine Frau, die vorgibt zu lieben, kann unwahr sein. Aber schlecht? Sieh, die Menschen sagen, eine Frau habe ihren Mann zu lieben und wenn sie einen andren liebe, sei sie schlecht. Aber mir scheint, dass alle Liebe wie der Glanz einer Sonne ist, die Gott in der Hand hält. Sie löscht das Dunkle in einem Menschen aus, und aus der bittersten, ärmsten und schlechtesten Seele blüht die schönste Blume, die aus diesem Boden jemals wachsen kann. Wenn ein Mensch liebt, hängt Gott sein Bild in die Kammer seiner Seele. Erst die Menschen haben Menschliches aus diesen Dingen gemacht: Liebe, Schuld, Recht, Sünde. Aber das Blut weiß nur vom Blühen oder Schweigen ... Grüble nicht zu viel über diese Dinge, sondern warte, bis man anklopft bei dir.«

»Und dann ... dann soll ich öffnen?«

»*Es* wird öffnen, Johannes, nicht du.«

Dieses Gespräch, das Johannes das Schicksalsgespräch nannte, fand im Frühjahr des letzten Jahres statt, das er auf der Schule verbrachte. Er hatte Frau Lisa ein paarmal gesehen und war in ein Haus geflohen, damit sie ihn nicht sähe. Und er hatte eine Reihe von Nächten auf dem Stein im dunklen Torweg gesessen und gewartet, ob »es öffnen« werde. Und sonst war nichts geschehen.

Nur dass die Welt sich auf eine seltsame Weise verändert hatte. Da war die Schule und das kleine Zimmer über der Gärtnerei, der Karstenhof, die Bücher und die Flöte. Aber es waren nicht mehr dieselben Dinge. Es waren Gläser, in die man einen neuen Trank gegossen hatte. Die Stunden liefen mit der Sonne und den Sternen, aber wenn man sie anrührte, klang kein Echo der Zeit bedrückend oder hoffend aus ihnen wider, sondern Tränen tropften, oder flammende Wünsche brachen aus ihren Fugen, oder ein stilles Leuchten oder ein kaum merklicher Duft. Es war, als entkleide die Welt sich ihres Stofflichen und rücke dicht an das Herz heran. Es gab keinen Nadelwald und keinen Laubwald mehr, keinen dunklen oder sonnbeglänzten, keinen schweigenden oder rauschenden. Es gab nur einen seligen oder einen traurigen Wald, und es war das Herz, das ihn dazu machte. Die Objekte hörten gleichsam auf, ihr Insichselbstbestehen, ihre Klarheit, ihre eigenen Gesetze. Die Verzauberung der Dinge begann. Die Steine blühten, wo ihr Fuß gegangen war, die Luft tönte, der Wind war süß. Die Allmacht der Verwandlung floss berauschend in das eigene Blut.

Er wusste nicht, dass er seinem Schicksal entgegenreifte. Er fühlte, dass er sich entglitt, oder vielmehr, dass er seinem bisherigen Dasein entglitt. Aber er glaubte, dass es immer so gewesen sei und er sich dessen nur bewusster werde. Wenn er las, wenn er Verse schrieb, dachte oder sich der Stunde hingab, glaubte er, dass er der Herr dieser Stunden sei. Aber inzwischen gingen ungewusst die fremden Worte aus jenem dämmernden Zimmer über seine Seele, die Atemzüge, das Fremde und Süße der Augen, der Arme, der gefalteten Hände, die Erscheinung eines Menschen, des ersten Menschen, die erste Offenbarung der Ekstase, der Verheißung, der Erlösung.

Vielleicht wäre es ihm gut gewesen, er hätte früher geliebt, als Kind, als Sekundaner. Und es hätte die Leidenschaft sich auf ihn geworfen zu einer Zeit, wo schon im Kuss die Schauer des Todes erwachen, und dahinter ist nichts, was größer sein könnte. Aber er kannte keine Seligkeit der Zopfschleifen, der Tanzstunde, der Darbietung der ersten Rose. Das Schicksal warf ihn aus einem Garten in die Schlacht.

Frau Gina merkte es zuerst. Sie merkte es nicht so sehr aus seinem veränderten Verhältnis zu den Dingen als vielmehr aus der leisen, kaum wahrnehmbaren Wendung seines Gesichtes, wenn sie ihn küsste, aus der leisen aber verborgenen Aufmerksamkeit des Blickes, mit dem er sie schweigend betrachtete. Sie fühlte, dass nun die Zeit gekommen war, wo sie die Krone ablegen musste für eine lange Strecke des Weges, die Krone des Einmaligen, nicht zu Vergleichenden. Wo sie aufhörte, zu sein wie Gott, aufhörte, allein ein ganzes Geschlecht darzustellen. Wo das Kind zum ersten Mal ihre Hand ließ, um nach einer andern Hand zu greifen, und dass es lange dauern würde, bis der Ausgleich zwischen ihr und dem Geschlecht hergestellt war und alle Dinge wieder dort standen, wo sie im Strom des gereiften Blutes zu stehen hatten.

Sie dachte wieder an Bonekamp, lange Nächte hindurch, aber dann betete sie doch um nichts anderes, als dass ihr Kind mehr Glück haben möchte als die Karstentöchter, deren Zeichen es über dem Herzen trug.

Es kam Johannes nicht in den Sinn, den Tatsachen nachzuspüren, die in Zerrgiebels Brief angedeutet waren, es kam ihm nicht einmal in den Sinn, ihnen nachzudenken. Das Seiende war, in ihm schlug das Herz und liefen die Gedanken, und alles Vergangene war Zeit, die sich vertropft hatte, Gesetz, das sich erfüllt hatte für Menschen, die vergangen waren. Es war das Leben, wo er ein Mittel gewesen war, und nun war das Leben, wo er aufgehört hatte, ein Mittel zu sein. Er zweifelte nicht, er litt nicht Qualen der Eifersucht. Er war seines Schicksals gewiss, lange bevor es ihn erreichte.

Er wusste auch, weshalb er zögerte. Dass er sein Blut trank, damit sie ruhig schlafen konnte. Dies war es. Und ein leiser Schauer vor dem Mysterium der Hingabe. Welaruns Augen sahen ihm zu, die Schatten standen still, die Gräser bebten nicht, ja, der Herzschlag des Lebens setzte aus. Bis die ferne Stimme über die erstarrten Wipfel rufen würde. Und dann würde Gott sein oder der Tod, das Paradies oder das Land Ohneangst.

Der Sommer ging heiß, mit schweren, bläulichen Gewittern durch das Jahr. An den Rändern der Stadt stand der Duft der Wiesen und dann der des Kornes wie eine körperhafte Mauer, und aus Herrn Pinnows Gärtnerei brannte eine betäubende Flamme des Duftes und der Verzehrung. Wenn der Tau vom Monde fiel, schien die Flamme bis unter die Sterne zu reichen, und die schwere Sättigung ihrer Pracht drang durch die geöffneten Fenster in die kleine Kammer, in der Johannes in schweren Träumen lag, reifend und sich bereitend wie die Felder vor den Toren.

Und dann kam jener Sonnabend im August, an dem Johannes mittags mit Klaus auf dem Bahnhof stand, um zum Karstenhof zu fahren. Er legte seine Büchertasche auf den kleinen Tisch vor dem Fahrkartenschalter und zählte in der linken Hand das Geld ab. Er dachte nichts, so sehr, dass er den Betrag noch einmal Stück für Stück in die andre Hand nahm, weil er vergessen hatte, wie viel es war. Aber in diesem Augenblick des Versinkens in ein bewusstloses Leben, als er die Augen in das Gesicht des Beamten hob, das sich erwartend zu ihm beugte, schob sich zwischen ihn und jenes andere bekannte, alltägliche und müde Gesicht die klare, unmissverständliche, ganz wirkliche Erscheinung einer Hand. Sie erschien in dem schmalen Raum zwischen den beiden Augenpaaren, nicht von irgendeiner Richtung her, sondern gleichsam aus sich selbst heraus, aus dem Nichts, wie ein Lichtbild im Entwickler auf einer durchsichtigen Platte. Es war die Hand einer Frau, die innere Fläche, so deutlich, dass die Schicksalslinien bis in ihre feinsten Verästelungen sichtbar waren. Sie war geöffnet, in einer gleichsam erwartenden Haltung, und Sehnsucht wie Glück lagen in der schweigenden Gebärde mit unfehlbarer Gewissheit ausgedrückt. Aber dann, während sie in ihrem seltsamen Schein plötzlich zu verblassen begann, schlossen die Finger sich langsam zu, als legten sie sich um die köstliche Heimlichkeit eines Geschenkes, und als es verborgen war, erlosch der letzte Schein, und nichts war da als der Schrecken des leeren Raumes.

»Was ist denn?«, sagte der Beamte. »Ist Ihnen schlecht? Das kommt von der Hitze.«

Aber Johannes hob nur abwehrend die Hand und drehte sich um. Der Schalterraum war leer, die Steinfliesen lagen wie sonst, die Plakate schrien von den grauen Wänden. Aber es war kühler geworden, als habe die Sonne sich verdunkelt, und die Windfangtüren schienen leise nachzubeben, als sei soeben jemand durch sie hindurchgeschritten, das Unsichtbare, das schweigend an das Kommende gemahnt hatte.

Er war so bleich, dass Klaus ihn halten wollte. Aber Johannes sah durch ihn hindurch. »Hast du nichts gesehen?«, fragte er leise.

Die großen Augen öffneten sich noch weiter. »Jo ... johannes?«

»War keiner da? Hinter mir? Ist niemand hinausgegangen?«

»Johannes ... was ist dir?«

»Natürlich ... nichts war da ... ich habe ein bisschen geträumt ... geh ... ja, geh nach dem Karstenhof, Klaus, gleich, und sage, dass ich nicht komme … Ich hätte … nun, irgendetwas … sag, was dir einfällt, aber nichts hiervon, hörst du?«

Klaus sah verstört aus und nickte. »Vielleicht bist du krank, Johannes?«

»Ja … wahrscheinlich … die Hitze, sagte der Mann … nun leb wohl …«

Aber nach ein paar Schritten kehrte er noch einmal um und sah in das blasse und erschreckte Gesicht. »Kleiner Klaus«, sagte er zärtlich wie ein Abschiednehmender. »Kleiner Klaus …«

Dann wehten die Windfangtüren hinter ihm auf und zu. Da war die Stadt, sonnenbeglänzt, ausgestorben in der Hitze des Mittags. Ein weißblauer Himmel über den Dächern, die zu schmelzen schienen, und in der Lücke neben dem Kirchturm die dunkelblaue Wolkenwand, fahl verhängt, hinter der die kommenden Blitze schliefen. ›Was für eine Stadt!‹, dachte Johannes. ›Nur gebaut, damit sie hier ein paar Jahre wohnen und mein Schicksal werden kann … und dann wird sie verfallen, wilden Wein um die Trümmer, Tiere der Wildnis auf dem Gras der Straßen … heute also wird es sein, um eine Stunde dieses Tages oder dieser Nacht … es wird öffnen, so ist es also …‹

Langsam ging er nach der Gärtnerei. Er ging durch die Straße mit dem Torweg und sah ruhig an ihrem Hause empor. Die Vorhänge waren geschlossen, und keine Bewegung lief über die graue Wand. Da wusste er, dass er hier nicht zu warten hatte, dass es nicht hier sein sollte. Und er ging nach dem See hinunter, wo in der Ferne die Luft über dem Brand von Wasser und Erde flimmerte.

Das Gesicht der Mittagsstunde bebte wohl in ihm nach. Es war, als schwimme er um die Abendzeit auf den Waldsee hinter der Kiesgrube hinaus, dessen Wasser so schwarz war und der mitunter mit einer gleitenden Ranke kühl und mahnend an die schauernde Haut rührte. Das Ufer schloss sich zu gleich einer Tür, die sich niemals mehr öffnen würde, und der scheue Blick, der nach der Tiefe tastete, sah die Schwärze eines Abgrundes, in der das Abendlicht vertropfte wie sinkendes Gold.

So war es auch um diese Stunde. Erklärungen? Johannes suchte nicht nach ihnen. Ob es ein unbekanntes Erbe des Geschlechtes war, aus rätselhafter Tiefe nach langem Schweigen wieder emportauchend, ob eine schwüle Frucht brennender Monate: Er forschte nicht danach. Er fühlte kein Grauen, nicht einmal Furcht. Er ging in einer warmen Sicherheit dahin, quälender Zweifel froh enthoben, eigener Verantwortung fast befreit. Denn es hatte gerufen. Eine Hand hatte sich vor die Stunde geschoben, hatte seinen Fuß angehalten, der aus dem Schicksal hatte gehen wollen, hatte ihn gewendet in das ihm Zugemessene und hatte sich leise geschlossen über der kommenden Frucht.

Und es war ihre Hand gewesen.

Er hatte vergessen, dass das Haus leer und verschlossen war, dass Herr und Frau Pinnow zu einer Hochzeit gefahren waren. Er erinnerte sich erst, als die Tür sich nicht öffnete. Von Neuem floss ein leiser Schauer zwischen seinen Schulterblättern abwärts, und ein traumhaftes Lächeln erschien um seinen Mund und blieb dort von nun an bis zum Abend. Er holte den Schlüssel, der unter der Treppe zum Gewächshaus lag, und ging in seine Kammer hinauf.

Das grüne Licht der Weinranken stand kühl und still im schweigenden Raum. Der Garten brannte, und in der Ferne, hinter dem See, wo die drohende Wand über dem Walde lag, war er wieder erschienen, der Große, Schweigende, der gestorben war oder ihn verstoßen hatte. Welarun stand über dem fahlen Wipfelrand, die Lippen leise geöffnet, und um die heilige Stunde würde sein erlösender Ruf über das Land kommen. Die Schatten würden wandern, das Gras im Sande sich biegen, und aller Herzschlag aller Kreatur würde wieder einmünden in den großen Strom der Ewigkeit, der unter den Wipfeln raunte, wo das ewige Leben sich gebar.

Noch einmal stieg Johannes die Treppe hinunter zu der Stelle, wo die Rosen blühten, und wusch seinen Körper zu dem Opfer des Tages. Dann häufte er brennende Blüten in seinen Arm, so viel er tragen konnte, und erkannte die Veränderung seines Lebens, weil er es zum ersten Male tat und ohne Schmerzen tat.

Und dann stellte er sie in seine Kammer, dass das grüne Licht nun von dem Glühen brennend erfüllt war. Und dann legte er sich auf sein Bett, und faltete die Hände über der ruhigen Brust, und wartete auf seine Stunde.

Er sprach zu Frau Lisas Gesicht, Stunde um Stunde. Er sah, dass das Licht in der Kammer sich veränderte, fahler, aber auch auf eine geheimnisvolle Art leuchtender wurde. Er fühlte, dass die Wolke über dem Walde stieg, aber er wusste es nicht. Das Gesicht aber blieb unverändert und klar, als leuchte es von einem inneren Licht, das sich verstärke, je mehr das äußere erlösche. Er konnte nicht sagen oder denken, was das

Gesicht ausdrückte. Er fühlte nur, dass es befreit war von dem, was es sonst erfüllt hatte, von Angst, Flehen, Verheißung, Schmerz. Es war ein stilles Gesicht geworden, und ein warmer Friede floss aus seinem Schimmer in den dunkelnden Raum.

Johannes war es, als sehe er dies Gesicht nun zum ersten Mal, wie man ein Geschmeide sieht, das man von der Erde und dem Rost seines Wartens befreit hat. Er sah es nun so deutlich wie die Hand in der Mittagsstunde, jede ausklingende Linie, den feuchten Glanz der Augen, die weiche Blüte der Lippen. Er nahm es in sich hinein, bevor es Wirklichkeit wurde, er erfüllte sich mit ihm, ganz und gar, und es war, als ob der Kelch seiner Seele sich lautlos neige unter der Schwere des Tautropfens, der schweigend in die Erfüllung wuchs.

Und dann ging unten die Tür, und die Glocke rief durch das leere Haus. Die Schwingungen kamen die Treppe hinauf und stießen in das stille Licht, dass es mit blühenden Kreisen an die Wände schlug, leise wie ein kaum bewegtes Wasser.

Johannes saß aufrecht auf seinem Bett. Eine leise Dämmerung stand im Raum, aber es war die Dämmerung des Gewitters, nicht des Abends. Er lauschte in das Schweigen hinunter, von dessen Rand die letzten Glockenschwingungen flohen. Er hatte keinen Zweifel, keine Ungewissheit. Er fühlte den Tautropfen in seiner Seele, wie er langsam zum Rande des Kelches rollte und ihn erdwärts beugte. Das Gesicht war verschwunden.

Und dann hörte er ihren Tritt auf der Treppe. Ja, er hörte das leise Rauschen ihres Kleides und wusste, dass es ein weißes Kleid sein würde. Er beugte sich ein wenig vor, die Hände zwischen den Knien gefaltet, und sah auf die Türe. Es fror ihn plötzlich, sodass er zitterte.

Sie trat sehr leise ein und blieb an der Türe stehen. Eine weiche Gebärde des Bittens war noch um sie und ein letztes Atmen vor der Gewissheit. Ihre rechte Hand war geöffnet, in einer gleichsam erwartenden Haltung, und in dieser Hand war das Kommende schon beschlossen, bevor ein Wort in das Schweigen gestürzt war.

Ein blaues Licht flammte über den fernen Wald und stand sekundenlang über dem See, über den blühenden Beeten, in der Kammer, die nun wie von Glas erschien. Die Blumen im Raum flammten auf, die Wände, das Kleid, die Gesichter. Es war ein durchsichtiges Licht, und es schien durch die Körper hindurch. Als es erlosch, blieb eine leise Nacktheit zurück, wie von gefallenem Gewand, eine zarte, geheimnisvolle Nacktheit, in der die Blumen betäubender dufteten und in der die Seelen aus den Körpern traten, weil ihnen nun keine Verhüllung mehr angemessen war unter diesem unvermuteten Sturz eines fremden Lichtes.

Als es von Neuem aufleuchtete, länger und befehlender gleichsam, sah Johannes, dass die Hand sich geschlossen hatte.

Er sank vornüber wie ein gemähter Halm, bis er auf den Knien lag und die gefalteten Hände den Boden berührten. Sein Gesicht war zu ihr aufgehoben, und als ihr Kleid ihn berührte, legte er nur die Arme um ihre Knie und drückte sein Antlitz in ihren Schoß.

»Du kannst es nun tun«, flüsterte er. »Alles ... alles, was du willst ...«

Sie vergrub ihre Hände in seinem Haar und beugte seinen Kopf zurück, bis sie seine geschlossenen Augen sah.

»Ich war dort, Johannes«, sagte sie. »Heute war ich dort. Ich weiß nun alles ...«

Sie fühlte an seinen Schultern, dass er verstand.

»Du solltest ... ruhig schlafen ...«

Sie lachte. Ein leises, glückliches Lachen wie aus einer Vogelkehle.

»Ich werde ruhig schlafen, Johannes ... an deinem Herzen ... horch, wie es ferne grollt ... welch eine verzauberte Nacht ...«

»Welarun ruft«, flüsterte er, die Augen öffnend. Sie sind ganz gefüllt mit blauem Licht, wie Blumenkelche oder wie Waldseen, die die Flamme durchleuchtet bis zum Grund.

»Du brennst, Johannes«, sagte sie, sich niederbeugend.

Er lauscht ihren Worten nach bis zum nächsten Leuchten. Sie sieht das traumhafte Lächeln um seinen schmerzlichen Mund und stürzt sich hinein wie in einen Abgrund der Erlösung. Ihre Brust bedrängt ihn. Er streift das Kleid von ihren Schultern, und als der Raum wie blaues Glas um sie steht, umfangen seine Augen die Offenbarung Gottes. Er drückt seinen Mund in die Wärme des anderen Lebens. Er stürzt aus sich heraus, aus der Welt, aus seinem Blut, in ein anderes Blut, das nach dem seinen ruft, und während sie sein Antlitz an sich drückt, während sie wünscht, dass ihre Brust sich öffne, um ihn zu empfangen, fühlt sie, dass aus seiner Erschütterung Tränen stürzen, wirft sich auf die Knie zu ihm nieder, tastet über sein Haar, sein Gesicht, spricht törichte Worte des Trostes, des Erbarmens, der Hingabe und weiß, dass er weint. Weiß nicht, dass es die ersten Tränen seines Lebens sind, die Tränen eines Sterbenden oder Wiedergeborenen, fühlt die Erschütterung eines Kindes, das in ihren Armen stirbt und tastet mit den zitternden Händen erster Hingabe an ihrem Kleid, bis er sich in ihren unverhüllten Gliedern verbirgt, damit er nicht sterbe, bevor er sie umfängt und sich erlöse vor seinem Tode.

Und dann fällt das blaue Licht über ihren Tod, und ihre Hände streicheln über seinen geopferten Leib, während der Regen brausend über die Erde geht und im fernen Wald der Schrei des Donners in die Wipfel stürzt, dass die Wände der Kammer leise beben. Da zieht sie die weiße Decke leise über ihrer Körper Enthüllung, und die Blitze tasten nur matt in das Dunkel, in dem sie leise atmen wie auf den Schattenwiesen einer versunkenen Welt.

Als die Mitternacht lange vorüber ist, sagt sie, dass sie gehen müsse. Sie muss behutsam zu ihm sprechen, und ihre Hände dürfen nicht zu weit von ihm fortgehen, denn sein Gesicht ist von einer eigentümlichen Starrheit, als wollte er sich in einen Abgrund stürzen, weil das Leben nun aufgehört habe, der Mühe wert zu sein. Aber dann steht er gehorsam am Fenster, während sie das Kleid überstreift. Es ist ganz dunkel in der kleinen Kammer, und nur ein trauriger Schein des späten Mondes zittert in den Weinranken, die im leisen Wind der Frühe sich bewegen. Sie fragt, ob es noch regne, aber er wendet sich mit einem erstarrten Lächeln. »Es wird niemals mehr regnen«, sagte er leise. »Es kann ja niemals mehr regnen.« – »Johannes!« – »Weißt du denn nicht, dass Gott eine neue Erde geschaffen hat in dieser Nacht? Wie sollte es regnen auf ihr? Sterne könnte es regnen, aber nichts anderes ...« Auch seine Stimme ist anders geworden, eine Traumstimme, die am Tage stumm sein wird, wie die Stimme eines nächtlichen Vogels, die nur der Mond erweckt und der Duft der Nachtgewächse.

Die Erschütterung über seine Verwandlung überfällt sie so, dass sie an ihm niederkniet und seine herabhängenden Hände küsst. Sie ist heilig geworden in dieser Nacht durch die Liebe eines Kindes. Alle bisherige Liebe ist ausgelöscht, ein dumpfer Traum, und sie ist nichts weiter als die Schale für ein heiliges Blut.

»Wie kann es sein, dass du fortgehst?«, fragt er, und seine Augen sind wieder von dem Licht der ersten Stunde erfüllt.

»Soll ich denn bleiben, Johannes?«

»Wie kann es sein?«, wiederholt er. »Soll denn die Stadt stehen wie zuvor? Dies Haus? Diese Kammer? Und mein Herz soll schlagen, im Leeren?«

»Johannes!«

»Ist der Vorhang nicht zerrissen?«, fragt er mit der eintönigen Stimme eines Fieberkranken. »In zwei Teile?«

Sie küsst schweigend seine Knie.

»Niemals mehr wird es *ein* Vorhang sein ...«, sagt er nach einer Weile ganz leise.

Dann treten sie endlich auf die feuchte Straße hinaus. Sie nimmt seinen Arm und drückt ihn an ihre Brust, dass er ganz durchzittert wird von ihrem Herzschlag. Über ihnen wälzen sich lautlos die gespaltenen Wolkengebirge des versunkenen Gewitters, und die schwere Luft reifender Ernte liegt schmerzlich im gereinigten Raum. Die Sterne sind fort, und alle Dinge sind nahe zusammengerückt in einer verlassenen Einsamkeit. Mitunter fällt ein schwerer Tropfen aus dem Laub der Bäume auf ihre Stirn, und sie schrecken zusammen wie unter dem Wurf eines nächtlichen Steines. Alle Türen sind geschlossen, alle Fenster erstorben, und der Schlag der Kirchenuhr fällt in das aufschreckende Schweigen wie ein nachfallender Stein in die Verschüttung eines Brunnens. Und dann ist nichts mehr als die leise Verstohlenheit ihrer Füße auf der leeren Straße.

Es ist seltsam, aber Lisa ist an seinem Herzen ein Kind geworden. Sie hat vergessen, was an Rausch, an sinnlicher Freude, an Wissen in ihrem Leben gewesen ist. Sie fürchtet sich, und wie er ist sie versucht, wie im Sündenfall zu gehen. Sie denkt, dass Gott an der nächsten Ecke stehen und sie ansehen werde, als sei der Duft des Apfels noch auf ihren Lippen. Sie weiß, dass dies töricht ist und dass der neue Tag alles zurechtstellen wird. Nicht in das Gewöhnliche, das Bisherige, aber in das Wirkliche, in eine unerhörte Süße der Wirklichkeit. Aber jetzt fürchtet sie sich. Sie fühlt seine Tränen noch immer auf ihrer Haut, und sie weiß, dass sie Großes getan hat, so Großes, dass ihr davor schwindelt. Es ist ihr, als habe sie einen Toten erweckt, und sie bebt zurück vor dem Ungeheuren ihrer Macht. Sie ist eingebrochen in ein fremdes Reich, und das Reich ist zu ihren Füßen gestürzt.

»Ich werde meine Bibel verbrennen«, sagt Johannes, und nun weiß sie, dass er dasselbe denkt. Aber sie weiß nun auch, dass er sich nicht fürchtet. Er ist ein Kind, aber in der Hingabe ist sie ihm untertan geworden, und dies Bewusstsein nimmt die Angst von ihrer Stirn. Sie hat nicht an einem Kind gesündigt, sie ist in der Heiligkeit der Natur geblieben, und sie legt ihre Wange demütig an seine Schulter und fürchtet sich nun nicht mehr vor den Augen Gottes.

Als sie die Haustür aufgeschlossen hat, küsst sie ihn noch einmal. Dann bleibt er am Fuß der Treppe stehen, die Hände ein wenig erhoben und mit den Innenflächen zu ihr gewendet. Sie sind leise geöffnet, und sie fühlt in einem Aufrauschen des Glückes, dass er darauf wartet, sein Blut über ihre Schwelle vergießen zu dürfen.

»Heute ...«, sagt sie leise. Und dann schließt sich die Tür.

Johannes geht sehr langsam denselben Weg zurück. Die Tropfen fallen in sein Haar, und er sieht, dass ein paar blasse Sterne dort stehen, wo der Wald sein muss. Er denkt flüchtig daran, ob die Sonne noch einmal aufgehen werde, aber der Gedanke fällt von ihm ab wie die Regentropfen von seiner Stirn. Er versucht, ein Bewusstsein seiner selbst zurückzugewinnen, nicht seines Körpers, seines Dahinschreitens, sondern seines inneren Lebens. Er versucht, den Blick gleichsam auf die Achse seines Daseins zu richten, aber vor seinen Augen kreisen nur die Speichen des rollenden Rades, schimmernd, gleitend, sich verlierend. Und sie kreisen in einem fremdartigen Duft, der wie ein zweites Leben ihn wandernd umhüllt. Die Brücke schleudert sich unter seinen Füßen empor und wirft ihn unter die Sterne. Kein Geländer ist da, und er hört den Besitz seines bisherigen Lebens wie Steine in einen Abgrund fallen.

Er weiß nicht, ob er glücklich ist. Er ist müde, als habe er sein Blut verströmt. Ein lächelndes Verströmen, das in ein anderes Blut gemündet hat. Er hat keinen Wein getrunken, aber es rauscht vor seinen Augen, als fliege er in das Antlitz eines warmen Windes. Und nun weiß er, dass er die Seele eines Menschen getrunken hat. Es war nicht nur der Atem, den er getrunken hat. Es war nicht nur der Leib, den er umfangen hat. War es nicht die Welt, das All, die Ewigkeit, der Tod?

Er lehnt seine Wange an die feuchte Rinde eines Baumes und schließt die Augen. Er erschauert in jeder Faser seines Leibes, und er möchte niederknien, um die Erde zu küssen. »Weißt du es?«, fragt er in die feuchte Krone hinauf. »Weshalb blühst du denn nicht, wenn du es weißt? Aber du weißt es nicht, denn deine Zeit ist vergangen. Herbst kommt draußen, aber ich habe die Zeit hinter mich geworfen ...«

Er sieht die Häuser der Seestraße, Särge des Lebens, in denen die Toten schlafen. Im Vorübergehen berührt er die Mauern, die Türen, die Zäune mit der Hand. »Ihr Armen«, sagt er leise. »Ach, ihr Armen ...«

Er kniet vor seinem Bett und legt die Stirn in die noch warmen Kissen. »Hier starb das Kind Johannes«, sagt er laut. Aber die Worte gehen nicht fort wie sonst, in das Versinkende des Raumes oder der Zeit. Sie bleiben da, ein leuchtender Kreis um ein heiliges Bild. Sie schwingen wie eine gestrichene Saite, dunkel, aber mit einer blühenden Süße gefüllt. Man kann ihr Leuchten sehen, man kann sie atmen, und es ist, als wollten sie das bedrängte Herz zersprengen. ›Man müsste sich die Adern öffnen‹, denkt Johannes, ›denn so kann man nicht leben. Man ist zu viel, man muss weniger werden. Ströme muss man aussenden wie ein Gebirge, Regen wie eine Wolke, Rauschen wie ein blühender Wald ...‹

Er steht auf und sieht sich in der dämmernden Kammer um. Die schreckliche Begrenzung überfällt ihn. Des Raumes, des Körpers, der Stunde, der zwecklosen Einsamkeit. Er braucht Sterne und Wind, Echo und Wege, die hinter den Horizont fallen. Er steckt die Flöte zu sich und verschließt das Haus. Die Pfirsiche duften, als er den Schlüssel unter die Treppe legt. Er pflückt aus den Spalieren, so viel er erreichen kann. Sie scheinen ihm die einzige Speise, die man essen darf, ohne die Lippen zu entheiligen.

Dann geht er dem Walde zu. Im Osten steht ein weißes Tor über der Welt, und die Sterne verblassen. Über den Weizenfeldern liegt ein dünner Nebel, und das große Schweigen der Frühe baut sich wie ein Dom zu unsichtbaren Gewölben hinauf.

Johannes singt. Es ist ein leiser, wortloser Gesang, der von den Wölbungen widerklingt. Es ist, als ob das Blut singe, nicht der Mund. Aber der Gesang geht weit über die Erde, mit der schönen Furchtlosigkeit eines Priesters, der in seinem Heiligtum singt. Er wird stärker und wächst an seiner eigenen Seligkeit. Er erweckt die Felder und einen ersten fernen Vogelruf, ein erstes Echo und eine erste Antwort Gottes. Er reicht bis an das weiße Tor im Osten und reißt die Flügel weiter auf. Er entzündet ein rotes Licht über dem Altar der Frühe. Er ist wie ein Hymnus und ist wie ein Tanz. Er ist der Wächter im Schlafenden, der Rufer im Schweigenden. Er verkündet das Leben, die Blüte, den neuen Tag. Er ist die Heimkehr in das Heiligtum. Er ruft nach Welarun, dem Gott der Kindheit, und als er den Wald erreicht, kommt über die Wipfel der Gegenruf. Vielleicht ist es ein Tier, vielleicht ein Mensch, vielleicht ein Menschenhaupt über verzaubertem Leib. Wie ein Speer schießt es auf, über die Wipfel hinweg, und taucht wieder hinein, durch rauschendes Geäst, in der Erde Grund, wo es nachbebend erstirbt.

Johannes sitzt am Waldrand und spielt die Flöte. Die Erde erwacht, und das Tor im Osten brennt. Lerchen heben sich aus dem feuchten Gras und steigen hinauf in das rote Licht. Das Tier des Waldes kehrt von den Feldern zurück, und aus dem Nebel bricht blau das Gewölbe des Tages.

Johannes steht auf und legt die Kleider ab. Sein Antlitz leuchtet wie das Antlitz eines jungen Propheten. Er weiß nichts von sich. Er hat das Gewand der Menschen abgetan und wartet auf Gott. Er hebt die Flöte in das rote Licht, das plötzlich aus allen Grüften stürzt. Er wird Flügel haben und sich aufheben über die Gräber hinaus. Wie der Engel des Jüngsten Tages wird er kreisen über Land und Meer, und der Begrabene wird auferstehen unter seinem Flug.

Die Wipfel brennen über ihm, die Stämme, das Gebüsch. Das Licht, entfesselt, bricht über die erglühende Welt. Er hebt die Stirn und fühlt den ersten Glanz. Und nun erfüllt es seine Augen und ist in seinem Blut. Das Lied bricht plötzlich ab, und er hebt die Arme auf, in die Sonne hinein, und seine Hände trinken das leuchtende Licht.

So bleibt er, bis seine Füße in der Sonne sind.

Und noch immer nicht weiß er, wer er ist. Denn das Kind ist tot, und der Auferstandene ist namenlos.

13.

Frau Gina sah es und Luther sah es, aber sie sagten nichts. Es war etwas um ihn wie das Glück und die stille Sicherheit einer Pflanze, und wenn man daran gerührt hätte, würde man sie zerbrochen haben. Sein Gesicht war schmaler geworden, und das Nichtwissen des Kindes war erloschen in ihm. Aber stattdessen war es ein leuchtendes Gesicht geworden, auch wenn er schwieg, ja, besonders wenn er schwieg. Er war teilnahmsloser denn je, aber es war keine stumpfe Teilnahmslosigkeit. Die Schroffheit war von ihm gewichen, und eine weiche Güte umhüllte alle seine Bewegungen, sodass jede Gebärde seiner Hände so zart und behutsam war, als berühre sie ein zerbrechliches Geheimnis. Das Glück machte ihn nicht zu einem Prahler und nicht zu einem Kraftlosen. Es adelte ihn, und der lange Weg des Geschlechtes schien zurückzulaufen, nachdem er in Gina den Gipfel des Leides erreicht hatte. Er schien die Kette rückwärts aufzurollen, und es war wie ein Ausgleich unendlicher Generationen, was in Johannes geschah.

Er hatte eine Hütte in der Dickung des Waldes gebaut, aus Ästen und Moos, und die Stunden seiner Liebe blühten zu Welaruns Füßen. Die Verzauberung des Lebens fiel über seinen Weg mit einer betäubenden Macht. Himmel und Erde unterlagen ihr, der Wald und die Gräser, die er zwischen den Händen hielt, ja, das Brot, das er aß, schien ihm verwandelt und geheiligt wie ein Abendmahl, das ihn der Sünden entledigte. Über dem niedrigen Dach der Hütte brannten die jungen Birken in den Tod hinein, verwandt und verbrüdert auf eine seltsame Weise. Der Vogel, der vertraut aus den Wipfeln rief, der Wind, der leise beugend durch die Kronen ging, ferne Rufe aus sich verschließendem Wald, die Wolke, die ruhig suchend über die Verlorenheit glitt: alles war ein anderes, war nahe geworden, vertraut, hatte die Wände leise zerbröckelt, die zwischen den Gattungen gestanden hatten. Alles war Heimat, große, ungeschiedene Heimat, in der die Träne nicht anders war als der Regentropfen oder das Harz, das im Mittagsschweigen in das Moos fiel. Das Wort war nicht fremder als Ruf des Vogels oder Rauschen der Bäume. Der Kuss war nicht anders als der Fall der Sonne in erglühende Lichtung. Das Streicheln der Hände um selig geschenkte Nacktheit war nicht anders als Atem des Windes um erbebende Blüten, das Opfer des Leibes nicht anders als Tau des Mondes, der lautlos in den Kelchen der Nacht sich barg. Johannes war im Paradiese, und die Schlange war verbannt in die Bereiche der Menschen, wo Städte sich breiteten und Straßen liefen, wo die Tage sich vergeudeten für des Leibes Nahrung und Notdurft und ein fremdes Geschlecht um fremde Güter die kalten Hände regte.

Er saß auf der niedrigen Schwelle, und die kleine Flöte erfüllte die herbstliche Stunde mit der leisen Klage eines einsamen Vogels. Aber es war kein Schmerz in ihr, sondern die Klage des tiefsten Glückes, mit der die Kreatur jenseits aller Erkenntnis spricht: das Kind, das Tier, der Baum, die Quelle.

Und dann kam die leise Antwort aus der Ferne, und dann kam Frau Lisa. Dann schwiegen die Töne, und er verbarg sich in ihr, in dem Duft ihres Körpers, in ihren Worten, im Streicheln ihrer Hände, im Atem ihres Mundes. Erschütterung fiel über ihn, und er küsste ihre nackten Füße, auf denen die blauen Adern nach Zärtlichkeit zu rufen schienen.

Immer noch war das Geheimnis des Menschen um sie, eines Körpers, einer Seele, die in sich geschlossen waren. Er wusste nicht, wie der Wald vor ihren Augen stand, ob es der gleiche Wald war, den seine Augen sahen, die Flammen der Birken, das Geäder der Äste, der Teppich des Mooses. Er wusste nicht, ob sie ihre Hand als ein Glied fühlte, als eine Last oder als ein Gleichgültiges. Er wollte sie sein, für eine Stunde lang, das Dasein tauschen, hinüberfließen und sich zurückverwandeln, in ihr verborgen sein, ganz und gar, als ihr Herz schlagen, als ihr Mund lächeln, als ihre Hingabe vergehen. Aber er konnte es nicht, und auch ihre Vereinigung war eine Seligkeit der Grenzen, nicht des Mittelpunktes.

»Erzähle mir von dir«, bat er. »Alles, was du weißt und bist und gewesen bist. Von deinem Leben, von deinem Körper, was durch deinen Schlaf wandelt und durch dein Wachsein. Weshalb küsst du mich, und wer bist du? Weshalb sagst du mir nicht, wer du bist?«

Dann musste sie ihre Wange an die seine legen, bis er keine Trennung mehr fühlte. »Jetzt sind wir *ein* Gesicht«, sagte er plötzlich. Sie verschlangen ihre Hände und verflochten sie wie die Wurzeln eines Baumes. Sie verflochten ihr Haar und vereinigten den Atem ihrer Lippen, und die Sehnsucht ihres ernsten Spieles umklammerte immer wachsend den Becher der Erlösung, bis die Erschütterung des Sterbens sie überstürzte und seine Tränen auf ihrer Schulter brannten.

Dann legte er sein Gesicht in ihren Schoß und atmete wie ein schlafendes Kind hinter vergangenem Leide. »Johannes hat geweint«, konnte er dann leise sagen. »Hast du mich nicht von den Toten erweckt?«

Frau Lisa lag ganz still, die Hände um sein Haupt geschlungen, und ihr Gesicht, das so viele Dinge gesehen hatte in ihrer Gier und Nacktheit und Hässlichkeit, war so fromm wie nach der Empfängnis des Abendmahles. »Mein Kind«, sagte sie leise, »mein so geliebtes Kind ...«

Und dann gingen sie heim, während die Wildgänse über ihnen durch das Dunkel brachen. Sie hielt seine Hand, wobei sie ihre Finger zwischen die seinen schob, und Blut und Herzschlag gingen ungehindert durch ihre Verbundenheit. Eine leise Traurigkeit war über diesen stillen Wegen, verstärkt durch den Geruch der herbstlichen Felder und die Lichter der Stadt, die ihnen entgegenwuchsen. Sie würden die Hände nun voneinander lösen, die Lippen und das Blut, das wie in zwei verschwisterten Brunnen stieg und rauschte, und in ihre Einsamkeit gehen, die die Einsamkeit der Welt war. Sie sprachen lächelnd davon, dass sie unter die Erde gehen wollten gleich den Feldmäusen, in eine gepolsterte Kammer, und Weizenkörner essen, bevor sie entschlafen würden, Herz am Herzen. Und dann, bevor die erste Laterne kam, hielten sie einander noch einmal wie an der Schwelle des Todes, und dann hörte er ihren leisen Schritt, der im Dunkel erstarb wie Tropfen in einem Gewölbe der Nimmerwiederkehr.

Sie waren wohl ein wenig unbedacht gewesen, wie spielende Kinder am Rande eines Abgrundes. Man hatte sie gesehen, wie man alles sah, was in dieser Stadt vor sich ging, und man begann über sie zu sprechen. Und bevor Luther ihn warnen konnte, war es geschehen.

Es war in der Adventszeit, und Johannes saß in Frau Lisas Raum, in dem sie vor ihm gekniet hatte. Das Haus war still, und draußen fiel lautlos der Schnee. Man konnte ihn nicht sehen, aber alle Dinge waren weit fortgerückt, Wagen, Menschenschritte und Kirchenglocken, und ab und zu rieselte es ganz leise an den Fenstern und wehte dann wieder über die Dächer fort und ließ einen abgeschlossenen Frieden hinter sich, als ob eine Hand sich vergewissert hätte, dass nichts Fremdes vor den Türen stehe. Die kleine Lampe brannte in der Ecke am Bücherschrank, die Goldleisten der Bilder schimmerten aus der Dämmerung, der Teppich war erfüllt von heimlicher Güte, und alle dunklen Räume des großen Hauses waren wie Wächter um diese Insel des Lichtes geschart.

Johannes saß am niedrigen Ofen und sprach Verse vor sich hin. Seine Hände spielten ihr müßiges Spiel, und aus ihrer Zartheit schienen die seltsamen Worte wie fremde Blumen aufzusteigen, die er zusammenlegte und wieder trennte, auflöste und verband, bis der ganze Raum von ihrem Leuchten und Duft erfüllt war. Frau Lisa kauerte in ihrem Schaukelstuhl, die Hände um die hochgezogenen Knie gefaltet, das Gesicht in die Nacht emporgehoben wie in einen warmen Regen, der durch blühende Bäume fällt. »Wie du mich segnest, Johannes«, sagte sie leise. Die Tür zu ihrem Schlafzimmer war geöffnet, und auf dem Nachttisch brannte die kleine Lampe und warf ihr grünes Licht wie eine Erwartung auf die weißen Kissen.

»An deines Leibes Schrein will ich verbluten ...«, sagte Johannes.

»An deines Leibes Schrein will ich verbluten
Und nach dem Gott, den du verhehlest, rufen,
Bis er mit leiser Hand die Tore öffnet
Und groß hinaustritt auf die roten Stufen ...«

»Johannes!«

Er wandte den Kopf und lauschte. »Hörtest du nichts?«

»Es ist der Wind, Johannes. Lass ihn wehen und den Schnee auf die Erde schütten, dass man uns nicht findet ...«

»Ich will nachsehen«, sagte er ohne Sorgen.

Er ging zur Türe, wobei sein Blick die kleine Lampe im Schlafzimmer streifte, und ein verlorenes Lächeln war um seine Lippen, als er die Hand an den Drücker hob.

In der Türe stand Doktor Moldehnke.

Niemand sprach ein Wort. Nur das Lächeln erstarb auf Johannes' Lippen, und die Verse schienen noch für eine Weile im atemlosen Raum zu tönen und auszuklingen wie Wellenkreise an einem stillen Ufer.

Dann trat der Doktor ein und schloss die Tür. Er schloss alle Türen ab und steckte die Schlüssel in seine Tasche; bevor er aus dem Schlafzimmer zurückkam, beugte er sich über das Bett. Dann setzte er sich in den Sessel am Fenster, legte die schwere Lederpeitsche über seine Knie und sah durch die Gläser seiner Brille zuerst auf seine Frau und dann auf Johannes. Es war der kalte Blick eines Betrunkenen, der ganz plötzlich nüchtern geworden ist, und in dessen Erinnerung mit erbarmungsloser Schärfe alle Bilder des Spotts und der Verhöhnung wiedererscheinen, die man auf seine Wehrlosigkeit gehäuft hatte und die in dem kreisenden Strudel seines Rausches versunken waren.

Der Doktor war Stabsarzt der Reserve und eine führende Gestalt in den Weishauptkreisen der Stadt. Er war bekannt als Trinker und Spieler, als Arzt von Kindern gefürchtet und von vielen Frauen der Gesellschaft gesucht. Man sagte, dass er eine feste Hand habe. Er war klein und wohlbeleibt, mit einem großen, kahlen Schädel, der von der Seite wie der eines Pferdes erschien, mit böse zurückgelegten Ohren und drohenden Kiefern, von denen man eben einen Maulkorb abgestreift zu haben schien. Es war ein Gesicht, in dem Geist und Kraft noch nicht verwüstet waren, aber sie waren ihres Adels schon entkleidet und aus dem Herrschenden in das Räuberische verwandelt.

Johannes, unbeweglich an der Tür stehend, sah dies alles, wie man die Vielgestaltigkeit eines Feindes schnell überfliegt. Aber dann hefteten seine Augen sich auf die Hände des Arztes, und vergessene Bilder der Kindheit sprangen aus dem Nebel und umwuchsen ihn wie die Wildnis eines Seegrundes. Es waren kalte, große Hände, bei denen man an die Messer und Scheren denken musste, deren Schnitt sie lenkten, und an tote Kinder, die sie aus dem Dunkel zerstörter Leiber an das grelle Licht zogen. Johannes fühlte das Frösteln seiner Kinderzeit, umfing mit einem schnellen Blick Frau Lisas weißes Gesicht mit den Augen einer misshandelten Sterbenden, und ging dann wieder zu den Händen des Arztes, die wie zwei Steinhände um die Peitsche lagen.

Johannes wartete auf die Hände.

»Gestehst du?«, fragte der Arzt. Seine Stimme war leise, rau und zerstört, die verwesende Stimme eines Trinkers. Das Licht der Lampe spiegelte sich in seinen Brillengläsern, und nur aus der Richtung seines Gesichtes entnahm Johannes, dass er zu ihm sprach.

Das Beleidigende der Anrede befreite ihn. Er hob die Augen von den steinernen Händen, und ein nutzloser Blick glitt wie der eines Tieres durch den Raum. ›Töten!‹, dachte es in ihm. ›Ich werde ihn töten müssen ... das ist das Geschlecht der Zerrgiebels, das dort sitzt. Herodes heißt er, vom Geschlecht der Kindermörder, und wenn ich ihn nicht töte, wird er sie töten ...‹

Er selbst war kein Begriff der Angst oder des Opfers. Er war eine Masse, ein Schutz, ein Schild für die geliebte Frau. Der Schild konnte zerhauen werden, aber auf ihrem Scheitel durfte kein Haar gerührt werden. Es war alles böse, blutig und widerlich. Es war wie mit Joseph damals, und auch dort geschah es um eine Frau. Aber wieder waren zwei Augen vor der Wirrnis seiner Gedanken, und eine müde, geliebte Stimme sagte zärtlich: »Mein so geliebtes Kind ...«

›Ich werde ihn erwürgen‹, dachte Johannes. Er fühlte seinen Körper kalt und biegsam wie eine Stahlklinge. Er ließ das Blatt mit den Versen auf den Boden fallen, und seine Hände schlossen sich langsam zu. Seine Augen blieben nun unbeweglich in denen des Arztes, und beide fühlten das Kommende ohne jede Täuschung.

»Ja, dich meine ich«, fuhr Moldehnke mit derselben Nachlässigkeit fort. »Den Zuchthäuslersohn, würdigen Spross seiner Väter, der sein Geschlecht mit dieser stets hilfsbereiten Dame fortzupflanzen versucht. Gestehst du?«

»Sie Lump!«, erwidert Johannes leise.

»Alsdann können wir beginnen«, sagt der Doktor. Er sagt es so, als ob er ein Glas Wasser holen wollte oder als ob er ins Nebenzimmer müsste, um nach dem Thermometer zu sehen. Seine leise Nachlässigkeit ist das Gefährliche, nicht das Flimmern seiner Augen oder die böse Falte über seiner Nasenwurzel. Und mit derselben leisen Nachlässigkeit erhebt er sich.

»Johannes!«, schreit Frau Lisa. Sie hebt die Hände an die Schläfen, und ihr Blick ist der eines Tieres vor der Schlachtbank.

Moldehnke macht einen Schritt zur Seite und hebt die schwere Peitsche zum Schlage in ihr Gesicht. Es ist das Gesicht, das Johannes geküsst hatte, so zart, als sei noch die Wärme von Gottes formenden Händen auf ihm zu spüren. Die Bewegung der Peitsche ist die Erlösung seines Hasses. Bevor der Doktor zuschlagen kann, trifft ihn die kalte Faust zwischen die Augen. Die Brillengläser splittern auf die Erde, und er taumelt blind und betäubt zurück. Aber es ist Johannes' Unglück, dass er nur ein Schild sein kann und kein Schwert. Die Berührung dieser fremden Haut lähmt ihn mit unsäglichem Ekel, und er empfängt unbeweglich den ersten Schlag der Peitsche, unbeweglich den zweiten Schlag. Erst als er das Blut über seinen Mund fließen fühlt, verschwindet das Bild der Frau, erlischt in den roten Kreisen, und in ihrem regungslosen Mittelpunkt erscheint das andere Gesicht, nackt gleichsam ohne die Brillengläser, und die wimperlosen Augen flimmern auf den wehrlosen Körper auf dem Operationstisch und prüfen die Stelle, wo das Messer anzusetzen ist.

Johannes stürzt über einen Stuhl, und der Doktor kniet auf seiner Brust und hebt die Peitsche mit der grauenhaften Regelmäßigkeit eines Automaten. Und dann legt Johannes die Hände um seinen Hals, und er weiß, dass er eher sterben wird als sie von dort lösen. Dann fällt der schwere Körper über ihm zur Seite, und der harte Knopf der Peitsche schlägt einmal zwischen die entsetzten Augen.

Und dann ist alles still.

Johannes reißt die Gardinenschnur vom Fenster, fesselt die widerstandslosen Hände auf dem Rücken und nimmt die Schlüssel an sich. »Schnell!«, sagt er. »Nimm das Nötigste in einen Koffer und komm … er wird bald aufwachen.«

Er setzt sich an den Ofen, mit dem Gesicht zur Wand, und trocknet das Blut von seinem Gesicht. Er weiß nichts mehr von der Frau, er denkt nichts, und nur ein unsägliches Grauen vor seinem Körper und seinen Händen erfüllt ihn. Er zittert, als sei er nackt und die ganze Stadt stehe vor ihm und blicke lächelnd auf seine Blöße. Er hört, dass Schranktüren geöffnet werden, dass man Kleider zusammenlegt, Schubfächer aufreißt, Schlüssel umdreht. ›Es verreist jemand‹, denkt er mechanisch.

Dann gleitet ihre Hand über seine Wunden. »Johannes ...«, sagt sie weinend. Es ist doch dieselbe Hand, aber sie ist fremd geworden. Die Stunde hat sie entheiligt, der Raum, die Gegenwart. Eine unsägliche Traurigkeit überfällt ihn, und er schwankt, als er aufsteht. Schwer und dunkel liegt die Gestalt unter dem Fenster. Wie Tiere haben sie gekämpft, nein, böser als Tiere, schmutziger, geschändeter. Und über dem Bett brennt unbewegt die grüne Lampe.

»Komm«, sagt er mit abgewandtem Gesicht. Er beugt sich über den Arzt und hört ihn atmen. Aus den Augenwinkeln scheint ein hohnvoller Hass zu träufeln, als verstelle er sich nur. »Gestehst du?«, scheint der gepresste Mund zu fragen. »Nein«, flüstert Johannes. »Niemals!«

Er löscht das Licht, und sie treten in den Flur. Er verschließt die Tür hinter sich und lässt den Schlüssel stecken. Die übrigen legt er auf den Garderobentisch. Dann tasten sie die Treppe hinunter. Johannes trägt den Koffer.

»Wohin, Johannes?«

»Zu Luther.«

Der Schnee fällt dicht und macht ihre Schritte lautlos. Sie vermeiden die Laternen und halten sich im Schatten der Häuser. »Die Austreibung aus dem Paradiese«, sagt Johannes in die leere Nacht hinaus. Frau Lisa hält das Taschentuch vor den Mund und weint.

Johannes pfeift zu den erleuchteten Fenstern hinauf und hört den Professor die Treppe herunterkommen. »Wohin fährst du?«, fragt er. »Zu meiner Mutter ...« Er nickt. Luther steht auf der Schwelle, in seiner schwarzen Samtjacke. »Welch ein schöner Besuch!«, sagt er ohne eine allzu lange Pause, aber er kann nicht verhindern, dass seine Stimme ein wenig schwankt.

Johannes fühlt, dass er furchtbar aussehen muss, und er möchte vor dem Professor niederknien, so sehr erschüttert ihn das bebende Lächeln um den scharfen Mund. »Frau Doktor verreist morgen früh«, sagt er heiser. »Ich bitte Herrn Professor, sie zur Bahn zu begleiten.«

»Natürlich«, sagt Luther. »Ich bitte einzutreten.«

Johannes stellt den Koffer auf die Schwelle und nimmt Frau Lisas Hand. Er küsst sie nicht, sondern legt seine Stirn auf sie nieder. »Ich danke dir«, sagt er leise. Dann steht er wieder im Schnee. »Johannes!« Es ist Luthers scharfe Stimme. »Und du, Johannes?« – »Ich gehe zum Karstenhof.« – »Das ist dein Wort?« – »Das ist mein Wort!«

Er hört sie aufweinen, nun ganz fassungslos, und dann die Türe zufallen und den Schlüssel sich drehen.

Der silberne Wagen muss schon dicht hinter den Wolken über dem Walde stehen, als er die Stelle erreicht, von der seine Mutter auf den Karstenhof gesehen hat. Es wird ihm bewusst, dass sie ihn damals unter dem Herzen getragen hat, und der Ausdruck berührt ihn nun mit einer tiefen Feierlichkeit, seit seine Lippen auf dem Herzen einer Frau geruht haben. Ja, er knüpft ihn gleichsam wieder über durchwanderte Abgründe an den Ausgangspunkt. Er trocknet sein Gesicht, das er den ganzen Weg lang mit Schnee gekühlt und gereinigt hat, und gibt sich dem Klang des Wortes hin, das seine Lippen eben geformt haben. Der Schnee fällt auf seine Spuren und löscht sie aus, aber er sieht den Herbsttag, an dem er an seiner Mutter Hand hier gestanden hat, den Tag, in dessen Frühe fünf Kerzen vor seinem Bett gebrannt haben, den Tag, der ihn in das Land Ohneangst geführt hat.

Es ist ihm, als gleite die Schande leise von seinen Schultern und der Schnee falle auch über sie wie über seine Spuren. Er schließt die Augen, und wieder ist ihm wie mitunter in seinem Leben zuvor, als habe er dies alles schon einmal gesehen, dies bläulich verhangene Stück der Erde, die Hand, auf der die Schneeflocken schmelzen, als habe er denselben bitteren Geschmack auf den Lippen schon einmal gehabt, die Müdigkeit des Herzens, die Schlafgeneigtheit der schmerzenden Stirn. Und wie jedes Mal ist das alles von einem leisen Grauen begleitet, vom Grauen einer unfassbaren Erinnerung, vom Rätsel nie zu lösender Geheimnisse, die unvermutet und unerklärlich auftauchen aus einer außermenschlichen Tiefe, als wandere die Seele um Jahrtausende zurück und erblicke sich plötzlich selbst in einem halb erblindeten Spiegel, fremd und doch so schrecklich vertraut.

Er weiß nichts davon, dass seine Mutter vor nahezu zwei Jahrzehnten an derselben Stelle gestanden hat, Schmach in ihrem Antlitz wie er, und dass die Toten des Geschlechtes hier aufgestanden sind, um sie zu geleiten auf ihrem Wege zu der Schwelle, hinter der die Türe nicht verschlossen wurde zur Nacht. Er weiß nichts davon, dass sie ihn damals schon unter dem Herzen trug und dass der schweigende Gehalt der Stunde in seine dunkle Kammer geflossen ist, ohne dass seine geschlossenen Augen ihn sahen. Aber er fühlt einen unerklärten Frieden sich um ihn stellen, der das Blut von den Wangen wischt und die Schmach von der Stirn, und der die verwirrten Fäden zurechtlegt zu einem dunklen Gewebe sanfter Traurigkeit.

Das schwere Haus hebt sich aus dem Sturz der Flocken mit Sicherheit, Wärme und Geborgenheit. Die Tür ist unverschlossen, und er geht leise die Treppe hinauf, wo seine Kammer neben der seiner Mutter liegt. Er zögert vor ihrer Schwelle und lauscht und hört ihren leisen Ruf, der nichts von Erstaunen oder Angst hat. Er denkt an den Wegweiser, unter dem sie auf ihn gewartet hat, und alles ist ganz plötzlich so klar und ohne Verwirrungen.

Er sitzt auf ihrem Bettrand, und sie hält seine Hände. »Mein Kind«, sagt sie, »wolltest du heim?«

Er nickt nur. Das Schneelicht liegt auf seinem Gesicht, und ihre Augen erkennen die Misshandlung. Er merkt es an ihren Händen und neigt das Gesicht in den Schatten. Und nach einer geraumen Zeit fühlt er, dass sie ihr gelöstes Haar in die Hand genommen hat und ganz leise damit über seine Wangen gleitet. »Es ist schwer, im Dunkeln alles zu wissen ...«, sagt sie nur.

»Vielleicht muss ich auf eine andere Schule gehen«, sagt er dann, als er aufsteht. Aber sie lächelt zu ihm auf. »Weiter ist es nichts, Johannes?« – »Auf das andre ... fällt der Schnee«, erwidert er leise.

Dann sagen sie einander Gute Nacht.

Am nächsten Nachmittag kommt Luther und sitzt oben in der Kammer an Johannes' Bett. »Natürlich das Konsilium, Johannes. Denn der Gentleman war beim Direktor. Ja, du kennst eben das Geschlecht unsrer Kleinkalibergentlemen noch nicht. Er hat sich natürlich sehr vorsichtig ausgedrückt, aber es genügte, um deine moralische Verkommenheit zornbebend zu bescheinigen. Die ganze Konferenz bebte, selbst der Tisch. Es war sehr ergreifend für Leute, die, wie ich, moralisch nicht ganz intakt sind. Weishaupt machte eine schüchterne Bemerkung über etwaige Konsequenzen, die dein Hinauswurf ›in gewissem Sinne‹ nach sich ziehen könnte, aber die deutsche Seele schäumte eben und kannte keine Kompromisse. ›Wir fürchten Gott, sonst nichts in der Welt‹, erklärte Doktor Balla, und ich glaube, selbst seine Plattfüße zitterten vor Entrüstung ... Ich fahre natürlich zum Schulrat, und wir werden dich eben woanders unterbringen. Es sind ja nur ein paar Wochen.«

Johannes machte eine Handbewegung, als gehe ihn das alles nichts an. »Und … am Morgen?«, fragt er.

»Es war alles gut«, erwidert der Professor leise.

Dann ist nur der Schnee an den Fenstern zu hören und Dietrich Karstens ruhiger aber immer wandernder Schritt in der Wohnstube. Johannes wendet das Gesicht zur Wand. »Es gibt kein Paradies?«, fragt er.

»Nein!«

»Es hat nie eins gegeben?«

»Nein!«

»Und als sie … als Adam und Eva ausgestoßen wurden … blieb die Liebe oder kam der Hass?«

»Ich denke, dass die Traurigkeit kam, der Alltag, der Pflug, die Kinder. Die erste Ehe kam, und ich glaube, dass sie aneinander vorbei sahen.«

Johannes nickt. »Ich habe schmutzige Hände«, flüstert er. »Ich bin so gestorben, und keiner wäscht mich ...«

»Regen und Schnee fallen auf alle Straßen ...«

»Man braucht nichts zu tun?«

»Man braucht nur die Stirn zu heben, dass der Regen auf sie fällt.«

»Und dann ist sie wieder rein?«

»Was Gott abwäscht, wird immer rein.«

»Das ist die Heilslehre für den Fluch der Wiederholungen.«

»Es gibt keine Wiederholungen in der Natur, nicht einmal im Weltall.«

»Sie sind ein Priester, Herr Professor.«

»Vor dem Wunder sollen wir alle Priester sein, und jedes Wunder ist neu.«

»Auch das zweite?«

»Auch das zweite. Du weißt nicht, dass es schon auf dich wartet. Du weißt auch nicht, dass du ein Mensch bist, der sein Leben immer von vorn anfangen wird. Du bist kein Mensch der Leitern, der auf jeder Sprosse ausruht. Du bist ein Mensch der Stürze. Jedes Jahr wirst du höher steigen, und jedes Jahr wirst du tiefer stürzen. Alle Dichter haben so gelebt, und nur so haben sie von Himmel und Hölle gewusst. Du weißt noch nicht, was du wert bist, Johannes.«

»Ich werde niemals wissen, aber ich werde viel glauben. Ich werde an die Wunder glauben, Herr Professor, an die Menschenwunder, an die Heilungen, die Erweckungen, die Auferstehungen ...«

»Und vor den Auferstehungen stehen die Kreuze, Johannes.«

»Ja, auch an die Kreuze werde ich glauben ... auch an die Schächer ...«

»So ist es gut, Johannes.«

Nach Neujahr kam Johannes in ein Gymnasium der Provinzialhauptstadt. Er wohnte bei einer Beamtenwitwe, die eine kleine Menagerie besaß und gut und ohne Aufdringlichkeit für ihn sorgte. Jeder seiner Schritte war der Schritt eines Fremden, und er schloss sich zu, wie man in einem Hotel Türen, Schränke und Koffer verschließt. Lehrer und Schüler waren höflich zu ihm, aber er fühlte, dass er vom Hauch der »Sünde« umwittert war, einer gestaltlosen, nicht zu greifenden Sünde, aber dass von irgendwoher die Losung ausgegeben war, ihn »mit Vorsicht zu behandeln«.

Die Tage glitten vorbei, paradieslos und ohne Wunder. Schule war, Arbeit und Lesen. Sie umfingen ihn beim Erwachen, trugen ihn wie einen treibenden Baum und stießen ihn abends an ein Ufer des Schlafes. Er hatte keine Wurzeln, er gebar sich nicht, hob sich nicht, rauschte nicht. Er lebte die Tage nicht, sondern die Tage lebten ihn. Aber tief in seinem Innersten, im Schweigen, in der Verlorenheit eines Blickes, in der Handbewegung beim Umblättern einer Seite, vollzog sich die neue Verwandlung, floss der Gehalt der letzten Monate ganz unmerklich in die geöffneten Adern unter seinem Herzen. Es war mehr als Erinnerung, Trauer, Sehnsucht. Er presste seine Frucht. Er ließ sich nicht genügen an Bitterkeit oder Süße. Er trat nicht aus einem Rausch, um auf den neuen zu warten. Er schloss nicht ab, sondern ordnete ein. Er suchte rückblickend nach dem Schicksal. Er war das Ausgeworfene der Woge, aber er sah mit furchtlosen Augen zurück, um zu ermessen, was geschehen war. Widerstand und Hingabe, Freiheit und Zwang. Er trachtete nach dem Gesetz. Er wollte die Frucht nach der Blüte. Er wollte Zukunft.

Um die Abendzeit liebte er durch die Straßen zu gehen, den Strom der Menschen und Dinge leise zu teilen und Schicksal, Erscheinung, Gleichgültigkeit und Versuchung lautlos an sich stoßen zu fühlen wie an eine gläserne Wand. Er lernte Theater kennen und Konzerte, Versammlungen, Müdigkeiten und Empörungen. Aber er hatte keine Fäden in seiner Hand, er konnte sich nicht anknüpfen. Was er an Teilnahme aufbrachte, schien ihm die Teilnahme der Gattung zu sein, Empfindungen für Töne, Farben, für das Primitive der Lust oder Unlust. Aber die Teilnahme des Individuums war erloschen, erschöpft für geraume Zeit, auf Nachbilder beschränkt. Er war ein Kind, das in die Sonne gesehen hatte, und in seinem Blickfeld wanderte der schwarze Kreis, die Frucht erschöpfter Netzhaut.

Er war ein Mensch der Stürze, aber er war dazu der Mensch ohne Vergessen. Er warf nicht über Bord, sondern er bewahrte. Er fühlte die Last, aber er vermochte nicht, gegen die Heiligkeit des Lebens zu sündigen. Sein Pflug ging tief, und er sah alle Furchen voraus, die er noch zu ziehen hatte. Und seine Lippen wurden schmäler, als es seinen Jahren zukam.

Er hatte nur ein Erlebnis in diesen Monaten. Der Tag nach den schriftlichen Arbeiten zur Reifeprüfung war schulfrei. Eine helle Märzsonne stand über dem vergehenden Winter, und die ersten Stare riefen von den feuchten Dächern. Johannes wollte vor die Tore. Er musste einen Wald sehen und Felder, auf denen der letzte Schnee schmolz. Aber als er am Gerichtsgebäude vorbeikam, überfiel ihn die Erinnerung an die Korridore, über die die »Spinne« geherrscht hatte, und er stieg langsam die Treppen hinauf. Auf den Bänken saßen die Parteien, Gruppen standen auf den Fluren, Beamte mit Aktenbündeln verschwanden hinter Türen, wobei ihre Augen die Wartenden mit jener aufmerksamen Kälte streiften, die überall das Kennzeichen der Macht über das ›Material‹ ist. Wenn ein Richter in feierlicher Robe durch die Gänge schritt, erstarb das halblaute Gespräch. Alle Gesichter wendeten sich, der vorgetäuschten Ruhe und Sicherheit plötzlich entkleidet, und der Schatten des Kommenden lief vor der dunklen Gestalt her, bis auch seine Tür sich schloss und eine harte Auktionatorstimme die Parteien aufrief.

Johannes war ganz wach geworden, durchschritt das ganze Haus und fühlte sich immer tiefer umhüllt von der Luft des Schicksals, die zwischen den grauen Wänden stand. Und endlich trat er mit einer Gruppe blasser Menschen, deren Namen er beim Aufruf wie sinnlose Klänge empfand, in einen der Räume, setzte sich in eine Ecke, die dem harten Sonnenlicht entzogen war, und begann in sich aufzunehmen, was an Gesichtern, Gebärden, Formeln und Schicksalen sich vor ihm entrollte.

Allmählich erst entwirrte sich aus dem Gestaltlosen für ihn das Bild des Leidens, nach dem die Hände in Angriff oder Abwehr sich hoben. Es war ein Ehescheidungsprozess, und die Frau war die Angeklagte. Sie stand unbeweglich da, schwarz gekleidet, und die Sonne lag erbarmungslos in jeder Schmerzensfalte ihres jungen, klaren Gesichtes. Ihre Augen hingen an dem Gesicht des Richters, und nur einmal während der ganzen Verhandlung verließen sie diese Stelle, als sei sie das einzige Asyl vor einer lärmenden Schar von Mördern.

Sie war schuldig und verhehlte es nicht. Zeugen beeidigten es, und der Ehemann, ein großer, ungefüger Mensch mit einem moralisch gefalteten Beamtengesicht, ergriff jede Gelegenheit, um mit Entrüstung von der Schändung seines ehrlichen Namens zu sprechen.

Nur einmal wandte sie ihr Gesicht, als ihr Geliebter, ein Mensch von kümmerlicher Erscheinung, durch etwas aufdringliche Eleganz gehoben, sich ohne Zögern zur Aussage bereit erklärte und mit nachlässiger Milde zum Ausdruck brachte, sie habe sich ihm gewissermaßen an den Hals geworfen. Sie ließ ihre Augen auf seinem Gesicht ruhen, aber es schien Johannes, als gingen sie durch diese bemalte Wand in eine unendliche Ferne, in die Ferne ihres Geschlechtes und ihres Schicksals. Es lag keine Bestürzung mehr in diesem Blick, kein Flehen, keine Anklage. Es war eher ein tiefes Verwundern, die Ungläubigkeit eines Kindes vor einer Marter, ein schnell vergleitender Schatten der Scham und die abgrundtiefe Trauer eines Wissens um das Letzte, Unverrückbare und Ewige des Schicksals der Gattung. Es war der Blick der Gekreuzigten und der Blick eines Tieres, ein Blick ohne Hoffnung, ohne Verschleierung, ohne Täuschung. Und er traf Johannes durch jenes lächelnde Gesicht hindurch bis in jene Stelle unter dem Herzen, wo er seine Zukunft und Bestimmung als ein Ungeborenes mit geschlossenen Augen trug.

Sie wurde für schuldig erklärt und als eine Ehrlose, Recht- und Mittellose aus allen Gemeinschaften gestoßen. Und es war, als hebe der Richter den Arm im schwarzen Talar, um den glühenden Stempel auf ihre Stirn zu drücken, der sie zeichnen sollte für Gerechte und Ungerechte als eine Sünderin und Verworfene.

Er holte sie im Korridor ein, als der Rechtsanwalt sie verlassen hatte. Sie ging langsam vor ihm her, und es schien ihm, als habe man ihre Glieder zerbrochen auf einem Rade, dessen Speichen hinter den geschlossenen Türen brausten. Er sah von der Seite in ihr Gesicht, das geradeaus vor sich hinblickte, nahm den Hut ab und sagte leise: »Sie waren das einzig Heilige in jenem Raum.«

Sie sah ihn an wie eine Erscheinung, die aus den Wänden getreten sei, Bestürzung, Scham und endlich ein schwaches Leuchten in ihren Zügen. Und dann nickte sie irgendwohin wie nach dem Ursprung seiner Stimme und ging weiter, mit ihren zerbrochenen Gliedern, eine steinerne Treppe hinunter, auf eine steinerne Straße hinaus.

Zwei Wochen später bestand Johannes die Reifeprüfung. Als er, schon um die Abenddämmerung, die Schule verließ, erfuhr er, dass einer seiner Mitschüler, den man während der Prüfung aufgefordert hatte zurückzutreten, sich erschossen hatte. Er blieb einen Augenblick bei der Gruppe jüngerer Schüler stehen, die mit blassen Gesichtern die Einzelheiten besprachen, jungen Soldaten gleich, die vom Grauen kommender Schlachten hören, und ging dann durch die sich erhellenden Straßen nach seiner Wohnung, mit dem leisen Druck über dem Herzen, den der Anblick des Unabänderlichen erzeugt. Er hörte die Worte des Gebetes, die der Religionsprofessor am Morgen im Konferenzzimmer gesprochen und in denen er Gottes Segen auf den schweren Tag herabgefleht hatte, und eine lächelnde Bitterkeit stieg aus der Erinnerung wie aus einer giftigen Pflanze auf. Auch hier hatte man zerbrochen, ausgestoßen, gerichtet. Auch hier schwangen die Speichen des Rades, und plötzlich, in der nun ganz hellen Straße, sah er sich um, schnell, heimlich, sprungbereit, mit dem Blick seiner Kindheit, der nach Theodor sich umsah, nach der Hand in der Tasche, nach dem Brunnen auf wüstem Feld.

Zu Hause fand er ein Paket von Frau Lisa. Es enthielt einen roten Stürmer, wie die Abiturienten ihn zu tragen pflegten, ein paar verwelkte Märzveilchen und eine weiße Karte mit den Worten: »Mein Johannes ...«

Er nahm alles in die Hand, betrachtete es und legte es vorsichtig wieder fort. Dann saß er eine Weile mit müßig spielenden Händen und sah über den leisen Veilchenduft auf die Wand seines Zimmers. Es war der gleiche Blick, mit dem die Ehebrecherin auf das Gesicht ihres Geliebten gesehen hatte, auf eine durchleuchtete Wand, hinter der das Schicksal der Gattung stand.

Er ging noch einmal aus, weil er vergessen hatte, nach dem Karstenhof zu telegrafieren, kam wieder heim und schrieb einen Brief an Frau Lisa. Er zerriss ein Blatt mit der Anrede »Liebe Lisa« und schrieb auf einen zweiten Bogen ohne jede Anrede: »Ich danke Dir für das Gewesene und Dein Gedenken. Ich habe die Prüfung bestanden und will etwas werden, wo ich darum kämpfen kann, dass niemals mehr zwei Menschen aus dem Paradiese gestoßen werden können. Denn aus dem Ausgestoßenen gibt es keine Rückkehr, weil der Schweiß des Angesichts tötet. Johannes.«

Am nächsten Vormittag fuhr er nach dem Karstenhof. Er ging zu Fuß nach dem Bahnhof, und es war ihm die ganze Zeit hindurch, als habe er etwas vergessen. Seine Taschen schienen ihm leer, und einmal fasste er nach seinem Hut, weil die Stirn ihm kalt und unbedeckt vorkam. Und plötzlich kehrte er um, ging eine Nebenstraße hinauf und stieg in einem Mietshaus eine enge Treppe empor. Der Vater öffnete ihm, ein kleiner Beamter, der immer aussah, als habe man ihn soeben unter irgendwelchen Rädern hervorgezogen.

»Verzeihen Sie mir«, sagte Johannes leise. »Er war mein Mitschüler ... ich fahre heute fort ... ich möchte ihn gern noch einmal sehen ...«

Der andre wollte etwas sagen, ließ es aber mit einer hoffnungslosen Handbewegung und ging durch einen dunklen Gang voraus. Dann öffnete er eine Tür und ließ Johannes eintreten. Er selbst blieb draußen und schloss die Türe leise zu.

Johannes sah das Bett in einer schmalen Kammer und trat neben den Toten. Das junge Gesicht schien zu schlafen, aber durch die schweigende Blässe liefen ein paar Linien, die die Grenze des Schlafes zerrissen und durch die man hindurchsehen konnte wie durch eine gesprungene Wand. Der Mund war seltsam gefaltet, zu unerbittlichem Schweigen geschlossen, und die Auslöschung des Kindlichen um seine Lippen war wie eine Eisdecke über das ganze Gesicht geglitten, eine fast hochmütige Zugeschlossenheit vor Frage, Anklage, Trost und Beschwörung. Es war das Gesicht eines Menschen, der »nicht zu sprechen« war und niemals mehr zu sprechen sein würde.

›Wie seltsam‹, dachte Johannes, ›dass die jungen Menschen sich immer in die Schläfe schießen ... sie fürchten wohl, das Herz nicht zu treffen ... oder vielleicht denken sie, das Herz sei schon von allein tot. Nur das Gehirn laufe immer weiter wie eine Maschine, und nur darauf komme es an, die kreisenden Speichen dieser Maschine anzuhalten ...‹ Er empfand sich plötzlich als zudringlich in diesem Raume, als laut und gewöhnlich, als ein Zuschauer vor einem Feierlichen, das wehrlos vor seinen Blicken lag. Er empfand, dass er lebte, und empfand es als eine peinliche Geschwätzigkeit vor der Entrücktheit dieses Schweigens.

Er ging rückwärts hinaus, ein abgewiesener Bittsteller, und das junge Haupt sah streng zu ihm hinüber, bis er die Türe schloss.

Aus dem Dunkeln löste sich die Gestalt des Vaters, der, an die Wand gelehnt, gewartet haben musste, ging wieder voraus, öffnete die Tür, schien wieder sprechen zu wollen, und wieder kam nichts als jene hoffnungslose Handbewegung, die Handbewegung der Erniedrigten, die stumm auf ihre Ohnmacht weisen.

Und während der ganzen Fahrt zum Karstenhof schien es Johannes, als sei diese Handbewegung das einzige, das sich vor dem Schweigen jenes Toten weder zu schämen noch zu fürchten habe.

Sie standen alle vor dem Bahnhofsgebäude, die Mutter und der Großvater, der Professor, Percy und Klaus, und Ledo, grau und mit den traurigen Augen des Alters, war zuerst bei ihm und drückte ihren müden Kopf in seine Hände. ›Sie freuen sich‹, dachte Johannes. ›Worüber freuen sie sich denn?‹

Er lächelte ein wenig mühsam, und die schweren Bilder der letzten Stunden standen wie eine Wand zwischen ihm und der Froheit der Gesichter.

»Ich bin durchgefallen, Johannes«, sagte Klaus, und sein großer, trauriger Kopf senkte sich tiefer zwischen seine schmalen Schultern. »Als du fortgingst, war es aus. Weishaupt hat meinen Wasserkopf massiert, aber es half nichts … Sie wollte wieder den Riemen nehmen, aber dann beschränkte sie sich doch auf ihre Hände … sie hat dich nicht vergessen, Johannes.«

Sein trauriges Lächeln erschütterte Johannes wie der Blick aus Ledos Augen, und es war ihm, als hätten diese beiden ruhig an dem schmalen Lager sein können, vor dem er morgens gestanden hatte, ohne dass der strenge Mund sie zurückgewiesen hätte.

Er bemerkte, dass seine Mutter sehr gerade saß und dass ein klarer Schein auf ihrem Gesicht lag, wie er an Herbsttagen im Osten steht, bevor das Licht über die Erde kommen will. Er dachte wieder an den stillen Mann im dunklen Gang jenes Hauses und schob seine Hand leise unter ihren Arm, sodass es niemand sah.

Sie saßen in der großen Stube, und Johannes sah mit dem tiefen Verwundern aller Heimgekehrten in die unveränderten Gesichter, an die sein Leben geknüpft gewesen war. Denn der Schwarzbart war da, unzählige Sorgenfalten über den hochgezogenen Brauen, weil ein Professor da war und ein Graf und weil aus dem Kindergesicht ein ernstes, leidvolles Menschenbild geworden war. »Du hast Verse geschrieben, Johannes«, sagte er, »ganz sicher hast du Verse geschrieben!« Und er hüllte sich in seine Dampfwolken, damit niemand »auf seine Fährte« komme.

Und der Wassermann war da, der zuerst wie ein Fisch auf dem Trocknen war, bis der Professor ihn nach den Fischen und Pflanzen seines Wassers fragte und wie ein dankbarer Schüler vor seinem Lehrer war.

Und König David war da, in Holzschuhen und sauberen selbstgestrickten Strümpfen, der immer nach der Decke sah, als könne er nicht glauben, dass hier kein Regen falle. »Menister, Hannes«, sagte er, »du warst Menister, as gewiss as de Adler över de Kreihen is!«

Und bevor Margret den Kaffee hineinbrachte, legte Gina die Bibel der Karstens auf ihren Platz des Tisches, und während ihre seltsam gefärbten Augen noch einmal über die Vielfältigkeit der Gesichter liefen, die am Leben ihres Kindes Anteil gehabt hatten, nahm sie die Feder und schrieb unter die letzte Zeile Tag, Monat und Jahr und darunter: »Bestand seine Reifeprüfung und wartet auf die nächste.«

Und dann legten sie das Kleid ihrer Alltage ab und feierten den, der schweren Herzens war, aber die ruhige Hand nach der nächsten Zukunft hob.

Der Professor hielt eine Rede, bei der der Schwarzbart schreckliche Wolken aus seiner Pfeife stieß, weil er nicht gerührt erscheinen wollte. Percy hielt eine Rede, bei der König David das Atmen vergaß und in der er wünschte, immer solch eine saubere Decke über sich gehabt zu haben wie in diesem Hause. Und lange nach dem Abendessen stand Johannes auf und ging von einem zum andern und sagte: »Ich danke für alles Gute« und sagte dann, dass er sich wohl heute nicht so ganz freuen könne wie die anderen, weil er in den letzten Tagen gesehen habe, wie man einer Ehebrecherin die Glieder gebrochen habe und wie ein junger Mensch im Tode aussehe. Und weil er außerdem ein Karstensohn sei und an ihren Händen die großen und gerechten Dinge habe erkennen dürfen, den Wald und das Wasser, die Sterne und das Tier. Und wie er nun erkannt habe, dass in der Welt die großen und gerechten Dinge fehlten oder entstellt seien. Und dass er beschlossen habe, nicht ein Dichter zu werden oder ein Bauer, sondern dafür zu sorgen, dass die großen und gerechten Dinge wieder ein wenig heimisch auf der Welt würden. Dass er die Rechte studieren wolle, um das Recht einsetzen zu helfen auf seinen Thron. Dass man keine Glieder mehr zerbreche und kein junger Mensch an der Welt verzweifle und dass das Land Ohneangst etwas höher steige aus dem Nebel und nicht nur auf dem Karstenhof zu finden sei. Und da vor der Auferstehung die Kreuze ständen und der Stein über dem Grabe läge, sollten sie nicht erschrecken, wenn seine Hände etwas blutig würden, denn er sei der Meinung, dass Blut und Tränen hohe Dinge seien und dass man Blut und Tränen kennen müsse, um Blut und Tränen abzuwischen.

Als der Wagen vom Bahnhof zurückkam, wohin er die Gäste zum Nachtzuge gebracht hatte, saß Gina neben dem Wege auf dem Stein, von dem man den Karstenhof sehen konnte. Johannes stieg aus, und während das Rollen des Wagens vor ihnen im Dunklen verklang, gingen sie langsam durch den herben Geruch der Felder, von denen die Sonne schon den Schnee genommen hatte, damit die Auferstehung beginne. Gina hatte ihre Hand in Johannes' Arm gelegt, und zum ersten Mal wurde ihm in dieser Gebärde bewusst, dass die Bilder ihres Lebens sich langsam verschoben, dass das Pendel sich anschickte, vom Punkt der Ruhe nun nach der andern Seite zu schlagen, dass das Behütete sich nun in ein Behütendes verwandelte, das Geführte in ein Führendes, dass die Mutter nun stehen blieb an der Grenze, die das Geschlecht der Karstens in ihr erreicht hatte, und dass er nun die Bürde auf sich zu nehmen und sie weiterzutragen hatte bis an den Punkt, wo der Nächste des Geschlechtes sie von seinen Schultern nehmen würde.

Und dies Bewusstsein erschütterte ihn so, dass ihm war, als ginge ein müdes Kind an seiner Seite und er nach ihrer Hand fasste, damit ihr Fuß nicht an einen Stein stoße. Und mit einer traumhaften Helligkeit der Seele sah er auf ihr Leben zurück und sagte leise: »Einer hat gefehlt heute, Mutter ...«

Sie blieb stehen und sah über ihre Schulter den Weg zurück, als komme jemand hinter ihnen her. »Es war keine Zeit für andere ... bis jetzt, Johannes«, erwiderte sie. »Und wahrscheinlich wird es niemals Zeit sein«, setzte sie nach einer Weile hinzu.

Vor der Tür ihrer Kammer, ganz im Dunklen, nahm sie sein Gesicht zwischen beide Hände und sah in seine unsichtbaren Augen. »Du hast es schon getan, Johannes«, sagte sie in das Dunkle, »das vom Blut und den Tränen. Du hast sie abgewischt vom ganzen Geschlecht. Alle Karstentöchter stehen hier im Dunklen, mit erlösten Gesichtern ... ich danke dir, mein Johannes ...«

Und sie hob die Hand zu dem Schimmer seiner Stirn und strich zweimal leise über den schmalen Raum zwischen seinen Brauen, wie sie in Sorgen getan hatte, als er noch ein Kind gewesen war.

Lightning Source UK Ltd.
Milton Keynes UK
UKHW020759110821
388656UK00002B/261

9 783743 741041